중국 톈진에서 **남아공 케이프타운**까지,

30,000㎞ 600일의 기록

자전거로도 지구는 좁다

중국 편

일러두기 이 책에 실린 도시 이름, 관광지명 등은 해당 국가의 발음을 기준으로 표기했으며 중국 도시 등이 처음 언급될 때는 한자어를 병기했습니다. 중국 관광지는 현지 명칭보다 한자식 이름이 더 잘 알려져 있을 경우 그대로 쓰기도 했습니다. 2015년의 기록이므로 물가나 도로 상황 등이 현재와는 조금 다를 수 있음을 미리 밝힙니다.

중국 톈진에서 **남아공 케이프타운**까지,

30,000㎞ 600일의 기록

자전거로도 지구는 좁다

중국 편

①	②
③	④

① 구이린에서 봤던 면전산의 절경
② 안나푸르나 베이스캠프에서 바라본 안나푸르나봉
③ 튀르키예 에드리네에서 마주한 셀리미예 모스크
④ 탄자니아에서 만난 두 목동

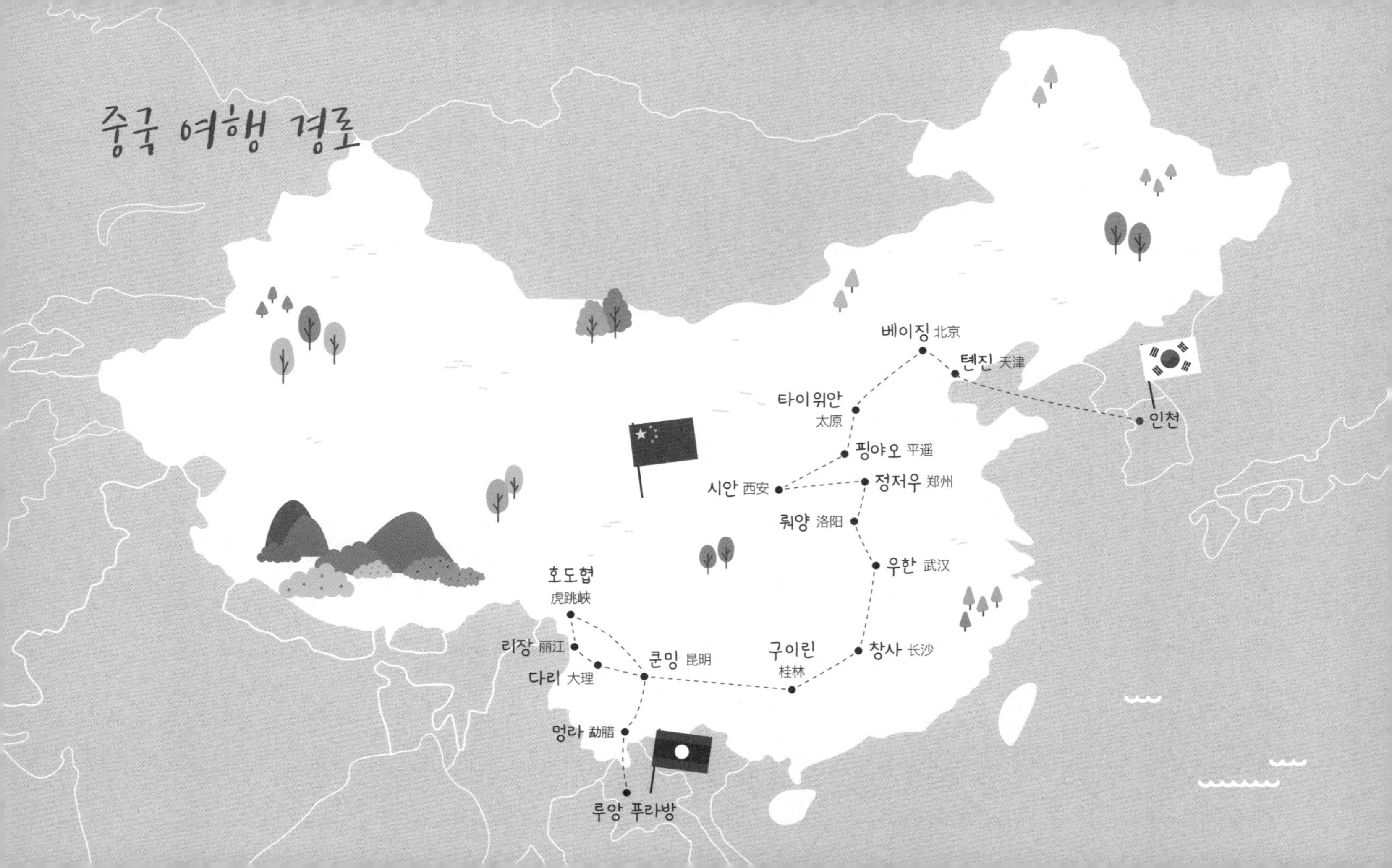
중국 여행 경로
베이징 北京
톈진 天津
인천
타이위안 太原
핑야오 平遥
시안 西安
정저우 郑州
뤄양 洛阳
우한 武汉
창사 长沙
구이린 桂林
쿤밍 昆明
호도협 虎跳峡
리장 丽江
다리 大理
멍라 勐腊
루앙 푸라방

들어가는 글

이 여행 전까진 나는 자전거로 해외를 여행한 경험이 없었다. 아니 사실을 말하자면 내 인생 통째로 돌이켜봐도 여행이라 이름 붙일만한 근사한 나들이는 없었다. 물론 스쿠버다이빙을 위해 태평양에 속한 몇 개의 나라를 방문했었지만, 한 지역에 머물며 주변 몇 곳의 다이빙 포인트를 하루 2~3번 정도 30~40분씩 잠수를 하여 수중사진을 찍는 것이 전부였다. 그러다 다이빙 일정이 끝나면 옆도 돌아보지 않고 쫓기듯이 돌아오는 것이다. 그건 아무래도 여행이라 이름하기엔 모자란다는 생각이 들었다. 물론 말로야 우린 다른 사람들이 볼 수 없는 세상의 다른 반쪽을 보는 것이라고 말했지만 허전하기는 마찬가지였다.

이번 여행에서 이동 수단으로 자전거를 택한 것 역시 그 속도에 있다. 여행에서 자전거는 아름다운 속도를 가지고 있다고 생각한다. 여행에서 속도는 그 품질과 반비례한다.

스쿠버 장비와 수중 촬영 장비를 합하면 약 40kg이 된다. 또한 장비가 꽤 비싸다. 목적지에 도착해 리조트에 장비를 맡기기 전엔 장비에서 눈을 떼지 못하는 이유다. 공항이나 버스정류소 등 어디서나 화장실 한번 마음 편히 가질 못한다. 동료가 촬영 장비를 통째로 도둑 맞는 것을 보고 난 후엔 더욱 조심했다. 장비가 무거우니 이동하기도 힘들었다. 마음이야 다이빙에 대한 기대로 꿈속을 걷듯이 몽롱했지만 이럴 때는 맨몸으로 여행을 하는 사람이 부러웠다. '나도 저런 여행을 한번 해 봐야지'라고 마음먹기까지 했으니까. 근데 간편한 여행은 커녕 이젠 자전거에다 피난민 수준의 짐을 싣고 나왔다. 육체적 부담도 그때보다 더 크다. 그렇군, 실실 웃음이 터졌다. 인생이란 마음 먹은대로 되는 게 아닌 모양이다. 하지만 이번 여행은 여행이라고 이름을 붙여도 부끄럽지 않다. 꽉 짜인 일정대로 숨 막히게 움직이는 것이 아니라 느긋하게 언제든 내 마음 가는 대로 움직이며 자유를 만끽하는 근사한 여행이 될 것이란 기대 때문이었다. 탱크에 공기가 얼마나 남아 있나 하며 목숨에 신경 쓸 일도 없다. 가는 곳마다 내겐 미지며 만나는 사람마다 첫 대면인 것이다. 누구도 나의 황폐한 과거를 모르며 영광도 모른다. 속박도 없고 간섭도 없다. 오직 자유만이 살아 있다. 거기다가 나는 미래의 고난을 앞당겨 걱정하는 성격도 아니다. 오직 오늘이 있을 뿐이다.

여행을 하기로 결정한 것은 집값이 다락같이 올라가던 때였다. 자그만 어촌의 아파트에서 살던 나는 집을 비워 달라는 집주인의 요청을 받았다. 내 전세금으로는 다른 곳을 엿볼 수는 없었다. 이렇게 돈에 절절매며 사는 것도 지겹다는 생각이 들었다. 그때 궁리를 낸 것이 여행이었다. 그 전세금으로 여행을 계획했다. 그냥 살아가나 여행을 하나 어차피 얼마간의 시간이 지나면 없어질 돈이었다. 왜냐하면 전세금을 저축해 두고 쓰지 않을 능력이 내겐 없었다. 여행으로 마음이 기운 것이다. 내 이루어질 것 같지 않았던 버킷리스트의 하나도 해결이 되는 것이니까. 물론 여행을 떠난 동기가 이것만은 아니다. 여러 가지 이유가 있다. 현실에 대한 도피의 성격도 있을 것이며 이 여행이 앞으로 내 삶을 조금 더 윤택하게 할 것이라는 기대도 있었을 것이다. 하지만 그 모든 것보다 우선한 것은 여행에 대한 기대와 열정이었을 것이다. 그리고 아프리카의 '사바나'를 달리며 열매를 채취하고 물고기를 잡던 몇 십만년 전의 기억이 있는 나의 DNA도 여행에 작용을 했을 것이다. 결론이 나면 바로 실행에 들어가서 뒤돌아보지 않는 좀 모자라는 성격을 가진 나이지만 그것이 내 장점이기도 하다.

여행!!!! 더구나 자전거로!!! 얼마나 가슴 뛰는 일인가. 그래서 떠났다. 기존의 모든 속박으로부터 벗어나는 길 중에 여행만한 것이 있는가? 여행은 자유를 향한 인간의 몸부림이다.

여행은 혼자서 간다. 사람들이 내게 묻는다. '혼자 가느냐?'고. 내가 거꾸로 묻고 싶다. '당신은 무슨 묘수가 있어 누구와 함께 갈 수 있는 방법이 있느냐?'고, '있다면 그걸 좀 가르쳐 달라'고. '설사 같이 갈 사람이 있다고 해도 그 길다면 긴 시간을 가다가 찢어지지 않을 방법이 있느냐?'고. 어떤 이는 혼자서 외롭지 않겠냐고 묻는다. 외롭겠지, 하지만 인생은 어차피 외로움과 동거하는 것이다.

여행 출발 일자가 가까워 오자 자전거 타기가 슬슬 싫어졌다. 이제 출발을 하면 원도 한도 없이 자전거를 탈것이니까. 가기 전에 좀 뒹굴자는 마음이었다. 그러면서 새삼 내 맘을 스스로 돌아다본다. '그대는 왜 가는가?'라는 원천적인 물음부터, '각오는 되어 있는가?'라는 현실의 문제까지. 나는 1년 6개월을 여행기간으로 잡았고(실제론 1년 8개월을 달렸다) 목적지는 중국에서는 텐진天津에서 윈난성 호도협虎跳峽까지, 최종목적지는 남아프리카공화국의 케이프타운으로 잡았다.

이 책은 전 4권으로 구성되어 있다. 600여일 동안 이루어진 자전거 여행에 대한 내 진솔한 기록과 주관적 소회다. 장기간 해외여행을 떠나려는 이들에게 이 좌충우돌한 여행기가 자그마한 위로가 되었으면 한다.

2022년 겨울 **장호준**

CONTENTS

011 2015년 **3월**

023 2015년 **4월**
텐진항 - 시안

113 2015년 **5월**
시안 - 우한

203 2015년 **6월**
우한 - 구이린

287 2015년 **7월**
구이린 - 라오스 루앙 프라방

2015년 3월

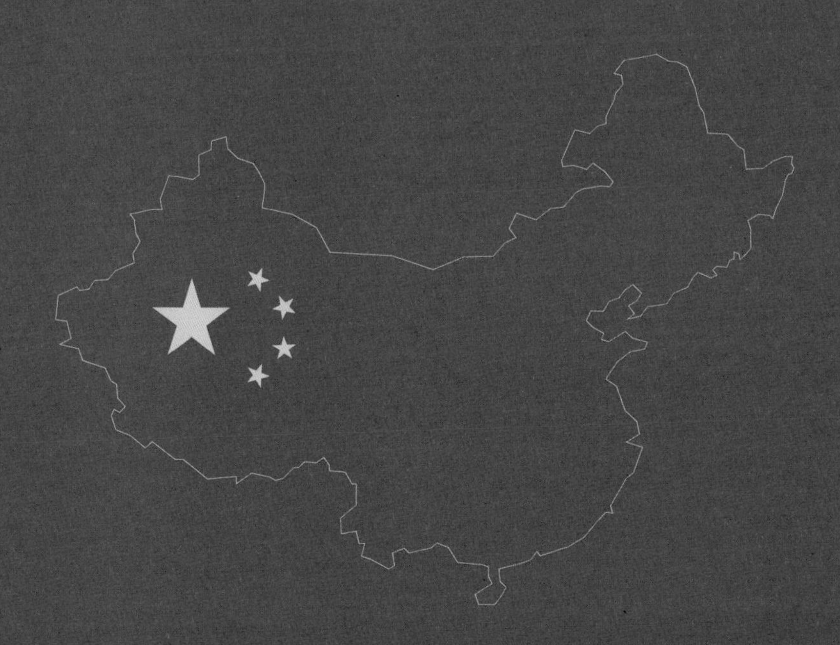

여행 준비

인터넷 뱅킹 개설, 황열병 백신 접종

어제는 그동안 뭉그적거리며 미뤄 왔던 일을 폭풍처럼 해치웠다. 씨티은행 계좌를 개설하고 비자카드도 받고, 두 은행 다 인터넷뱅킹을 개설해서 스마트폰으로 이용할 수 있도록 만들어 놓았다. 여행자커뮤니티인 warm showers에도, CouchSurfing에도 등록을 끝냈다. 황열 주사와 말라리아 약도 내일 가기로 검역소에 예약을 해 두었다. 치아 보철도 끝냈다. 근데 야생에 적응한답시고 지난겨울을 난방 없이 보냈더니 감기가 좀처럼 떨어지지 않는다. 잔칫날 잘 먹으려고 사흘을 굶었다가 막상 그날은 설사가 나서 쫄쫄 굶었다더니 내가 그 짝이 아닌가 싶어 웃음이 실실 터졌다.

그래도 아직 사랑니 뽑는 일이 남았다. 그리고 훈련(?)이 남았다. 인사를 해야 할 몇 분 어른들을 만나는 일도 남았고, 내가 살아왔던 흔적들에 대한 정리도 남았다. 그러고 보니 아직도 많이 남았다.

그렇군, 삶이란 것이 살아 있는 동안에는 정리를 끝낼 수 없는 거구나. 그렇다면 몇몇 것은 이 땅 어디엔가 남겨 두어야겠다. 사랑도, 우정도, 나타샤 그대를 향한 아련한 미움까지도 말이야.

자전거숍 '바이클리'에서 애마 '셜리' 구입

서울 한강변에 있는 여행용 자전거를 전문으로 취급하는 가게를 인터넷에서 찾아내어 자전거 수리와 관리, 해외 자전거 여행에 대한 요령과 문제점에 관해 교육받았다. 물론 그 가게 '바이클리'에서 여행용 자전거 '셜리'도 구입을 했다. 하지만 여전히 남는 것이 그런 짐을 싣고 내가 달릴 수가 있느냐에 관한 것이었다.

아무리 내가 무모하고 어리석은 사람일지라도 무작정 중국에 자전거를 상륙시키고 나서 짐 때문에 달리지 못한다면 그 꼴이 말이 되겠느냐는 말이지. 일단 여행을 시작하기 전에 비슷한 조건 아래에서 한번 달려 보자.

제나라의 환공과 목수 윤편의 고사에 나오는 교훈처럼 말이나 글로써는 짐자전거를 타는 것을 익힐 수 없기 때문이다. 경험과 경력이 수고로움을 덜어 줄 것이다.

여행용 자전거 연습

청하의 집을 나섰다. 집앞 7번 국도로 진입하면 바로 오르막이다. 짐의 무게는 50~60kg 정도다. 첫 번째 시험대였다. 별 무리 없이 올랐다. 흥해를 거쳐 포항을 빠져나와 안강휴게소로 올라가는 오르막 앞에 이르자 고개가 까마득하다. 저걸 올라가야 되는데… 하지만 그것도 올랐다. 내 허벅지를 어느 정도 신뢰해도 될 것 같다. 안도의 한숨이 나온다. 이제 이 자전거에 익숙해지면 입안의 혀처럼 사용할 수 있을 것이다. 9시간을 밟아 96km

를 달렸다. 대구 도착시간이 오후 3시 40분. 하룻밤을 정신없이 자고 다음 날 7시 10분 용계를 출발해서 칠곡 지천을 지나 왜관으로 들어서서 낙동강 자전거도로로 올라섰다. 구미를 지나 97km를 달려 낙단보에 여장을 풀었다. 낙단보사업소 옆 문화원 주차장에 텐트를 쳤다. 누워 잠을 청하는데 경비 아저씨가 왔다. 요청인즉 텐트를 좀 옮기라는 것이다. 이유는 저녁에 혹시 술 취한 사람들이 차를 몰고 와서 어두워 텐트를 못 보고 뭉개버릴 수 있다는 것이었다. 텐트를 옮기고 있는데 안타까웠던지 아저씨가 다시 제안했다. 문화원 문을 열어 줄 터이니 그 안에서 자고 흔적도 없이 내일 아침 일찍 떠날 수 있느냐는 것이었다. 당근이지요.

낙단보를 출발해서 상주보를 지나 문경새재로 방향을 잡아 가는 데 바람이 보통이 아니다. 강둑길은 그야말로 휑하니 노출된 도로다. 인적도 없다. 온몸은 땀으로 젖었고 맞바람은 완강하게 자전거를 거부한다. 악전고투, 11시간을 달려 45.8km, 점촌터미널 옆 모텔에 짐을 풀었다. 다행히 모텔은 난방이 좋았다. 언 몸을 푼다. 라이딩 원칙은 '5일간 달리고 이틀은 쉬어라. 야간 라이딩은 피하라'이다. 굳이 5일간을 고집할 필요도 없다. 하루를 달리더라도 몸이 좋지 않으면 쉬어야 한다. 떠날 수 있는 몸 상태가 아니라 하루를 쉬기로 했다. 은행 볼일도 보고, 마트에 들러 식료품도 준비를 했다. 춥고 배고픈 사람에게 억만금은 필요 없다. 오직 한 덩이 밥과 따뜻한 아랫목이 필요할 뿐. 그 외 어떤 것도 이를 대체 할 수 있는 것은 없다.

'농민은 인류의 생명창고'라는 윤봉길 의사의 말이 있다. 그는 20대 초반의 어린 나이에 어떻게 여기까지 인식이 도달했을까? 그 나이 때의 나는 천둥벌거숭이였는데.

다시 날씨는 어제나 매한가지 매서운 바람에 눈까지 흩날린다. 네비가 막다른 길로 나를 몰아넣었고 동네 할머니들의 길 안내를 내가 못 알아들어 한 시간을 헤맸다. 기계에 의존하지 말고 마지막 판단은 사람이 해야 한다. 겨우 길을 찾아 터널 하나를 통과하니 또 눈발이 날린다. 다시 터널, 그걸 통과하니 또 터널이다. 문경새재로 해서 충주로 가려던 코스를 용인 쪽인 양지로 바꿔 올라간다. 급한 마음은 금물이다. 그냥 묵묵히 페달을 밟는 것뿐이다. 48km를 달려 괴산에 도착했다. 이틀째 거리가 첫날에 비교해 반띵이다. 자전거 여행자에게 터널은 머리카락이 쭈뼛 설만큼 무섭다. 하지만 터널을 피해 몇 십km를 돌아가는 것은 더 무섭다. 그래서 무섭지만 참고 지나가는 것이다. 59km를 달려 금왕에 도착했다. 금왕에서 자고 새벽에 일어나 짐을 꾸리고 무심코 창문을 열었더니 비가 추적추적 내렸다. 이날의 계획은 수원까지 80km를 달리는 것이었다. 해서 조금 일찍 짐을 꾸렸는데, 어떡하나? 비가 그칠 때를 기다린다 해도 계획은 이미 틀어졌다. 버스를 이용해 인천에 도착했다.

버스터미널에서 인천항 제1여객터미널까지 14.5km를 달렸다. 그러나 1여객터미널 옆에는 2여객터미널이 없었다. 제1여객터미널 식당의 일하는 아주머니에게 물었다.

"여기가 제1여객터미널입니까?"

아주머니가 대답했다.

"나는 그런 것 몰라요."

내가 생각해 봐도 아주머니가 그걸 알아야 할 이유는 없다. 여객터미널을 나와 옆 건물을 보니 거기도 1여객터미널이다. 횡단보도에 신호를 기다리는 아주머니에게 물었다.

"제2여객터미널이 어디 있습니까?"

"이마트 옆에 있어요."

이마트를 알면 내가 물을 이유도 없다. 자전거에 탄 채 다시 물었다.

"이마트는 어디로 갑니까?"

"이마트는 버스 타고 가야 해요"

사람은 대개 자신이 기준이다. 우리의 수작을 보며 지나가던 아저씨가 답답했던지 옆으로 다가와 길을 설명해 준다. 네비게이션을 쓰지 않은 것은 네비는 너무 배터리를 먹기 때문에 급한 전화를 할 수 없을 것에 대비하기 위해서다. 다시 거기서 5.5km를 달려 제2여객터미널에서 2015년 3월 31일 톈진天津으로 가는 배표를 끊었다. 침대칸은 매진이었고 3등 객실뿐이었다. 12만원이었던가?

살아오면서 깨닫게 되는 것 하나, 만일 나에게 좋은 일이나 나쁜 일이 생겼다고 하면 좋은 일이라고 기뻐만 할 것은 아니라는 것이다. 나쁜 일 역시 마찬가지다. 조금만 정신을 차리고 내가 서 있는 지점에서 건너편을 바라다보면 좋은 일이 있을 때엔 다른 나쁜 일이, 나쁜 일이 있을 때는 좋은 일이 보인다는 것이다. 이름하여 모든 일에는 양면성이 있는 것이다. 내가 만일 수입이 안정적이고 이런저런 걱정이 없는 경제적 형편이었다면 여행을 떠나지 않았을지도 모른다. 그걸 부셔버리려면 커다란 용기가 필요할 것이니까. 어차피 내일이 불안정해서 다음을 기약할 수 없다면? 나는 그 순간을 그냥 보내며 결과가 똑같을 다음을 맞이하기 싫었다. 그렇다고 거기에만 떠밀려서 가는 것은 아니다. 인생이 그렇게 단순한 것은 아니니까. 많은 것들이 나를 떠밀었고 나는 그걸 기쁨으로 받아들였다는 말이다. 그래서 떠나는 것이다. 떠나는 것이 나에게는 의무라고 생각되었고 의무(?)를 수행함에 있어서 오는 불이익은 내가 감수할 것이다.

여행 시작

03.26.
목요일

중국을 향해 길을 나서다

냉장고에 있는 아직 썩지 않은, 앞으로 썩을 음식들을 모조리 꺼내어 버리고 각종 공과금도 정리하고 티브이, 인터넷과 휴대폰도 정지시켰다. 쓰레기를 버리고, 다시는 오지 않을 것처럼 대문에 못질을 하고 집을 나섰다. 물론 잠깐, 아주 잠깐 '꼭 가야 하는가' 하는 마음이 들긴 했었다. 두려움 때문일 것이다. 하지만 나는 언제나처럼 발을 내디뎠다. 시작이 반이다. 첫발을 내디디고 나면 얼마쯤은 저절로 떠밀려서라도 가기 마련인 것이다. 두려움이 나를 덮칠 때 내가 나에게 쓰는 계략이다.

일단 대구에 도착해 누님 집에 짐을 맡겨 놓고 모자란 여행용품을 사들이고 친구들도 만났다. 중견기업 CEO인 한 친구의 회장실에서 불알친구들 중 대구에 사는 친구들이 모두 모였다. 까까머리 시절부터 친목회를 만들어 지금까지도 만남을 계속하고 있는 친구들이다. 우리는 의형제를 맺었었다. 면도날로 팔에 피까지 내어가면서. 중학교 때인데 우리로선 아주 중요한 의식이었다. 삼국지의 도원결의를 흉내낸 것이었다. 우리 모두의 팔엔 지금도 그때의 상처가 남아 있다.

"어디로 어디까지 가는 거야?"

"중국으로 해서 동남아, 유럽을 거쳐 아프리카 남단인 케이프타운까지 가려고 해."

'끄응'하고 친구들이 신음을 내뱉었다.

"이 나이에?"

하지만 친구들은 더 이상 말은 없었다. 이제 우린 아무말이나 함부로 할 나이가 아니다. 내일은 알 수 없고 사람은 더구나 알 수 없다. 그러니까 나는 그 침묵의 의미를 안다는 말이다. 우리는 가까운 음식점으로 가서 식사를 하고, 소주를 한잔씩 나눠 마시고 헤어졌다.

인천으로 출발

출발 전 보따리 풀어 헤쳐 짐을 다시 쌌다. 내의는 내의대로, 티셔츠는 티셔츠대로, 각 전자제품 코드는 일일이 매직펜으로 용도를 써서 그것대로 분류를 하고 파우치 별로 나눠 넣었다. 나눠 넣은 파우치가 들어간 자전거 패니어(가방)마다 거기에 무엇이 들어 있는지 겉면에 흰색 유성펜으로 적었다. 이렇게 해 놓고도 나는 한동안 헤맬 것이다. 세월의 힘이 무서운 것을 실감한다. 짐을 싸는 데만 꼬박 여섯 시간이 걸렸다. 포장지에 든 일 년치 당뇨약을 까는 데만 한 시간. 대체 얼마나 많은 시간들을 내 몸 간수하는 데 쏟아 부어야 할까? 짐은 전부 열 뭉치였다. 노트북, DSLR 카메라, 슬리핑백, 텐트, 옷, 자전거 수리 기구 등등. 자전거가 묵직하다. 자전거 자체 무게 20kg, 짐 무게 60kg 정도다. 나의 몸무게는 70kg이다. 하하.

인천으로의 예행연습 때 무리하게 몸을 굴린 것이 그대로 컨디션 난조로 돌아왔다. 그런 상태임에도 만나는 친구마다 주는 술을 사양 않고 받아 마셨으니 감기가 나을 리 없었다. 누님 집 근처의 병원에 가서 주사를 한 방 맞고, 일주일 치 약을 타고, 사우나를 가서 몸을 덥혔다. 사우나를 갔다 오니 한결 나아진 것 같았지만 찬물이 땡겨서 몇병 들이켰더니 그게 화근이었던지 그날 밤새 땀을 흘려 요가 흠뻑 젖었다. 의사가 물을 많이 마시라고 했는데. 중국에 내리는 첫날부터 비실거리면 될 말인가. 그래서 뜨거운 물을 마시기로 했다. 나는 한겨울에도 찬물을 마시는 한심한 습관을 가지고 있었다. 짐자전거를 끌고 용계동을 나서서 동대구고속버스터미널에 도착하기까지 35분이 걸렸다. 바로 인천행 버스에 탑승했다.(고속버스의 화물칸이 넓어서 자전거와 짐을 넣고도 대부분이 비었다) 고속도로를 달린다. 인천까진 약 네 시간이 걸린다. '나는 왜 굳이 자전거를 끌고 이 먼 길을 나서는 것일까?'라는 생각을 해 본다. 그 옛날 들판을 누비던, 아직 진화가 덜 된 DNA의 발동일까? 주체하지 못할 무엇인가가 끓어올랐다.

인천에 도착하다

시인 주자천님과 서울 사는 친구들이 배웅을 한다고 모텔을 찾아왔다. 같이 점심을 하고 소주 한잔을 나눈 뒤 사람들은 돌아갔다. 내일이 출발일이다. 독립운동을 하러 가는 투사도 아닌데 고국 산하를 떠나려 하니 살짝 마음이 비감해진다. 새벽에 일어나 짐을 다시 점검했다.

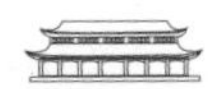

첫 번째 기착지
중국 톈진행 여객선

새벽 3시 30분에 깨어 뒤척이다가 지난 저녁에 사다 놓은 떡 몇 개로 아침을 때운 후 7시에 모텔에서 짐을 내려 자전거에 꾸리고 7시 30분 모텔을 출발해 8시에 인천항 제2여객터미널에 도착했다. 출국수속은 9시 30분부터다. 조금 일찍 왔나? 그 시간 동안 앉아서 그동안 애써 준 친구들과 후원해 준 모든 사람들에게 문자를 날렸다.

'그래 고마워. 잘 갔다 올게. 우리나라 잘 지켜!'

출국수속을 밟고 배에 올랐다. 승객은 거의 중국인들이었다. 내 짐 보따리는 모두 열 개다. 한 번에 배 위에 싣지를 못한다. 직원들의 도움으로 출국장을 나와 자전거까지 항구 내 버스에 싣고 배 타는 곳까지 왔지만 짐을 배에 올리는 것은 내 몫이었다. 선박 8층까지 짐을 들고 네 번을 왔다갔다 하고 나니 온몸이 땀으로 젖었다. 땀으로 젖은 옷을 침대에 들어가 체온으로 말렸다. 어쩔 수 없었다. 짐과 자전거를 둔 공간을 승객들이 다 타자 폐쇄를 해버린 것이다. 갈아입을 옷이 거기 있는데.

내 방은 승무원들이 쓰는 방이었다. 비즈니스석이 없어서 가장 낮은 등급의 방을 예약했었다. 근데 이 방으로 배정이 된 것이다. 한국인 일등항해사의 배려였다. 룸메이트는 조선족 출신 한국인이었다. 하얼빈에 살다가 인천에서 일한 지 십년이 되었다는 조창덕씨였다. 한국국적을 취득했단다. 아저씨가 내게 담배를 피우느냐고 물었다. 그는 나의 머뭇거림을 보더니

"일없어요, 피워요."

한다. 2인실인 우리 방에서도 일없단다. 그러면서 막상 자기는 피우지

않았다.

조창덕씨는 항상 남을 먼저 배려하는 친절이 몸에 배인 분이었다. 우리는 밥도 같이 먹고 사진도 찍으며 붙어 다녔다. 그가 배 안의 많은 중국인들에게 내가 자전거로 대륙을 누빈다는 소문을 퍼뜨려 많은 사람들이 나를 보면 엄지를 올리며 아는 체 했다. 그는 그러면서도 자전거로 간다는 것을 몹시 안타까워했다.

"길이 너무 멀어요. 버스를 타면 돈도 싸요. 그러니 도시 사이는 버스로 이동하지요. 자전거와 짐은 돈을 안 받아요."

하지만 나는 중국에서 버스를 탈 때마다 자전거 운임을 별도로 줘야 했다.

저녁식사 때는 조창덕씨가 소주를 한 병 사 왔다. 근데 식당으로 가면서 백주 한 병과 소주를 가져간다. 저걸 어쩌려고? 식당에 들어가니 승객들이 자기가 가져 온 술을 내 놓고 반주를 한다. 중국에선 이럴 수도 있는 것이군. 선박이어서 허용이 되는가? 조창덕씨는 순전히 나를 위해 소주를 사온 것이다. 3,000원을 줬단다. 백주는 자신이 마셨다. 소주를 몇 번 사양하다가 예의가 아닌 것 같아서 반 병쯤 마셨다.

2015년 4월

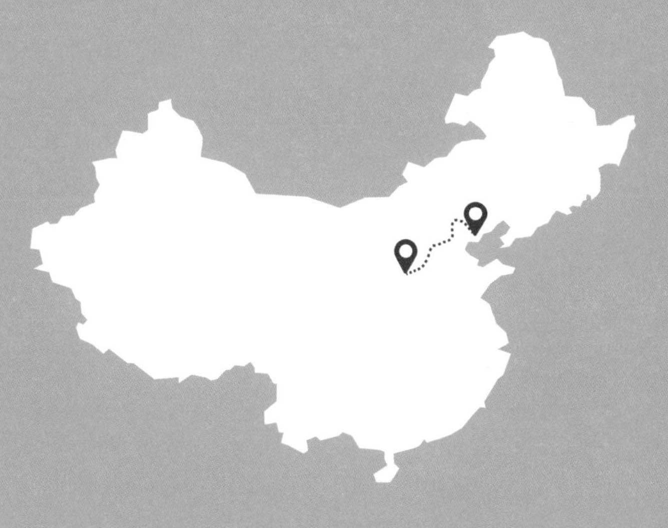

텐진항 — 베이징 — 타이항산 대협곡 — 다이시엔

타이위안 — 핑야오 고성 — 시안

04.01.
수요일

중국에 첫발을 딛다

1780년(정조 4년) 5월 한양을 출발한 연암 박지원은 동년 6월 24일 오락가락 하는 비를 맞으며 압록강을 건너 6월 27일 압록강에서 100리쯤 들어간 봉황성(양만춘의 안시성) 근처의 책柵문 밖에서 책문 안을 바라보며 이렇게 탄식했다.

"전일 내 친구 홍덕보洪德保(지원의 친구 담헌 홍대용 1731~1783)에게 중국 문물의 규모와 수법들을 들은 적도 있었지마는 오늘로 보아 책문은 중국의 맨 동쪽 끝 벽지인데도 오히려 이만하거든, 앞으로 구경할 것을 생각하니 문득 기가 꺾여 그만 여기서 발길을 돌리고 싶은 생각이 치밀면서 전신에 불을 끼얹은 것같이 후끈한 느낌을 받았다."

- 열하일기 중에서(보리출판사, 연암 박지원 지음, 리상호 옮김)

그리고 그는 '이것이 바로 질투심이로구나' 하고 인식했단다. 이때 그의 나이 44세였다.

열하일기는 그 재미가 남다른 우리의 위대한 기행문학이다. 혜초의 '왕오천축국전'이나 '이븐 바투타의 여행기', 마르코폴로의 '동방견문록', 현장법사의 '대당서역기' 등은 동시대 사람들에게는 재미가 남다른 신기한 책이었겠으나 지금의 우리들에게는 특별한 목적의식이 없으면 쉽게 읽히는 책이 아니다. 왜냐하면 1,200년에서 수백 년까지의 시간 격차가 있고, '왕오천축국전'과 같은 경우 본문 6천여 자에 정수일 교수님의 역주는 그 백배가 넘는다. 이븐 바투타 역시 이슬람과 그 시대 상황에 대한 주석이 있어도 이해가 힘든 부분이 있기 때문이다. 그러나 '열하일기'는 다르다. 내가 처음 만난 연암의 글은 죽은 누이를 그리며 쓴 묘지명이었다. 그 짧은 글을 읽고 나는 연암에게 홀딱 반해 버렸다. 콧날이 시큰해서 그날을 아지랑이가 피어오르는 대지를 바라보는 것처럼 몽롱하게 보냈다.

책문 너머를 바라보며 조선의 발전을 오매불망하던 연암이 받은 충격을 이해할 수 있다. 하지만 지금은 그때로부터 240년이 지난 시점이다. 그때와는 비교할 수 없을 만큼 세상은 변했다. 연암이 그날 느꼈던 '돌아가고 싶을 만큼 서글펐던 기분'을 지금의 대한민국 사람이 중국에 들어가면서 느낄 수는 없다. 오히려 중국에 들어서며 경제적 우월감을 확인하려 할 것이다. 그때로부터 240년이지만 사실 근대에 들어서서 중국과 우리가 경제적 형편이 갈리는 시점은 불과 수십 년 전이다. 그 사이 서로의 형편이 뒤바뀐 것이다. 중국에 대한 사대도 옛 시대의 유물이 되었다. 부자가 빈자가 되고 빈자가 부자가 될 수 있는 시간이 불과 이 정도인 것이다. 국가 간의 흥망성쇠가 이렇게 바뀔 수 있다니. 그러나 과연 그렇다고 우리가 중국을 깔볼 수 있을 것인가? 중국은 여전히 우리의 머리 위에 얹힌 무거운 짐이다.

톈진항 입국 심사대에서 당뇨약이 걸렸다. 일 년분이니 의심을 할 만도 하다. 준비를 해 간 대로 설명을 해도 깜깜이다. 결국 한국말을 아는 직원이 나서서 해결이 됐다. 1년 6개월을 예정하고 떠나는 길이라 의사와 상의를 하니 1년분까지는 보험이 되는데 그 이상은 보험이 안된단다. 조금 적게 먹지 뭐. 무지한 나는 쉽게 생각했다. 정지시킨 휴대폰은 아무것도 작동을 하지 않았다. 입국장을 빠져나와 자전거를 타고 항내에 있는 공안에게 톈진으로 가는 길을 물었다. 하지만 소통이 안된다. 손가락으로 길을 가리키며 말했다.

"텐진 예스? 노?"

"예스."

그럼 된 거지. 텐진항구에서 텐진시로 자전거로 이동하며 느낀 것은 대륙이 정말 넓기는 넓구나 하는 것이었다. 8차선과 10차선 직선도로가 10km, 20km씩 쭉쭉 뻗어 있었다. 마을도 보이지 않았다. 간혹 있는 건물도 도로에서 멀찍이 물러나 큼직큼직하게 지어져 있고 사람은 어쩌다 눈에 뜨일 정도였다. 14억 인구는 도대체 어디로 간 거야? 사방을 둘러봐도 지평선뿐이었다.

사전에 얻은 정보에 의하면 텐진항구에서 텐진시까지는 40여 km다. 룸메이트 아저씨는 두 시간 정도 달리면 될 거라고 했다.

"베이징까지 오르막은 없어요."

나는 텐진까지 다섯 시간 정도 걸릴 것이라고 계산했다. 자전거만 타냐? 산천도 구경해야지. 그리고 여기는 낯설고 물설은 타국이다. 아니나 다를까 이정표를 따라 왔는데 고속도로 톨게이트가 앞에 버티고 있다. 당연히 자전거 통행 금지다. 나는 잠깐 암담한 마음이 들었다. 매표소 아가씨에게 물었지만 '팅부동(몰라요)'이다. 마침 근처에 있던 공안에게 물었다. 공안도 영어가 안 된다. 우리는 번역기를 꺼내어 퍼즐을 맞추듯이 3km를 돌아가 좌측에 있는 '강창대로'를 따라가면 된다는 것에 합의를 봤다.

항구에서 3시쯤 출발했다. 인적 끊어진 길을 4시간쯤 달리고 나니 땀과 허기에 눈이 튀어나올 지경이었다. 자전거를 세워 놓고 어린애 주먹만 한 닭고기 캔을 꺼내어 차가운 젤리 상태 그대로 허겁지겁 먹고, 튜브에 든 고추장을 쭈욱쭈욱 빨아먹었다. 역시 고추장은 맛있는데 날은 어두워져 갔다. 어쩌나? 하늘을 지붕 삼는다면 '멈추는 그 곳이 바로 내 방이 아니던가'

라는 생각에 배짱을 정하고 나니 마음이 느긋해졌다. 근데 거리계를 보니 50km를 달렸는데도 사방 어디에도 도시의 불빛이 안 보였다.

대체 사람들은 어디에 사는 거야? 톈진시는 도대체 어느 구석에 있는 거야?

거기에다 빗방울이 떨어지기 시작했다. 나는 당황했다. 서둘러 페달을 밟다가 커다란 건물을 발견했다. 간판엔 공안이라 쓰여 있었다. 경찰서잖아. 무조건 자전거를 들이밀었다. 우람한 건물이었다.

경비실 공안과 말이 통하지 않아 손짓발짓으로 들어갔다. 근데 그중에

나를 적극적으로 도와준 공안

한 공안이 유독 적극적으로 나서서 나를 도우기 시작했다. 경비실에 좀 잘 수 있느냐고 했더니 잠깐 기다리란다. 경비실과 100m 쯤떨어져 있는 공안국 건물에 비를 맞으며 들어갔다 오더니 미안하다면서 고개를 저었다. 그럼 내가 비가 오니 건물 옆 벽에 기대어 잠을 자겠다고 하자 그는 다시 본청 건물에 들어가서 양해를 구하고 나왔다. 그는 자전거는 공안국 건물 안

경비실 벽에 기대 놓으라고 했다. 나는 경비실 밖으로 나와 처마 아래 깔개를 깔고 침낭을 폈다. 텐트는 치기도 어려웠고 귀찮아 텐트 플라이만 덮고 누워 잘 생각이었다. 비는 이슬비였다. 경찰관이 플래시를 켜고 나와서 걱정스런 얼굴을 했다. 어쨌든 나는 자야 했다.

첫날,
밤새도록 비를 맞다

새벽 2시, 오줌이 누고 싶어 잠에서 깼다. 침낭 속에서 기어 나오니 침낭을 덮은 플라이는 벗겨져 있고 침낭 바깥쪽은 밤새 내린 비에 푹 젖어 있었다. 근데 침낭 안쪽은 멀쩡했다. 비는 이제 제법 굵은 빗줄기가 되어 내리고 있었다. '어떻게 해야 하나?' 아직 잠이 덜 깬 나는 잠깐 생각하다가 다시 자자는 결론을 내렸다. 경비실에서는 불빛이 새어 나오고 있었지만 나 급한 것만 생각하고 문을 두드리기에는 너무 이른 시간이었다. 사방은 어둠에 묻혀 있었다. 나는 다시 침낭 속으로 들어가 잠을 청했다.

새벽 4시에 다시 일어나 한 시간을 더 참았다. 비는 계속 내리고 있었다. 5시에 경비실 문을 두드렸다. 나를 적극적으로 도우던 경찰관 아저씨는 귀찮은 기색을 보이지 않고 일어나 경비실 문을 열어 주었다. 그는 내게 우선 따뜻한 물과 빵을 내놓았다. 따뜻한 물 한 잔이 이렇게 좋은 거야? 그때부터 3시간, 이분들은 나를 위해 온갖 노력을 아끼지 않았다. 필담도 했다. 하면서 나는 당황했다. 아니 이 정도 한자도 못 읽는 거야? 自轉車라 써도 고개를 갸웃거리고 來日이라 적어도 고개를 갸우뚱 하며 모르는 눈치다. 아니 뭐 이래? 나는 더욱 당황했다. 그렇다고 내가 한자로 문장을 만들 수 있는 능력은 없다. 하지만 이건 필히 다른 이유가 있을 것이다. 나중에 알아보니 그들은 자전거를 自行车, 즉 自行에다 '車'자는 간체로 쓴다. 내일은 또 明天이란다. 무식한 건 나였다. 그는 간혹 영단어도 적었다. 당연히 영어를 배웠다는 말이다. 나 역시 지금 중국에서는 쓰지도 않는 한자(번체)를 배웠다.

아직 먹통인 내 전화기를 대신해서 경찰관이 자신의 전화로 다롄大连에 사는 내 생질녀(누나의 딸)에게 전화를 걸어서 나와 통화하고 그걸 다시 통역해서 경찰관에게 전하는 식으로 우린 소통을 진행했다. 그때서야 비로소 우리는 상대의 눈을 보며 이야기를 이어갈 수 있었다. 경찰관은 내가 길을 돌아왔다고 했다. 그런가? 그래 돌아왔어도 상관없다. 질러갈 날도 있을 거니까. 톈진에 꼭 가야 할 이유가 있는지도 물었다. 없다. 내가 아는 도시는 대륙 어디에도 없다. 톈진은 베이징北京을 가려면 통과해야 할 도시니까 가는 것이다. 거기에서 나는 유심칩을 살 것이다. 나는 여행 초짜지만 그 나라의 수도가 갖는 문화와 역사의 중요성은 알고 있다. 수많은 역사의 현장이었던 그곳에서 너희와 어쩔 수 없이 이어져 있던 우리 역사를 생각해 보고 싶은 것이다.

그는 여기서 베이징이 더 가까우니 톈진을 들리지 말고 바로 베이징으로 가란다. 그럼 여긴 어디야? 그러면서 그는 지나가는 차를 잡아 숙소까지 나를 태워 줄 수 있는지 물었다. 그게 안 되자 자가용 택시를 불러 주었고 숙소도 잡아 주었다. 자가용 택시 트렁크에 자전거를 싣고 비 오는 중국의 거리를 달렸다. 아무래도 이틀은 여기서 더 머물러야 할 것 같다. 오늘은 하루 종일 비가 내릴 것 같고, 비에 젖은 침낭도 옷도 말려야 할 것이고, 무엇보다 여기 중국의 분위기에 더 익숙해지고 네비의 사용법도, 간체도 몇 자 익혀야 할 것 같다. 서두르지 말자.

비는 계속 내렸다. 숙소에 도착했다. 숙소는 지은 지 얼마 되지 않은 것 같은 고층아파트였다. 그러나 아파트 입구에서부터 여기저기 쓰레기 더미가 보인다. 운전기사와 엘리베이터를 타러 건물 입구로 들어선 순간 나는 섬뜩했다. 입구부터 어두컴컴했고 엘리베이터 안은 쓰레기장이다. 바닥 타일은 다 벗겨져 있고 휴지며 담배꽁초, 침, 벽엔 온갖 낙서로 도배가 되어 있다. 영화에서 본 뉴욕 할렘 뒷골목도 이보다는 낫지 않을까 싶었다. 새로 지은 건물인데 왜 이래? 혹시 수호지에 나오는 것처럼 이놈들이 나를 잡아 만두 소로 쓰려고 하는 것은 아닐까 하는 걱정이 될 정도였다. 아파트 단지 마당은 비포장이고 움푹 패인 곳에는 물이 고여 웅덩이를 이루고 있었다. 방은 13층에 있었다. 운전기사와 함께 두 번에 걸쳐 자전거와 짐을 올렸다. 집주인에게 숙박료를 물었다.

"얼마예요?"

"100위안."

"80위안이라 하던데.(경찰관이)"

"그래 좋아. 80위안만 줘."

숙소를 잡아 놓고 나와 60위안(10,000원 정도)짜리 유심칩을 사서 끼웠다. 비로소 카톡이 된다. 숨통이 트인 것이다.

말이 안 통하는 것 만큼 불편한 것은 없더군. 그러나 편하기도 했어. 무슨 말을 지껄이든 나는 못 알아들으니 신경 쓸 일은 없더군. 인생도 그런 것. 귀 막고 있으면 차라리 편해질 수도 있겠지. 세상은 변해 가도 내 알던 세상만 고수하면 되니까.

여기서 베이징까지는 149km다. 길만 좋다면 하루에 들어갈 수 있을 것이다. 하지만 내일 무슨 일이 나를 기다리고 있을지 나는 모른다.

이날 쓴 돈을 기록해 본다.

택시비 25위안. 약 5km. 나중에 생각해 보니 턱없이 비쌌다. 하지만 운전수 아저씨는 나를 도와 자전거와 짐을 방까지 날라다 주었다. 그래서 '퉁'쳤다. 숙박비 80위안, 이틀분 160위안(약 28,000원), 점심 닭다리 14위안(2,600원), 저녁 만두 포함 13위안, 다음날 아침 12위안, 토마토, 물 빵 등 15위안.

후기 여행 전에 알아야 할 것들이 너무나 많다. 나는 텐트조차 제대로 설치를 할 줄 몰라 애를 먹었다.(텐트 설치를 아주 쉽게 본 것이다) 중국 바이두 네비 사용법도 몰랐다.

식당을 낙점하다

아침에 일어나 아파트 단지를 한번 둘러보고 식당을 하나 낙점했다. 이틀이지만 있을 동안 이 식당을 이용하기로 한 것이다. 낮엔 빨래를 해서 널어 놓고 침낭을 햇볕에 말렸다. 몇시간 말리지도 않았는데 뽀송뽀송해졌다.

저녁엔 전화가 와서 받았더니 젊은 여자의 목소리다. 여자는 어눌한 한국어를 했다.

"여자 필요하세요?"

헐, 이런 곳에까지 여행객의 호주머니를 노리는 여자들이 있구나. 저녁에는 바이두 네비 사용법을 알아내느라 전화기에 코를 박았다.

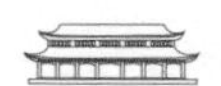

04.04. 토요일

일로순풍一路順風

새벽에 깨어나 짐을 꾸려 놓고 아침을 먹으러 식당을 찾았다. 이 아파트에 2일간 자면서 끼니때마다 다닌 식당이다. 아침 7시였다. 이젠 안면이 익은 주인아저씨가 웃으면서 인사를 건넸다. 그는 혼자 음식 준비를 하고 있었다.

"츠반(밥) 있어요?"

"메이요.(없어)"

밥은 없단다. 얇은 면과 칼국수처럼 굵은 면을 가져와 뭣을 먹겠느냐고 묻는다. 나는 칼국수와 닮은 면에 닭다리 하나와 달걀 한 개를 추가로 주문했다. 식당을 나서며 이제 베이징으로 간다면서 작별 인사를 하는데 만두 1인분을 스티로폼 도시락에 싸서 건네며 가다가 먹으란다. 그리고 그는 노트에 이렇게 적어 보여주며 내 앞길의 무사를 기원했다.

'一路順風'

내가 '일로순풍' 하며 우리말로 읽자 그가 '이로순뻥' 하며 크게 외쳤다. 몇 번 들었던 말이다. 셰셰닌(고맙다). 멋있는 분이다. 식당 옆에 있는 슈퍼에 들러 물 1.8L짜리 한 병(2위안, 390원)을 더 샀다.

숙소에서 짐을 내리고 아침 8시 출발.

바이두의 네비가 가리키는 방향을 따라 페달을 밟는다. 오로지 의지할 데라고는 이것밖에 없다. 나는 이 앱을 오늘 처음으로 써 본다. 지금의 내 전화기 상태는 구글플레이가 막혀 앱도 받을 수 없다. 중국은 Daum도 블로그는 안 된다. 페북(페이스북)도 막혀 있다. 그때 인천항에서 혹시나 하고 받아둔 앱이 '바이두'다. 이것이 나를 살릴 줄이야. 오로지 앞만 보고 밟는다. 여유가 없으니 옆도 살피지를 못한다. 길은 외길. '남도 삼백리'처럼 정겨운 동네도 아니다. 술 익는 마을도 모른다. 여기는 중국이다. 그렇게 80km쯤 달리니 중간 도시인 랑팡이 25km 남았다는 이정표가 나왔다. 시간은 오후 5시. 해 빠지기 전에 들어가긴 빠듯한 거리다.

바이두를 켜고 가면 배터리 소모가 극심하다. 4시간쯤 달리다가 배터리를 갈기 위해 길거리 가로수에 자전거를 기대어 세웠다. 이게 넘어져 투덜대며 일으키는데 웬 여학생이 기다렸다는 듯이 나서서 도와주는 것이다. 엇 누구야? 언제부터인가 내 뒤를 바짝 따라오고 있었던 모양이다. 라이딩을 나온 중국 대학생들이었다. 내가 한국인인 걸 알자 비명을 지른다.

어디로 가세요?

랑팡 가는데.

아니 어디까지 가세요?

응 우선 베이징으로.

랑팡의 대학생들

거기까지예요?

아니, 아프리카 케이프타운까지.

꺄악.

우르르 나를 중심으로 모여 돌아가며 사진 몇 방씩 찍고, 자기들을 따라 오란다. 여자 셋에 남자 둘이다. 다리에 힘도 빠지고 배낭 무게 때문에 어깨가 눌려서 팔도 저리고 손목도 아프다. 사타구니는 다 까져 쓰라려서 똑바로 앉지도 못하는 지경이었다. 무엇보다 숙소를 찾을 일이 걱정이었는데 자기들이 싼 숙소를 잡아 주겠단다. 젊은이들을 만나면 기분이 밝아진다. 아직 세속의 온갖 잡티 들이 묻지 않은 심성을 가지고 있기 때문일 것이다. 오오 저 젊은 날을 나는 어떻게 보냈던가. 버나드 쇼는 '젊음을 젊은이에게 주는 것만큼 아까운 것은 없다'고 말했지만 젊음을 젊은이 외에 누가 젊은 이처럼 쓸 수 있겠는가.

중국은 특이하게도 사과 한 알, 망고 하나도 저울에 달아 팔았다. 처음엔 조금 이상하게 보였으나 사실은 이것이 공정한 것이 아닌가 하는 생각이 들었다. 라이딩 중에 먹을 빵과 과일을 조금 샀다. 빵에도 이들이 쓰는 중국 향료 냄새가 들어가 있는 듯했다. 아직 내겐 조금 부담스러운 향이다.

연락선
인연

새벽에 짐을 꾸려 놓고 시간을 기다려 인터넷 검색에서 점찍어 놓은 북경 게스트하우스로 전화를 하니 방이 없단다. 다른 곳으로도 전화를 했으나 돈이 여기보다 두세배 비싸다. 왠지 마음이 안가서 배에서 만난 조창덕 씨에게 전화를 하니 자기 집에 와서 자란다. 띵호와. 그러나 오늘은 바람이 너무 세게 불어 자전거는 못 탄다면서 내일 오란다. 내일 북경 입구에서 전화를 하란다. 차를 가지고 나오려나? 조창덕씨는 아직 한국말이 완전하지 못했다. 우린 서로 8~90% 정도 알아듣는다. 나로서는 반가운 제안이다. 그를 통해 중국인들의 가정생활을 엿볼 수 있는 기회이기 때문이다.

하루를 더 머물고 출발을 해야 했다.

자금성 그리고 중국인

카운터에 내려와 '야진'(Deposit, 압금押金, 보증금) 100위안을 받았다. 중국은 하루 자면서 이틀분 요금을 지불했다가 다음날 하루분을 찾아간다. 그게 야진이다. 바이두에 의지해 40km쯤 달리고 나서 조창덕씨에게 전화를 걸었다. 전화가 안 된다. 서비스가 안 된단다. 전화번호가 틀렸다거나 하는 멘트가 아니다. 이건 또 뭐야? 나는 잠시 멘붕에 빠졌다. 옆에 있던 공안들에게 말을 붙여 봤으나 역시 소통이 안된다. 일단 여기를 벗어나서 생각을 해보자. 6km쯤 달려 오른쪽 모퉁이를 보니 슈퍼마켓 비슷한 상점이 보인다. 유심칩을 살 때 가게 주인은 '한 달은 푸근하게 쓸 수 있을 것이다.' 고 말했었다. 60위안짜리다. 근데 불과 나흘째다. 통화는 많이 했지만 와이파이 되는 지역에서 썼었다.

도대체 원인이 뭐야? 아무리 생각해도 유심칩의 돈이 다 쓰인 이유는 바이두 네비 때문이라는 결론을 내렸다. 중국에선 슈퍼에서도 유심칩을 판다 했으니 가보자 하고 초시(슈퍼)를 보고 우측으로 방향을 틀었는데 우정

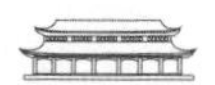

국이라는 간판이 보였다. 우리의 우체국이다. 생각할 것도 없이 바로 돌진. 경비아저씨와 소통을 시도했으나 깜깜. 그러다 아저씨가 영어를 할 줄 아는 여직원을 데리고 왔다. 설왕설래 끝에 아가씨에게 조선생에게 전화를 부탁했다. 조선생과 연결이 됐다. 그는 아침에 전화를 기다렸다면서 지금 사람을 만나야 되니 3시간 정도 기다려야 된단다. 안 오겠다는 소리와 마찬가지다. 현재 시간 11시 40분. 거기다가 우리말과 악센트도 다르고 북한말이 섞이니 잘 알아들을 수가 없다. 할 수 없다. 안 오려고 한다면 나는 간다. 나는 단도직입적으로 물었다.

"길게 이야기하지 마시고 올 수 있어요? 아니면 저는 갈게요."

오시겠단다. 부탁을 해야 하는 내가 오히려 큰소리친다. 앞뒤를 모르는 내 성격 탓이다.

"언제까지요?"

"한 시간 안으로 갈게요."

조선생은 47분 만에 오셨다. 이 상황을 보고 있던 우체국 직원들의 얼굴도 활짝 펴졌다. 다른 일을 포기하고 왔단다. 내가 미안해질 차례다. 허나 거기서 조선생 댁은 내가 지나쳐 온 10여 km 전에 있단다. 급한 마음에 '용달에 자전거를 싣고 갈까요?' 했더니 조선생은 자전거를 타고 돌아오라고 강력히 권했다. 자기는 차를 타고 먼저 가서 기다리고 있겠다면서. 신호등 열 개째에서 만나잔다.

신호등 열 개라? 이 영감님 기억을 믿어도 될까?

다시 페달을 밟는다. 많은 중국인 라이더들이 내 옆을 지나면서 관심을 보였다. 엄지를 드는 사람. 몇km를 따라오면서 끊임없이 중국말을 지껄여대던 아주머니. 듣고만 가기가 뭐해서 중간에 눈치를 보며 한마디씩 하면 아주머니는 반색을 하며 더욱 신이 나서 떠들었다. 조선생의 아파트까지

14km를 달렸다. 그리고 그는 정말 10개째의 신호등 밑에서 기다리고 있었다. 평생 이런 엉터리 같은 약속은 처음이었고 그게 이루어진다는 것이 신기했다. 그는 내가 자전거에 짐을 실은 모습을 보고는 말했다.

"이래 가지고 우째 다녀요?"

조창덕씨의 집은 아파트 8층에 있었다. 아파트는 단지가 넓어서 끝이 보이지 않았다. 다행히 자전거를 엘리베이터에 실을 수 있었다. 집으로 들어가 여장을 풀고 이야기를 나눴다. 그는 베이징에선 혼자 지낸단다. 아내와 큰아들은 미얀마와 국경이 닿는 윈난성에서 고무나무농장을 하고 있고, 인천에는 3,000만원짜리 전세집에 큰아들 내외와 조선생이 산단다. 그러면서 지금 중국 친구들과 밥을 먹으러 가잔다.

이 풍성하고 맛있는 음식을 이때는 귀한 줄 몰랐다. 막 여행을 시작했을 때였으니까.

청운점아파트에서 5km쯤 떨어진 곳에 있던 양고기집.

중국 친구들은 사십대 초반이었다. 우리는 인사를 나누고 식당으로 들어갔다. 아파트 1층에 조그만 간판 하나 덜렁 달린 집이었다. 돼지 간, 돼지 가슴살, 오이무침, 콩 볶은 것과 갈치조림이 빼갈과 함께 나왔다. 나는 점심을 먹지 않아 밥부터 주문했다. 권하는 술을 전혀 먹지 않을 수 없어서 한잔 두잔 받아마셨다.

나도 대화에 끼기 위해 가끔씩 조선생께 통역을 부탁했다. 그들은 한국 돈을 보고 싶다 했다. 천원짜리 두 장을 꺼내어 한 장씩 나눠주었더니 이름까지 써 달랜다. 한자로 쓰고 한글로 쓰고 해서 줬더니 보물마냥 잘 접어 안주머니에 넣는다. 우리는 빼갈 3병(4홉들이)을 마시고 헤어졌다. 계산은 그 친구들이 했다. 그들과 헤어져 조창덕씨에게

"계산이 얼마쯤 되요?" 하고 물었더니

"100위안 조금 넘을 거예요." 했다. 안주 다섯 개에 밥 네 그릇, 빼갈 3병이다. 노동자들의 하루 일당이 보통 100위안이란다. 하지만 그들은 용접기술이 있어 130위안 정도 받는다나. 둘 중 한 친구의 딸은 공부를 잘해서 국가에서 장학금으로 캐나다나 일본, 혹은 한국으로 보내준단다. 아직 어디에 걸릴지는 모른단다.

내일 한잔 더 하자면서 헤어졌다. 여기 베이징에선 식당이고 엘리베이터고 아무데서나 담배를 피운다. 심지어 식당 탁자 위에다가 담뱃불을 비벼서 껐다.

후기 상황은 끊임없이 변한다. 이때만 하더라도 카드 결제가 안되어서 항상 현금을 가지고 다녔다. 하지만 불과 몇 년 뒤에 들려오는 소식은 우리돈 500원도 카드로 결제를 한단다.

자금성을 가다

성 안에는 자금성이 있어 주위는 17리인데 붉은 단장에 누런 유리기와를 덮었다. 서북쪽은 지안문地安이라 하고 남쪽이 천안문이오 동쪽이 동안문, 서쪽이 서안문이다. 자금성 안에는 궁성이 있는데 정남은 태청문太淸 두 번째 문이 즉, 자금성의 천안문이오. 세 번째 문이 단문端, 네 번째문이 오문 다섯 번째 문이 태화문, 뒷문이 건청문乾淸, 건청문의 북쪽문이 신무문神武, 동쪽이 동화문東華 서쪽이 서화문이다

내가 이미 중국에서 돌아와 지나온 곳을 회상할 때마다 모두가 감감하여 아침 안개가 눈을 가리는 듯하고 침침하기는 넋을 잃은 이른 새벽 꿈길만 같아서 남북방위를 바꾸기도 하고, 명목과 실상이 흐트러지기도 하였다. 하루는 정석치鄭石癡에게 팔기통지八旗通志에 나오는 황성지도를 그려 달라 하여 한번 펼쳐보니 성지城池와 궁궐과 거리와 관아들이 손금 들여다보는 듯하고 종이 위에서 신발 끄는 듯하는 소리가 들리는 듯하기에 드디어 요긴한 대목을 추려 권머리에다가 기록하고 '황도기략'이라고 편명을 붙였다.

- '열하일기' 중에서(보리출판사, 연암 박지원 지음, 리상호 옮김)

연암은 삼종(8촌)형인 박명원을 따라 청의 고종 건륭제 칠순 잔치에 사절단으로 따라갔다. 그는 이 50일간의 기록을 여행을 다녀온 후 4년여 걸려 책으로 묶었다. 위의 '황도기략' 편은 연경(베이징)의 관광, 문물, 제도 등을 보고 느낀 것을 술회한 것이다. 열하일기는 연암으로부터 1천여 년전의 혜초스님이 쓴 '왕오천축국전'과 함께 우리나라 기행문학의 보물이다.

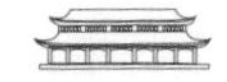

열하일기를 보는 동안 이 위대한 작가의 작품들이 한글로 쓰여졌다면 얼마나 좋았을까? 하는 아쉬운 생각이 들었다. 열하熱河의 현재 지명은 승덕承德이다. 중국말로 청더다. 베이징에서 250여 km 떨어져 있는 황제의 여름별장이다. 피서산장이라고도 한다.

연암이 베이징에 도착하자 황제에게서 열하로 들어오라는 연락이 왔다. 잔칫날에 맞춰서 간다고 연암은 밤새워 달려야 했다. 5일 만에 약 250km를 주파했으니 얼마나 바빴을까.

결국 이날 조선생이 자신의 일정을 포기하고 내 가이드로 나섰다. 그는 자금성을 '꾸궁'(고궁)이라 불렀다. 아파트 단지를 빠져나오며 내가 화장실이 어디 있느냐고 물었더니 큰 거냐고 물었다. 그렇다고 했더니 여긴 공중화장실이 없다면서 아파트 내에 있는 숲을 가리키며

"저기 낭기(나무) 사이에 가서 눠요."

이런다. 안 보인다면서 자기가 일단 들어가더니 작은 것으로 시범을 보인다. 헐, 나는 즉시 포기했다. 그 정도로 바쁘지 않았기 때문이다.

버스를 한 번 갈아타고 간 천안문 광장까지는 1시간 40분이 걸렸다. 나는 중국이 처음이다. 1996년 호주 그레이트 리프로 보트크루즈 다이빙을 갔다가 돌아올 때 중간기착지로 홍콩을 들른 적이 있지만 그때가 1990년대이니 중국으로 홍콩이 반환되기 전이다. 자금성에 관해서는 유홍준교수님의 답사기에 우리의 경복궁과 비교해 설명한 부분이 내 머릿속에 남아 있다. 그래서이기도 하지만 워낙 많은 사진과 동영상을 보았던 터이라 특별히 기대하는 바는 없었다. 즉, 놀랄 준비가 전혀 되어 있지 않은 것이다. 비단 나뿐 아니라 정보의 홍수 속에서 살아가는 이 시대의 사람들에게 이미 유명유적에 관한 막연한 꿈은 없을 것이다. 물론 답사기를 쓸 만큼 해박

한 지식으로 연구를 하는 분이라면 새로운 놀라운 발견을 할지 모르겠지만 말이다. 우리가 탄 객차 2량짜리 버스에선 남자 차장이 끊임없이 고함을 질러댔다. 버스 뒤로 들어가라고, 사람이 타지 못한다고 그러면서 요금을 받았다.

자금성엔 화요일 아침인데도 사람들이 넘쳤다. 줄 서는 방법도 달랐다. 여러 줄이 형성되어 가다가 입장하기 전에 한 줄로 바뀌는 것이다. 슬쩍 슬쩍 끼어드는 사람도 많았다. 평정을 유지하면서 천안문 광장을 지나 태화전 앞에 서자 조선생은 혼자 들어갔다 오라면서 자기는 밖에 기다리겠단다. 나도 잠시 멈추었다. 나는 120위안에 티켓 두 장을 끊었다. 여긴 중국 권력의 상징적 장소다. 마오쩌둥이 권력을 접수했을 때에 이 민중수탈의 장소를 부숴버리라고 했는데 주은래가 말려서 살아남았다고 한다. 나중에 유네스코 세계문화유산으로 지정되면서 주은래에게 고맙다고 했다던가. 그럼 지금은 민중수탈이 사라졌는가? 청의 마지막 황제 푸이가 생각난다. 3세에 황제의 자리에 올라 정원사로 생을 마쳤다던가? 개인의 의지로는 어떻게 할 수 없었던 그건 운명아닌가. 인간 세상에선 권력이 한 사람에게 가지 않는 것도 백성들에게는 피곤하다. 결국 서로 권력을 차지하기 위해 전쟁이 일어나니까.

자금성을 들어가기 전 내 눈을 끈 것은 초병들의 모습이었다. 몸에 맞지 않는 큰 옷을 걸친 이십대 초반의 초병들이 곳곳에서 '차렷' 자세로 서 있는 모습은 나를 불편하게 했다.

자금성을 둘러보고 뒷문으로 나오자 팔이나 다리가 없거나 화상을 입었거나 꼽추인 장애인들이 웃통을 아예 벗어젖히고 구걸에 나서고 있었다. 패딩을 입은 나도 쌀쌀함을 느끼는 날씨다. 한국에 있을 때 나는 그런 사람들을 보면 그냥 지나치지 않았는데 여긴 그 광경이 너무 끔찍해서 눈길조

차 주기 싫었다. '입은 거지는 얻어먹어도 벗은 거지는 그렇지 못하다'는데 오호 인간의 운명이란 또 얼마나 끔찍해야 하는가.

14세기, 현 아프리카 모로코의 탕헤르 출신의 여행자가 쓴 '이븐 바투타의 여행기'에서 이븐 바투타는 항주를 보고 다음과 같이 기술했다.

14장 7 한싸 (현 중국 항주杭州 시)

이 도시는 지구상에서 내가 본 가장 큰 도시다. 길이만도 3일 거리로 시내를 관광하려면 도중에 숙박을 해야 한다.

이븐 바투타가 베이징에 갔을 때는 원제국의 마지막 황제 순제 치세 때다. 이븐 바투타가 중국에 온 것은 1347년 경(고려 말기)이다. 원조의 마지막 황제인 순제는 1371년 응창부에서 죽었다. 그리고 카라코롬에 천도한 것은 이븐 바투타가 중국을 떠난 20여 년 후의 일이다. 따라서 이 여행기에 기술된 관련 사건은 연대나 내용이 사실과 다르다.

- '이븐 바투타의 여행기' 중에서(창비, 정수일 역주)

이븐 바투타는 14세기에 아라비아, 인도, 중국 그리고 아프리카까지 30여 년간 세계를 여행한 이슬람의 법관이다. 그는 뛰어난 기억력의 소유자였지만 여행을 끝내고 기억에 의존해 쓴 여행기라 오류가 없을 수 없었던 모양이다.

조선생의 베이징 청운점아파트

해자 옆에 있는 짜장면 집으로 들어갔다가 조선생이 점원들에게 몇가지 물어보더니 나가잔다. 사람이 많으니 돈을 평소보다 많이 받는다면서. 우린 거기서 조금 떨어진 식당으로 들어갔다. 볶음밥에 계란국 32위안. 버스를 타러 가는 길에 이제까지 본 것들을 조선생께 말씀 드렸더니

"아직 중국은 한국 따라가려면 멀었어요. 십 년은 더 걸릴 것 같아요."

한다. 그날 저녁 어제의 중국 친구들이 차를 가져와 또 양고기를 먹으러 가잔다. 어제 먹은 것을 갚아야 한다. 아파트에서 약 5km 떨어진 어제의 양고기 집으로 갔다. 양고기 한상 가득 차리고 빼갈을 마신다. 그들이 말했다.

"한국이 미국에 너무 붙으면 통일이 안 될 건데요."

이 무슨 헛소리야? 중국은 우리의 통일을 찬성하냐? 일본놈과 미국놈도 마찬가지 아닌가. 대답을 하면서도 화가 난다. 우리는 우리일 뿐이다.

음식값이 230위안 나왔다. 조선생이 지갑을 빼는 걸 말리고 나서 200원을 주고 나머지 잔돈을 찾고 있는데 조 선생님이 100위안을 내고는 받은 돈 70위안을 내게 기어이 준다.

다음날 아침 그는 기차를 타고 떠나 그곳에서 사흘 정도 있다가 온단다. 그는 삼성전자에서 나오는 폐기물을 가져와 가공해서 판매한단다. 도시 주변의 폐수로 뒤덮여 중병을 앓고 있는 중국의 하천들이 떠올랐다. 나도 내일 아침이면 그와 함께 집을 나서야 한다.

접촉 **사고**

새벽에 일어나 짐을 싸고 있는데 조선생은 밖으로 나가 아침에 먹을 빵을 사서 들어왔다. 거기다 계란 열 개를 삶아서 김치 한 그릇과 함께 내 배낭에 챙겨줬다. 가면서 먹으란다. 고맙기 짝이 없어 나는 그가 가장 필요한 것 중에 내가 도와줄 수 있는 것이 무엇일까를 생각해 보았다. 내가 카톡을 하며 공짜라고 자랑하자 몹시 부러워하던 게 떠올랐다. 스마트폰을 중고라도 사고 싶었지만 380,000원이나 해서 못 샀다는 말이 기억나서 서울에 있는 여동생에게 스마트폰 쓰던 것을 하나 구해 주겠다고 하자 몹시 기뻐했다. 그 자리에서 나는 여동생에게 전화해서 이를 부탁하고 조선생께 여동생의 전화번호를 전해 주었다.(몇개월 뒤에 조선생은 한국에 나와서 여동생에게 스마트폰을 받았다) 한국에서 만나서 받도록 한 것이다. 조선생의 배웅을 받으며 청운점아파트를 나섰다.

1차 목표는 타이위안太原이다. 바이두를 검색하자 589km가 나온다.

650km 이상 달려야 할 것이다. 며칠을 가야 할까? 열흘? 보름? 바이두에 의지해 페달을 밟는다. 그런데 가다가 20km 지점에서 사고가 났다. 오토바이 뒤에 리어카 같은 화물칸을 단 차가 나와 자동차 사이의 좁은 틈을 추월해 빠져나가다 나의 자전거 뒤 패니어를 부숴버린 것이다. 패니어와 짐들이 좌르륵 아스팔트 위에 흩어졌다. 다행히 나는 엎어지지 않았다. 아버지가 운전하고 아들이 뒤에 탄 오토바이였다. 근데 이 아버지가 내리자마자 삿대질을 하며 고함을 질러댔다. 적반하장이다. 나도 화가 나서 맞받아 고함을 질렀다. 중국어와 한국어가 한바탕 붙은 것이다. 네가 추월하다가 이리 되었잖아. 자전거부터 급히 살폈더니 자전거는 괜찮은 것 같았다. 녀석은 재빨리 현장을 떠나 버리고, 이미 패니어의 걸쇠는 부러져 버린 것이다. 이런 가방은 특수한 가방이고 자전거 여행자가 아니면 존재조차 모르는 가방이다. 부품은 서울에서도 한군데 밖에 팔지 않을 것이다. 그런 걸 여기 어디서 구하나? 당장에 짐을 달고 갈 일이 큰일이었다. 예비로 준비해 온 못 쓰는 자전거 튜브로 이리저리 얽어매서 출발했다. 이제 여행 시작

베이징 천안문 광장 앞 지하보도

단계인데 어쩌나? 그 꼴을 하고도 71km를 달렸다. 점심은 빵과 사과로 해결했다. 두 번째 휴대폰 배터리가 나가면서 나는 자전거를 멈췄다. 원래 계획도 오늘은 70km 정도 달리고 다음은 숙소를 찾는 것이었다. 숙소에 대해 조선생은 이렇게 말했다.

"삔관이 가장 비싸고 그 다음 주덴, 다음이 려관, 다음이…"

숙소를 외관만으로 판단하던 내겐 솔깃한 정보였다. 걸쇠가 부러진 패니어 때문에 이미 짐도 한쪽으로 삐딱하게 넘어간 상태였다. 길을 건너 여관으로 직행, 숙박비를 물어보자 40위안이란다. 구질구질한 내부모습에 질리기는 했지만 값이 싸다 싶어 방을 보여 달라면서 갔더니 공동 화장실에 샤워장도 없다. 거기다가 이층이다. 자전거를 올리기도 어려운 구조였다. 퇴짜를 놓고 나오니 1층에 있는 다른 방 하나를 보여준다. 트윈룸인데 화장실이 있단다. 좌변기도 아니고 쪼그려 앉아 볼일을 봐야 하는 곳이지만.

"얼마예요?"

물으니

"80위안."

이 무슨 무례한 말인가.

"50위안 하면 자고."

50위안에 낙찰을 보고 들어갔지만 들어가자마자 후회가 밀려온다. 호사를 바라서가 아니다. 곰팡이 냄새에다 습기, 때가 꼬질꼬질한 이불, 재떨이에는 전 숙박자가 피우고 버린 담배꽁초, 화장실에도 그가 버렸음직한 휴지가 한가득, 근데 막상 쓸 휴지는 없다. 뜨거운 물은 나오지도 않고 가구는 쓰레기장에서 주워온 것 같았다. 나는 이런 걸 세심하게 살피지도 않고 성급한 판단을 잘도 내린다. 성질이 너무 급해. 눈썰미도 없어.

도무지 영업 마인드가 있는 거야? 누가 중국인을 장사수완이 좋다고 말했노? 와이파이도 물론 안 된다. 침대 위에 얹힌 요와 이불은 너무 더러워서 앉고 싶은 생각조차 안 들었다. 차라리 하늘을 지붕 삼아 노숙을 하는 것이 나을 것이라는 생각이 들었지만 '50위안짜리 대접이 이것이니 우짜노' 하는 마음으로 참았다.

'열하일기'에서 첫머리는 다음과 같이 시작하는 날이 많이 있다. 연암이 여행을 시작한 얼마 뒤부터 일기의 첫머리에 자주 나오는 구절이다. 여기가 어디쯤이고 어디에서 얼마나 떨어진 곳이다, 오늘은 어디서 어디까지 얼마를 이동했다. 비 오고 바람 불었다 등으로 일기를 시작하는 것이다. 그는 아마 이것을 중요하게 생각했던 것 같다. 나는 지금 어디에 있느냐? 그때 나는 어디에 있었느냐? 자신의 좌표는 항상 궁금하다.

---

*1780년 7월 17일 계사일 날이 맑았다.

아침에 십삼산을 떠나 독로포禿老鋪까지 12리를 와서 배로 대릉하를 건너기까지 14리, 4리를 더 와서 대릉하에서 묵었다. 이날은 30리밖에 못 왔다.

-하략-

*1780년 7월 18일 갑오일 날이 맑았다.

새벽녘에 대릉하점을 떠나 사동비四同碑까지 12리, 쌍양점雙陽店까지 8리. 소릉하小凌河까지 10리, 소릉하 다리까지 2리, 송산조까지 18리, 모두 합해 50리를 와서 점심을 치르고 다시 송산으로 행산보까지 18리, 십리하점까지 10리, 고교보까지 8리, 도합 36리로 이날 모두 합해 86리를 와서 묵었다.

-하략-

- '열하일기' 중에서(보리출판사, 연암 박지원 지음, 리상호 옮김)

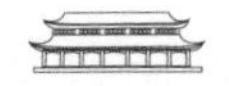

여행자는 자신이 하루에 얼마나 이동하는지 궁금하다. 그래서 연암도 1리, 2리 등 1자리 단위까지 기술을 해 놓았다. 근데 연암은 어떻게 거리를 측정할 수 있었을까? 그 시절 거리계가 있었을 리는 만무하고. 아니 그는 말을 타고 다녔다. 그때 지도에 거리가 표기되어 있었던가? 연암이 쓸데없는 것을 적었을 리가 없지 않은가. 책을 읽으며 든 의문이었다. 근데 동년 8월 1일 황성(베이징)에 들어서며 적은 일기에 이런 대목이 있다.

이날 모두 합해 63리를 왔다. 압록강에서 황성까지는 모두 합해 33참에 2,030리다.

비로소 의문이 풀렸다. '33참'의 '참站'이 이 모든 것을 설명해 주고 있다. 참은 역참을 말하는 것이다. 고려, 조선시대에 역로에 있던 공문을 중계하고 공용여행자에게 교통편의를 제공하던 시설이다. 원나라에서 유래된 것이다. 그러니 역참 사이의 거리가 나와 있음은 물론이다.

역참驛站. 몽골어의 잠jam을 한자로 표기한 것이 참站이다. 전국 각 지방으로 가는 주요도로에는 25~30마일마다 역참이 설치되어 있으며 숙소가 마련되어 있다. 이 '참'에는 말도 3~400마리씩 준비되어 있는 곳도 있다. 공무로 여행을 하는 사람들에게는 말과 숙소, 식량을 제공했다. 칸 '우구데이'는 카라코룸에 수도를 건설하면서 대대적으로 역참제를 정비했다. 우리나라의 역참제도도 이를 본뜬 것이다.

- '마르코 폴로의 동방견문록' 중에서(사계절, 김호동 역주)

동방견문록에 나오는 역주다. 마르코폴로는 이탈리아의 베네치아에서 태어나 17세에 아버지와 숙부의 장삿길을 따라 쿠빌라이칸(원의 세조)의 중국으로 와서 쿠빌라이의 치세동안 원나라에 17년간이나 머물렀던 인물이다.

가오베이이덴에서 위시안으로

중국 냄새

여행에서 가장 신경이 쓰이는 것은 음식과 숙박이다. 출발 전날 밤이면 나는 다음날 식단을 짠다. 물론 계획을 세운다고 해도 그대로 실행은 되지 않는다. 식당을 갈 것이냐, 아니면 슈퍼를 이용할 것이냐? 다음날 먹고 싶은 것이 떠오르면 나는 그걸로 결정한다. 이는 내 몸이 그 음식에 들어 있는 영양소를 필요로 해서 그런 것이 아닐까 하는 근거 없는 믿음 때문이다. 근데 음식 이름을 모르고 말이 통하지 않으니 사진이 없으면 먹고 싶은 것을 시킬 수가 없다. 그러다 보니 식당에 들어가고 싶은 마음이 없어지는 것이다. 그래서 가장 구하기 쉬운 빵과 물, 과일을 사서 쉴 때마다 먹는다. 두 시간 정도 달리고 십 분 정도 쉬는데 그때마다 걸신 들린 것처럼 먹었다. 그렇지만 빵에도 중국 냄새, 요거트에도 중국 냄새, 음식엔 중국 냄새뿐이다. 당연하다. 여긴 중국이니까. 근데 대체 이게 어느 재료에서 나는 냄새야? 향료이겠지!!!! 이름이라도 알면 음식에서 빼 달랄 수도 있겠지만 그렇게도 못한다. 그렇게 산 음식을 먹다가 그래도 밥이 그리워 하루 한 끼

정도 식당에서 해결을 했다. 끊임없이 먹는 계란국, 계란밥. 밥을 달라고 했더니 면이 나온 적도 있었다. 거기다 주인이 눈치가 있는 집이면 괜찮은데

"나 중국말 못해요."

라고 한마디 배운 중국말을 해도 아예 개무시하고 온갖 중국말로 저 혼자 지껄여 놓고는 지 짐작대로 가져나오면 황당하다. 쩝.

가오베이덴高碑店의 곰팡이 냄새 나는 여관을 빠져나와 달린다. 좁고 시설이 낙후되어 있으면 어때? 주인의 손길이 이곳저곳에 닿아 깨끗하면 되는 것이다. 왜 창문을 내지 않을까? 습기가 온몸을 스멀스멀 기는 것 같더니 시골길로 들어서자 기분이 한결 나아졌다. 나는 도시의 번잡함이 싫다.

가벼운 먹을거리의 식당

가오베이덴을 빠져나오며 본 길거리 정자

삶은 계란

아침에 나오면서 조선생이 싸준 계란 3개 까 먹고, 딱딱해진 중국 빵 한 개를 김치에 곁들여 먹고, 사과 한 알로 마무리했었다. 이젠 밥을 먹어야 한다. 홀로 떨어져 있는 고비점 외곽의 식당에 들어갔다. 늙은 주인아저씨가 자전거를 세우자 밖에 나와 인사를 한다. 사진을 보고 시켰는데 계란밥

과 또 계란국이다. 사진엔 다른 음식으로 보였는데, 어째 이럴까? 간장을 달랬더니 젊은 주인아저씨 아들이 식초를 가져왔다. 눈치껏 가져온 것이니 어째?

화장실은 바깥에 있단다. 재래식이라는 말인데 말로만 들었던 칸막이 없는 중국 화장실을 구경해 볼까 싶어서 갔더니 지붕만 없지 우리의 재래식 화장실이다. 화장실 하나 만들어도 우리는 영어로 병기를 한다. 외국인 한 명 드나들 것 같지 않는 가게라도 말이다. 근데 여기는 한자 외에는 다른 표기가 없다. 무심코 들어갔다 나와서 보니 내가 들어간 화장실 벽에 '여' 자가 적혀 있었다. 밥값을 물으니 12위안을 달라 해서 10위안짜리 한 장 내고 잔돈을 찾으니 11위안만 받고 됐단다.

식당을 나와 달리고 있는데 대학생으로 보이는 까까머리 녀석이 자전거를 타고 옆으로 오더니 내 자전거를 세운다. 나도 주덴이 어디 있는지 물어보자 싶어서 자전거를 세워 말을 하니 한국인이냐며 눈을 동그랗게 뜬다. 이어서 그는 폰을 내더니 번역기를 돌려서 내게 들이미는 것이다.

어디 가노? 어디서 왔노?

여기는 외국인이 귀한 편인 모양이다.

64km를 달렸다.

위시안 시내에 들어가니 바로 입구에 삔관이 보였다. 지난밤을 습기와 냄새에 시달린 생각을 하니 려우관(여관)은 싫었다. 그래 저기 가서 요금이나 알아보자. 제법 큰 삔관이다. 자전거부터 로비에 들이밀고 카운터에 가니 138위안이란다.

"꾸이.(비싸다)"

깎아줘 했더니 120위안을 적는다. 아니 100위안 줄께. 즉시 오케이란다.

중국 스케일

더 깎을 걸 그랬나? 온수 되고, '와이파이' 되고 나로선 더 바랄 게 없다. 침대를 큰 걸 원하나? 작아도 괜찮은지 묻는다.

"메이꽌시.(상관없다)"

안내된 방은 트윈 룸이었다. 휴대폰과 노트북에 '와이파이' 비번부터 처리하고 뜨거운 물을 기대하고 샤워를 했더니 물이 미지근하다. 그래도 온수라고 말하면 할 말이 없다. 저녁은 소고기 육포 50그램, 계란 3개, 빵 하나, 사과 한 알을 먹었다. 저녁에 그간 써놓은 글 두 편을 네이버에 한번에 올렸다. 사진 몇 장 올리는 데 두 시간 반이나 걸렸다. 그래, 그래도 그게 어디냐.

다음날 아침 식사도 똑같은 식단으로 먹고 카운터에 내려오니 카운터 아가씨가 사진을 같이 찍잔다. 그러면서 아가씨가 말했다. 여행 잘 하시라고, 나의 남편도 한국인이라고.

식은땀

다시 달린다. 한 시간 달렸는데 식은땀이 흐른다. 왜 이래? 식은땀이 왜 나냐? 허기가 져서? 일단 빵 한 개와 사과 한 알을 급히 공급하고, 물을 배 터지게 마시고 다시 달리다가 초시에 들어가 '수웨이따거' 하고 소리 질러

물 큰 것 한 병 사고, 어린애 주먹만한 빵 세 개를 샀다. 똑같은 봉지에 똑같은 크기인데도 아주머니는 빵을 저울에 달아서 판다. 5.5위안. 다시 달린다. 물도 있겠다. 겁날 것 없다.

이날 중국에 들어와 열흘 만에 처음으로 멀리 산을 보았다. 400km 달리는 동안 산은 처음이다. 위시안을 떠나 40km쯤이었다. 오르막이 시작됐다. 가까이서 산을 보니 질린다. 2km쯤 자전거를 끌고 올랐다. 기진맥진인 판국인데 몇 km인지도 모르는 오르막이 계속 기다리고 있다. 다시 300m쯤 올라가다 일단 길 옆 공터에 차를 세우고 길에 대한 정보부터 알아야겠다고 마음먹었다. 산을 보니 그렇게 높은 산은 아니었지만 그건 맨몸으로 오를 때나 할 말이다. 골병 제대로 드는 데는 전혀 문제가 없을 산이다. 그때 화물차 한 대가 내 옆으로 오더니 선다. 그때부터 손짓 발짓에 필담에 그림에, 하하 결국 나는 그 산의 오르막길 남은 구간이 4km쯤이라는 것을 알아냈다. 안심이다. 까짓것 맥시멈 2시간 잡고 올라가면 되지. 부부가 탄 화물차가 가는 걸 오랜 친구처럼 하염없이 손을 흔들어 보내고 신발 끈을 고쳐 맸다. 그리고 2시간 뒤, 그 산을 넘었다. 산을 넘으면 내리막이 있을 것이라 기대했는데 내리막은 금방 끝났다.

길이 왜 이래? 어쨌거나 오늘은 더 이상 가기 싫어.

길가에 삔관이라고 쓰인 곳이 있었다. 말이 삔관이지 가오베이덴에서 잔습기 찬 '인합여관' 보다도 작은 건물이다. 미안했는지 제일 아래에 작은 글씨로 여관이라고도 적어 놓았다. 주인아주머니가 뛰어나왔다. 얼마요? 100위안, 온수도 없단다. 나는 흥정할 마음도 없어 "꾸이" 하고 나와 버렸다. 온수를 간절히 생각하며 달리고 있는데 빗방울이 떨어졌다. 바로 빠꾸. 그 집 아래 다른 작은 여관에 들었다.

"웨이" 하고 문의 주렴을 젖히고 불렀더니 곰 같은 덩치의 아저씨가 나왔다. 20위안이란다. 여긴 왜 이래 싸나? 아니나 다를까. 방으로 들어갔더

니 콧구멍만한 방에 간이침대가 셋이다. 미니 도미토리다. 한쪽 벽면은 유리 한 장 창틀에 커튼 마감이다. 춥다. 화장실은 마당 지나 길 건너 재래식이고 물은 물론 없다. 커피포트도 있을 리가 없다. 자전거를 방에 들이고 돈 20위안을 꺼냈더니 미안하지만 그렇게는 못하겠단다. 자전거 때문에 다른 손님을 받을 수가 없단다. 딴은 그렇다. 10위안을 더 드렸다. 곰같은 아저씨가 땅이 꺼지도록 한숨을 쉰다. 그렇지만 나도 더 줄 수는 없다. 40위안짜리쯤 되면 화장실이 있고 커피포트도 있으니 말이다. 아저씨는 돈을 받아 들고는 한숨을 몇 번이나 더 쉬었다. 땅이 꺼지도록. '백발삼천장'이라더니, 엄살도 허풍이야.

이날 46km를 달렸다.

타이위안 가는 길

어제 여관에 들어와선 쥐 죽은 듯이 있었다. 저녁 밥 먹으러 가기도 싫어서 육포와 빵으로 해결했다. 불도 켜기 싫어서 어둠 속에서 컴만 켜 놓고 작업을 했다. 보리 깡촌이다 보니 사위는 너무 조용했다. 늦은 밤엔 다른 손님이 오는 것 같았지만 내 방에는 오지 않았다. 아침에 일어나 짐을 싸고 버릇대로 길 건너 화장실로 가니 자물쇠를 걸어 놓았다. 주인을 깨워야 하나 말아야 하나 망설이고 있는데 어제 본 손님이 열쇠를 들고 화장실로 간다. 그래 나는 산으로 가자. 자연 속에서 배설하기로 마음먹었다. 아침부터 재래식 화장실에서 일을 본다는 것이 유쾌한 것은 아니다. 여관 뒤편으로 돌아가니 여관 지붕보다 높은 밭이 있고 매화나무 밭을 건너가니 개울이 나온다. 황토물이 흘러가고 있었다. 그 옆에 쭈그려 앉아 볼일을 본다. 평

셋이 잘수 있는 방. 얼굴이 맞닿을 만큼 좁다. 혼자 쓰는 바람에 30위안(5,500원).

소의 나의 배변 습관도 1분이 채 걸리지 않는다. 여관에 돌아와 양치질이나 하고 가야지 싶어 칫솔을 입에 물고 물을 찾았더니 마당 한쪽에 있는 수도에 물이 나오지를 않는다. 여기도 물이 귀하군.

아침에도 쇠고기 육포 하나와 사과 한 알로 떼웠더니 6km쯤 갔는데 또 식은땀이 흐른다. 이럼 안 돼. 나는 즉시 내려 빵 한 개와 요거트 한 개를 먹고 물을 마셨다. 점심은 기필코 밥을 먹어야겠어. 상점을 찾거나 식당을 가거나 할 때 나는 번잡한 곳을 피한다. 사람들이 우르르 몰려와 구경을 하고 묻고 웃고 떠들고 해서 피곤하기 때문이다. 관심은 힘이 되지만 정도가 심하면 피하고 싶어진다. 자전거 타고 건들건들 가다가 물 1병에 빵 3개(5.5위안)를 사고 식당이 보이기에 바로 자전거를 세웠다. 모자간에 하는 식당이다. 젊은 주인이 나와 적극적으로 주문을 받는다. 그의 모친이 차를 날랐다. 손짓으로 의사를 전달했는데도 주인은 눈치 있게 내가 원하는 음식을 가져왔다. 볶음밥과 계란국이다. 좋아해서 시킨 게 아니라 그나마 이것이

낫다는 생각이 들어서였다. 7위안을 지불하고 밥 먹고 다시 페달을 밟는다. 오후 4시쯤 되면 그날의 라이딩을 일단 접는다. 그때부터는 숙소를 찾아야 하기 때문이다.

여기 지명은 '라위안'. 제법 큰 삔관으로 들어가 100위안을 부르는 걸 80위안에 낙찰을 봤다. 1층인데 창문이 없는 방은 습기가 눅눅하다. 지금까지 숙소는 거의 창문이 없었다. 이도 분명 이유가 있을 것이다. 습기에는 바람이 즉효라는 걸 중국인들이 모를 리가 없으니까. 근데 된다던 와이파이가 안 된다. 날은 어두워 비까지 내린다. 다행히 뜨거운 물이 나왔다.

배가 몹시 고파 삔관에 딸린 식당에 들어갔다. 손님 하나 없는 식당에 종업원은 여섯명이나 된다. 모두 다 할 일이 없어 나를 둘러싸고 수다가 시작됐다. 내가 중국말을 못한다고 몇 번이나 말해도 계속 말을 걸었다. 황당한 일이다. 나중에는 정색을 하고 못한다고 짜증을 내도 그러거나 말거나 계속 뭔가를 설명한다. 거기다가 내가 영어 한마디를 하면 흉내까지 내며 웃어 제친다. 슬슬 혈압이 올랐다. 모자가 하던 식당과는 전혀 딴판이다. 손님도 없는데 종업원이 왜 이렇게 많아? 아직도 국가에서 직업이 없는 사람들에게 일터를 배정해 주는가? 웃고, 떠들고, 원숭이가 된 것 같은 기분이 들어서 바로 나와 버렸다. 예전에 없던 마음이다. 같이 놀면 되는데. 근데 다른 집으로 가서 식당 내부를 들여다보니 음식 사진이 없다. 그렇다면 여기 들어가도 다를 바가 없을 것이다. 주인이 영리하기를 바란다는 것도 내 희망에 불과하니까. 비는 내리고 나는 다시 삔관에 딸린 식당으로 들어섰다. 조선생께 전화를 걸어서 통역을 부탁했다. 돼지고기볶음과 볶음밥 한 그릇에 29위안(5,200원)을 지불했다. 아까워. 내 입에 들어가는 것이 아깝기는 처음이다.

창밖에는 비가 주룩주룩 내린다. 오늘 하루도 무사히 지나갔다. '나는 지금 어디로 가고 있는가?'라는 생각이 문득 들었다. 아주머니들의 수다와 입담으로 봐서 나는 제대로 가고 있는 것 같았다.

이날은 56km를 탔다.

중국의 그랜드캐년, **타이항산 대협곡**을 지나다

날이 밝았다. 자전거를 끌고 디파짓(야진)을 받으러 카운터에 갔더니 아침 식권 2장을 준다. 이게 웬 떡? 앞으로는 삔관에 들어가면 아침을 주는지 반드시 알아봐야 되겠어. 간단한 요기를 했지만 밥이라면 배가 터져도 먹어야지 하는 심정이었다. 지난 저녁을 먹은 삔관 내 식당으로 갔더니 다시 아줌마들이 모인다. 거기다가 구경꾼까지.

날 좀 내버려 둬요. 나 인물도 볼 것도 없는데 아줌마들 왜 그래요?

아줌마가 또 뭔가를 설명하기 시작한다. 내 중국어 귀를 트이게 하려는 것처럼. 그러거나 말거나 나는 내 할 일을 했다. 음식은 뷔페식이었다. 팥죽 한 그릇에 고구마 반 개와 호박 찐 것 한 쪼가리, 밀가루빵 한 개를 비닐에 싸서 달랬다. 그렇다면 삔관이 그리 비싼 것은 아니다. 와이파이 되고, 뜨거운 물 되고, 조식까지 된다면 그 돈이 그 돈이다. 삔관에서 나와 3km쯤 달리다가 사과 몇 알을 샀다. 23위안. 사과가 제철이 한참 지났으니 비쌀 것이다.

약 2km쯤을 자전거를 끌고 걸었다. 바람이 세서 끌고 오른 것이다. 내리막길을 내려가면서 거리계를 확인했다. 6km가 지났는데도 계속 내리막이다. 나는 이런 긴 내리막을 탈 만큼 오르막을 오르지 않았다. 슬슬 불안해

진다. 내리막길이 있으면 오르막이 있는 게 세상 이치다. 바이두는 꺼두었다. 작전을 변경한 것이다. 켜두면 배터리 소모가 너무 심해 4시간마다 한 번씩 갈아야 했다. 그래서 외길이면 꺼두었다가 갈림길이 나오면 켜기로 한 것이다. 무려 11km를 내려와 내리막이 멈췄다. 거기서 또 길이 갈라진다. 허나 그때부터 바이두는 먹통. 예스, 노의 시작이다. 손으로 길을 가리키며 묻는다. 타이위안 예스? 예스. 오케이. 그리곤 가는 거다.

바람이 너무 분다. 주위를 둘러보니 산속에 갇힌 형국이다. 협곡으로 바람이 세게 불 때는 모래가 얼굴을 때려 따갑고, 선글라스 안으로도 모래가 들어왔다. 바람이 거세어질 때는 자전거가 넘어지지 않게 붙들고 바람이 지나가기를 기다려야 했다.

무엇보다 겁나는 것은 차들이다. 지나다니는 차들의 90% 이상이 대형 트레일러들이다. 도로의 폭이 좁아 차가 교행을 하면 내가 자전거를 끌고 갈 수 있는 공간이 1미터도 채 안 된다. 힘에 부쳐서 건들거리다가 자전거 앞바퀴가 큰 차들의 바퀴에 건들리기만 해도 나는 이미 죽은 목숨일 것이다. 이럼에도 추월이 예사였다.

산길은 끝이 없다. 시간은 이미 오후 2시가 넘었다. 이 산을 죽지 않고 넘으려면 밥이 필요하다. 산등성이에 홀로 있는 식당을 찾아 들었다. 할머니 한 분이 나와 말을 건넨다. 말을 모른다고 해도 마냥 묻는다. 할아버지까지 나와서 가세한다. 나는 모른다고요. 그래도 할아버지는 계속 말을 한다. 어제 먹었던 밥 사진을 보여주며 부탁했다. '알았다'면서도 다시 끊임없이 뭔가 말을 한다. 할 수 없이 조선생께 또 전화를 드렸다. 조선생도 베이징을 떠난 날부터 하루에 한두 번은 내게 전화해서 어디인가를 물었다.

밥을 하는 동안 식당 안을 살피던 나는 흠칫 했다. 내가 무의식 중에 한국과 비교를 하고 있었던 것이다. 테이블은 거지 밥상 같고, 테이블보는 걸레 같고 어쩌고 하면서 말이다. 허나 나는 그것이 얼마나 건방진 일인지 문득 깨달았다. 대체 이 집을 위해 땀 한 방울, 돈 한 닢 보탠 것이 없으면서 무슨 얼토당토 않은 개수작이냐는 것이다. 그리고 뼈아픈 물음 하나. 너는 남보다 잘 사니?

돼지고기와 볶음밥이 나왔다. 고기를 맛있게 먹고 밥은 너무 많아 남겼다. 30위안. 나는 '꾸이(비싸다)' 어쩌고 하던 건방진 말도 하지 않았다. 50위안이라고 해도 아무 말도 하지 않았을 것이다. 셰셰닌. 이 밥 때문에 나는 살았으니까. 뻰관이 있는 다음 도시는 여기서 20km를 가야 한단다. 그때가 3시 10분, 20km를 끌고 걷는다면 5시간이면 될까?

타이항산太行山 대협곡으로 들어서기 전에 중국인 라이더를 만났다. 그는 맞은편에서 오다가 나를 보더니 바로 자전거를 세웠다. 나도 반가워서 자

타이항산 대협곡

전거를 세우고 친한 친구처럼 인사를 나눴다. 그는 내 패니어에 쓰인 한글을 보더니 바로 한국인이냐고 물었다. 내가 어디 가느냐고 물었더니 베이징으로 간단다. 우리는 기념사진 한 컷을 박고 헤어졌다. 그도 타이항산 협곡을 지나왔고 내가 내려온 11km의 내리막을 오르막으로 올라가야 할 것이다. 그는 배낭 하나 짊어진 간편한 모습이었다. 내가 올라가는 반대 방향으로 맑은 시냇물이 흘렀다. 물은 아래로 내려간다. 그렇다면 나는 자꾸 올라가고 있는 것이다. 산을 넘거나 길이 옆으로 빠져야 평야가 있고 거기에 도시가 있을 것이다. 15km 쯤 지나니 드디어 계곡이 끝났다.

후기 돌이켜 생각해 봐도 이날이 중국 여행 기간 중 가장 힘든 날중 하루가 아니었던가 싶다. 특히 바람과 끊임없이 이어지는 트레일러들의 행렬 옆 가장자리 틈새로 자전거를 밀어 올리는 것이 너무 힘들었다. 아마도 무식한 초보여행 기간이었기에 이날을 버티지 않았나 하는 것이 내 생각이다.

링추현의 밍주삔관

이날 찾은 삔관은 수십 층짜리 아주 큰 건물이었다(링추현灵丘县 밍주明珠 삔관). 한눈에도 숙박료가 비싸게 보였지만 나는 거길 택했다. 너무 피곤했으니까. 한걸음도 더는 움직이기 싫었다.

삔관의 문을 열고 자전거와 같이 들어서려고 하자 삔관 안에 있던 청년이 밖으로 뛰어나오며 자려느냐고 시늉을 하며 자기를 따라오란다. 주점이 있다면서 내가 확인차 질문을 해도 자기는 영어를 모른다면서 무조건 따라오란다. 호텔 뒤편으로 가더니 허름한 마당으로 데려간다. 헛, 이것 좀 이상하군. 부지불식간에 따라오긴 했지만 말이다. 눈치를 봐가며 조선생에게 재빨리 전화를 걸었더니 펄쩍 뛴다. 그런 사람 따라가면 안 된다면서 나오란다. 나는 처음에 호텔 관계자인 줄 알았다. 왜냐하면 호텔에 있었으니까.

나는 재빨리 가던 길을 멈추고 다시 밍주삔관으로 돌아갔다. 저녁 8시였다. 밍주삔관은 지금까지 내가 다녀 본 삔관 중에 가장 규모가 컸다.

밍주삔관은 건방지게도 단돈 1위안을 깎아주지 않았다. 138위안(26,000원). 한푼도 빼지 말고 다 내란다. 일본인을 가이드 해 온 재일교포 아주머니 한 분을 만나 삔관에 대한 설명을 들었다. 아주머니가 말했다.

"당신이 지금 넘어 온 그 산이 바로 타이항산 대협곡입니다. 중국의 그랜드캐년입니다."

이날 59km를 탔다.

중국에 와서야 알게 된 것 중 하나는 우리나 일본, 대만 등지에서 쓰는 한자는 번체라는 것이다. 지금 중국에서 쓰는 간체는 1960년대 중국 정부가 문맹 퇴치를 위해 복잡하고 어려운 번체를 간단하게 줄인 것이다. 그러니 내가 배운 번체는 지금 중국에서 별 소용이 없다. 중국에 와서 간판을 보고 나는 깜짝 놀랐다. 저런 획수도 몇 개가 안되는 쉬운 글자를 내가 모른다는 것을 수긍할 수가 없었다. 저게 대체 무슨 글자야? 나는 중국 방문이 처음이었다. 간체에 대해 이제야 알게 되다니 나는 그간 어떤 정보를 뒤지고 있었나 하는 쓴웃음이 나왔다. 무식대왕이다. 한자가 웬만히 어렵나. 지난 시절 중국에서도 루쉰(아큐정전 작가)을 비롯한 일부 지식인층 사이에서 한자 폐지운동이 있었다. '한자불멸漢字不滅이면 중국필망中國必亡이다'라면서 한자의 폐지를 주장했다. 중국의 고민을 엿볼 수 있는 사건이고, 세계가 디지털화 되면서 우린 더욱더 세종대왕님을 사랑하지 않을 수 없게 된 것이다.

밍주삔관도 처음 배정 받은 4층 8405호는 와이파이가 터지지 않아 몇 칸

앞으로 방을 옮겨야 했다. 삔관은 조찬권 두 장을 줬다. 다행히 아침은 뷔페식이라 1인분은 먹고 비닐을 달라 해서 만두랑 달걀 등으로 1인분을 담아와 점심으로 먹었다. 이틀을 이 집에서 쉬면서 하루는 점심을 시켰는데 양이 많아 남겨 두었다가 저녁으로 먹었는데 그래도 남아서 버리기도 했다. 값이 30위안(5,600원)이나 되었지만 두 끼를 먹을 수 있는 것으로 만족했다. 그래, 지금 내게 필요한 것은 휴식과 잘 먹는 것이다. 하지만 습관이란 무서운 것이어서 거의 열두시까지 잠을 못 이루고 딴짓을 해야 했다. 새벽 4시쯤 일어나 짐을 챙기려고도 했다. 대협곡을 통과하고도 벌써 에너지가 축적되었다는 말인가?

그러나 그게 아니었다. 조금 더 자고 일어나니 얼굴도 붓고 머리는 텅 빈 것처럼 멍했다. 다리도 허공을 밟는 듯이 허청거렸다. 하루 더 쉬어야겠다.

한국인 재일교포 아주머니가 삔관을 떠나면서 요금이 부담이 되면 여기서 몇 km 더 가면 다른 싼 삔관이 있다 했지만 그렇게 해서 내가 얻을 이익은 없다는 계산이 나와서 그대로 있기로 했다. 쉬자. 푸근했던 행복한 날들과 모든 살아 있는 것들을 사랑하는 마음으로 오후의 따뜻한 햇살을 즐기며 나는 쉬리라. 나는 이 삔관에서 사흘이나 잤다.

장비도 쉬게 해야 한다

삔관에 들어서면 내가 제일 먼저 하는 일은 각종 기기를 충전하는 일이다. 휴대폰 배터리와 카메라, 예비 배터리 겸 충전기도 충전하고, 샤워를 하고, 땀에 전 내의와 윗도리, 양말을 빨아서 넌다. 그리고 일기를 쓴다.

여행을 떠나기 전에 친구에게서 노트북과 재충전 배터리를 후원받았다. 스쿠버다이빙 선배로부터는 올림푸스 TG3 수중카메라 한 대도 후원받았다. 내가 사려 했으나 준비하지 못한 바로 그 카메라였다. 자전거에도 그동안 써봐서 내가 신뢰하는 부품들을 거금을 들여 끼웠는데 그 판단도 맞았다.

"장비란 돈 먹은 만큼 힘을 쓰는 것이야."

대륙에 부는 황사

밍주삔관을 나서자 바이두는 아웃이다. 이미 타이항산 대협곡을 들어서기 바로 전부터 바이두는 아웃이었다. 갈림길이 나오면 사람들을 붙잡고 예스 노를 시작해야 한다. 점심때쯤 30km 지점을 지나며 식당을 찾아 점심을 먹고 나서며 행여나 하며 식당 주인에게 타이위안 가는 길을 물었는데 내가 지나온 길을 가리키는 것이었다. 당황했다. 갈림길도 없었고 외길을 따라 왔다. 결국 묻고 물어 다시 0.5km쯤 돌아서 가다가 오른쪽으로 방향을 틀었다. 갈림길에 주유소가 있어 길을 못 본 것이다.

오전에 화창하던 날씨가 오후가 되자 흐려지면서 바람이 강해지기 시작했다. 자전거에 속도가 붙지 않는다. 3km쯤 낮은 언덕을 끌바(자전거에서 내려 끌고 가는 것)를 했다. 그리고 11km를 바람을 헤치며 내리막을 탔다. 허나 다시 10km를 끌바를 했다. 지나온 링추가 해발 1,000m에 있는 도시였다. 오후 3시가 넘어서자 마음이 급해지기 시작했다. 가다가 길을 물었다. 잠을 잘 수 있는 도시가 얼마나 남았냐고.

"4꿍리만 가면 돼요."

이들은 km를 꿍리公里라고 했다. '야호!' 소리가 절로 나왔다. 굴러서 가도 갈 수 있는 거리니 얼마나 좋아. 근데 10km를 가도 마을은 그림자도 보이지 않았다. 도시가 가까워지면 차량 통행이 번잡해지고 집들이 하나둘 나타나기 시작하는데 그런 기색이 전혀 없다. 바람은 점점 거세지고 온 천지에 황사다. 야영을 생각해도 사방이 개활지라 바람을 피할 곳도 없다. 텐트는 치기도 전에 날아갈 것이다. 갈림길이 나왔다. 한참 동안 자전거를 세워 놓고 사람을 기다렸다. 멀리 검은 옷을 입은 한 사람이 강풍에 흐느적거리며 실루엣으로 다가오고 있다.

나도 얼른 그 사람 쪽으로 다가갔다. 거지였다. 그는 이빨이 반나마 빠진 입으로 타이위안 가는 길을 가르쳐 주었다. 확인을 하기 위해 오토바이를 타고 가는 사람을 붙들어 세워 다시 물었다. 잠잘 곳이 어디 있느냐고. 황사는 지독했다. 10m 앞에 있는 나무들이 갑자기 눈앞에서 사라지는 것이다. 두려움이 밀려왔다. 이게 대체 뭐야? 나는 거의 탈진 상태였다. 그렇게 가는데 경찰서(공안)가 갑자기 짠 하고 눈앞에 나타났다. 망설일 것도 없이 바로 공안국 마당으로 들어갔다. 공안국은 황사에 가려서 보이지 않았던 것이다. 직원 한 사람이 나오고 있었다.

"헬프 미."

사냥꾼도 찾아든 새는 내치지 않는 법

사냥꾼도 제 품으로 찾아든 짐승은 내치지 않는 법이다. 공안들이 나를 해롭게 하지 않을 것이다. 외국인인 내 입장에선 가장 믿을 수 있는 것이 공안이다. 재외국민을 보호하는 것이 그들의 의무가 아닌가. 그는 바빴던지 다른 사람들에게 나를 인계하곤 자리를 떴다. 경찰서 내의 공안들이 내가 있는 방으로 하나, 둘 모여들었다. 사람들과 가장 빨리 가까워질 수 있는 방법은 웃는 것이다. 웃으면 사람들은 경계심을 푼다. 창밖에선 경찰서 앞 도로에 있는 가로수들이 없어졌다 나타났다를 반복하고 있다. 그러나 그들은 그런 것엔 아무 관심도 없는 것처럼 보였다. 이들에겐 일상인 것이다. 한 사람이 따뜻한 물과 빵을 가져왔다. 나는 그 자리에서 허겁지겁 먹었다. 그때부터 번역기를 동원하고 필담을 시도하고, 바디랭귀지도 시작됐다.

나는 잘 곳을 원한다. 오늘도 이 악천후 속에서 60km를 타고 왔다. 이젠 강풍 때문에 자전거가 갈 수가 없다. 너희들이 잠잘 곳을 찾아 줄 수 있느냐?

그들이 대답했다. 걱정마라, 우리가 알아서 찾아 줄 테니까.

친절한 중국 공안들

근데 어디서 왔느냐? 어디로 가느냐? 뭐 하는 사람이냐?

여권을 보여주고, 내가 지나온 곳의 사진들을 스마트폰을 통해 보여주자

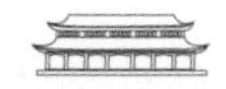

공안국에서 형사들과 함께

다른 사진들도 좀 보자. 우와, 스쿠버도 하느냐? 산악자전거도 하는구나. 수중사진을 보여주며 말했다. '나는 언더워터 포토그래퍼다, 하하하.' 사람들의 흥미를 끄는 것은 중요하다. 그래야 도와주면서도 신이 날 것이 아닌가. 나는 그들 눈에 벗어나지 않도록 아양을 떨었다. 내가 있는 방이 젊은 공안들로 가득 찼다. 한 사람씩 나서서 나와 기념 촬영을 했다. 단체 사진도 찍었다. 나는 내가 정말 기념할 만한 인간인가에 대해 쑥스러워서 사진을 찍으면서도 쭈빗거렸다. 젊은 공안들은 호기심 가득한 눈빛을 하고 내게 물어왔다. 중국말로. 그러면 나는 눈치껏 대답했다. 그러고서 3시간 정도를 경찰서에 있었다.

날이 어두워지자 그들은 나를 나오라 하더니 자전거를 픽업트럭에 싣고 근처에 있는 주뎬으로 태워주겠단다. 공안 셋과 나, 이렇게 네 사람이 주뎬으로 향했다. 주뎬에 방을 정하고 자전거와 짐들을 2층 방으로 다 옮긴 그들은 나를 주뎬 내에 있는 식당으로 안내했다. 식사 겸 술자리가 시작된 것이다. 안주가 한 상 가득 차려지고 빼주가 나오고 한 순배 잔이 돌자 분위기가 뜨거워진다. 장욱동이라는 공안은 나와 성씨가 같자 더욱 반가워했다. 그의 동생이 한국에 오래 있어서 한국말을 한다며 수시로 전화를 걸어 통역을 부탁했다. 그는 신사였다. 식대도 그가 지불했다.

공안들의 호위를 받으며

아침에 일어나 짐을 싸고 장욱동씨에게 전화를 걸었다. '나는 떠난다, 당신의 도움을 잊지 않겠다.' 근데 그 동생이 받았다. 그래서 형님에게 그렇게 전하라고 말하고 전화를 끊었다. 그리고 나는 떠나야지 하고 일어서려는데 장욱동씨가 주덴의 문을 열고 들어왔다. 타이위안으로 가는 큰길까지 바라다 주겠노라고 했다. 어젯밤 같이 술을 마신 쾌활한 왕서군도 들어왔다. 그는 축구를 좋아하며 박지성을 가장 좋아한다고 했다. 차 한 잔 놓고 한담을 나누다 그들이 앞장서고 내가 뒤에 따라 가면서 큰길까지 3km 정도를 달렸다. 우리는 다시 기념사진을 한 번 찍고 헤어졌다.

"이 길이 G108번 도롭니다. 이 도로만 따라가면 타이위안이 나옵니다. 파이팅."

직선으로 뚫린 끝이 보이지 않는 도로에서 그들이 외쳤다.

"굿 럭!"

이후, 이날의 라이딩은 일로순풍이었다. 산시성 판스현繁峙县 다잉은 해발 1,200m이다. 이후 해발 900m까지 내려왔다. 내리막이어서 페달을 밟지 않아도 자전거가 20~30km씩 속도가 붙는다. 그렇게 달리다 복사꽃을 보자 나는 기분이 즐거워져 휘파람도 불었다. 85km를 타고 4시부터 잘 곳을 찾기 시작했다. 어디로 가나? 내가 달리고 있는 G108번 도로 바로 옆으로는 마을이 형성되어 있지 않았다. 좌측으로 2km쯤 들어가자 도시가 나

타났다. 다이현代县이다. 이 지방에는 돌이 흔한지 도로 포장이 대리석으로 되어 있다.

가장 큰 주덴에 들어갔다. 158위안이란다. 샤워기도 없었다. 샤워가 되는 방은 210위안(39,000원). 쩩, 방이 아무리 깨끗하면 뭘 해? 나는 땀에 전 몸을 씻고 빨래를 해야 해. 다시 규모가 작은 삔관으로 들어갔다. 138위안 달란다. 80위안에 하면 하고. 안 된단다. 그럼 나도 안 해. 나는 조금 더 올라가면 주덴들이 많이 있다는 정보를 과일 가게에서 이미 듣고 있었기에 쫄 것도 없었다. 나가려는 나를 젊은 주인의 아버지가 붙잡았다. 80원에 줄게. 그런데 가보니 샤워기가 없다. 그는 한국사람이면 누구나 간체를 다 안다고 생각하는지 간체로 필담을 시도했다. 그리고 여러 방을 보여주며 가격을 올렸다 내렸다 하더니 온수도 나오고 와이파이 되는 방을 100위안에 자란다. 나도 지쳐서 그렇게 하자하고 자전거를 방으로 들이려 하니 안 된단다. 그러면서 무조건 따라오라더니 자전거를 끌고 창고로 데리고 간다. 갱같은 놈들이 바글바글한 창고로. 나는 두말없이 돌아섰다. '뚜에부치.(죄송해요)' 당신에겐 방이 귀중하겠지만 자전거 여행자에겐 당신 방보다 내 자전거가 더 귀중한 법이라오. 다시 페달을 밟아 찾은 주덴은 80원인데도 주인아저씨가 나와서는 온갖 도움을 다 준다. 돈보다 좋은 것이 친절이다. 이날 87km를 탔다.

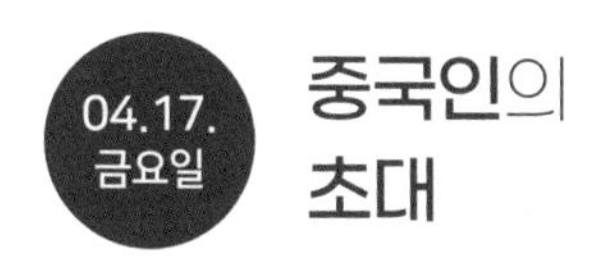

04.17. 금요일 중국인의 초대

위안핑原平을 지나 퀀지에 도착했다. 타이위안太原이 얼마 남지 않은 지점이었다. 식당에 들어갔다가 밥이 없어 식당을 나와 '어떡할까?' 하고 자전거 옆

내게 내준 부부의 침실과 빨간 플라스틱 요강

안 마당의 계단과 지붕으로 덮은 온실유리

에 앉아 쉬고 있는데 젊은 주인이 따라 나와서 내게 이것저것 물었다. 식당 주인은 20대의 청년이었다. 조준봉과 그의 여동생 조민이다.

"꼭 밥을 먹어야겠어요?"

"그럼."

나의 입맛은 아직 글로벌화가 되지 않았다. 그는 자기 집 옆의 다른 식당으로 나를 데려가 밥을 시켜줬다. 아내인 줄 알았던 그의 여동생이 밥을 먹는 내 앞에 앉아 이것저것 물었다. 어디에서 왔느냐? 부터 어디까지 가세요? 그러면서 자기 집에서 자고 가란다. 그래? 좋아 비즈니스군. 너희 집에 온수 있어? 돼지고기도 있나? 있단다. 그래 그럼 하루에 얼마야? 아직 오후 3시밖에 되지 않아 그냥 심드렁하게 물어본 것이다. 근데 조준봉의 여동생인 조민이 말했다.

"노 머니."

엉 이건 무슨 말이야? 프리? 나를 초대하는 것이었다. 얼마 전엔 프랑스인 자전거 여행자가 자고 갔단다. 글쎄 그게 나와 무슨 관계가 있을까마는 어쨌든 젊음이 가지는 외국인에 대한 호기심과 여행자에 대한 배려다. 나야 불감청이언정 고소원이다. 중국의 가정집을 경험한다는 것이 여행자에겐 얼마나 큰 행운인가.

"자네 부모님에게도 이야기 했어?"

"걱정마세요."

그래서 그날 그의 식당과 딸린 이층집도 구경하고 고프던 돼지고기도 먹고 조준봉의 신혼방 침실에서 하룻밤을 보냈다. 밤에 조준봉이 플라스틱 그릇을 가지고 왔길래 뭐냐고 물었더니

"W.C."

란다. 요강이라는 말이다.

조준봉의 집은 대문 안으로는 마당으로 가는 통로가 있고 통로의 위는 콘크리트로 덮어 놓았다. 통로에서 오른쪽으로 꺾으면 마당과 화장실이 있고, 다용도실을 지나면 오른쪽으로 침실 두 개가 있다. 왼쪽으로는 샤워실이 있고 거길 지나면 집 안의 또 마당. 건너편에는 주방이 있고 이층으로 올라가는 계단이 있다. 특이한 것은 두 마당에 지붕을 만들어 놓은 것이다. 온실처럼 유리로 막아 놓았다. 밖에서 이 집으로 들어오려면 문을 열어 주지 않으면 하늘을 통해서도 들어올 수 없는 구조다. 하나의 성채였다.

나는 내 인생의 선 위를 자전거로 달린다

새벽에 일어나 짐을 다 싸놓고 아침밥을 기다리는데 밥이 나올 기미가 없다. 내가 떠나는 시간은 어제 저녁 조민에게 이야기해 뒀었다. 시간이 벌써 8시 20분인데? 아침밥은 안 줘? 이상하다 싶어서 나는 가야겠다고 말했더니 바로 따라나선다. 그들은 내가 가기를 기다렸던 것이다. 남의 상을 봐주려면 삼년상을 봐주라고 했는데 그건 조선 속담이다. 어째? 무슨 사정이 있겠지. 그래도 나는 그 어머니를 찾아 공손하게 인사하고 자전거에 올랐다.

다잉과 다이현 가는 길에 보이던 '야오둥'. 무덤인 줄 알았더니 토굴집이라 했다.

오후 2시가 넘어서자 빗방울이 떨어졌다. 피할 곳도 없고 비다운 비도 아니어서 계속 달린다. 달리다 보니 자꾸만 빗방울이 굵어진다.

숙소만 나오면 들어가자. 그래도 마음이 급하지는 않았다. 가다 보면 나올 것이고 나오면 들어가면 되지 하는 평온한 마음이었다. 빗발이 굵어져 신이 젖고 바지도 젖었다. 마침 여관이 보인다. 저기 가 보자.

여관 앞에는 눈에 익은 깃발을 단 오토바이가 가지런히 서 있다. 조금 전 저들이 서 있을 때 내가 통과하자 손을 흔들며 '짜이요'를 외치던 사람들이다. 그들은 그 후 나를 앞질렀었다. 내가 자전거를 여관 앞으로 갖다 대자 로비에 있던 오토바이 타던 사람들이 우르르 몰려나와 나를 도와준다. 여관은 60위안, 와이파이, 온수 다 된단다. 오케이. 87km를 달렸다.

점심을 건너뛰어 배가 고파 근처의 식당을 두 군데나 갔으나 안 된단다. 저

녁은 6시가 되어야 다시 시작한단다. 브레이크 타임이다. 여관 아저씨가 중국제 라면을 권했다. 우육면이었다. 쇠고기라면이라는 말이다. 바쁜데 따질 게 있나. 5위안 주고 사와서 허겁지겁 먹었다. 배가 고파서 맛만 좋다. 아마 내 평생 사발면 먹은 것은 이 날이 처음이다.

타이위안의 공안

여관을 나와 달리는데 아무래도 기분이 찜찜했다. 주머니를 만져보니 방 열쇠가 들어 있다. 전자키다. 우짜노? 타이위안太原까지 남은 거리는 27km다. 페달 두어번 밟으면 갈 수 있는 거리다. 서두를 것 없다. 1km를 돌아가 열쇠를 반납하고 다시 달린다.

밥이나 먹자. 근데 식당에 밥은 없단다. 자기들이 메뉴를 보고 권하는 것을 알아서 주세요 했더니 계란국에 밀가루 전병 찢어 놓은 것을 가져왔다. 맛은? 네 맛도 내 맛도 없다. 배가 불러야 배짱이 생기는데. 그래도 입맛이 당기지 않아 먹을 수가 없었다. 한국의 여동생이 준비해 준 아껴두었던 소고기 장조림 캔과 고추장을 꺼내 와서 같이 먹었다. 그래도 이 날은 맛이 좋아지기는커녕 소고기 맛도 고추장 맛도 달아나 버렸다. 내 입맛에 문제가 있었다.

어제 저녁 친구가 인터넷을 검색해 알려준 타이위안의 한국 민박집은 150위안을 달라 했다. 돈도 돈이지만 중국에 와서 처음으로 기분을 잡쳤다. 주인 여자의 예의 없는 말투와 무성의에 가 봐야 더 마음이 상하겠다 싶어서 아예 포기를 했다. 한국인이 하는 집을 가는 이유는 소통과 정보를 얻기 위해서이다. 부딪쳐 해결하자. 숙소도 잡아야 하고 시안西安 가는 버스터미널도 알아봐야 한다. 그런데 버스터미널을 뭐라고 말을 해야 사람들이 알아먹을까? 내 경험에 의하면 버스, 택시라고 말해 봐야 대부분 모른다. 거기다가 터미널까지 붙이면 누가 알아먹을까? 중국말은 내가 모른다.

그럭저럭 타이위안에 들어오긴 했다. 거리는 복잡했다. 나는 도시만 들어오면 머리는 텅 빈 것 같고 의욕이 사라진다. 몇 번 사람들에게 코리아타운에 대해서 묻다가 관뒀다. 아무에게나 물어볼 수도 없어서 그중에 학생인 듯하고 눈빛 초롱초롱한 아이를 골라서 말을 걸어봤지만 헛일이었다. '어쩔까?' 하고 터덕터덕 자전거를 끌며 걷고 있는데 파출소 100m라는 한자 간판이 눈에 들어왔다. 요즘 우리는 치안센터지만 중국은 파출소구나. 그래 이거다. 중국 공안은 나의 밥 아닌가. 모름지기 여행자는 공안과 밥처럼 친숙해지는 것이 좋다.

파출소 앞에 도착해 자전거를 세울 데가 없어서 다짜고짜로 파출소 안으로 밀어 넣었다. 경비실에 앉아 있던 여자 공안이 눈을 동그랗게 뜨고 안 된다고 한다. 안 되긴 뭘 안 돼? 이미 들어왔는데. 청년 공안들이 내려왔다. 나는 내가 필요한 것을 말했다.

타이위안에서 다시 공안의 도움을 받다

말은 통하지 않았다. 하지만 소통은 말이 전부가 아니다. 공안들이 주는 담배를 받아 잠깐 쉬어야겠다며 의자에 앉았더니 자기는 밥 먹고 오겠다면서 셔터를 내리고 이층으로 올라갔다. 나는 닫힌 문 안에 앉아 기다렸다. 이윽고 내려온 공안이 버벅댔지만 슬슬 입이 풀리기 시작했다. 사람이란 묘해서 지근거리에 앉아 이것저것 말을 하면 서서히 소통이 된다. 공안의 영어가 슬슬 풀리는 것이다. 이윽고 한 공안이 나오더니 자전거는 여기 두고 차를 타고 타이위안에서 제일 큰 호텔로 가잔다. '완다'라는 호텔이었다. 하루에 800위안에서 1,200위안 하는 매우 비싼 곳이란다. 가보자. 거기 가면 한국어와 영어를 하는 사람들이 있단다.

어쨌든 공안차를 호텔 주차장에 세우고, 이파리 세 개를 단 나이가 좀 든 공안이 이파리를 번쩍거리면서 호텔로 들어가 사정을 이야기했다. 호텔 직원 한 사람이 나왔다. 그에게 '100위안 이하의 싼 숙소를 찾는다. 하루 자고 짐을 맡겨두고 핑야오 고성에서 이틀 자고 와서 하루 더 자고 다음날 시안 가는 버스를 타야겠다. 왜냐하면 타이위안에서 시안으로 가는 길은 높은 산이 많아서 자전거로는 넘지 못한다고 들었기 때문이다.'하고 내 희망 사항을 이야기했더니 영리한 눈빛을 반짝이던 친구가 말했다. 핑야오는 여기서 100km밖에 안 된다. 거기서 바로 시안 가는 버스가 있다. 핑야오는 자전거로 가면 좋지 않을까? 당신 생각은 어때? 그 구간에는 높은 산이 없어! 그럼 자전거 타고 '핑야오 고성'으로 가서 둘러보고 바로 시안으로 가야지. 다음 코스는 싼 주뎬으로 가는 것. 다시 공안차에 타고 주뎬으로 가서 200위안 받는다는 방을 매니저 불러 100위안으로 해서 방 열쇠를 손에 쥐었다. 자전거 가지러 파출소에 갔다가 나오니 이파리 세 개인 공안이 한국의 아리랑 담배 한 갑을 주머니에 찔러준다. 고마워서 천 원짜리 석장을 꺼내 기념으로 세 사람에게 나눠 주려고 했더니 그건 돈이라 받을 수 없단다.

파출소를 나오며 조금 기분이 이상했다. 내가 너무 공안에게 기대는 것이 아닌가 하는 생각에서였다. 내가 너무 지능적으로 공안을 이용하는 게 아닌가 하는 생각에 스스로 불쾌해졌다. 한국에 있는 내 친구도 블로그를 보고 문자를 주고받으면서 "야, 경찰 좀 그만 털어먹어라." 하고 말했었다. 그러나 공안이 하는 일 중에 그게 중요한 일이 아닌가? 나는 가난하고 불안한 여행객. 그대들이 내게 가장 신뢰가 가는 사람들인데 그러니 어째?

자전거를 방 안에 두고 밖으로 나왔다. 주덴 근처가 바로 재래시장이어서 장을 보기 위해서였다. 오후 4시, 배가 몹시 고팠다. 우선 사과 4알을 13.5위안(2,522원)에 샀다. 뭐가 이리 비싸? 채소를 거의 못 먹기 때문에 과일에 기댄다. 시장을 어슬렁거리며 올라가다 보니 닭다리(사실은 오리다리)가 보였다. 눈이 뒤집혀서 3개를 샀다. 27위안. 호떡 비슷한 것을 팔기에 그것도 다섯 개를 샀다. 호떡 같은 달콤함을 기대하면서. 닭다리를 먹을 생각에 시장 구경은 그만하고 얼른 방으로 돌아와 오리다리를 먹었다. 오리다리가 원래 이렇게 맛있던 것이었어? 오리다리는 닭다리보다 컸다. 요즘처럼 먹거리를 보면 눈이 뒤집힌 적은 없었다. 오리다리 하나를 먹고 나머지는 다음날 아침, 점심까지 해결했다.

그리고는 밤중에 일어나 무언가를 또 먹었다. 먹어도 먹어도 배가 고프다. 내 몸에 필요한 무엇이 모자라는 것이 틀림없다. 그러면서도 달릴 때는 조금만 더 조금만 더 하면서 배고픔을 참으며 탄다. 핑야오 고성平遥古城을 들렀다 가기로 마음먹었다. 내일 핑야오 고성을 가면 천천히 둘러보면서 쉬는 것 같이 쉬리라. 중국에 도착하고부터 너무 쉼 없이 달리고 달리고 또 달렸다. 명,청시대의 사회상과 건축물들이 가장 잘 보존되어 세계문화유산으로 등재된 중국의 5대 고성 중 하나인 핑야오 고성을 보러 가는가? 아니다. 나는 내 인생의 선 위를 자전거로 달리고 있다. 점, 점, 점을 이으며 그렇게 지나가고 있는것이다. 지금이 어디쯤일까?

04.20.
월요일

핑야오 고성으로 가는 길

아침 6시 50분, 나는 서둘러 타이위안의 주덴을 나섰다. 오늘은 100km 이상을 달려야 하기 때문에 조금 일찍 나온 것이다. 타이위안은 산시성山西省의 성도다. 바이두에 의지해 도시를 빠져나왔다. 그래도 몇 번이나 길을 물어야 했고, 다시 돌아서야 했다. 도시를 빠져 나가면 바이두를 멈출 것이다. 근데 서둘러 나오는 바람에 물 500ml짜리 4병을 방 안에 두고 깜빡하고 나왔다. 자전거를 닦는 수건도 걸어놓은 채 나와 버렸다. 여행 중 처음으로 물건을 빠뜨렸다. 물은 당장 있어야 했다. 주유소에 있는 편의점에 들어가 물 큰 것 2병, 과자 한 봉지에 13.5위안을 지불했다. 쓰지 않아도 될 돈을 부주의 때문에 쓰고 나니 화가 났다. 내 인생에 요즘처럼 잔돈 한 푼에 울고 웃었던 적이 없었다.

끝없이 가로수가 늘어서 있는 것이 중국의 도로다. 나무의 크기를 보고 수령을 짐작해 보니 거의 40~60년쯤은 된 것 같다. 그렇다면 국공내전이 끝나고 도로를 정비할 때 심었을 것이다. 자전거길(?)도 우리의 차도 한 차선보다 넓었다. 어떤 인도는 거의 차선 3개를 합친 것만큼이나 넓었다. 하지만 타이위안의 교통질서는 엉망이었다. 신호를 지키기 위해 서 있으면 바보가 되는 것이다. 초기엔 몹시 분개했었다. 하지만 이제 나름 적응을 한다. 눈치 봐가며 슬슬 빠져나가는 것이다. 빨간불? 파란불? 사람들은 별로 신경 쓰지 않았다. 교통법규가 있으나 마나 한 것에 비해 사고가 그리 많이 안 난다는 인상을 받았는데 그건 아마도 빨리 달리는 차가 없기 때문이 아닌가 하는 생각이다.

타이위안시를 빠져 나오다가 만난 고속도로 톨게이트

가다가 또 고속도로 톨게이트를 만났다. 지금까지 온 길을 접고 다시 돌아가야 한다고 생각만 해도 아득했다. 톈진시를 찾아가던 첫날 상황을 다시 맞이한 것이다. 어떡하나? 주위를 둘러 봐도 험한 인상의 사내들 몇 명이 나를 관찰하고 있을 뿐 차들만이 지나다녔다. 일단 누구한테라도 부딪쳐보자. 제복을 입은 여자가 걸어오는 것이 보여 달려갔다. 말은 안 통한다. 고속도로 톨게이트에서 일하는 여성이었다. 그녀가 따라오란다. 살았다. 우린 고속도로 길가에 있는 관리사무소로 들어갔다. 많은 사람들이 나왔다. 이럴 때 나는 많은 말을 해야 한다는 것을 안다. 묻지 않아도 좋다. 나는 어디서 왔으며 어디로 가려 한다고 말하는 것이다. 일단 흥미를 끌고 스스로 나서서 도와주고 싶은 상황을 만드는 것이다. 아무도 말은 안 통했지만 내 상황을 짐작한 한 친구가 나에게 길을 설명했다. 내 말을 알아들은 것이다. 나는 그의 옷을 잡아끌며 앞장 세웠다. 그가 고속도로 중간으로 난 일반 차들이 다니는 길을 안내했다. 고속도로 중앙에 일반 도로가 나 있다. 뭐 이래? 하하하 거참. 이상하지만 사람들이 모은 지혜일 것이다. 역시 제복 입은 사람들은 이럴 때 좋다.

핑야오 고성을 20~30km 남겨둔 지점에서 '교가대원'이라는 곳을 만났다. 지방 토호가 건설한 대저택이다. 청대의 거부 교치용의 저택이다. 건평 1,265평에 방이 313개란다. 장예모 감독의 영화 '홍등'의 촬영장소이기도 하다. 늙은 영감과 부인 4명의 시기와 질투, 당시의 사회상을 그린 영화다. 자전거를 끌고 들어가 살피고 있는데 경비원 영감님이 오더니 나가라고 소리를 지른다. 아니 이 영감이 왜 이래? 다른 사람들은 자전거를 끌고 들어오는데, 짐자전거라고 얕봤나? 알았어요. 나갈게. 입장료도 있고 나는 바쁜 몸이니 들어가래도 안 들어가 이 영감탱이야. 그렇지만 사진은 한 방 찍고 나가야지.

오후 5시, 핑야오 고성에 도착했다. 고성의 입구는 한마디로 지저분하기 짝이 없었다. 먼지에 쓰레기에…, 고성의 북문 입구에 다다르자 전기자전거를 탄 아주머니들이 달려들었다. 자기 집에 짐을 풀라는 말이다. 나는 아무에게도 눈길을 주지 않았다. 그런데 한 아주머니가 자전거를 끌며 끝까지 따라붙었다. 끊임없이 말을 하면서. 그러면서도 웃는다. 그게 밉지 않아서 어차피 어딘가에 잘 것. 따라 갔더니 골목 안집이다. 호객행위를 하지

누구의 동상인지 안내하는
간판도 보이지 않았다.
물론 저택의 주인일 것이다.

않으면 일부러 찾기가 쉽지 않은 집이다. 80위안 달랜다. 인터넷, 와이파이, 핫 워터 외쳐봐야 모르쇠다. 젊은이들도 세 명이나 있었는데… 하지만 스마트폰 들이밀고 몸을 씻는 동작을 하자 바로 다 된다며 방으로 안내한다. 전통 집에다 방바닥은 돌이 깔려 있고, 침대도 벽돌로 만들어 그 위에 전기장판을 깔아 놨다.

아줌마도 한국에서 흔히 볼 수 있는 맘씨 좋은 아주머니처럼 보였다. 몇 사람이 달라붙어 자전거를 계단으로 밀어 올리고 방으로 넣었다.

그래 여기가 핑야오 성이군, 성안의 풍경은 지금까지 본 중국의 도시풍경과 달랐다. 그래 이것만 해도 찾아온 보람이 있다. 음, 무협영화 세트장으로 많이 이용되었을 것 같다. 여긴 말하자면 낙안읍성이나 서울의 북촌과 같은 곳이다. 거리에는 사람들이 넘쳤고 모두가 상기된 표정으로 카메라를 들이대기 바빴다. 특히 서양인들은 상기된 표정이 역력했다. 짐 풀고 샤워하고, 저녁부터 먹어야지. 그리고 나는 내일 새벽 아무도 없는 이 거리로 나올 것이다. 그리고 쌍림사雙林寺도 갈 것이다. 내일을 생각하자 흥분이 밀려왔다.

핑야오 고성

고성에 도착해 객잔(호텔: 이 지방은 숙소 대부분이 객잔이라는 이름을 쓰고 있었다)을 정하고 샤워를 하고 저녁을 먹었다. 남은 오리다리 두 개와 빵으로 아침과 점심을 때웠었다. 저녁은 밥을 먹고 싶었다. 객잔 아주머니를 앞세워 객잔 바로 앞에 있는 식당에서 밥을 먹고, 고성을 돌아다니고 싶

핑야오 고성 북문, 타이위안에서
오면 이 문으로 들어온다.

은 마음을 누르고 바로 객잔으로 돌아왔다.

핑야오 고성 안에는 3만명이 산다

고성은 내일 보면 된다. 내일 볼 수 있다는 즐거움이 오늘 저녁 큰 행복이 될 것이다. 나는 내일 아무도 없는 핑야오 고성의 새벽길을 걸으며 혼자만의 즐거움에 빠질 것이다. 새벽에 일어나 일기를 마무리하고 객잔을 나섰다. DSLR 카메라와 디카를 준비해 길을 걷는다. 성 안에 3만명이 산단다. 성곽은 높이 10m, 폭은 5m, 둘레는 6.4km다. 바깥쪽 성벽은 벽돌이고 안쪽은 진흙이다. 성 밖 인근엔 진중晉中이란 큰 도시가 있다. 상점과 식당, 유람 전기차 등이 주민들의 생계수단인 모양이다. 중국은 지형이 평탄한 곳에서도 전기를 동력으로 하는 전기자전거가 대부분이다. 학생들도 이 전기자전거를 타고 성 밖에 있는 학교를 다닌다. 관광객은 대부분 중국인들이었고 가끔 서양인이 눈에 띄는 정도다. 한국인은 만나지 못했다. 중국의 이정표들은 대부분 외국인을 배려하지 않는다. 간자체가 전부다. 이게 나에게는 고통이었다. 바이두를 실행시키려 해도 발음을 모르니 할 수가 없는 것이다. 그래서 영어 표기가 있는 간판이 나오면 사진을 찍어두었다. 허나 여긴 관광지라 가끔 영어가 표기 되어 있는 이정표도 있었고, 성내 몇 군데에 한글 표지판도 보였다.

산시성은 누들로드의 시발지다. 면이 발달해서인지 밥이 안 되는 식당이 많았다. 여기의 대표음식은 도삭면刀削麵이다. 어깨 위에 반죽을 올려놓고 칼로 빚어 끓는 물에 데치는 서커스 같은 묘기를 부려 만드는 음식이 바로 산서성의 대표음식인 것이다.

새벽엔 사람이 거의 없었다. 혼자 걷고 싶었던 길이 삭막하다는 생각이 들었다. 아하, 아무리 좋은 풍경이라도 사람이 없으면 죽은 풍경이 되는구나. 사진을 찍어 봐도 사람이 없으면 생동감이 없는 죽은 사진이 되는 것과 같았다. 이 거리 저 거리 3시간쯤 사진을 찍으며 돌다가 보니 배가 고팠다. 두부에 녹두? 콩나물?을 넣은 5위안짜리 음식 한 그릇으로 허기를 달래고 객잔으로 돌아왔다. 점심 먹곤 자전거로 구석구석 한 번 더 돌아야지. 모처럼 두 발로 걸으며 망중한을 즐겼다.

중국인들은 왜 '창문'에 인색할까

근데 이상한 광경이 있었다. 성내 곳곳에 보행전용도로를 만들어 놓았다. 자전거나 자동차가 다니지 못하도록 철책을 만들어 놓았는데 자전거와 오토바이가 그 철책을 넘어 다녔다. 성문 입구에도 자동차 통행금지 푯말이 있는데도 불구하고 자동차는 자유롭게 통행하고 있었다. 대체 왜 만들어 놓은 거야? 성내에도 유람 전용 전기자동차와 어마어마한 소리를 내며 매연을 뿜어 대는 발동기를 얹은 삼륜차와 아우디, 폭스바겐, 벤츠 등이 경

핑야오 고성

적을 마음껏 울리며 돌아다니고 있었다.

집들은 벽돌집이었다. 기둥은 목재가 보조재로 사용되었다. 특히 건물의 측면부분을 창문 하나 없이 벽돌을 쌓아 놓은 것이 인상적이었다. 중국인들은 왜 창문을 내는 데에 인색한 것일까? 먼지 때문인가? 초대 받았던 중국인 집에도 마당으로 통하는 벽을 유리로 마감해 놓았는데 통유리였다. 여닫을 수가 없는 것이다. 사실상 출입문 외에는 문이 없었다.

자전거로 돌기 전에 밥을 먹으려고 몇 번 가서 주인과 음식이 낯이 익은 집을 피하고 다른 집으로 들어갔다. 가급적 여러 군데의 음식을 맛보고 싶어서였다. 근데 밥 옆에 같이 나온 반찬이 턱없이 적어서 조금 더 달라 했더니 하나 더 시켜 먹으란다. 그것도 값이 두 배나 비싼 음식을. 반찬 한 가지 없는 중국의 식단이 내게는 당혹스럽다. 성내를 걸어서 한 바퀴 돌고 자전거를 타고 7km를 돌았다. 이날 성 밖을 돌다가 사과를 샀다. 한눈에 척 보니 맛있는 사과다. 나는 소牛과라 채소를 좋아하는데 중국에 와선 거의 못 먹었다. 나름대로 꾀를 낸 것이 과일을 먹는 것이다.

성곽의 북쪽 성문 위에 망루가 있고 사람들이 있기에 나도 올라가 볼까 하고 들어가려 했더니 티켓이 있어야 한단다. 가격은 120위안. 헐, 간단히 포기하고 돌아오며 생각해도 너무 비싸다. 높은 곳에 올라가면 사진이 좋은 것을 누가 모르나. 그래도 너무 비싸다. 그날 객잔의 아주머니와 이야기를 나누며 안 것은 그 티켓을 사면 성내에 있는 여러 곳의 박물관을 다 구경할 수가 있단다. 물론 아주머니는 중국말, 나는 한국말로 하는 데도 두어 시간씩 앉아 떠들다 보면 서로가 필요한 정보는 다 알아낸다. 신기해. 하하.

후기 이날 식당에서 반찬을 조금 더 달란 것을 생각하니 지금도 얼굴이 화끈거린다. 나는 그때까지도 중국식당의 시스템을 완전히 이해하지 못한 것이다. 우짜든지 돈을 아껴야 한다는 생각밖에 없었기 때문이다. 식당의 주인 여자는 아마도 '별 치사한 녀석이 다 있군'이라고 생각했을 것이다.

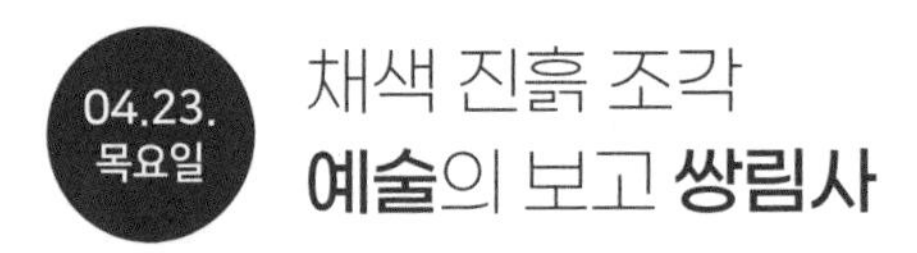

쌍림사雙林寺는 산시성山西省 진중晋中에 위치한 사찰로 채색 진흙 조각 예술의 보고라고 불린다. 천여 년의 유구한 역사를 자랑하는 이 절에는 당나라 때부터 송, 요, 금, 원나라 조각의 특징을 보유한 채색 진흙 조각 2천여

점을 보존하고 있다. 1997년, 쌍림사는 고도古都 핑야오와 함께 유네스코의 세계문화유산으로 등재되었다.

짐 없는 빈 자전거로 쌍림사로 가다

자전거에 짐을 묶기 위해 달아 놓은 튜브를 떼어내고 짐 하나 없이 올랐더니 자전거 핸들이 일부러 그러는 것처럼 전후로 심하게 떨렸다. 이는 그동안 짐에 길들여 있던 나의 팔이 짐이 없는 자전거에 적응을 못해 일어나는 현상이었다. 숙소의 종업원을 불러 스마트폰에 쌍림사를 적어달라 부탁을 하고 바이두를 실행시켜 객잔을 나섰다. 쌍림사까지는 8km 남짓, 자전거로는 20분이면 갈 수 있다.

그런데 달리다 보니 자전거 속도계의 거리가 10km를 지나가는데 쌍림사는 보이지 않았다. 내가 놓쳤나? 거리계는 거짓말을 하지 않는다. 즉시 백, 사람들에게 물어본다. 돌아가란다. 시골길을 달리는 맛은 최고다. 중국의 지방 촌구석에 있는 자그마한 절이 세계 문화유산에 등재된 것은 채색 진흙 조각 때문이란다. 그래, 절도 좋겠지만 시골길도 마음에 든다. 하긴 자동차에 하도 시달려서 그럴 것이지만 말이다.

입장료는 32위안, 관람객은 많지 않았다. 자전거를 맡기는데 2위안, 나는 관람객인 중국인 노부부를 따라 다녔는데 불심이 깊은 사람들인지 가는 곳마다 배례를 한다. 무엇이 이렇게 사람을 기대게 하는가?

절의 채색은 희미하고, 유물들도 훼손이 간 곳이 많았으나 무지한 내 눈에 그게 오히려 친근하고 세월을 느끼기에 좋았다. 관람을 마치고 돌아오며 타이위안에서 핑야오를 올 때 봐 두었던 핑야오와 다른 고성을 찾아가기 위해서 핑야오를 지났다. 길을 찾지 못해 갈림길에서 바이두를 검색하고 있는데 지나가던 중국인이 도우려 했지만 소통이 안 된다. 포기하고 돌아오는 길에 진중이라는 도시를 만났다. 타이위안에서 올 때는 지나지 않

쌍림사. 장기를 두고 있는 사람들과 자전거 보관소

쌍림사는 규모가 크지 않은 작은 절이다.

은 도시다. 길을 못 찾는 바람에 이 도시를 만난 셈이다. 이날 30km를 탔다.

시안 가는 밤기차를 탄다

객잔으로 돌아와서 아주머니를 앞세워 빼주와 안주를 샀다. 빼주 제일 작은 병을 14위안, 오리다리 3개를 10위안, 두부를 2위안 주고 사서 객잔 마당에 있는 식탁에서 잔을 기울이고 있는데 중국인 학생 두 명이 들어와

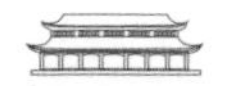

식탁 옆의 방을 잡는다. 그 중 한 학생이 내게 말을 걸었다.

학생, 여기 앉어. 술 한 잔 해.

그는 모주꾼이었다. 술이 금방 바닥이 나고 같이 사러 갔더니 녀석이 32위안짜리 빼주 큰 병을 겁도 없이 산다. 돈도 기어이 제가 낸다. 아버지가 46세이고 자기는 20세란다. 좋은 나이다. 그런데 자기 여자 친구 때문에 고민이란다. 그래, 니 나이가 그런 나이여. 많은 여자들이 너를 지나갈 것이다. 그걸 모두 붙잡을 수 없는 것. 상심하지 말게나.

쌍림사에서 돌아오며 기차역의 위치도 확인했다. 시안西安까지 가는 기차 시간과 요금은 객잔 아주머니의 컴퓨터에서 확인해 두었다. 이동 시간은 대략 8시간에서 10시간. 고속은 3시간, 요금은 보통칸은 70위안 정도, 침대칸은 140위안이었다. 나는 자전거 때문에 침대칸을 사야 할 것이다. 저녁 시간을 골라 기차에서 잠을 자면 숙박비를 절약할 수 있을 것이다. 시안은 어떤 모습일까? 국공내전 때 장개석은 시안을 수도로 삼으려 했고 모택동은 권력을 잡고 나서 베이징을 수도로 삼았다. 자전거와 함께 하는 중국의 기차여행도 기대가 된다. 미지의 여정은 가슴을 뛰게 한다.

자전거를 기차에 싣고 **시안**으로 **출발**

여행자에게는 중국 지방이 가장 안전하고 가장 좋은 고장이다. 한 사람이 단신으로 거금을 소지하고 9개월 간이나 돌아다녀도 걱정할 것 없는 곳이다. 그들의 여행 질서를 보면 전국의 모든 역참에는 여인숙이 있는데, 관리자가 몇몇 기병과 보병을 데리고 상주하고 있다. 해가 진 후나 셔녁이 되면 관리자가 자신의 서기와 함께 여인숙에 와서 전체 투숙객의 이름을 등록하고는 일일이 확인 도장을 찍은 다음 여인숙 문을 잠근다. 다음날 아침 날이 밝은 후에 관리자가 서기와 함께 와서 투숙객을 점호하고 상황을 상세히 기록한다. 그리고는 사람을 파견해 다음 역참까지 안내를 한다. 안내자는 다음 역참의 관리자로부터 전원이 도착했다는 확인서를 받아온다. 쉬눗 쉰(중국의 광동지방)으로부터 한 발리끄(베이징)까지 전국의 모든 역참에서 이렇게 하고 있다

여인숙에는 식량을 비롯해 여행자가 필요한 모든 것, 닭과 쌀이 마련되어 있지만 그 양은 적다.

- '이븐 바투타 여행기' 중에서(창비, 정수일 역주)

그렇다면 지금 중국의 외국인 여행자에 대한 '주숙등기住宿登記'는 이븐 바투타가 여행하기 전부터 숙소에서 시행해 오던 의무적인 사항이었던 모양이다. 중국은 아랍의 형제국이 아니다. 무슬림들이 여행을 하려면 돈이 필요하다. 이븐 바투타가 오랜 기간 동안 여행을 할 수 있었던 것에 대해 정수일 교수님은 다음과 같이 해석했다.

이븐 바투타가 미증유의 대탐험을 성공리에 단행할 수 있었던 또 다른 요인은 세계에 관한 선배 아랍 무슬림들의 축척된 지식이다. 10세기를 전후한 이슬람 문명의 전성기에 많은 아랍 무슬림 학자와 여행가, 상인들은 세계방방곡곡을 누비면서 현지 견문기 등 귀중한 기록들을 많이 남겨 놓았다. 이와 같은 기록, 특히 여행 관련 기록은 이븐 바투타의 여행에 참고서와 길잡이 역할을 하였다. 또한 이븐 바투타가(당

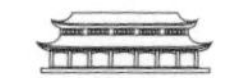

시 22세에 시작) 혈혈단신으로 30년간 3대륙까지를 주유할 수 있었던 간과할 수 없는 객관적 요인 중 하나는 이슬람 특유의 형제애이다. 종교적 기본이념에서 나타나는 특색이 기독교는 박애이고 불교는 자비라면 이슬람교는 형제애다. 전세계 무슬림은 혈통과 지위 여하에 관계없이 모두가 형제라는 것이 무슬림간의 기본적 인간관계이다.

- 같은 책 중에서

주숙등기에 대한 오해와 진실

자전거 세계일주를 계획하고 중국에 대한 정보를 수집할 때 가장 흥미로웠던 것이 '주숙등기'라는 말이었다. 외국인은 3성급 호텔 이상에서 자야하고 일반 가정집에 잘 때는 공안에 신고를 해야 한다는 법이 있다는 것이다. 이는 상당히 부담이 되는 정보였다. '3성급 호텔이라니? 도대체가 이 무슨 개떡 같은 법이야' 하고 마음을 졸였었다. 근데 와서 보니 말 그대로 '주숙등기'는 예전 우리도 시행하던 숙박부에 숙박 사실을 등재하는 것을 이르는 것이었다. 예전엔 우리나라도 경찰이 숙박업소에 임검을 돌았었다. 통행금지가 있던 시절이다. 물론 중국은 들어가는 숙박업소뿐 아니라 어디든 신분증을 요구했다. 자금성에 들어갈 때도, 기차를 탈 때도 소지품에 대해 엑스레이 검사를 하고 몸수색을 했다. 그리고 신분증을 요구했다. 외국인뿐 아니라 자국민에게도 마찬가지였다. 안전을 위해서이겠지만 귀찮은 일이다.

핑야오 고성에서 12시쯤 객잔의 방을 비워줬다. 왜냐하면 체크아웃 시간이 12시인지 오후 2시인지 모르고 말도 안 통하니 시간이 넘었다고 돈을 더 달라고 하면 꼼짝없이 당하기 때문이다. 그건 식당에서 말을 모른다고 해도 막무가내로 이말 저말 해 놓고는 나중에 계산할 때는 이것저것 더 넣었으니 돈을 더 내라는 것을 당한 학습효과 때문이었다. 그래서 마당에다 짐을 꾸린 자전거를 세워 놓고 시간을 보내고 있었다. 시안행 기차시간은 저녁 8시 35분이기 때문이다. 그래서 3시나 4시쯤 나갈 생각으로 기다리고 있으니 주인 여자가 '야진'을 가져왔는데 20위안을 더 넣어 주었다. 그러니까 2일은 70위안씩 받은 셈이다. 그러면서 주인 여자는 다시 방에 들어가서 시간이 될 때까지 쉬다가 가라는 것이다. 내가 부끄러워지는 순간이었다.

우리나라 완행열차를 떠올리게 하는 시안행 기차

바이두에 의지해 자전거를 몰고 있는데 아무래도 가는 길이 이상하다. 쌍림사를 다녀오며 확인한 기차역은 분명 이 길이 아닌데 간판을 보니 다시 진중 시내를 달리고 있는 것이 아닌가. 교통정리를 하고 있는 제복 입은 여성에게 길을 물었다. 그녀는 다시 돌아서 내가 온 길을 되짚어 똑바로 가란다. 바이두도 이상하고 제복 입은 여성도(공안이 아니었다) 내 기억과 배치되는 말을 했지만 이럴 때 믿어야 하는 것은 사람이라는 것을 나는 알고 있다. 그 여성 말대로 똑바로 달리니 눈 앞에 역이 나타났다. 나는 길치가 틀림없다.

대합실도 아무나 들어가는 게 아니라 몸수색과 엑스레이 짐 검사를 끝낸 사람들이 티켓과 신분증을 보여주고 들어갔다. 티켓을 끊는 직원들 앞에도 한 줄로 들어가도록 가드레일을 만들어 놓았다. 그 문 앞에 가야 비로소 티켓을 끊는 직원을 만날 수 있었다.

"시안 가는 8시 35분 기차표 주세요.(영어)"

"뭐라고?"

핑야오역

"자전거도 실어야 해요."

"뭐라고?"

"나 중국말 몰라요."

"나도 영어 몰라."

그러면서 손짓으로 남자 직원이 업무를 보는 줄로 가란다. 침대칸은 매진이다. 10시간 30분을 앉아서 가야 한다. 시안까지 요금은 69위안, 침대칸은 140위안이다. 소화물 취급소에서 자전거 짐을 다 풀어주니 그걸 다시 마대로 옮겨 끈으로 묶는다. 자전거와 마대 둘을 보내고 95위안을 지불했다. 시안까지는 600km 남짓이다. 거기 가서 짐을 찾으란다. 기차 시간 10분 전쯤 개찰을 시작해 다시 검표하고 플랫폼으로 나갔다. 기차는 기억도 가물가물한 우리의 저 70년대의 완행열차 같다. 왼쪽 2열, 오른쪽 3열의 등받이는 하나로 둘이 쓴다. 고정이다. 내 자리는 역방향이고 여학생 3명과 같은 자리다. 땟국에 쩔은 의자는 푹 꺼져 있어 자세를 바로 하기에도 힘들다. 잠 못 이룰 밤만이 낭만의 몫으로 남아있다. 밖은 이미 칠흙 같은 어둠, 기차는 한번씩 크게 덜컹거리며 사람을 놀라게 했다.

사람들은 어떻게 하면 이 밤을 좀 더 편하게 보낼 수 있을까 온갖 자세를 취해 보지만 편할 리가 없다. 그래도 잠을 이기지 못해 자다 깨다를 반복하고 나니 몇 시간은 흐른 것 같다. 앞자리에 앉은 여학생 둘은 끊임없이 먹다가 시간이 흘러 경계심이 풀리자 자기들이 먹는 것을 내게 권했다. 말린 과일이라 했는데 호기심에 몇 개 먹었는데 내 입맛에 맞았다. 사과를 말린 것이라 했다. 아주 작은 사과인 모양이다. 내게 낭만이란 이 말린 사과처럼 쭈글쭈글한 모습으로 저 어둠에 묻힌 밤의 대륙처럼 잠들어 있겠지. 세월이란, 세상에 어떤 것도 제 모습을 유지하게 가만두지 않을 것이다.

시안

시안시는 옛 이름은 장안長安, 경조라 하며 산시성陝西省의 성도에 속한다. 중국 지리의 중심으로, 내륙에 위치하고 있다. 시안은 중국 6대 중심도시 중의 하나이며, 세계적으로 유명한 역사와 문화를 가진 이름난 도시이다. 시안은 중국 중서부지역의 중요한 과학연구, 고등교육, 국방 과학기술 공업과 고급 신기술 산업기지, 중국의 중요 우주비행, 항공공업센터, 기계제작센터와 방직공업의 중심이기도 하다. 시안은 비교적 튼튼한 공업기초를 가지고 있으며, 중국 중서부지역에서 과학기술 실력이 가장 뛰어나고, 공업부분에서 가장 완전함을 갖춘 대도시 중 하나이다.

옛 주周나라의 수도 서기西岐가 이 부근에 있었다. 기원전 202년 전한前漢의 수도가 되어 장안長安이라 하였으며 후한後漢 말기에 18제후 연합군에게 쫓긴 동탁이 헌제를 옹립하고 한때 이곳에 들어왔다. 오랜 열국 시대가 끝나고 581년에 수隋나라의 수도, 618년에 당唐나라의 수도가 되어 300년간 국제도시로 융성하였으나, 안사의 난, 황소의 난으로 일대 타격을 입고 침체되었다. 1936년 장쉐량이 일치 항일을

요구하며 장제스를 억류하는 시안사건이 일어나 제2차 국공합작의 계기가 되었다.

<위키백과>에서

삼국지를 보면 그 기세 당당하던 동탁은 죽임을 당해 저잣거리에 버려져 백성들이 그의 기름진 배에다 심지를 꽂아 태웠더니 며칠간이나 탔단다.

시안역 소동, 자전거가 안 왔다고?

11시간이 걸려 찾은 시안의 첫인상은 역시 지저분했다. 근데 여기서 나는 생각을 멈췄다. 가는 곳마다 지저분하다고 느끼는 것은 내게 문제가 있는 것이 아닐까? 나는 한국에서 살았다. 문제는 그것이다.

섬서성陝西省과 산서성山西省은 '산시성'으로 발음이 같다보니 한국인들은 착각하기 쉽다. 산서성은 태산의 서쪽에 있다고 붙인 지명이다. 기원전부터 역대 왕조들이 수도로 삼았던 곳, 800만이 넘는 인구가 살고 있고, 장안長安이란 이름으로 불리기도 했던 산시성陝西省의 성도 시안의 인상을 지저분하다고 느낀 것은 역을 빠져나오는 지하도가 너무 낡았고 지저분했기 때문이다. 그러나 역 앞에 있는 시안 성곽을 빠져 나와 시내로 들어오자 다른 곳처럼 풍경이 바뀌었다. 깨끗한 도로, 잘 정비된 가로수와 건물이 전혀 다른 모습을 보여 주었다. 자전거를 찾으러 소화물 표를 들고 갔다. 이윽고 여직원이 한 명 출근했다. 표를 들이밀었다. 직원은 말없이 표에 적힌 것을 컴퓨터에 찍더니 없단다. 물건이 안 왔단다. 자전거 여행자 누군가가 물건

시안역을 나서면 바로 나타나는 시안의 성곽

을 하루 뒤에 받았다는 것을 읽은 것이 머리를 스쳤다.

"그럼 언제 온대요?"

그녀가 번역기를 돌려서 내게 손으로 적어 준 종이의 글씨는 "아이 돈 노."였다.

"당신이 모르면 누가 알아?"

"아이 돈 노."

뭘 물어도 같은 대답이다. 모르는 걸 어떡해!!! 여직원도 땀을 뻘뻘 흘리며 열심이었다. 고맙다. 그러더니 전화번호를 적어 주며 전화해 보란다. 전화를 했더니 중국어 기계음만 나온다. 나도 말했다.

"아이 돈 노."

유 돈 노, 아이 돈 노, 에브리바디 돈 노. 대체 이 일을 어떻게 할 것인가? 내 자전거는 도대체 어디 간 거야? 나는 자전거 여행자란 말이야. 그러다가 여직원이 내린 결론은 사흘 후에 와 보라는 것이었다. 주위에는 짐을 내리는 하역 인부들뿐이다. 나는 도리 없이 역을 빠져 나왔다. 안 왔다는 것을 어떻게 할 거야? 일단 '루디쓰지청'으로 가자. 물론 이 말에 대한 발음도 스스로 신뢰할 수 없는 것이었다. 어디서 주워들은 말을 기록해 놓은 것이었다. '루디쓰지청'에 한인타운이 있다는 말을 들었던 것이다.

지나가는 사람들을 붙잡고 이 희한한 발음을 했더니 모두가 총 맞은 얼굴이다. 그래도 포기할 순 없다. 나는 가야 하니까. 일단의 대학생으로 보이는 사람들을 불러 세우고 물었다. 다행히 통한다. 나 여기로 가야 돼. 여기에 코리아타운이 있대. 너 알아? 그랬더니 옆에서 가만히 우리가 하는 수작을 보고 있던 호객꾼 아주머니 한 분이 이걸 '아하! 그거'라며 학생에게 '루디쓰지청'을 본토 발음으로 말해 주고 학생은 내 바이두에 그걸 적어준다. 그리곤 물었다.

"버스 타고 갈래요? 택시 탈래요?"

"야, 택시는 비싸서 못 타. 버스 번호 가르쳐 줘."

"저기 가서 608번 타고 가세요."

"여기서 얼마나 걸려?"

"1시간 30분요."

시안시의 상징물인 종루는 명나라 초기인 1384년에 세워졌다고 한다.

"버스비는 얼마야?"

"2위안이에요."

남학생과 내 주위에는 남학생의 일행인 여학생들이 주욱 둘러서고 지나가던 학생들도 멈춰서서 흥미롭게 나를 지켜보고 있었다. 그래 이제 알 건 알았고 나는 그 버스를 타면 되겠지. 어제 중국 기차를 타 봤던 것처럼 여기 시안의 시내버스를 타 보는 것도 나같이 여행을 하는 사람들의 기쁨이자 의무야. 그건 그런데 아무래도 뭐가 잘못됐어. 사흘간을 기다려? 침낭도 없이 잠을 자면 내 감기는? 자전거 없이 내가 할 수 있는 일이 무엇이 있겠어? 나는 다시 생각을 더듬었다. 다시 역으로 돌아가자. 상식적으로 생각해도 맞지 않아. 한인타운으로 가는 것이 바쁜 것이 아니다. 분명히 와 있을 것이다. 내가 내리자마자 찾아갔기에 그 순간 짐이 아직 컴퓨터에 등재가 안 되었을 뿐일 것이다. 나와 자전거는 같은 기차로 온 것이 분명하다. 다시 소화물센터로 돌아가니 다른 여직원이 앉아 있었다. 줄을 서서 초조하게 한참을 기다렸는데 내 차례가 되자 내 뒤에 있던 녀석이 먼저 서류를 들이밀어 버린다.

"야, 임마! 내 차례다."

얄미워서 한국말로 소리를 질렀다. 근데 컴퓨터를 만지던 여직원은 그 녀석 것을 먼저 처리해 주고 내 작업을 진행한다. 마음이 급해서 녀석과의 시비는 무시했다. 여직원이 아무 말 없는 것을 보니 자전거가 왔구나 왔어! 야호~

자전거는 체인이 벗겨져 있었다. 왔으니 됐다. 20분을 낑낑대며 고쳤다. 짐을 싣고 시안역을 빠져 성곽 내 도시로 들어간다. 중국인들이 마오쩌둥과 같이 가장 존경한다는 그 옛날 당 태종 이세민도 이 길을 걸었을 것이다. 역사란 인간들의 추억이 모인 것이겠지만 인생이란 또한 얼마나 허무한 것이냐. 오늘 여기에 있는 사람들 모두가 100년 뒤에는 한 사람도 남아 있지 않을 것이니.

내일은 당나라 헌종이 양귀비를 위해 지었다는 화청지華清池와 진시황릉, 인근에 있는 병마용갱兵馬俑坑으로 가야지. 여기서 40km. 관람까지 마치고 하루에 돌아오기에는 빡빡한 거리이지만 나는 역시 자전거로 갈 것이다. 조금 일찍 나서면 되지 뭐.

진시황과 양귀비의 도시 시안, 시안 성벽과 시앙지먼湘子門 유스호스텔

시안역에서 자전거를 찾아 한인타운으로 방향을 잡아 나가다가 눈에 띄는 간판이 있었다. 유스호스텔이다. 나는 순간 거기서 묵기로 결정을 했다. 유스호스텔은 생애 처음이다. 이름과 달리 젊은이들만의 공간은 아니다. 한인타운에 누가 나를 기다리고 있는 것도 아니고 동포라고 싸게 해 줄 리도 만무하다. 여기는 서울과 다름없는 대도시다. 물가도 비싸다. 타이위안만 해도 다른 도시에 비해 두 배나 비쌌으니까. 내가 이 도시에 며칠을 묵어가려는 것은 서울에서 부치는 물건을 받기 위해서다. 베이징에서의 교통사고로 부러진 뒷 패니어 걸쇠와 내가 필요한 다른 물품들을 받기 위해서이다. 그리고 다른 것도 있다. 영원히 살고 싶어 몸부림쳤던 인간, 신이 되고자 했던 인간의 욕망이 잔혹하게 남아있는 진시황의 능과 병마용갱을 보기 위해서이다. 아울러 여기엔 38세 나이로 목이 매달려 죽은 양귀비와 당시 70세의 헌종이 사랑(?)을 나누었던 화청지가 있다. 화청지도 가보고 싶었다. 시안은 중국 대륙 중앙의 깊숙한 곳 관중지역에 있는 도시이다.

"이제 반은 갔어요."

나의 여정을 알고 있는 조선생의 말이다. 벌써? 아직 아무것도 본 게 없다는 생각에 허전한데 벌써 반이나 왔다고요? 망설임 없이 자전거를 유스호스텔로 몰아넣었다. 조그마한 입구와는 달리 꽤 큰 호스텔이다. 요금은 150위안. 그것도 사정하다시피 해서 깎은 금액이다. 5일분 750위안과 야진 200위안을 주고 나니 가산이 홀쭉해졌다.

후기 나는 이때까지만 해도 도미토리룸의 존재를 이름으로만 알고 있었다. 도미토리룸에서 훨씬 편한 마음으로 시안에 있으며 즐길 수 있었는데 경험이 없다보니 도미토리룸에선 물건이 분실될 위험이 많을 것이라고 생각한 것이다.

호스텔 내에서 파는 볶음밥 한 그릇 먹고 26위안을 주고, 칭다오맥주 작은 것 한 병에 15위안을 주고 나니 유스호스텔이라고 간판을 달아놓고 바가지만 씌우는 것이 아닌가 하는 느낌도 들었다. 아침밥도 없고 치약, 칫솔, 면도기도 비누도 물론 없다. 그간 다녀 본 중국의 호텔 어느 곳에도 없었다. 세탁실과 공동 샤워실은 삼층에 있는데 동전을 넣어야 돌아간다. 컴퓨터실은 일층 로비에 있었다. 입구엔 식당과 술집, 당구대도 있었다. 이 호스텔의 건물은 중국풍이다. 유스호스텔이라서 처음에는 젊은 사람들만 갈 수 있는 곳으로 착각을 했었다. 그래서 유스라는 말을 빼 버렸겠지. 그러나 여긴 그대로 사용하고 있다. 물론 손님은 젊은이들이 대부분이다. 어둠이 내리면 유스호스텔은 활기가 넘치면서 떠들썩해진다. 낮에 각자 여행을 즐기고 호스텔로 돌아 온 사람들이 식당으로 술집으로 모여 이야기를 주고받으며 술잔을 기울이는 것이다. 서양인들도 보였지만 대부분이 중국 학생들이다.

혼자 온 사람은 나밖에 없었다. 모두 일행들과 어울리기 때문에 내가 낄 자리는 없었다. 나는 한 번씩 그들의 곁을 지나며 '내게도 아직 낭만을 즐길 수 있는 감정이 남아 있을까?' 하며 내 마음을 돌아보며 청춘을 추억하는 것이 고작이었다.

중국과 뜨거운 차

중국의 어느 집을 가든 뜨거운 물이 있다. 가정이든 업소든 물을 끓일 수 있는 포트와 보온병이 있다. 중국 살림의 필수품이다. 한겨울에도 냉장고에 넣어둔 찬물을 즐기던 나는 뜨거운 물에 대한 이해가 없었다. 허나 가는 곳마다 먼저 내놓는 이 뜨거운 물을 마시다 보니 이젠 나도 어디에 가든 뜨거운 물을 요구하게 되었다. 내 보온병에도 이 물을 담을 수 있는 것이다. 차를 달인 물도 있고 맹물도 있지만 어느 것이든 좋다. 중국 인심 중에 가장 좋은 것이 이 뜨거운 물이다. 땀으로 저하된 체온을 이 뜨거운 물이 덥혀 주었다.

시안의 성벽은 현존하는 중국의 성벽 중에 최대 규모다. 길이가 13.75km, 높이가 12~15m, 성벽의 폭은 위쪽이 20m는 족히 되어 보였다. 이 성벽을 사전 검색도 안 해보고 한 바퀴 돌려고 나섰다. 핑야오 고성이 6.7km였으니 그 보다 많이 길다. 어쨌든 한 바퀴 돌면 되지.

근데 두 시간쯤 놀며 쉬며 달리고 나니 어디가 어딘지 지났던 곳을 다시 지나 달리고 있는 것은 아닌지 슬슬 걱정이 되는 것이다. 명나라 초기에 당나라 장안황성의 기초 위에 건조한 것이라는데 준공을 얼마 전에 마친 것처럼 새로 만든 것 같다. 1374년에 재건 공사가 시작되었다고 하니 조선이 건국하기 18년 전이다.

15km쯤 달리자 눈에 익은 건물이 나타났다. 시안의 성벽 안쪽은 구도심이고 바깥쪽엔 신시가지가 발달해 있다.

중국의 담뱃값

어디에서 사든 전국의 담뱃값이 같은 나라에서 온 내가 얼라리오! 담배 값이 이상하다고 생각한 것은 한 갑에 15위안이라고 해서 열 갑을 사고 150위안을 지불했더니 10위안을 깎아 줄 때였다. 그때서야 나는 아차 했다. 그러니까 담뱃값이 집집마다 다른 것이다. 같은 물건이 어느 집에서는 7위안이고 다른 집은 15위안인 것이다. 더구나 외국인 티가 팍팍 나는 나는 어느 집에서나 호갱이었던 것이다. 집에선 안 피웠던 담배를 이곳에서도 당연히 피울 일이 없을 걸로 알았다. 허나 하루 종일 혼자 달리는 내게 담배는 유일한 낙이다. 감기가 안 떨어져 콜록거리면서도 쉴 땐 담배의 유혹을 거절하기가 힘들다. 그래서 즐기기로 한 것이다.

핑야오역 앞에 있는 담배가게에 들어가서 아는 담배가 없어 이것저것 가리키며 값을 물었더니 이 녀석이 값을 엄청나게 부른다. 한 갑에 80위안이란다. 중국에서 최고 어쩌고 한다. 나를 호구 삼으려 하는 거겠지. 유스호스텔 앞 건너편에서 콧구멍만 한 편의점을 운영하는 중국인 아줌마의 물건값은 아주 쌌다. 바가지는 아예 없었다. 내가 이제까지 산 물건 값과 비교해 보았다. 그녀는 아예 공돈을 바라지 않는다는 결론을 내렸다. 물론 나는 바로 단골이 되었다. 길거리에서 장사를 하는 아주머니들도 마찬가지다. 외국인이라고 바가지를 씌우는 짓은 하지 않았다. 상점 주인의 눈알 돌아가는 것만 봐도 이건 바가지구나 하는 것을 느낄 만큼 이젠 나도 되바라졌다. 어디에서 무엇을 하든 정직하고 진실되게 사는 사람들은 꿀릴 게 없다. 항상 당당하다. 정직하다는 것만큼 당당할 수 있는 것이 있는가?

후기 중국은 담배 값이 100위안짜리도 있었다. 나의 견문 부족 때문에 나온 글이다.

04.26.
일요일

권력과 욕망의 끝

양귀비의 화청지와 진시황의 병마용갱

새벽 여섯시, 호스텔을 나서서 한적한 시안 시내를 달린다. 빨리 시내를 벗어나 자연 속을 달리고 싶었지만 그 희망은 병마용갱兵馬俑坑에 도착할 때까지 이루어지지 않았다. 도시가 그만큼 팽창해 있었기 때문이다. 그 옛날 현종과 양귀비는 어떻게 여기까지 왔을까? 말을 타거나 가마를 탔다 하더라도 도성에서 이틀은 걸렸을 거리다. 화청지의 입장권은 110위안, 각오는 했지만 비싸다. 병마용박물관의 요금은 150위안. 나는 화청지를 한 바퀴를 도는 동안 '정말 이 돈을 내고 봐야 할 가치가 있는 것일까' 하는 질문에 시달렸다. 말하자면 '왜 내가 늙은 영감과 젊은 여자가 목욕을 하며 희희덕거리던 이곳을 구경해야 하는가?' 천리만리나 떨어진 이곳에 조그마한 목욕탕을 보러 왔는가? 하는 생각이 든 것이다.

나는 지금 1,300년전 인물의 추억의 장소라고 하는 곳을 엿보고 있다. 아무리 제왕이라지만 둘이 들어가면 꽉 찰 것 같은 저 조그마한 욕탕에 현종과 양귀비가 들어가 노는 것을 상상해 보니 외롭고 쓸쓸했을 것 같은 느낌이 들었다. 누가 그들에게 인간적으로 다가갈 수 있었을까. 그도 어쩔 수 없는 노인이었을 것이고 남보다 나을 것 없는 인간이었을 것이니까. 권력이란 것도 따지고 보면 민중들이 스스로의 안전을 위해 허락해 준 것에 지나지 않는 것이 아닌가. 그리고 권력의 뒤에는 항상 단두대가 기다리고 있다. 그의 사랑도 그렇다. 자기 목에 칼이 들어오자 양귀비를 성난 민중들에게 내어 주어 목이 매달리게 했다. 제왕의 사랑은 그런 것인가. 인간이 있는 곳에 슬픔이 있고, 역사가 서린 곳에서 인간의 속성을 본다.

이른 시간이라 아침 파는 곳을 찾는 것은 기대할 수 없었다. 가다가 보면

화청지 안의 즐비한 건물들(위) 탕마다 그럴듯한 이름을 붙여 놓았다.(아래)

뭔가 있겠지. 빵은 항상 가지고 다니지만 이 너른 중국에서 파는 빵이라고는 몇 가지뿐이다. 타이위안에서 사는 것이나 700km나 떨어진 이곳에서 사는 것이나 그게 그것이고 그 맛이 그 맛이다. 가다가 길거리에서 부지런히 무언가를 만드는 분들이 있어서 들어갔다. 핑야오에서 새벽에 맛보았던 두부와 콩을 넣은 토푸(두부)였다. 숟가락 없이도 그냥 마실 수 있을 만큼 부드럽고 연한 음식이다. 그건 그거고 일단 자전거를 맡겨 놓을 곳이 필요했다. 경비원은 맡기를 거부했다. 그렇다고 물러설 내가 아니다. 자전거를 지고 다닐 수는 없기 때문이다. 이 사람 저 사람 붙들고 사정을 해서 결국 다른 경비원 옆자리에 세워 놓고 화청지에 들어갔다.

인산인해, 수많은 사람들이 현종과 양귀비가 목욕을 하던 이곳을 구경 왔다. 현종과 양귀비는 자신들이 희롱하던 이곳이 후세 사람들에게는 구경거리가 된다는 것을 예상이나 했을까. 어쩌다 들러 온천을 한 번씩 즐기던 곳을 천만년을 살듯이 크게 지어 놓았다. 연화탕, 귀비지, 무슨 탕, 무슨 탕, 탕탕탕, 현종은 발가벗고 온천욕을 했을까? 붕알을 덜렁거리면서 목욕탕을 돌아다녔을까. 아니면 늙은 몸이 부끄러워 속옷을 입고 목욕을 했을까? 시중 드는 사람들이 많았을 것이고 그 대부분이 여자와 내시였을 것이다. 양귀비는? 탕과 탕 사이의 거리가 멀어서 옮기기에도 불편했을 것이다. 화청지로 들어갔다 나와서 여산릉驪山陵이 있어 올라가다가 포기했다. 산을(무덤이 산처럼 크다) 탈 시간이 없어. 오늘은 남는 시간이 없어. 주위엔 별게 없었다. 온천이 없었다면 현종이 평생 찾지 않았을 곳이군. 양귀비는 현종의 며느리였지. 그 시절 권력의 정상에 있는 사람들에게 지금의 도덕을 따진다는 것은 부질없는 일이지만 공자왈 맹자왈은 했던 사람이 아니던가.

진시황의 병마용갱

몽구(몽골제국의 4대 군주, 1251~1259) 칸이 죽었을 때, 그의 시신이 장지(칸의 시신을 묻어두는 알타이산)로 운구되는 동안 2만 명 이상의 사람들이 모조리 죽음을 당했다. 운구되는 동안 부딪히는 모든 사람은 시신을 옮기는 사람들의 칼에 베인다. 저승에 가서 너희 주군을 섬기라는 뜻이다. 징기스칸이 죽었을 때 마주친 모든 사람이 살해 당했고 장례 때는 40명의 소녀가 함께 매장되었다고 기록되어 있다.

- '마르코 폴로의 동방견문록' 중에서(사계절, 김호동 역주)

물론 이는 마르코 폴로가 목격한 사실은 아니고 전해 들은 말이다. 왜냐하면 마르코 폴로가 아버지와 함께 베니스를 떠나 콘스탄티노플과 중국으로 향한 것은 1260년이었다. 도무지 얼마나 많은 사람들이 황제의 능 때문에 죽었을까?

화청지를 빠져나와 병마용갱으로 달린다. 화청지에서 10km 가량. 가다 보니 병마용박물관이라고 있었는데 나는 그곳을 통과해 버렸다. 그건 어디까지나 박물관이라고 생각했으니까. 4km쯤 더 달리다 보니 아무래도 내 판단이 틀린 것 같았다. 물어보니 박물관이 병마용갱이란다. 진시황의 무덤인 여산릉은 병마용갱으로부터 1.5km 지점에 있다. 병마용갱은 진시황의 무덤을 지키기 위해 만들어진 병사들의 상이다. 아직까지 진시황릉은 완전한 발굴을 하지 않고 있다. 진시황릉을 축조하는 데에만 70만 명의 연인원이 필요했단다. 병마용갱에 자전거 끌고 들어가니 제지를 한다. 같은 과정을 거쳐 자전거를 맡기고 서둘러 들어갔다. 아무 필요도 없는 전기차를 5위안 주고 끊었다. 모두가 끊는 걸 봤기 때문이다. 절 모르고 시주를 한 것이다. 자전거 맡아 준 아줌마에게 10위안. 물론 이 돈은 절대 아깝지 않았다.

진시황 조상 앞의
나의 애마

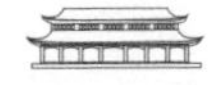

우물을 파다가 발견된 병마용갱 위에 건물을 지어 덮어 놓고 그때 파헤친 흙과 함께 일부 병마용을 보여준다. 수백만 명이 이 무덤을 만들기 위해 노역을 했으며, 도굴을 막기 위해 노역에 참가한 사람들은 도륙을 당했다고 들었다. 그런 잔혹한 역사가 있는 곳이다. 그럼 뭘 해? 시황이 죽고 15년도 지나지 않아서 진은 망했다. 불사를 꿈꾸었던 시황도 오래 살지 못했다. 향년 50세. 그는 영생이 행복할 것이라고 믿었을까? 죽음이 있어야 삶이 빛나는 것이 아닌가. 지금 이곳엔 부질없는 인간 욕심만이 남아서 사람들에게 경고를 보낸다.

그러므로 내가 너희에게 말한다. 목숨을 부지하려고 무엇을 먹을까, 무엇을 마실까, 또 몸을 보호하려고 무엇을 입을까 걱정하지 마라. 목숨이 음식보다 소중하고 몸이 옷보다 소중하지 않느냐?

하늘의 새들을 눈여겨 보아라. 그것들은 씨를 뿌리지도 않고 거두지도 않을 뿐만 아니라 곳간에 모아들이지도 않는다. 그러나 하늘의 너희 아버지께서는 그것들을 먹여 주신다. 너희는 그것들보다 더 귀하지 않느냐?

너희 가운데 누가 걱정한다고 해서 자기 수명을 조금이라도 늘릴 수 있느냐. 그리고 너희는 왜 옷 걱정을 하느냐? 들에 핀 나리들이 어떻게 자라는지 지켜보아라. 그것들은 애쓰지도 않고 길쌈도 하지 않는다. 그러나 내가 너희에게 말한다. 솔로몬도 그 온갖 영화 속에서 이 꽃 하나만큼 차려입지 못했다.

마태오복음 6장 25절

그러므로 내일을 걱정하지 마라. 내일 걱정은 내일 할 것이다. 그날 고생은 그날로 충분하다.

아침과 점심을 빵으로 대체했다. 배부르게 먹지도 못했지만 어둡기 전에 돌아가야 한다는 목표가 있었기에 배고픈 줄도 몰랐다. 나는 한 번에 여러가지 일을 못하나 봐. 돌아올 때는 시간이 많이 단축되었다. 시안의 호스텔 근처에 다다르자 시장기가 한꺼번에 밀려왔다. 밥을 좀 먹어야 해. 지나다가 보니 뷔페식이 있다. 저기를 들어가자. 원하는 음식을 먹을 수 있을지 몰라. 나는 거기로 들어가 오이무침과 콩나물무침, 닭볶음을 밥과 함께 담았다. 이런 음식이라면 돈은 얼마라도 좋아. 한 톨 남기지 않고 다 먹고는 가격을 물었다.

"9위안."

심봤다~~~~~~

이날 89km를 탔다.

후기 이곳 인터넷 사정은 가늠을 할 수가 없다. 잘 되는 날이 있는가 하면 어제는 종일 로비를 제외한 지역은 불통이었다. 로비에서도 사진 한 장 올리려면 3분, 5분이 걸리는 형편이라 블로그에 글 올리는 것을 포기할 수밖에 없었다. 잘 되는 날도 몇 시간씩 올리고 나면 진이 다 빠진다. 또한 많은 사이트들이 막혀 있다.

시안 성벽 위를 걷다

처음 시안에 내려 시내를 들어올 때 멀리서 종루를 봤다. 기차에서도 여

시안의 성벽 남문에서 본 종루

학생들이 벨타워에 대해 이야기했었다. 도시의 한가운데 수많은 사람과 차에 둘러싸여 종루는 힘을 잃고 있었다. 종루엔 사람들도 많이 올라가 있었다. 시안 성벽 위에도 사람들이 보였다. 거기다가 움직임을 보니 자전거를 타는 사람들이었다. 흠, 저기는 자전거를 탈 수도 있구나. 성벽 위를 자전거 타고 돈다고 생각하니 적잖이 흥분이 되었다. 일단 높은 곳에 올라가면 전망이 확 트인다. 그게 사람의 마음을 시원하게 해 주지. 오후 2시, 나는 호스텔 옆에 있는 남대문을 찾았다. 근데 사람이 들어가는 문이 안 보였다. 경비원에게 물으니 지하차도를 가리킨다. 차도를 들어가려다 자전거가 또 제지를 당했다. 순순히 물러날 수 없다. 경비원은 말이 통하지 않자 답답해하며 매점에서 일하는 여성을 데리고 나왔다.

"나는 저 성벽 위를 자전거와 함께 올라가고 싶어요."

"자전거는 못 가요."

"내가 어제 봤는데 자전거를 타던데?"

"아, 그건 렌트용 자전거입니다. 가지고는 못 올라가요."

"그건 얼만데요?"

"두 시간에 45위안입니다."

"그럼 나는 자전거를 맡겨야 되는데?"

"가져다 놓고 오세요."

"너무 멀어서 안 돼."

이 말은 사실 거짓말이었다. 하지만 나는 성벽 위의 볼일을 끝내면 자전거를 타고 바로 밥 먹으러 가야 한다. 그 '심봤다' 집으로. 여자가 남자 경비원과 상의를 하더니 따라오란다. 지하도로 들어가서 여직원들의 휴게소에 자전거를 세워 놓게 했다. 경비원까지 지키는 곳이었다. 그리고는 다시 찾으러 올 때 자기를 찾으란다. 의지만 있다면 방법은 어디에나 있다.

입장료가 44위안이었던가? 성벽 위는 왕복 4차선의 고속도로가 나 있었다. 그 시절이 언젠가? 중수에 중수를 거듭했다지만 이 높이로 이 폭의 성벽을 쌓는다는 것은 대역사임이 틀림없다. 뙤약볕이 내리쬐는 성벽 위를 세 시간쯤 머물렀던 것 같다. 버프를 쓰지 않았더니 얼굴은 폭 익었고 온몸은 땀으로 젖었다. 성의 문들은 삼중으로 중건을 했단다. 이자성의 난을 막기 위해서였다니 그때 이자성은 황제의 관할 밖에 있었던 모양이다. 아마도 황제는 자신의 자리를 보위하지 못할까 불안에 떨었을 것이다. 이런 점에서 불쌍한 것이 또 황제다.

'심봤다'의 식당 장가네 가게로 갔더니 끝났단다.

"8시까지 한다고 했잖아?"

"반찬이 다 팔렸는데 문을 닫아야지 어떡해, 미안해."

잔뜩 고픈 배가 더 고파진다. 아침도 여기서 먹었다. 주인이 내게 다른 집을 소개해 주었다. 그 집에서 밥을 먹고 돌아오며 고맙다고 했더니 내일 아침엔 자기 집에 오란다. 그래, 나도 그 정도 의리는 지킬 줄 아는 사람이야.

앞의 붉은 옷을 입은
여자분이 끝까지
나를 도와주었다.
이름도 모르는 이 분들에게
나는 깊이 머리 숙여
감사함을 표한다.

시앙지먼에서 내가 자는 곳은 지하다. 창문이 없어 바람이 안 통하니 옷이 마르지를 않았다. 습기도 많아 옷들이 눅눅해진다. 로비에서 컴퓨터를 하고 있는데 내게 눈길을 주며 관심을 보이던 대학생이 말을 걸어왔다. 칭다오에 살며 거기서 공부하는 학생인데 여자 친구와 같이 왔단다. 내가 사진을 올리는 것을 보더니 안타까웠는지 미안해 했다.

"인터넷은 한국이 세계 최고야."

그가 말했다. 그래, 나도 알아. 최고면 뭘 해? 여긴 중국인데. 물건은 언제 오려나? 거기에선 특급항공으로 보냈는데 여기 도착해선 꾸물거리고 있는 것이다. 저녁엔 칭다오 대학생과 벨기에에서 온 서양인과 어울려 빼주와 맥주 몇 병을 마셨다.

장사로 해서 구이린으로 빠지나? 아니면 중경으로 해서 청두로 가야 하나? 구이린으로 가자니 중국의 최종 목적지인 리장으로 가는 길이 둘러 가는 길이 된다. 일단 물건부터 받고 생각해 보자.

노동절, **숙박료**가 **배**로 뛰다

04.29.~30. 수·목요일

휴식도 아니고 갇혀서 쉬고 있다는 느낌은 별로 좋지 않다. 배송 추적을 해보니 물건은 베이징공항에 도착해서 통관절차를 밟는다나? 베이징에서 또 여기까지가 어디냐? 거기서 또 시앙지먼유스호스텔로 오는 데에 시간이 걸리겠지. 아침에 로비에 나갔더니 꼬마 직원 아가씨가 지금부터 할리데이(노동절)라 요금이 아마 배쯤 올라갈 것이란 밥맛 없는 말을 전했다. 배쯤이라면 300위안이다. 그냥 넘어가지는 않겠군. 더구나 나는 물건 때문에 자유롭지 못한 몸이다. 평소 같으면 떠나면 그만이지만 물건을 받으려면 멀리 가지도 못하고 근처에 있어야 한다. 오후 늦게까지 아무 말이 없기에 그냥 넘어가나 했는데 매니저가 저녁에 나를 보러왔다. 고성이 오고 가고 따지고 했지만 내가 이길 수 없다는 것을 알고 있다. 남자 매니저까

시앙지먼 유스호스텔의 컴퓨터실

지 나와서 미안하다 어쩔 수 없다고 양해를 구한다. 나는 분연히 자리를 박차고 뛰어나왔다. 노동절이라면 오히려 가격을 깎아줘야 하는 것 아냐? 한국산인 나는 당연히 이해하기가 힘들다. 어둠이 이미 짙게 내린 거리. 나는 자전거를 끌고 근처의 숙박업소를 찾았다. 세 군데나 갔지만 방이 없단다. 더 멀리는 갈 수 없다. 숙박업소의 종업원마다 도와주려 애를 썼지만 역부족. 나는 다시 자전거를 몰고 시안성벽 밑의 한 유스호스텔을 찾았다.

"방 하나 줘요."

"어떤 방을 원하세요?"

"싼 방."

도미토리룸이 내게 배정됐다. 짐을 가져다 놓는 둥 마는 둥 흥분한 나는 매니저에게 술 한 잔 하자고 제안했더니 좋단다. 할리데이라 하루 저녁 80위안. 물론 여기도 할리데이 요금을 적용했다. 할리데이가 지나고 가격은 하루 30위안으로 떨어졌다. 매니저와 소주(그가 소주를 사들고 왔다) 한 병을 들고 식당으로 가서 한 잔 먹고 방으로 오니 내 방에 있던 중국인 친구가 한 잔하러 가잔다. 그의 여자 친구와 또 술집을 찾았다. 그는 말이 통하지도 않아 그의 여자 친구가 통역을 했다. 술이 제법 취했다. 까무룩하게 몸이 잦아들었다.

2015년
5월

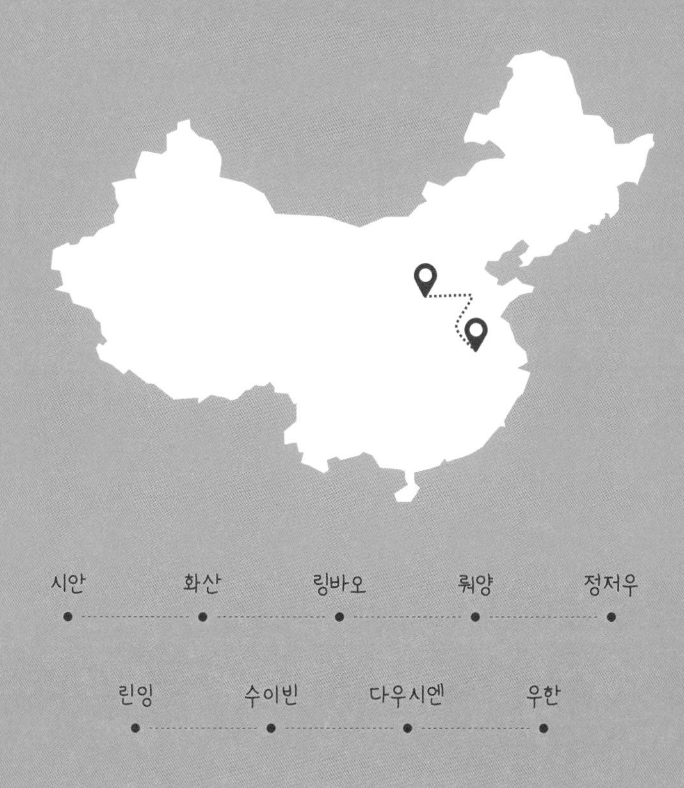

시안성벽 옆 호스텔 **도미토리룸**에서

아침에 일어나 밖으로 나가니 비가 쏟아지고 있었다. 만일 어제저녁 잘 곳을 못 구해 공원으로 가서 야영을 했었다면 한바탕 소동을 피울 뻔했다. 내리는 비를 바라보고 있자니 오히려 마음이 차분해진다.

밥 먹으러 가자. 요즘처럼 밥이 귀중하게 생각되는 때가 없었다. 밥 한 톨, 반찬 한 가지가 성스럽기까지 하다. 나는 그걸 조금도 남기지 않고 다 먹는다. 감사히 먹는다. 비가 오든 바람이 불든 밥은 먹어야 한다. 밥은 모든 에너지의 근원이다. 우리의 정신도 결국 밥이 그 근원이다. 직원에게 우산을 빌려 쓰고 '심봤다' 집으로 간다. 밥을 먹고는 한 끼분을 포장해 달라 해서 호스텔로 가지고 왔다. 하루에 두 번씩이나 가기에는 좀 멀다. 요즘은 평소보다 한 끼의 양이 좀 많은데도 먹으면 몸이 받아들인다. 하루에 두 끼를 먹으니 좀 많이 먹어두는 것이다. 한 열흘치쯤 먹고 그걸 천천히 나누어 에너지로 쓸 수 있다면 좋을 텐데 하는 엉뚱한 생각까지 들었다.

곳곳에서 도움을 받는 '외국인' 여행자

휴대폰을 점검했더니 돈 떨어졌다고 돈 넣으란다. 베이징에서 200위안을 넣을 때 앞으로 세 달 동안은 염려 없을 거라더니 25일쯤 지났는데 돈이 없단다. 없으면 넣어야지. 불통만큼 답답한 게 없으니까. 아침에 이 사정을 전날 저녁 같이 술을 먹은 매니저에게 이야기했더니 자기 계좌에서 넣어 줄 테니 돈을 달란다. 200위안을 줬다. 오 땡큐. 헌데 돈을 넣어도 안 들어간다. 돈이 다시 돌아왔단다. 자기도 왜 그런지 모르겠다면서 돈을 돌려준다. 편하게 하나 했더니 그게 아니다. 은행에서 돈도 찾아야 하지만 오늘은 토요일이다. ATM기는 되지만 은행 업무는 안 된단다. 나는 월요일 날 가

소주를 사들고 인근 술집을 찾은,
새로 묵게 된 호스텔의 지배인.

나를 도와준 중국동방항공 승무원.
무려 두 시간 반 동안 그녀는 동분서주했다.

기로 마음을 바꿨다. 만일의 경우 뭔가를 잘못해서 카드가 정지된다면 도움을 받을 사람이 없으니 월요일에 가는 것이 맞다.

자전거 타고 가서 밥도 먹고 유심에 돈도 넣자. 중국 이통을 찾아 갔더니 이건 자기 회사 카드가 아니라면서 다른 집으로 가란다. 설왕설래를 하고 있는데 한국말을 할 줄 아는 중국 손님이 나서서 일을 거든다. 자신의 남자 친구가 한국인이란다. 그로부터 약 두 시간 동안 이 아가씨가 그야말로 고군분투를 했다. 돈을 아무리 넣어도 들어가지 않는단다. 중국인 직원도 왜 그런지 모르겠단다. 나는 결론을 내렸다. 전화번호가 바뀌어도 관계없으니 돈을 넣지 말고 유심을 바꿉시다. 다시 30분. 미안하고 고맙고 그렇게 하다 보니 점심때가 훌쩍 지났다.

"뭐 좀 먹읍시다."

내가 가는 '심봤다' 집이 코앞이지만 그런 것을 젊은 아가씨가 좋아할 리가 없다. 그러다가 옆에서 찾은 것이 KFC. 햄버거와 콜라 한 잔 먹고 나왔다. 아가씨는 아시아나 승무원으로 일하다가 지금은 동방항공에 있단다.

가는 곳마다 나는 사람들에게 도움을 받는다. 이유는 한 가지뿐이다. 내가 외국인이라서 그렇다. 외국인의 어려움을 사람들이 알고 도움을 주는 것이다. 거기다가 당신은 일본인이 아니고 한국인이라서 좋단다. 내가 만난 중국인들은 일본인은 싫단다. 그래 이웃이든 국가든 마음을 잘 써야 환영을 받는 거다.

하늘 아래 자전거 여행자는 모두 친구다

저녁 무렵에 블로그에 댓글을 몇 번 달아주던 최군에게 만나자고 메시지를 날렸더니 전화가 왔다. 그는 강원대학교에 다니는 학생으로 알고 있다. 칭다오青岛로 들어와 시안까지 자전거를 타고 왔단다. 칭다오에서 또 한 친구를 만나 둘이 같이 여기까지 왔지만 이제 여기서 헤어지려 한단다. 시안 남문 근처에서 기다리고 있는데 한눈에 애기 같은 두 친구가 나타났다. 뭐야? 저 체격으로 여기까지 온 거야. 물론 나도 체격이 작다. 하지만 이 친구들은 더 작다. 살집 하나 없다. 다리도 새다리다. 자전거가 데려다 준 거야, 자전거를 몰고 온 거야? 그 체격에 짐 50kg를 싣고 이 중국 대륙을 가로질렀다는 말이다. 나는 믿기지 않아 보고 또 봤다. 현석이가 신은 신발은 이미 다 해어져 있었다. 그 꼴을 하고 여기까지 왔단 말이지. 하하하.

"너희들 지금 어디로 가려 하나?"

"저는 시안에서 기차를 타고 우루무치로, 저 형님은 돈황으로 간다는데요."

그리고 그는 기차를 타는 방법과 짐을 부치는 방법을 매우 궁금해 하며 내게 물었다.

"민혁이는 기차로 서른 시간, 저는 스무 시간 걸려요. 거기서 저는 우즈베키스탄과 터키로 가서 아프리카로 빠지고 싶은데요."

최군의 이야기를 들으니 내 코스도 다시 점검해 봐야겠다 싶었다. 유럽은 아무래도 돈이 많이 들어갈 것 같아. 그렇다면 그리스나 터키에서 배편으로 아프리카로 빠지는 길도 고려해 볼 수 있다. 이 친구들을 만나니 내가 하는 이 짓거리가 매우 철없이 느껴졌다. 그들도 나도 모두 1,500km 이상을 달려왔다.

"술이나 한잔 하자. 술은 좀 묵나?"

"술 좋아하는데요."

현석이는 거의 말이 없는 얌전한 친구다. 저 친구의 어디에 그런 야성이 숨어 있었을까? 맥주가 나오고 이야기가 전개된다. 작다고 깔보지 마시라. 온몸으로 말하고 있는 것 같다. 참으로 사람의 성정은 겉보기와는 다르다. 나이는 민혁이가 스물셋, 현석이가 스물여덟이다. 칭다오 아홉 병을 비우고 다음날을 약속하고 우리는 헤어졌다.

길 위의 친구들

내일의 꿈을 꿰고 있는 청년들

최현석군은 대학교를 졸업하고 취직도 했지만 뿌리치고 길을 떠났단다. 가족은 넷. 부모님과 형, 형은 임용고시에 합격해서 교사로 근무하고, 아버님은 아파트관리소장님이란다. 그는 7년째 사귀고 있는 여자 친구도 있는데 1년만 기다리라 하고 떠나왔단다. 그 1년이 자기에게 무한한 자양분을 공급하리라는 것을 확신하고 있었다. 조용하고 말수가 적었지만 결기가 아주 대단한 청년이다. 김민혁군은 고등학교를 졸업하고 대학 진학은 일단 접어두고 이 여행을 시작했단다. 여행 후 군대를 갔다 와서 대학에 입학, 고등학교 때부터 정성 들였던 영화 촬영을 전공하고 싶다고 했다. 여행이 끝나면 군대를 갔다 와서 프랑스로 유학을 가겠단다. 내일을 위해 쓸 구슬을 하나하나 꿰고 있는 친구들이다. 둘 다 술도 좋아했다. 민혁군은 예쁘장한 얼굴에 웃음을 살살 띄우면서 눈치도 아주 빠른 영민한 친구다. 민혁군은 칭다오에서 2주간 머물러 있던 현석이를 만나 같이 정저우를 거쳐 시안까지 왔다. 출발일자는 나와 거의 비슷했다. 그동안 둘이 칭다오를 나오면서 야영을 많이 했단다. 민혁은 400만원으로 자전거 사는데 200을 쓰고 나머지로 세계여행을 시작한 배짱 두둑한 친구다. 일할 데가 있으면 돈 벌어가며 하겠단다. 두 사람은 내가 자전거 교육을 받은 '바이클리'의 동기였다. 이날 이 친구들을 데리고 '심봤다'와 같은 종류의 가게에 가서 밥을 먹였더니 여행을 시작하고 가장 맛있는 밥을 먹었다면서 즐거워했다. 동포란 그런거야. 우리는 회족 거리와 종루, 고루鼓樓의 야경을 보며 사진을 찍고 지내다가 호스텔 앞으로 돌아와 밤 늦게까지 빼주를 마셨다.

종루와 조금 떨어져 있는 고루

공상은행에서 돈을 찾다

오전 11시, 현석이와 민혁이가 호스텔로 왔다. '심봤다'가 오전 11시나 되어야 장사를 시작하기 때문이다. 우리는 남문에서 북문을 향해 가다가 종루에서 우정국 뒤로 해서 '심봤다'를 찾아갔다. 아침 일찍부터 가게가 열리기를 기다리는 사람들도 있고 저녁에도 같은 업종의 다른 가게들은 손님을 받았다. 어제도 우리는 '심봤다'에 왔다가 반찬이 떨어져 다른 가게로 갔었다.

4월 27일부터 하루도 빼지 않고 다녔으니 벌써 8일째다. 아침밥 먹고 시앙지먼 유스호스텔로 갔다. 물건은 아직 오지 않았다. 돈이 떨어져 은행에

삔관에 짐을 풀어두고 온 민혁이와 현석이. 호스텔 앞 성벽 주작문 앞에서

가려고 하니 현석이가 자기가 가서 도와주겠단다. 이틀 전에 돈을 뽑아 본 경험이 있다는 것이다. 과연, 중국공상은행에 갔더니 한국에서 설명 들을 때와는 다르게 화면 모두가 간자체다. 현석이도 이것 때문에 몇 군데 은행을 거치며 검색을 하느라고 많은 시간이 걸렸단다. 혼자 왔더라면 나는 한자자전을 내어놓고 한바탕 소동을 피우며 몇 번이나 실패했을 것이다. 민혁이는 여행에 필요한 여러 사이트들도 소개해 주었다. 일단 컴퓨터 즐겨찾기에 모두 저장해 놓고 모바일에 중국에서 막아 놓은 페북을 뚫는 앱도 받아 주었다. 바이두와 비슷한 고덕지도와 오프라인에서도 GPS로 사용가능한 지도인 OsmAnd도 쓸 수 있도록 정리를 해 주었다. 아무리 생각해도 나는 아직 아날로그 방식이 몸에 밴 사람이다. 또래보단 앞섰다는 내가 그렇다.

중국 술집엔 내 술을 갖고 가 마셔도 된다

사람들과 어울리는 데는 술이 최고다. 지금껏 그렇게 살아왔으니 여기 왔다고 갑자기 변할 리는 없다. 근데 중국의 보통 술집은 자기가 먹고 싶은 술을 사 가서 먹어도 된다. 그러니까 술집에 자기가 좋아하는 술을 사 가지고 가서 안주만 시켜 마셔도 된다는 말이다. 식당에 가서 밥을 먹을 때도 그 집에 있는 술을 마시지 않고 가지고 가서 마시면 된다. 우리로서는 좀 이해하기 힘든 문화다.

"왜 이런 문화가 형성되었을까?"

"예전에 말입니다, 중국의 술집에서 파는 술을 믿을 수가 없었대요. 나빴대요. 마시고 죽기도 하고요. 그래서 술은 자기가 들고 가서 마시는 풍습이 생겼대요."

물론 이 말은 현석이의 말이다. 그럴듯한 이야기다. 어쨌든 우리는 자리에 앉아 꼬치만 시키고 우리가 사 간 빼주로 값싸게 술을 즐길 수 있었다.

처음에는 주인이 싫은 내색을 하지 않을까 걱정했지만 주인은 전혀 상관하지 않았다. 몇 번 그런 것을 보고 나니 우리도 으레 그러려니 하고 형편에 맞춰 마셨다.

"술은 중국에서 마시는 것이 좋겠어."

시앙지먼유호스텔에서는 칭다오맥주 작은 것 한 병을 15위안이나 받아 나를 분노케 했는데 마트에서 사면 큰 병이 3위안이다. 식당도 가격 편차가 심했다. 호스텔에서 사 먹은 볶음밥은 무려 30위안이었다. 볶음밥 달랑 한 그릇이 나온다. 밥이 목구멍에 걸리지 않는 것이 다행이다. 웃지 마시라. 기간도 소요 경비도 모르는 여행자들은 쫌팽이가 될 수밖에 없다. 아침에 혼자서 '심봤다' 집에 가서 아침을 먹고 점심, 저녁까지 세 끼를 30위안 주고 사 들고 오는 그 행복감을 아는가. 호스텔 볶음밥에 비하면 '심봤다'의 맛과 질과 양은 견줄 수 없이 좋았다.

중국인들도 연장자에 대한 공경이 우리와 비슷했다. 물론 아들과 아버지가 담뱃불을 나누는 모습은 아직 눈에 설었지만 잔을 연장자 컵의 아래 부분에 갖다 대며 건배를 하는 모습은 우리와 같았다.

드디어 짐을 찾다

시앙지먼유스호스텔에서 옮긴 Travelling With Hostel에서는 도미토리 룸을 사용했다. 그러나 홀리데이 3일은 80위안을 받아야 한단다. 그럼 나머지는? 옆방에 캐나다에서 이십수 년간 구멍가게를 하다 배낭여행을 오신 72세의 권선생님은 내가 한국인임을 스태프들에게 듣고, 또 내 옷에 달

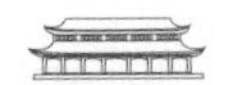

린 태극기를 보고도 영어로 물었다.

"아 유 코리안?"

근데 이분은 하루 30위안에 들었단다. 그럼 당연히 나도 30위안을 줄 것이다. 이 분도 밥 걱정을 하시기에 '심봤다'에 모시고 갔더니 다음날부터 떠나는 날까지 꾸준히 다녔다. 하루 3끼를 그 집에서 해결했다. 흠~~ 입맛이란 무서운 것이군. 캐나다에서 그렇게 오랜 생활을 하고도 입맛은 변하지 않은 것이다. 어릴 적에 많이 먹어 본 음식에 사람은 길들여지는 모양이다. 현석이와 민혁이가 떠나기 전날 권선생님이 내게 고백했다.

"나 어제 그 집을(심봤다) 못 찾았어요."

우리는 자전거를 타고 가는 바람에 권 선생님과 같이 다니지 못한 것이다. 다시 그 집에 모시고 갔다.

짐을 찾아왔다. 균형이 안 맞아 짐이 옆으로 흘렀지만 떨어지진 않았다.
자전거 튜브의 강력한 효용이다. 이 짐을 자전거 짐에 보태야 한다. 18kg.

현석이와 민혁이가 아침에 우루무치와 돈황으로 떠났다. 시안에서 각각 서른 시간, 스무 시간이 걸린단다. 나도 가야지. 우리의 인생이 각기 다른 것처럼 사람은 제 갈 길이 있는 것이다. 밥을 먹고 다시 시앙지먼에 들렀지만 물건은 오지 않았다. 왔으면 현석이와 민혁이에게 좀 나눠 주려고 했는데 말만 앞선 꼴이 되었다. 방에선 인터넷이 되지 않아 대부분의 시간을 로비에서 인터넷을 하며 보냈다. 다른 사람들도 마찬가지였다. 내 방엔 말레이시아인 부부와 중국인 여학생, 이렇게 넷이서 잤다. 말레이시아인 부부와는 말도 나누고 맥주도 같이 마셨지만 중국인 여학생은 말도 안 통하고 성격이 새침해서 서로가 소 닭 보듯 하며 지냈다. 아아, 지겨운 날들이여. 저녁에는 종루에나 한번 올라가 보자 하고 갔는데 저녁 6시 이후로는 문을 닫는다는 공지문만 보고 돌아왔다.

하루에 두 번이나 짐이 왔는지 알아보러 가는 것도 거시기해서 오전은 거르고 오후에 들렀더니 직원 아가씨가 나를 보자마자 물건을 들고 나왔다. 짐 무게는 18kg. 그걸 자전거 뒤에 싣고 내가 있는 호스텔로 돌아왔다.

15,000원짜리 자전거 부속품 하나 때문에 일주일을 기다렸다. 그 작은 부품 하나가 자전거 타는 것에 막대한 영향을 끼치는 것이다. '바이클리' 자전거 숍 점장님에게 이야기했더니 무료로 보내 주었다. 나머지는 내가 부탁한 옷, 생필품과 식품, 냄비 등이었다.

물건이 늦어지기에 '왜 그럴까?' 생각해 보니 김치가 마음에 걸렸다. 어디서 들은 것 같아. 김치는 반입이 안 된다는 것을. 인터넷 검색을 해 봤더니 과연 그렇다. 그때부터 잠깐 동안 고민에 빠졌지만 생각을 해 보니 한국에서 중국으로 오는 많은 물동량 중에 플라스틱 병에 넣어 꽁꽁 싸매 놓은 김치를 검색해서 어떤 처분을 한다는 것이 불가능하게 생각되었다. 처분한다 한들 거기에 중국으로서 무슨 이익이 있을 것인가? 물건은 오랫동안 이곳저곳을 굴러다니느라 박스가 너덜너덜해졌지만 내용물은 까딱없었다. 일단 뜯자마자 김치와 고추장을 꺼내 빵에 발라 먹고, 그간 쓰지 않고 공간만 차지하고 무게만 늘리던 물건들을 추려내어 호스텔 직원들에게 줘버렸다. 그리고 짐을 다시 꾸렸다.

구이린桂林으로 방향을 정하다

이곳저곳 정보를 수집하다 보니 내 갈 길이 구이린이 아닌가 하는 결론을 내렸다. 충칭, 충칭에는 대한민국 임시정부가 들어섰던 곳이 있다고 했지만 그 보다는 구이린의 산수화 같은 자연을 보고 싶었다. 카르스트 지형의 구이린 사진을 한 번 본 후로 나는 구이린에 홀딱 반해 버렸다. 물론 구이린으로 가면 '리장麗江'으로 가는 길을 둘러가게 된다. 시안에서 구이린까지의 거리는 약 2,000km란다. 시안에서 충칭까지는 약 700km, 구이린은 고속도로로 못가고 국도로 둘러가기 때문이란다. 그러니까 딴 길이지만 다시 동쪽으로 되짚어 갔다가 남쪽으로 내려가게 되는 것이다. 어디로 간들 어때? 모두 중국이고 모두 가보지 않은 곳이다. 구이린에선 '쿤밍昆明'

으로 가는 기차를 타고 다시 리장으로 가는 버스를 타야 할 것이다. 그때쯤 되면 비자만료일이 간당간당하기 때문이다.

나는 중국을 떠나기 전에 리장의 호도협虎渡峽 트레킹을 하고 싶었다. 그럼 구이린으로 가자. 까짓 2,000km, 이젠 겁도 안 난다. 건드렸다 하면 700~800km니 나도 이젠 감 잡았다. 꾸준히 가면 반드시 도달한다는 것을 나는 안다.

'웨이(hello)' 한 마디로 맺은 **인연**

드디어 시안을 출발했다. 새벽 다섯 시에 일어나 짐을 들고 도미토리 룸을 빠져나와 로비로 내려갔다. 호스텔 직원 한 명이 로비의 소파에 이불을 덮고 자고 있었다. 자거나 말거나 식탁에 앉아 어제 저녁 사다 놓은 '심봤다'의 밥을 먹었다. 아침을 든든히 먹는 것이 내 오랜 습관이다. 밥 먹고 짐을 싣고 직원을 깨워서 '야진'을 달랬더니 잠이 덜 깬 이 친구가 100위안을 내어준다. 내 계산으로는 40위안만 받으면 된다. '이게 아니다'고 했더니 당황한 직원이 갈피를 못 잡는다.

시안 시내 중심을 빠져나와 시안역을 뒤로 하고 병마용갱이 있는 쪽으로 달리다가 시안공정대학교를 지나 시안과기대학교에서 좌회전, 정저우鄭州로 방향을 잡았다. 정저우로 가기 전에 거쳐야 할 대도시는 뤄양洛陽, 우한武漢 등이다. 정저우는 시안에서 600km이다. 경부고속도로가 428km이지 아마. 정저우의 남쪽으로 우한시가 있다. 물론 정저우나 구이린은 내게 아직

면 나라의 이야기일 뿐이다. 시안을 출발해서 77km 지점쯤 되니 배가 고파서 더 이상 갈 수가 없었다. 오는 중에 길가를 눈여겨 살폈지만 '샤오츠(작은 식당)' 하나 보이지 않았다. 그러다가 슈퍼에 들어가 빵과 아이스크림(4.5위안)을 사서 그 집 계단에 앉아 허겁지겁 먹고 있는데, 자전거 뒤에 조그만 짐을 싣고 중국에선 보기 드문 반 쫄바지를 입은 라이더가 지나가는 것이 보였다. 나는 순간적으로 그를 불렀다.

"웨이.(hello)"

나는 손이나 한번 흔들어 줄 생각이었다. 근데 이미 나를 지나쳤던 라이더가 뒤를 돌아보더니 내게로 다가왔다. 우린 반갑게 악수를 했다. 이내 그는 내가 외국인이란 걸 알아차렸다.

"한궈런(한국인)?"

그가 담배를 권한다. 한 대 피우고 가려 하니 어디 가서 잘 거냐고 묻는다. 물론 바디랭귀지다.

"하우시엔, 당신은?"

그는 스마트폰 대화창에 한자를 늘어놓았다. 그걸 나한테 보이면 어떡해? 한국 사람이라고 한문을 안다고 생각하면 오해야. 한자야 몇 자 알고 있지만 말이다. 그것도 내가 아는 것은 번체야. 하지만 요모조모 글자를 맞춰보니 자기는 화산 자기 집에서 잔단다. 그러면서 전화를 해 보더니 '화산에 삔관 50위안짜리가 있는데 오케이?' 하며 묻는다. 그래 오케이다.

내가 오늘의 목적지로 삼은 곳은 그와 만난 곳에서 15km 앞에 있는 지점이었다. 92km지점이면 하우시엔에 도착이다. 둘이 출발해서 10km쯤 가니 오후 들어 한 방울 두 방울 내리기 시작하던 비가 제법 쏟아졌다. 아쉬운 대로 윈도스토퍼를 꺼내 입고 달린다. 그도 우의를 꺼내 입었다.

화산 쪽으로 갈수록 오르막 내리막의 연속이다. 하우시엔을 지나고 가도

가도 그는 말없이 따라오기만 한다. 내가 너무 지쳐서 도대체 몇 km 남았느냐고 물었더니 5꽁리 남았단다. 그러면서 가서 밥도 먹고 술도 마시자는 시늉을 한다. 당근을 슬쩍 보여주는 것이다. 하기야 이미 하우시엔을 지나왔으니 나는 그를 따라가야 한다. 근데 5꽁리는 무슨 5꽁리? 10꽁리가 지났는데도 마을은 보이지도 않는다. 온몸은 비와 땀에 흘딱 젖었다. 신발에서 모자까지 흙탕물을 뒤집어썼다.

친구야, 대체 나를 어디까지 끌고 가려는 거야? 나는 정말 지쳤단 말이야. 그렇게 먼 곳으로 대체 왜 끌고 가려는 거야? 나는 오늘 많이 탔단 말이야. 너는 빈 자전거지만 내 자전거를 한번 건드려 봤잖아. 너는 중심도 잡지 못하겠지? 지금은 나도 그래. 원래 마지막 몇 km가 가장 힘든 법이야. 알고 있잖아 이 친구야. 나 별로 재미도 없는 사람이야. 말도 안 통하는 나를 대체 어디에다가 써먹으려는 거야?

지나가는 대형 화물차가 지친 사람을 더 지치게 만들었다. 줄줄이 지나갈

쫄바지에 헬멧을 쓴 강씨. 중국은 오토바이를 타도 헬멧을 쓰는 사람이 드물었다.

때마다 우리는 흙탕물 세례를 받아야 했다. 끌다가 타다가 빗속으로 30km 쯤을 달려서야 멈췄다. 그런데 그렇게 속으로 투덜대면서도 그를 따라간 것은 그가 행동으로 나에게 신뢰를 주었기 때문이다. 이를테면 그는 내 뒤에서 그림자처럼 따라왔으며 오르막을 오를 때 느낌이 이상해서 돌아보니 내 자전거를 밀어주려고 하고 있었다. 잠시 멈춰 쉴 때는 그는 어김없이 담배를 대령했으며 불을 준비했다. 심지어 배낭의 지퍼를 닫을 때도 그는 도우려고 했다. 이는 일부러 거짓된 마음으로는 할 수 없는 행동이다. 나를 배려하는 마음 때문인 것이다. 그는 화산에 사는 중국인 강씨다.

강씨의 집이 있는 화산에 도착했을 때는 거의 녹초가 되었다. 123km를 달렸다. 근데 삔관이 50위안은 무슨, 100위안을 달란다. 80위안으로 깎아서 들어갔다. 그와 같이 방으로 짐을 옮겨서 젖은 옷과 신을 빨고 있으니 자기도 집에 가서 옷을 갈아입고 오겠다면서 기다리란다. 옷을 빨아 방과 화장실에 다 널어 놓고 옷을 갈아입고 있으니 강선생이 왔다. 그는 오자마자 내 옷을 모두 걷더니 내려가 탈수를 해서 걸어 놓고 오겠단다. 내가 따라가려니 그냥 있으란다. 거기다가 로비 옆에 자물쇠도 없이 세워 놓은 내 자전거가 마음에 걸렸던지 자기가 쓰는 자물쇠도 가져 왔다. 번호를 알려주고 떠날 때 프론트에 맡겨 놓으란다.

밥 먹으러 식당으로 따라가니 그의 오랜 단골집인 모양이다. 헌데 닭고기는 나왔는데 밥이 안 나온다. 얻어먹는 주제에 밥, 밥, 외칠 수도 없고 참고 있으니 국수를 닭고기에 넣는다. 아쉬운 대로 그걸 먹고 빼주 한잔을 마시는데 그의 친구들이 한 명 두 명 모이더니 나에게 집중해서 술을 권했다. 난처해서 그를 쳐다보았더니 그가 친구들을 제지했다. 그러면서 내일 자기가 차를 가지고 와서 나에게 화산을 구경시켜 주겠단다. 이 말을 어떻게 알아듣느냐고요? 하하, '밍티엔(내일)'하고는 운전하는 시늉을 하며 '삔관, 삔관' 한다. 그러고는 자기 가슴을 치며 손가락으로 나를 가리킨 다음 같이 가자는 몸짓과 함께 '화산 화산' 하며 기다리라는 동작을 한다. 못 알아들을 사람이 있어요? 그래, 데리고 가는 거야? 나는 좋다. 근데, 대체 이들에게 나는 누구인가?

05.08. 금요일 허망하구나, 땀 대신 **케이블카**로 오른 **화산**이여

오전 10시에 그가 딸기 한 소쿠리와 다 마른 나의 옷들을 차곡차곡 접어서 가져왔다. 아마도 집에 옷을 가져가서 탈수하고 말려서 온 모양이다. 아침에 한국에서 보내 준 누룽지를 끓여 먹었음에도 나는 허겁지겁 딸기를 먹어 치웠다.

딸기를 먹고 난 후 그의 차를 타고 화산华山(2,437m)으로 출발했다. 근데 그가 화산을 가면서 정상에 올라갈 거냐고 묻는다. 올라가야지? 그럼 산에 왜 가? 자기는 남을 테니 혼자 다녀오란다. 내려와서 전화하면 자기가 데리러 오겠단다.

혹시 돈 때문에 그러나 싶어서 돈은 걱정 말라고 말해 주었지만 그는 완강했다. 안내소에 가서 입장료와 들어가는 방법 등을 물었더니 값이 너무 비싸다. 케이블카 360위안, 버스 80위안 등등 이것저것 해서 결국 500위안이 들었다. 젠장, 1위안 2위안 가지고 치사스런 소리를 해가며 벌벌 떨다가 한 입에 500위안이란 거금을 톡 털어 넣었다.

결국 강선생은 끝까지 아니 들어가겠단다. 혼자 들어갔다 나오면 자기가 차를 가지고 태우러 오겠단다. 워낙 완강해서 더 권하지도 못하고 있는데 한국인 청년 두 명이 말을 건다. 결국 이들 둘과 같이 오르게 되었다. 언

남봉(낙안봉, 2,154m)에서 내려다 본 화산 서봉

제 내가 다시 여기 올 것인가? 돈만을 생각한다면 가지 않아야 하고 여행을 생각한다면 안 갈 수가 없다. 나는 오르기로 했다. 여행기간이 짧아진다고 해도 어쩔 수 없다.

화산은 중국의 오대 명산 중 하나다. 여기 올 때는 화산이 시안 근처에 있는 것을 몰랐다. 예정에도 없었는데 인터넷 검색을 해보니 올라가 볼 만한 산이었다. 그래 가보자. 강선생은 남아서 우리가 들어가는 것을 보고 돌아갔다.

같이 올라간 청년들은 현역 공군 부사관들이었다. 시안으로 왔다가 오늘 화산을 보기 위해 왔단다. 요즘은 해외여행을 한다고 부대에 신청하면 휴가를 준단다. 버스부터 검표가 시작됐다. 입구에 들어갈 때 검표, 버스 타고 또 검표, 나는 그때마다 티켓을 찾는다고 주머니를 모두 뒤져야 했다. 아니 왜 자꾸 검표야? 철책으로 둘러싸여 있는 곳에, 입구 검표원까지 있는데 들어와서 또 검표냐구요?

12시 20분부터 40분을 버스로 산 위에 올라가서 다시 케이블카를 타고 20여 분 만에 정상에 올랐다. 다행히 날씨는 좋아서 산 전체가 보였다. 깎아지른 듯한 절벽, 이용록군과 류한글군은 들떠 있었다. 우리는 서봉 정상에서 남봉(2,154m)으로, 다시 서봉으로 돌아왔다. 그 옛날 천하를 호령하던 황제인들 남봉, 서봉을 이처럼 분주히 오가며 정상을 밟지 못했을 것이다. 나는 허전한 맘을 그렇게 달랬다.

하하. 그러나, 정말 나는 화산의 무엇을 보고 감동을 느꼈던가? 다음 날 서귀포에서 다이빙 숍을 하는 후배에게서 문자가 왔다. 화산을 본 감상은 어떠하냐고. 그래 나는 잘 모르겠어. 봤던 것 같기도 하고, 하나도 본 게 없는 것 같기도 해. 왜냐고? 나는 화산을 올라간 게 아닌 것 같아. 케이블카를 타고 불과 20여 분 만에 내렸거든. 인간이 볼 수 없는 시각에서 산을 봤으니 내가 그들의 마음을 어찌 알겠나? 이게 대체 뭐하는 짓이야? 하고 마음의 의문도 풀지 못한 그 시간에 내가 무얼 느낄 수 있었겠나. 마치 꿈속처럼 비현실적이었다는 말이야. 영화나 TV를 보는 것처럼 말이야. 깎아지른 듯한 바위를 봐도, 서봉 정상에서 아래를 내려다봐도 도무지 실감이 나지 않았어. 아무것도 본 게 없었고 아무것도 만진 게 없는 것 같았어. 산은 멀리서 산 전체를 보고 산속으로 들어가서 나무와 돌을 보며 만지며 땀과 함께 느껴야하는 것인가 봐. 그래서 만일 자네가 화산을 간다면 나는 걸어 올라가 보라고 추천하고 싶네. 땀 흘리며 걸어보라고, 깎아지른 바위를 만져보며 아래에서 위를 쳐다보라고, 인간의 시선으로 바라보라고 말이야. 나무 그늘에서 혹은 바위틈에서 쉬며 산의 냄새와 새의 울음소리를 들어보라고 하고 싶다네. 결론적으로 말하면 화산 등정은 내겐 포항의 천령산 우척

화산 남봉

봉 산악 라이딩을 한 번 다녀온 것보다 더 좋은 것은 없는 것 같았어. 그래서 너무 아쉬웠다네. 아름답고 웅장했던 절벽을, 화산은 분명 무언가 대단한 것을 품고 있는 듯한데 산을 제대로 한번 느끼지도 못했으니 크게 손해를 본 느낌이었다네.

화산을 오른 많은 사람들은 하나같이 그들은 오로지 자신이 화산을 오른 것을 증거하기 위해 카메라 앞에서 동분서주하다가 내려가더군. 자신이 오른 것도 아니면서 말이야. 나도 그와 다름이 없었으니. 보는 것도 중요하지만 사전에 계획을 세워 어떻게 볼 것인가를 결정하고 올라가야 할 것 같아. 걸어 올라가는 코스가 있대. 아무 준비도 없이 덜렁 몸만 갔으니…

중국인 강씨의 초대

화산을 내려와 안내소에 들러 강선생이 적어 주고 간 메모를 내밀며 여직원에게 전화를 부탁했다. 그리고 20분 만에 그가 차를 가지고 왔다. 셔틀버스를 이용해 화산역으로 가려는 용록군과 한글군을 태워 화산북역으로 갔다. 그들은 오늘 시안으로 돌아가 내일 한국으로 가야 했기 때문이다.

"여행 끝나고 출근할 생각하니 아득합니다."

그건 누구나 그렇다네. 용록이가 자기는 아직 중국말이 서투르니 도와달라고 해서 강선생이 티켓 사는 것을 거들어 주었다. 강선생은 참으로 이 모든 과정을 자기 일같이 해 주었다.

강선생과 그의 아내

용록이와 헤어져 돌아올 때 강선생이 근처의 절에 한번 들어가 보겠느냐는 제안을 했다. 그러나 나는 그때 위안화가 없어서 거절했다. 지나고 보니 바보같은 짓이었다. 삔관에 가야 한다는 생각에 매몰되어 있었다. 배낭에 넣어 둔 달러는 땀에 완전히 젖어 있어서 말렸다. 다행히 비닐로 싸 둔 여권은 멀쩡했다. 비에 대비해 젖지 않아야 할 것은 모두 비닐로 싸야겠다. 삔관으로 돌아와 나는 돈을 가지고 내려갔다. '강선생 밥 먹으러 갑시다. 배가 너무 고파요.' 그랬더니 스마트폰으로 한자사전을 꺼내어 한자를 써서 나에게 보여준다. 그래서 이리저리 맞춰보니 자기 집에 가서 밥 먹자는 말이다.

오케이, 나야 지금 당신이 어디로 가자 한들 거절을 못해요. 갑시다. 가기 전에 담배가게로 가서 그가 피우는 '난징南京'이라는 담배 한 보루를 샀다. 담배도 너무 많이 얻어 피웠어. 그는 내가 담배를 꺼낼 시간도 주지 않고 자기 담배를 내어 불을 붙여 주곤 했다. 105위안, 여행 중인 내겐 큰돈이지만 그가 나에게 보여준 것에 비하면 아무것도 아니다. 그의 집은 삔관 바로 앞의 지하도를 건너면 있는 아파트였다. 그를 따라 아파트 계단을 올라가는데 다리가 후들후들 떨린다. 그는 어제 빗속의 오르막을 오르는 나를 보고 엄지를 들며 '당신은 최고다'라고 했지만 진실을 말하면 나는 무리한 라이딩에 사실은 속으로 골병이 다 들어 있었다. 거기다가 오늘 서봉, 남봉 열심히 돌아다니며 에너지를 다 썼단 말이야. 근데 대체 몇 층에 사는 거야? 5층까지 세다가 어지러워 포기했다. 그래 가는 데까지 가 봅시다. 근데 한 층 더 올라가니 바로 옥상이었고, 그 옥상으로 올라갔다. 왜? 나에게 화산을 보여주기 위해서였다. 절경은 개뿔. 배가 고파 눈에 뵈는 게 없어서 한바탕 감탄하는 척하고 내려와 그의 집으로 들어갔다.

그의 아내가 음식을 하고 있다가 문을 열어 주었다. 탕탕탕, 칼질하는 소리가 들리고 음식이 익어가는 지글거리는 소리가 들린다. 어제 시안을 출발하기 전에 먹은 밥을 끝으로 이틀 동안 밥 구경을 못했다. 빵 쪼가리 몇 개로 버틴 것이다. 화산에 올라가면서도 밥값이 너무 비싸서 세 사람 분으로 고구마 세 알, 오리알 세 알, 말라서 비틀어진 오이에다 물 뿌려 놓은 것 세 개를 각 한 개에 5위안씩 45위안에 샀다. 서봉 정상에서 용록이, 한글이와 같이 먹었는데 그렇게 배가 고프면서도 그렇게 맛없는 고구마와 오이는 처음 먹어 보는 놀라운 경험을 했다.

이제 그런 슬픔의 시간도 끝이 나고 바야흐로 맛있는 밥이 반찬과 함께 나오려는 순간이다. 근데 웬걸. 반찬 몇 가지는 나왔는데 밥은 없고 강냉이 죽에다가 만터우가 나왔다. 밀가루 냄새만 실실 나는 그 만두 같지 않은 만두 말이다. 그 순간 나는 정말 눈이 뒤집힐 뻔했다. 내가 미쳐. 나는 밥이 먹고 싶단 말이야. 밥, 밥, 밥 몰라? 밥 먹으러 가자 했잖아. 강선생, 너 사람만 좋으면 뭘 하나? 한국인은 밥을 먹어야 한단 말이야. 어째 손님 초대해 놓고 강냉이죽이 뭐냐? 나 잘 살지는 못했지만 강냉이죽 먹고 크지는 않았다고… 너는 한국에서 이랬다간…. 나는 멘붕에 빠졌다. 흐흐흐, 그렇다고 말을 그렇게 할 순 없지. 이 상황을 결국 이겨 내긴 했다. 물론 배는 부르게 먹었지. 강냉이죽을 두 그릇이나 마셨으니. 그러나 그게 밥이랑 같아? 헛배만 부르지. 밥이 나오기 전엔 응접실에 앉아서 앵두 같은 과일을 한 바가지나 먹어서 나를 식탐이 많은 사람으로 아는 게 아닐까 걱정하기도 했었지. 그렇지만 어떡하나. 입가엔 미소를 띠고 '쎄셰'를 연발하는 수밖엔.

그와 다시 어제 갔던 그의 단골식당으로 가서 칭다오를 마셨다. 밥이 눈앞에 어른거렸다. 하지만 어떻게 금방 그의 집에서 저녁을 대접받은 사람이 다시 밥을 달라고 해. 그냥 맥주만 마셨지. 맥주를 마시고 있으니 강선생을 아는 사람들이 한 명, 두 명 모였다. 강이 나를 소개하면 사람마다 나와 사진을 찍잔다. 처음 보는 사람들과 어깨동무를 하고 친한 척하며 사진을 세지도 못할 만큼 찍었다. 만면에 웃음을 띠고, 우리는 '펑요(친구)' 어쩌고 하며.

하이고 배고파라. 도대체 이 사진을 어디다가 쓰려는 거야 이 친구들아. 관광지도 아니고 지방 소도시의 외곽에 한국인이 들어올 리가 없겠지. 그걸 기념하는 거야? 식당이 있는 시장 바닥에서 나는 유명인이 되었다. 내가 지나가면 '한궈런', '한궈런(한국인)' 하며 수군거리고 내 일거수일투족을 신기해 하며 노골적으로 관찰한다. 췟 원숭이가 따로 없군.

그러나 어쩔 수 없다. 내가 여행을 나선 것이 바로 이런 그들을 보고 싶

어서가 아닌가. 그럼 그들이 나를 그리 보는 것도 당연한 일이다. 누구나 이방인은 신기하며 그들의 사는 모습도 궁금한 법이다. 그래서 당신과 내가 이렇게 서로 마주 보고 있는 것이 아닌가.

통관현을 지나는데 비는 내리고

새벽 4시 30분에 일어나 짐을 다시 꾸렸다. 어제의 문제점을 개선하기 위해 가방에 든 물건들을 서로 교환해서 담고 짐의 수를 줄이는 작업이다. 삔관의 주인 여자와는 어제 저녁 마음이 틀어져 버렸다. 이틀 동안 인터넷이 불통이었다. 나는 아무 작업도 못했다. 이를 항의하는 과정에서 언성이 높아진 것이다. 물론 저는 제 말 하고 나는 내 말 하는 거다. 하지만 말에는 감정이 섞여 있으니 상대가 지금 어떤 상태인지는 알 수 있는 것이다. 바디랭귀지를 섞어서 이야기하면 눈치로 대충 알아듣는데 나를 화나게 만든 것은 말을 하면 아예 돌아앉아 '팅부동, 팅부동(몰라, 몰라)' 하면서 외면해 버리는 것이다. 지금 그녀는 나를 갈구기 위해 야진을 바로 주지 않고 방안의 물건을 가져간 게 없는지 확인하는 것이다. 그냥 가져가라고 해도 사양할 것들밖에 없는데도 말이다. 그 때문에 일찍 출발하려던 것이 아까운 시간만 낭비했다. 화산의 삔관에서 나와서 정저우를 향해 가며 어제 들렀던 화산 입구를 지나쳤다. 조금 상했던 기분이 상쾌해진다. 이른 시간이라 차도 별로 없다. 화산시에서 화산 매표소까지는 15km다. 어제 왔던 곳이 오늘 이미 추억의 장소가 되었다.

일차 목표인 뤄양을 향해 페달을 밟는다. 통관潼關현 입구에 들어섰을 때 하늘이 캄캄해졌다. 비가 오려나? 한 방울 두 방울 빗방울이 떨어진다. 아

화산을 출발 뤄양으로 가면서 지나간 화산 입구. 벌써 어제는 추억이 되었다.

무래도 비가 더 올 것 같지만 그렇다고 벌건 대낮에 멈추기도 뭣해서 그냥 달렸다. 퉁관을 빠져나와 뤄양 쪽으로 길을 수정해서 가는데 한 방울 두 방울 하던 비가 기세 좋게 퍼붓는다. 옷은 금방 젖어 버렸다. 아쉬운 대로 커다란 간판 밑으로 들어가 자전거를 세우고 주위를 살폈다. 언제 그칠지 알 수 없는 비다. 그렇다고 퉁관으로 돌아갈 수는 없다. 왔던 길 돌아가는 것은 정말 싫다. 뤄양 쪽에서 오는 지나가는 삼륜차를 세웠다. 젊은 청년이 타고 있었다. 뤄양 쪽에 있는 뻰관에 좀 태워줘. 손짓 발짓이다. 하지만 그는 자기 일이 있어서 돌아갈 수 없단다. 그러면서 가장 가까운 퉁관으로 다시 돌아가란다. 이미 맞은 비, 퉁관으로 돌아가려면 방금 탄 내리막을 다시 올라가야 한다. 그 시간이나 한 시간 정도 앞으로 가면 있다는 뻰관이나 가는 시간은 마찬가지다. 가자, 그 사이 빗줄기가 가늘게 변했다.

오르막을 자전거를 끌고 오른다. 하나 둘 셋 넷…. 한 쪽 발에만 오십 번 세고 20초쯤 쉰다. 그러니 백보다. 그러다 다시 올라가고 20초 쉰다. 숫자를 세는 이유는 숫자를 세지 않으면 얼마나 쉬었는지 잊어버리기 때문이다. 숫자를 세면 목표치가 생기고 세는 동안 힘든 걸 잊을 수 있다. 오르막은 까마득하지만 원래 까마득한 걸 알기 때문에 무섭지 않다. 가다 보면 어느새 정상에 선다는 것을 그간의 학습을 통해 알고 있는데 겁날 게 뭐 있남? 오르막을 많이 오르면 꿀잠이 오지. 하하. 그렇지만 오르다가 쉴 때도 자전거를 세워서 균형을 잡고 서 있어야 한다. 그게 힘들다.

오르다 보니 길 옆에 식당이 있다. 젊은 주방장에게 '심봤다'에서 먹은 밥 사진을 보여 줬더니 해 주겠단다. 얼마 후 그가 요리해 온 반찬은 종류가 한두 가지는 달랐지만 꿀맛이었다. 중국요리 최고다. 들어갈 때부터 그 집 아이를 좀 어르다가 나왔다. 사람들과 친해질 때 경계심을 풀게 만드는 데 아이만한 존재가 없다. 나는 원래 아이를 좋아하기 때문에 빨리 친해질 수 있다. 13위안을 지불했다.

바이두를 따라가다 보니 도로가 막혔다. 화물차를 세워 놓고 있던 기사들이 길이 없다며 돌아가란다. 돌아서 가는 길은 그야말로 엉망이었다. 아스팔트는 훼손되어 있는둥 마는둥이다. 흙탕물 구덩이에다가 길은 작은 차가 겨우 교행할 정도다. 아마도 큰 길을 정비할 동안 낸 임시도로인 모양이다. 촌 동네를 통과하는 길이다. 그 사이 또 빗줄기가 굵어졌다. 비라도 좀 피할까? 마침 이 동네는 대문에 처마가 있다. 처마 밑으로 자전거를 넣어 놓고 내리는 비를 바라본다. 시간은 오후 4시가 가까워 온다. 오르막의 연속이라 길이 더디다. 비가 약간 약해지자 다시 출발, 잠시 뒤에 다시 비가 굵어졌다. 난감해서 나는 자전거를 세우고 지나가는 고등학생으로 보이는 여자아이 둘을 불렀다.

"이 동네엔 잘 곳이 없어요."

뻰관은 이십 분 정도만 가면 있단다. 이런 산골짜기에? 여긴 산시성과 허난성河南의 접경지역이다. 그래 고마워. 정말로 이십 분쯤 비를 맞으며 가자 난민촌 비슷한 동네가 나오고 사람들이 있다. 내 행색을 살피고 있던 한 아주머니가 뭐 하려느냐고 묻는다. 자는 시늉을 했더니 저기 자는 데가 있단다.

그렇게 들어간 집은 창고에다 의자 식탁 등으로 대충 맞춰 침대같이 만들어 놓고 그 밑엔 매트리스 대신에 쓰다가 버린 때가 꼬질꼬질한 담요와 스폰지 이불을 놓고 그 위에 침대 커버만 길게 늘여뜨려 놓은 곳이었다. 30위안짜리다. 비를 피할 수 있으면 됐지. 나는 두말없이 들어가서 빨래부터 부리나케 해치우고 짤순이를 돌려서 한 뼘 정도 나와 있는 처마 밑에다 널었다. 비는 계속 내린다. 저녁은 여동생이 보내준 냄비에 라면 하나 끓여 먹었다. 뻰관의 방이 냄새 나는 것까진 좋다. 다 떨어진 가구 위에 한 뼘이나 쌓인 먼지도 좋다. 내가 닦으면 되니까. 근데 밤중에 가려워서 일어나 온몸을 긁어댔다. 이게 대체 무슨 일이야? 무슨 벌레일까? 밤중에 일어나 벌레 물린 데 바르는 약을 어디에 뒀는지 몰라서 찾는다고 수선을 피웠다. 오호, 정말 이것은 못 참겠어. 하지만 나는 다음 날 벌레에 대한 이야기는 끄집어내지도 않고 그 집을 나섰다. 중국말 잘하는 다음 손님이 이야기해 줄 테니 내가 굳이 얼굴을 붉힐 필요는 없는 것이다.

이날 빗속을 뚫고 47km를 탔다.

진흙탕에 넘어지다

뻰관을 나와 두 시간쯤 달리니 또 비가 온다. 주위를 살피니 전방에 다리가 있다. 저기까지 가보자. 가니 마침 다리 밑엔 하수도 뚜껑을 덮어놨다. 벽 쪽으로 자전거를 세울 수 있다는 말이다. 그래 비야, 오고 싶은 대로 오너라. 하루종일 와도 좋다. 배가 고파 식빵 한 쪼가리 먹고 물을 마신다. 그렇게 느긋하게 기다리니 비가 멈춘다. 다시 출발.

오르막이 많으면 속도가 형편없이 떨어진다. 세 시간을 달렸는 데도 20km를 못 왔다. 가는 데까지 가는 거지. 가다가 보니 마을길 전체가 흙탕길이다. 도로 중앙이 푹 꺼져 있어서 물이 도로 중앙에 모이고 차들이 그걸 짓누르고 다니니 온 마을길이 진흙탕 속이다.

요리조리 피하며 나왔는데도 자전거는 이미 흙으로 떡이 되었다. 가다가 보니 또 비가 오고 밥 먹고 나오니 또 비다. 그보다는 페달을 밟을 때마다 기어에 이상한 마찰음이 난다. 소리는 기계에 고장이 났다는 신호다. 기어

다리 밑 하수구 뚜껑 위에 자전거를 세우고 비가 그치기를 기다린다.

컨트롤이 안 된다. 1,700km를 타는 동안 한 번도 돌봐 주지 못했으니 심술이 날 만도 하다. 점심을 먹고 자전거를 붙잡고 씨름을 해 봤으나 나의 능력으로는 불가능하다는 것을 깨닫고 고정기어로 달리기로 했다. 하는 수 없다. 대신 자주 내리고 올라타야 한다. 조정의 일부분을 몸으로 때워야 하는 것이다. 그렇게 끌며, 밟으며 가다가 목적지인 링바오를 7~8km 앞둔 지점인 평촌에서 진흙탕 속으로 다이빙을 하고 말았다. 달리 자전거가 갈 곳도 없어서 결국 흙탕물 속으로 몰아 넣었는데 푹 파인 구덩이 속으로 앞타이어가 빠지면서 고꾸라져 박혔다.

"큰일났다!"

맨땅이었으면 넘어지기 전에 탈출할 수 있었지만 짐을 보호하기 위해 끝까지 넘어지지 않으려고 하다 보니 무릎으로 땅바닥을 찧고 말았다. 무릎이 아픈 건 둘째고 넘어진 자전거가 우선이었다. 온 힘을 다해 진흙탕 속에서 자전거를 일으켜 세웠다. 패니어 속으로 물이 들어가면 감당할 수 없는 사태가 벌어지기 때문이다. 뒤에 오던 차가 놀라서 빵빵거리고 종아리까지 잠기는 진흙탕 물을 헤치고 일단 밖으로 나와 자전거를 세웠다.

사흘째 계속 비를 맞았다. 근데 오늘은 그 정도가 아니다. 차고 사람이고 흙탕물 목욕을 한 것이다. 그나저나 어디 가서 시원한 물줄기라도 맞아야 오물을 대충 씼어 내고 삔관으로 가서 더렵혀진 몸을 좀 씻겠는데, 가면서 둘러봐도 그 많던 '가수세차加水洗車'라는 간판도 보이지 않는다. 대형 화물차에 물을 공급해 주는 곳인데 거기라도 들어가서 내가 대신 물을 좀 맞을 생각이었지만 보이지 않았다. 숙박할 곳을 찾아서 해결하자.

링바오灵宝시 입구에 들어서자 깨끗한 시내가 발아래 펼쳐졌다. 급속한 내리막길이다. 대주점 간판이 보인다. 일단 급한 대로 주점 마당에 세우고

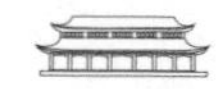

외양을 보니 너무 비쌀 것 같다. 내일 아침이면 나는 떠난다. 아깝지만 너는 탈락이다. 값싼 삔관이 있을 법한 뒷골목으로 가보자. 흙탕물에 목욕한 자전거를 보니 거절을 할 수도 있겠다 싶어서 걱정 속에 자전거를 끌면서 터덜터덜 내려갔다. 그때 누가 부르는 소리가 났다.

"웨이, 헬로, 익스큐스미."

돌아보니 고물 자전거를 타고 있는 키가 자그마한 여성이다. 도와줄 것이 없느냐고 묻는다. 잘 곳을 찾는다니까 어느 정도의 호텔을 찾느냐고 묻는다. 유스호스텔이면 좋다. 하지만 지방 소도시에 유스호스텔은 없다. 여기도 없단다. 50위안짜리 어디 없소? 50위안짜리라! 맥시멈은 얼마까지 낼 수 있느냐고 묻는다. 80위안 정도입니다. 눈치를 살피고 있으니 여자가 한참 생각하더니 자기 자전거를 세우고 기다리라면서 건너편 주점으로 향한다. 자기는 고등학교 선생님이란다. 그래요? 선생님이 아니라도 나는 벌써부터 안심하며 큰 기대를 하고 있어요.

삔관에서 나와 길을 건너온 그녀가 물었다. 90위안인데 어떡할 거냐고.

진흙탕 도로. 카메라 가방과 패니어 하나에 물이 들어가서 결국 그 속에 든 물건을 전부 씻어야 했다.

선택의 여지가 없다. 밥부터 먼저 먹을래? 샤워부터 할래? 나는 우선 삔관에다 자전거를 넣고 밥 먹으러 가자고 했다. '심봤다'의 밥 사진을 보여주면서 이런 것을 먹고 싶다고 말했다.

그렇게 만난 여자 분의 도움으로 삔관에 자전거를 넣고 그녀가 대신 나의 현 상황에 대해 직원들과 호텔 로비의 손님들에게 설명하며 체크인을 했다. 사람들이 모여 거지보다 더한 내 꼴을 보고도 엄지를 올리며 치켜세운다. 방으로 들어와 우선 옷부터 모조리 세면대에 집어넣었다. 그때서야 거울에 내 얼굴을 보니 흙탕물이 말라 붙어서 위장한 병사 같았다. 로비에 있던 모든 사람들의 시선을 받을 만했다. 한 발자국 걸을 때마다 신에서 물이 흘러나와 호텔 바닥에 무늬를 그려댔다. 그녀가 없었다면 어떻게 내가 그 상황을 설명할 수 있었을까? 자전거를 대강 씻어 놓고, 옷도 빨아 놓고 샤워하고 나오니 로비에 1시간이나 기다리던 그녀가 밥 먹으러 가잔다. 자기가 사겠단다. 나는 어리둥절해졌다. 동방의 귀인이 너무 자주 나타나는 게 아니냐는 걱정이 드는 것이다. 그래 만남은 '웨이'에서부터 시작한다.

그녀를 따라 내려가니 야시장이 있었다. 로컬 푸드 마켓이다. 여러 가지 야채를 늘어 놓고 손님이 고르면 양념에 버무려서 주는 곳이다. 돼지고기 약간과 야채 몇 가지를 골라 자리에 앉았다. 그때서야 우리는 통성명을 했다. 그녀의 영어 이름은 자스민이었다. 자스민은 근처 고등학교의 영어선생님이었다. 고향은 타이위안太原이고 거기 부모님이 계시며 직장 따라 여기 온 지 십년이 넘은 독신녀란다.

"맥주 마실래요?"

"칭다오로 할께요."

밥을 허겁지겁 먹고 맥주 두 캔을 마시고 나니 온몸이 떨린다. 반바지에 슬리퍼를 신고 나왔다. 저체온 현상이 오는 것 같았다. 오늘 100km를 탔다. 땀과 허기에 체력은 고갈되었다. 떨린다고 떨 수는 없다. 그럼 감당이 안 되기 때문이다. 아랫배에 힘을 주어 열을 올리고 온몸에 힘을 주며 잽싸게 걸어 가까스로 삔관에 도착했다.

"걸음이 굉장히 빨라요."

사실은 너무 추워서 뛰고 있었다.

"자전거가 고장이 나서 고쳐야 되는데 근처에 자전거 가게가 있어요?"

중국은 전기자전거가 압도적으로 많았다. 전기자전거는 엔진 소리가 없기 때문에 옆으로 갑자기 소리 없이 지나갈 때는 놀라게 된다. 자스민이 생각을 정리하더니 말했다.

"그럼 내일 정오에 내가 오겠어요, 그때 자전거 고치러 갑시다."

아득하게만 생각되던 일이 한순간에 해결이 됐다. 그래 바로 당신이 내겐 동방의 귀인이요.

한국인 라이더, **중국 고교**에 **초대**받다

아침에 일어나 씻어 놓은 옷이랑 패니어를 살피니 엉망이다. 깨끗이 씻지 않아서 물이 마르자 흙색깔이 드러난 것이다. 다시 자전거부터 씻고 준비를 해서 12시 20분 전에 자전거를 끌고 로비로 내려가 자스민을 기다렸다. 자스민을 따라간 곳은 고급 자전거만 취급하는 곳이었다. 젊은 주인이 자전거를 손보기 시작했다. 몹시 섬세하고 신중한 사람이다. 그의 아내가 나와서 그를 도왔다. 수리가 끝나고 얼마냐고 물었다.

"그냥 가세요."

이런 컨트롤 조정 정도는 대개 무상으로 돌보아 준다. 하지만 여기선 그럴 수 없겠다는 마음이 들었다. 자스민이 20위안을 주란다. 나는 그의 아내 손에 돈을 쥐어주곤 감사해 하며 나왔다. 아내는 돈을 받아 쥐고는 남편과 나 사이에 어색해 하며 서 있다. 하하 어디 가나 그 모습은 다 같다.

자스민이 말했다.

"오늘 점심은 우리 집에 가서 밥을 해 먹어요. 바로 이 근처입니다."

불감청이언정 고소원이지. 자전거가 미끄러지듯 달린다. 제 자리를 찾은 부품들이 제 기능을 확실하게 하는 것이다. 당분간 큰 걱정을 덜었다. 자스민 자전거는 고물이어서 바깥에 자물쇠만 채워서 놔 두고 내 자전거는 들고 올라가잔다. 근데 오층짜리 건물에 엘리베이터가 없다. 화산의 중국인 강씨의 집도 마찬가지였다.

자스민은 밥을 하기 위해 쌀을 사들고 왔다. 집엔 쌀이 없다는 말이다. 돼지고기와 콩, 멜론 등과 금방 지은 밥이 나왔다. 하지만 자스민은 자기 밥은 아예 푸지도 않았다. 식당에서도 밥을 팔지 않는 집이 많았다. 그러니까 이들에게 밥은 어쩌다가 한 번 먹는 별식인 모양이다. 산시성과 허난성은 밀가루가 주식인 모양이었다. 밥을 먹으며 자스민이 이야기를 꺼냈다. 이 도시엔 외국인이 아주 귀하다. 마침 세계일주를 하고 있는 한국인이 있다는 이야기를 자기 반 아이들에게 했더니 몹시 보고 싶어 하더라. 교장선생님도 꼭 초대를 했으면 좋겠다는 말을 했단다. 저녁 7시에 야간 수업이 시작되니 참석해 줄 수 있겠느냐는 것이었다.

개똥도 약에 쓰려 하면 없다더니 귀하면 대접을 받는다. 단지 외국인이라는 이유 하나만으로 제안을 받고 보니 얼떨떨했지만 나야 당신을 위해 뭣인들 못 하겠수. 단지 아이들하고 놀아주면 되는 것을. 아이들 곁에만 가면 입꼬리가 저절로 귀에 걸리는 나로서야 어려울 것이 없다.

학교 정문을 열고 한 발을 내딛는데 함성이 터졌다. 뭔가 싶어 고개를 드니 5층짜리 건물 1, 2, 3층 복도에 수 많은 아이들이 나를 보고 있다가 함성을 지른 것이다. 얘들아 대체 왜 그래? 부끄럽게. 학교에 들어가 자스민의 교무실에 가 있자 아이들이 몰려왔다.

"헬로 에브리바디, 안녕하세요."

꺄아악 꺄아악 까르르르. 아이들의 비명과 웃음소리가 교무실에 울린다. 낙엽이 굴러가는 것을 봐도 웃는 아이들이라지 않는가. 교무실이 시장바닥처럼 변했다. 소녀들이 나를 중심으로 빙 둘러섰다. 취조가 시작됐지만 아이들의 영어야 할 줄 아는 것은 뻔하다.

"하우 올드 아 유?"

나는 잠깐 뜸을 들이다 말했다.

"투웬티."

자스민 반의 아이들, 즐거운 시간이었다.

어리둥절한 표정이던 아이들이 잠시 뒤에 꺄르르 넘어간다. 길길이 뛰는 놈, 내 손을 잡는 놈, 아이들이 다시 물었다. 중국말 할 줄 아세요? 그럼, 나는 내가 아는 중국말 두어 마디를 하고는

"워 아이 니.(당신을 사랑해)"

다시 한 마디를 더 했다. 교실이 난리가 났다. 아이들이 자신을 얻었는지 모두가 한 마디씩 하기 시작했다. 생기와 젊음이 넘치는 곳. 아니다, 이것으로는 부족하다.

자스민이 아이들을 인솔해서 3층에 있는 자기 반 교실로 올라갔다. 좌석의 중간에 내 자리도 마련해 두었다. 그때부터 사진도 찍고 허그도 하고, 한국 연예인 사진을 들이대며 아느냐는 질문도 받았다. 근데 문제가 발생했다. 한국 돈을 보여 달라기에 돈을 보여 줬더니 그 중에 적극적으로 내게 질문을 던지며 말을 하던 귀여운 소녀가 자기 돈을 몇 장 꺼내더니 한 장 바꿔 달라는 것이다.

"안 돼."

나는 단호하게 말했다. 왜 주고 싶지 않았을까. 하지만 지갑에 있는 천 원짜리는 몇 장밖에 안 되는데 아이들은 너무 많았다.

후기 나는 이 날의 이 행동을 두고두고 후회했다. 그냥 줄 것을, 있는대로 주고 말 것을…

사인도 했다. 꼭 한글로 이름을 적고 한자로도 적어 달란다. 그것만 달랑 적을 수 있나. 한 마디씩 덧붙였다. 그래 좋다 아이들아. 오늘 일은 어린 시절 아주 작은 하나의 '에피소드'에 불과할 것이다. 너희들이 이걸 되돌아볼 수 있는 날이 되면 여기 링바오도 외국인이 귀찮을 정도로 많아질지 모

자스민의 학교. 시간이 늦어 다른 시설은 둘러보지 못해 아쉬웠다.
정문은 철통 같은 경비, 근데 아직은 더 둘러보아야 겠지만 그토록 넓은 중국에서 상대적으로
학교는 너무 작은 편이 아닌가 하는 생각이 들었다. 운동장도 눈에 잘 띄지 않았다.

른다. 나는 다만 어린 시절 별 뜻없이 한 한 마디가 받아들이기에 따라서는 엄청난 재난을 몰고 오는 수가 있다는 것을 아는 사람으로서 너희들의 앞길이 그 반대편으로 갔으면 좋겠다는 바람뿐이다.

자스민은 이 모든 광경을 흐뭇한 미소를 띠고 바라보고 있었다.

아이들과 작별하고 자스민과 함께 식당으로 갔다. 근데 자스민은 먹었다면서 가만히 보고 있고 나 혼자 먹으려니 넘어가나? 반찬은 토마토에 계란을 넣어 볶은 것을 밥 위에 얹어 주었다. 맥주 한 캔도 마셨다. 이제는 가야 할 시간이다.

"자스민, 아주 행복한 시간을 가졌습니다. 감사합니다. 학생들 모두에게 즐거웠다고 전해 주세요."

자스민과는 그녀의 학교 앞에서 헤어졌다.

"씨 유 어겐, 썸데이."

길은 내리막이다.

수많은 중국인들에게 도움을 받았다. 앞으로도 나는 도움이 없이는 여행하지 못할 것이다. 나는 그런 인연들이 소중하다. 한국에 나오면 꼭 전화하라고 처음에는 그런 말을 도움을 준 사람들에게 서슴없이 했었다. 마치 한국에 나오면 모든 것을 책임지겠다는 듯이. 하지만 나는 그 말이 얼마나 부질없는 말인지를 안다. 흘러가는 것은 흘러가도록 버려두라. 그대들이 내게 베푼 도움이 나를 통해 다른 사람들에게 더 많은 무게로 전해졌으면 좋겠다는 것이 내 마음이다.

05.13. 수요일

오르막 정상 부근에 텐트를 치다

링바오시의 '호가好家(best home) 주점'을 나와 G310번 국도를 따라 뤄양으로 달린다. 편안했던 기억은 주점을 나서는 순간 묻어버린다. 오늘은 오늘일 뿐이다. 기어의 컨트롤이 자유로우니 괜히 자전거가 더 잘 나가는 것 같다. 하지만 오르막 앞에선 그 어떤 것도 필요 없다. 힘과 근육의 수고로움이 오르막을 해결할 수 있을 뿐이다.

샨먼샤三門峽시를 눈앞에 두고 식당으로 들어가 사진을 보여주고 밥을 주문했다. 반찬으로 내가 제일 좋아하는 '마파두부'가 나왔다. '심봤다'보단 좀 짰지만 땀을 뻘뻘 흘리며 맛있게 먹었다. 10위안을 달란다. 반찬의 이름은 '토푸'란다. 두부 요리의 중국어 발음일 건 분명한데 내가 다른 집에 가

이렇게 반은 막아 둔 길이 3~40km가 이어진다. 반쪽은 한 뼘 정도 높아 올라가지도 못한다.

어두워지기 전 도로가 옆에 급하게 텐트를 쳤다.

서 '토푸'하면 알아듣질 못해서 딴 게 나올 확률이 있는 거지.

이날은 무지하게 더웠다. 가는 곳마다 찬물을 찾았으나 냉장고가 없는 슈퍼도 있었다. 그늘이 나오면 쉬고 싶은 유혹을 떨치기가 힘들었다. 오후 3시부터는 도로의 절반을 막아놓고 덧포장 공사를 하는 구간이 나타났다. 가뜩이나 좁은 도로가 절반으로 줄었으니 혼잡은 이루 말할 수가 없었다. 지나가는 차의 대부분이 발동기를 단 삼륜차이거나 3~40톤의 대형 카고 트럭들이었다. 좁은 오르막은 자전거를 탈 수 없는 상황이었다. 공사를 한다면 1~2Km나 길어봐야 3~4km면 끝나겠지 했는데 30km를 달려도 도무지 공사구간이 끝나지를 않았다. 샨먼샤시를 지나 계속 달린다.

끝없는 오르막을 삘삘거리며 올라가는 대형 화물차의 엔진 소음, 그보다 열 배는 더 힘센 것처럼 굉음을 내는 소형 삼륜차의 엔진소음과 함께 덤으로 시커먼 매연을 듬뿍 마셨다. 대형 화물차가 교행할 때는 한쪽 바퀴가 거의 하수구와 도로의 경계 위를 곡예 하듯이 지나가야 했다. 거기에다 앞에서 알짱거리며 절대 비켜주지 않는 전기 오토바이들. 물론 대형 화물차만 차이겠냐마는 그런 대형차를 몰고 꾸준히 인내하며 올라가는 운전기사들을 보노라면 그 노고에 절로 고개가 숙여졌다. 거기에 나까지 끼어들어 낑낑거리며 올라갈 때는 대형도 도리 없이 나를 기다려 차례대로 올라가야 했다.

자전거를 끌고 올라가다 앞을 보면 고갯마루 정상이 보이고 정상은 확 트여 있다. '흠~ 드디어 저기가 최정상이군'하고 올라가니 고갯마루가 휘어지면서 다음 정상이 나타났다. 몇 번을 속고 나니 이제 정상처럼 보이는 고개가 나타나면 미워졌다. 저 놈이 또 나를 속이려 하는구나. 다섯시간을 끌바를 하고 나니 체력도 한계점에 다다랐다. 날도 어두워 오기 시작했다. 숙박할 곳을 찾는 것은 포기하는 것이 맞겠어. 고개도 어디가 정상일지 가늠도 되지 않았다. 설사 정상이라 하더라도 내리막을 타고 내려가면 짠~~~ 하고 도시가 나타날 것인가에 대한 내 나름의 결론은 '아니다'였다.

텐트 치기에 적당한 장소를 물색해서 어두워지기 전에 급히 텐트를 쳤다. 도로가 바로 옆이었지만 돌무더기가 있어 텐트가 보이지 않는 곳이었다. 근데 치고 보니 나는 기찻길과 도로 중앙에 누운 꼴이었다. 이 높은 지대에 기차가? 고도계를 보니 640m다. 보이지는 않았지만 기차가 한 번씩 지나가며 기적을 울렸고 자동차의 경적소리가 끊임없이 들리는 곳이었다. 그래도 텐트 속으로 들어가니 세상 없이 좋았다. 90km를 탔다. 육포 하나 뜯고 빵 하나 먹고 물 마시고 그대로 떡실신. 한밤에 오줌을 누기 위해 텐트 밖으로 나오니 밤하늘에 별이 총총하다. 이렇게 혼자 밤하늘을 올려다 보면 하늘이 천장인 듯 정겹게 느껴진다.

05.14.
목요일

수고했다, 내 다리야

간밤에 비가 온 모양이다. 텐트 안이 눅눅하다. 침낭이 조금 젖었다. 얼라리오? 텐트가 새나? 텐트를 살펴봐도 새는 곳은 없다. 텐트 대문을 잘 단속하지 않았더니 거기로 비가 들어 온 모양이다. 텐트 걷고 또 육포 하나 뜯고 빵 한 개 먹고 출발, 다시 끌바를 시작했다. 이젠 고된 것은 둘째고 이 길이 대체 어디까지 오르막이 이어질까가 더 궁금해졌다. 3km쯤 가자 오르막이 끝나고 내리막이 시작되었다. 하지만 5km쯤 가니 다시 오르막이다. 뤄양까지 남은 거리는 이정표는 64km라는데 바이두는 96km라고 한다.

그렇다면 바이두가 맞다. 왜냐하면 바이두는 내가 찾는 룽먼유스호스텔까지의 거리를 나타내는 것이다. 뤄양시에서도 내가 들어가는 뤄양시의 입구에서 호스텔은 반대편에 있는 것이 틀림없다.

이마义马시에 들어오니 오전을 넘겼다. 겨우 30km를 탔을 뿐이다. 길거리에서 파는 오리 다리 두 개를 20위안에 샀다. 점심으로 한 개를 뜯고 나머지는 저녁에 먹으려고 남겼다.

뤄양시를 얼마 남겨 두지 않고 도보 여행자를 만났다. 청년이었다. 앞서거니 뒤서거니 하다가 내가 쉬고 있는 앞을 지나가기에 불러서 육포 하나와 초콜릿을 건네며 물도 좀 먹고 가라고 해도 한사코 사양이다. 말이 안 통하니 어째? 그 녀석 참, 앞뒤가 꽉이네. 그래 너 좋을 대로 하려무나.

요즘은 바이두를 아예 끄고 다닌다. 갈림길이 나오면 잠시 켰다가 다시 끈다. 그러나 대도시에선 바이두에 전적으로 의지해야 한다. 바이두에는 자전거 길이 없다.

뤄양 시내에 들어와서 호스텔을 코앞에 두고 바이두는 식물원 길을 통과하라고 되어 있다. 그러나 식물원은 자전거 통행금지다. 체력도 바닥인데 나는 당황했다. 경비들이 말이 통할 리가 없다. 그래서 통할만 한 학생일 것 같은 여자에게 길을 물었는데 얘가 영어를 아주 잘한다. 흠~~ 영어권에서 유학을 했군. 이젠 내가 답답해질 차례다. 얘, 본론만 얘기해. 쓸데없는 말 말고. 근데 얘는 무조건 미안하단다. 자기는 모른단다. 바이두를 한 번 쳐다보지도 않고. 그래 모르면 할 수 없지, 근데 뒤에서 얘의 아버지가 나를 불렀다. 바이두를 보여주니까 식물원 뒤편 동문으로 가란다.

룽먼호스텔의 여직원은 도미토리가 뭔지 몰라 당황했다. 어라? 이건 또 뭐야? 옆에 있던 서양 아이가 통역한다. '쉐어룸'을 이야기하는 거야. 그렇게 해서 찾은 롱먼유스호스텔은 4명이 자는 도미토리 룸이 45위안이었다.

배정 받은 정평 룸에 들어가서 짐을 던져 놓고 샤워부터 했다. 세탁은 어떻게 하냐고 물으니 세탁기 한 번 사용에 10위안이란다. 그래? 오늘은 세탁기 좀 씁시다. 물론 다음 날부턴 탈수만 했다. 탈수는 공짜니까. 빨래를

뤄양 룽먼유스호스텔의
도미토리 룸. 내 자리가
제일 어지럽다.

삼층에 햇빛 들어온다는 곳에 널어놓고 일층 내 방으로 와서 이층 침대에 홀로 앉아 저녁으로 오리다리를 뜯는다. 행복하다. 이틀 동안 약 200km를 달렸다.

수고했다. 내 다리야. 그러나 너도 오리다리가 없었다면 힘을 쓸 수가 없었을 거야. 오리다리가 중요하다는 것을 너도 알겠지, 다리야.

중국 최초의 절 **백마사**

백마사白马寺는 중국 최초의 절이다. 불교를 받아들이기로 하고 세운 절이겠지. 체크인 하는 날 스태프 아가씨가 백마사를 가려면 버스로 두 시간쯤 걸린다기에 버스투어로 결정을 했는데 다음 날 아침에 다른 아가씨에게 물어보니 20km 정도란다. 듣던 중 반가운 말이다. 왕복 40km. 들꽃 구경하며 하늘 한번 쳐다보고 땅 한번 내려다보며 여유롭게 다녀올 수 있는 길이다. 입장료는 50위안이란다. 50위안이면 별 볼일 없다는 뜻이다.

오전 8시, 빵 하나 먹고 도미토리 룸을 나서 방향을 잡는다. 유스호스텔에서 직선코스다. 오토바이와 전기자전거의 사이를 뚫고 자전거가 달린다. 누구도 헬멧을 쓰지 않는데 나 혼자 헬멧을 쓰고 달리니 당장 주목을 받는다.

중국의 사찰 건축을 눈여겨 보면 우리 것보다 한 자쯤은 더 높고 폭도 넓다. 자기들이 대국이라고 우리보다 일부러 한 자 높게 지은 것은 아닐 것이다. 아마도 벽돌 때문이 아닌가 한다. 물론 중간 받침목으로 나무가 쓰였다. 허나 자기들이 높인 치수만큼 긴 나무들은 여기서도 구하기가 어려웠

백마사 입구

던지 받침돌을 아주 높게 만들어 나무를 그 위에 올려놓았다. 주기둥을 나무 대신에 벽돌을 쓰니 나무를 주기둥으로 쓰는 우리보다는 좀 더 높게 좀 더 크게 지을 수 있었을 것이다. 지붕은 처마 끝을 한껏 치켜올렸다.

백마사는 오래된 역사와는 달리 조그만 절이었다.

여기에도 곳곳에 기원문을 달아 놓았고 물이 있는 곳엔 동전과 지폐를 던져 놓았다. 물속에 동전을 던지는 것은 언제 어디에서부터 시작되었을까? 오줌싸개 동상? 아니 까마득한 옛날일 것이다. 지금은 전세계가 따라한다. 붕어가 지폐 사이를 헤엄친다. 인간은 따라쟁이다.

뤄양시 가정집 대문

이 지방의 가정집 대문을 보면 하나같이 같은 모양에다 같은 색깔이다. 네모 반듯하게 만들어 붉은 색깔을 칠하고 그 위에 현판에 좋아하는 문구 하나 써 붙이고 양쪽 기둥에도 대련 문구를 하나씩 단다. 대개가 가정의 화목과 재물, 건강에 관한 것이다. 대문 틈은 전혀 없다. 빈대는커녕 쥐새끼 한 마리도 침범하지 못하도록 되어 있다. 이상하게 보인다.

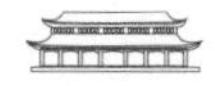

05.16. 토요일

룽먼 석굴을 찾다

아침에 빵 2위안짜리 하나 먹고 현장에 도착해 땀을 뻘뻘 흘리며 돌아다녔다. 그러고 나면 뱃가죽이 등허리에 붙는다. 물론 먹을 것을 가져갔는데 그게 아무데서나 꺼내서 먹기가 불편해서 조금 있다, 조금 있다 하다 보면 그렇게 되는 것이다. 근데 아침에 나올 때 어제 룽먼 석굴龍門石窟을 다녀온 도미토리 룸메이트에게 물어보니 입장료가 120위안이란다. 오지게도 비싸군. 그러나 뭔가가 있다는 느낌이 들었다. 숙소에서 거리는 9km였다.

중국의 매표소엔 철책 가이드를 만들어 놨다. 새치기 방지용이다. 매표하는 곳이 3곳이면 6개의 철책길이 만들어진다. 입구 출구에서 매표소까지 한사람이 걸어갈 수 있는 가이드 철책이 이어져 있는 것이다. 이날은 토요일이라 사람이 많았다. 줄을 서서 기다리는데 아무래도 마음이 허전한 것이다. 그래 휴대폰이군. 휴대폰을 자전거 핸들주머니에 넣어 놓고 깜빡하고 그냥 줄을 선 것이다. 그것도 켜놓은 채로 두었다. 자전거와 나와의 거리는 6~7m다. 하지만 철책에 가려서 잘 보이지 않았다. 지금 청년들 둘이서 내 자전거를 구경하고 있다. 마음이 급해졌다. 철책은 가슴까지 올라와서 넘어가기도 힘든다. 하지만 넘지 않고는 갈 방법이 없다. 급하다. 뒷사람에게 이건 내 자리야 하고 말해 놓고 철책을 네 개나 타 넘었다. 저걸 뺏기고 나면 내 여행은 종을 쳐야 할지도 몰라. 무사히 휴대폰을 찾아서 다시 철책을 타 넘고 내 자리로 돌아왔다.

근데 밖에 나와서 내 줄을 보니 내 뒤에 서 있던 청년의 옷에 장애인이라고 쓰여 있었다. 잘 됐군. 말은 어차피 안 통하니 가까이 가서 내 자전거를 맡겨야 하는데 어떡하냐고 손짓발짓 물었더니 한 곳을 가리키며 저길 가란다. 자전거 끌고 오토바이 몇 대가 놓인 가게 앞에 가서 주인을 부르니 옆에서 한 아주머니가 옥을 파는 보석가게를 가리키며 저리 가란다. 가게에 들어서기도 전에 아가씨가 나왔다.

"얼마예요(자전거 봐주는 데)?"

내가 다시 물었다.

"노 머니?"

무슨 말을 하는데 그 뜻 같았다. 주인이 웃으며 그렇단다. 어제 백마사에선 아이스케키를 바깥보다 다섯 배나 비싸게 파는 아저씨가 자전거 맡기는 데 20위안을 달라고 해서 너무 비싸다고 10위안으로 깎았었다. 키도 크고 인물도 좋은 아저씨는 입을 삐쭉이며 한국인들이 그런 돈 가지고 뭘 그러느냐고 타박을 했다. 헌데 여기 이 집은 온 동네 사람이 다 알도록 오래 전부터 자전거 봐 주기 보시를 하고 있는 것이었다. 4시간 뒤 내가 다시 돌아왔을 때 보석가게는 손님들로 북적이고 아이스케키 아저씨 가게는 여전히 파리를 날리고 있었다.

자전거는 맡겨 놓고, DSLR은 어깨에 메고, 올림푸스 카메라는 주머니에 넣고, 스마트폰은 손에 쥐고 털레털레 걷는다. 사람들이 몰려가는 길을 피해 반대 방향으로 길을 잡았는데 이허沂河강 롱먼다리를 건너 향산사香山寺란 절부터 먼저 올라가려 하니 안 된단다. 자기들이 정해준 대로 보라는 것이다. 그게 좋겠지. 다시 빠꾸.

이허강을 사이에 두고 동쪽(향산)과 서쪽(용문산, 자그마한 볼품없는 산)의 석회암에 동굴을 파고 그 동굴마다 불상을 하나씩 들여 앉혀 놓았다. 그게 10만 개라나? 허나 오랜 세월이 지나면서 조각들은 많이 훼손되어 있었다. 동굴만 덩그러니 있거나 주로 머리 부분이 달아나고 없었다. 특별히 머리 부분만 약할 리는 없고 사연이 있구나 하고 느꼈는데 인터넷 검색을 해보니 민간신앙에 목 부분을 떼어 가면 좋다나 뭐라나? 문화혁명 때도 많이 훼손되었단다. 5세기부터 짓기 시작해서 9세기에 완성되었다니 이만큼 남아 있는 것도 다행이다.

사진을 찍으며 들어가다 보니 빈 동굴, 머리 없는 불상, 있어도 알아보기 힘들게 훼손된 조각들, 철창에 갇힌 불상들도 있었다. 거기에는 동전과 지

봉선사동

용문교에서 본 서산석굴

향산사 고루

폐가 던져져 있었다. 불교에 대한 신심도 조각예술에 대한 이해도 없는 내가 이 똑같은 것을 서산에서 동산까지 걸어가면서 3km나 보아야 한다고 생각하니 한심해졌다. 그냥 이런 시대에 이런 사람들도 있었다로 알면 되지 않을까. 그래서 가다가 높다란 계단이 나오기에 저기 올라가서 뭘 해? 라는 생각이 들어 포기할까 했는데 나의 튼튼한 두 다리를 이때 써먹지 않으면 언제 써먹나 싶어서 올라갔다. 봉선사동奉先寺洞 이걸 안 봤으면 헛걸음이 될 뻔했다.

나는 조각을 보면 먼저 얼굴을 본다. 표정을 본다는 얘기다. 절 문의 사천왕상을 아주 좋아한다. 그 허풍스런 표정을 보노라면 절로 웃음이 나온다. 저런 모습으로 누구를 막을 수 있을까? 왠지 나는 사천왕은 따뜻한 사람들일 것 같다고 생각한다. 부처님 표정을 보는 것도 재미있다. 눈, 코, 입, 귀, 손 모양도 물론 재미있다. 자세도 흥미롭다.

봉선사동의 조각들은 엄청 크게 만들어 표정들이 아주 섬세하게 나와 있었다. 사람들은 큰 걸 숭상하고 존경하고 좋아하면서도 무서워하는 모양이다. 봉선사동을 보고 난 이후부턴 하나도 빠뜨리지 않고 둘러본다고 둘러보았다. 그런데도 하나를 빠뜨린 게 바이위엔白園이다. 바이위엔은 백거이의 묘다. 그걸 빠뜨린 건 순전히 허술한 안내판과 나의 무식 때문이었던 것 같다.

다리 건너 향산사는 멋있었다. 나는 단청이 너무 요란하거나 선명하면 저절로 거부반응이 오는데 이 절은 괜찮았다. 그런 면에선 쌍림사(핑야오)도 아주 멋있는 절이었다. 그 고색창연한 단청하며, 적당히 바랜 빛깔들이 좋았다. 향산사는 화려하면서도 멋있었다. 특히 종루와 고루는 날씬하고 화려한 여자의 호리호리한 허리를 연상하게 해서 교태가 철철 흐르는 것 같았다. 양귀비가 저랬을까? 아니지, 양귀비는 조금 뚱뚱했다지. 그럼 서시가 저랬을까? 아무튼 그런 향산사를 그냥 둘 리 없다. 종루에 있는 종을 세 번 치는데 10위안이라고 적어 놓고 사람들을 모으고 있었다. 직원은 앉아서 돈을 세고 있고. 멀리서 향산사를 여러 번 찍어봤지만 스모그가 짙게 내려와 있으니 사진이 또렷하게 나오지를 않아 카메라를 들고 이리저리 발

서산석굴에서 본 동산석굴과 이허강을 건너는 다리

품을 팔고… 룽먼 석굴도 좋고 향산사도 좋았지만 4시간이 지나고 나니 배가 고파서 눈에 뵈는 게 없어졌다. 호스텔 주변으로 가자. '심봤다'를 생각하며 룽먼호스텔 주변을 순찰하다가 '심봤다'와 비슷한 집을 발견해서 하루에 한 번은 이용을 하고 있었다. 호스텔로 돌아오다가 시장이 있기에 들어가서 참외 비슷한 과일을 샀다. 이름이 샹과香瓜였다. 이게 중국 참외가 아닌가. 맛도 같았다. 10위안에 6개쯤 주었다.

05.17. 일요일 관우묘 '관린'

호스텔에서 관우묘까지는 4km. 어제 용문석굴과 함께 봤어야 했을까? 하지만 어제는 관우묘의 존재를 몰랐었다. 있다고 확인한 이상 안 가 볼 수가 없다. 왜냐하면 관운장은 내 어릴 적 우상이었으니까. 양가에 입양되어 들어갔을 때 유일하게 있었던 책 한 권이 삼국지였다. 단권으로, 그것도 앞뒤 몇 장은 떨어져 나간 책이었다. 그걸 애지중지 얼마나 읽었던지…. 유비 현덕은 대장이지만 좀 어수룩하게 나오고 장비는 불같은 성격이지만 귀여움이 있었다. 관우는 후덕한 훈장 선생님 같은 분이었지. 싸움과는 전혀 관계가 없을 듯한. 그래, 세 사람 모두 좋아했지만 죽을 때까지 가져가는 그 우정이 더 좋았다. 한고조 유방이나 다른 권력자들이 권력을 잡고 어떻게 했나를 보면 이들의 우정은 쉽지 않은 것이다. 관우는 민간에선 이미 신이 된 지 오래고 서울에도 동묘東廟라고 있지. 동묘야 되놈들 등쌀에 어쩔 수 없이 지은 것이다.

관린關林에 도착하니 자전거부터 세우란다. 여긴 봐주는 사람도 없고 이륜차 세워 놓는 곳에 그냥 세워 놓으란다. 그 수밖엔 없다.

관우의 수급만 묻혀 있다는 뤄양의 묘. 조조가 향나무를 깎아 몸체를 만들어 후하게 장사지내 주었단다. 관우묘 봉분에는 나무가 무성했다.

뤄양을 떠나 정저우로

식당 주인에게 밥값이 얼마냐고 물으니 2위안을 달란다. 멀건 강냉이죽 한 그릇을 마신 거다. 2위안을 주니 만두를 좀 줄까 하고 묻는다. 맛도 없는 만두는 왜? 어제 저녁에 내일 아침 몇 시에 문을 여느냐니까 6시라 해서 여유를 준다고 6시 30분에 호스텔을 나와서 왔는데도 밥도 없다. 반찬도 없다. 실망감에 만두고 뭐고 안 먹는다 하고 돌아서서 오다가 생각하니 돈 일위안을 더 줬다. 식당 주인이 나를 배려해서 만두를 줄까 물은 게 아니고 돈 일위안을 더 주니 하는 말이었구나. 쩝. 평생을 이 위안을 2원으로 알고 살았는데 중국말 이 위안이 우리말 일 원이다. 착각하지마라는 말을 듣고 왔는데도 스스로 속았다.

뤄양에서 정저우까지는 124km다. 정저우는 허난성河南省 성도다. 여기서 하남이라는 것은 황하의 남쪽이어서 하남인 것이다. 길의 상태에 달려 있지만 하루에 가기에는 무리가 있다. 출발하자마자 오르막이다. 땀을 뻘뻘 흘리며 끌바를 하고 있는데 SUV 한 대가 바로 옆에서 멈추더니 물었다. 무슨 말인지 몰라도 답은 해줘야 한다.

"나 한국인이오."

중국말을 못 알아 들었다는 것을 알려주는 것이다. 부자가 타고 있던 차인데 몇 가지 묻고 나더니 아버지가 엄지를 치켜든다. '파이팅'에 '짜이요'까지 남기고 가더니 조금 후에 다시 내 곁으로 왔다. 나는 땀으로 범벅이 되어 오르막을 끌고 있는 중이었다. 조수석에 앉아 있던 어린 아들이 내게 음료수 두 병을 내밀었다.

"짜이요."

124km의 절반쯤 왔을 때 이미 시간은 오후 여섯 시가 넘었다. 미리 마음먹은 대로 오늘은 야영이다. 하루에 도착하지도 못할 곳을 섣불리 건드리다 엉거주춤하게 시간이 남으면 돈 아깝고 시간이 아깝게 될 것이다 싶어서 출발하기 앞서 작정을 한 것이다. 잘 곳을 찾아야 한다. 마침 맞춤한 장소가 보여서 자전거를 몰아 넣었다. 하지만 들어가고 보니 도로에서 안 보인다 뿐이지 옆으로 직선거리 100m쯤 되는 곳에 있는 아파트의 옆길로 주민들이 다니며 나를 힐끔힐끔 쳐다본다. 흙무더기 위로 온힘을 다해 자전거를 밀어 올렸다. 땀 흘린 것이 아까워서 눈치를 보고 있으니 한 아저씨가 나와서 노골적으로 나를 째려본다. 멀어서 얼굴은 서로가 확인할 수 없다. 안 되겠다. 그냥 있을 상황이 아니었다. 내가 먼저 일어서서 아저씨에게로 걸어가서 사정을 설명했다. 그러나 '팅부동'이다. 불통. 그는 자기 가족과 동네 주민을 위해 적 앞에 선 전사 같았다. 나는 포기했다. 아직 자전거만

동네 주민들에게
눈치가 보여 짐은 펴지도
못하고 물러나와야 했다.

세워 놓고 짐은 풀지 않은 상태였다.

잠 잘 때 편해야지. 밤중에 주민들이 찾아온다든지 공안에 연락한다든지 하면 서로가 피곤할 뿐이다. 나는 다시 끌바를 시작했다. 곧 날이 어두워졌다. 차가 지나가지 않을 때는 어두워서 아무것도 보이지 않았다. 그렇게 두 시간 정도를 끌었다. 이러다간 안 되겠다 싶어서 삔관을 찾기 시작했다. 주점(주뎬)이라고 쓰여 있어 들어갔으나 호텔이 아니고 정말 술집이었다. 그렇군, 허난성은 다르군. 이 동네에서는 표기는 대주점이라고 하고 용도는 연회장이다.

그렇게 끌고 가다가 작은 현에 도착해 묻다가 보니 모두가 가리키는 한 곳에 가게 되었다. 여관이었다. 숙박비는 20위안. 방이야 보나마나 뻔하다. 자전거를 창고에 넣어 놓고 나오니 여권을 보자 하고 공안에 연락해야 된단다. 그러니까 외국인은 3성급 호텔에 자야 되고 공안의 허락을 받아야 한다는 법이 여기선 시행되는 모양이었다. 근데 공안은 오지 않고 전화가 와서 파출소로 오란다. 나는 파출소도 모르니 여관 주인에게 같이 가자고 해도 이 친구는 혼자 갔다가 오란다. 공안은 오기 싫고, 여관 주인은 가기 싫고, 나는 더 가기 싫고, 거기다가 자전거까지 끌고 오라고? 나도 못 가. 자전거를 끌고 나와 버렸다. 밤도 늦었는데 지금까지 자전거를 끌고 다닌 것이 억울해서라도 돈 주고는 못 자. 20위안이라면 몰라도. 다시 끌바를 하며 자리를 찾다가 이러다가는 밤새도록 찾아도 못 찾는다는 결론을 내리고 도로 옆의 산기슭으로 올라갔다.

70km를 탔다.

자전거 타며 졸다

어제밤 도로 옆 산기슭에서 잤다. 텐트를 치려고 해도 어둡고 좁아서 펴지를 못하겠고 무엇보다 피곤했다. 그냥 자자. 플라이를 펴서 반은 펴고 반은 덮고 해서 다리를 뻗었다. 자갈이 바닥에 널려 있어 잘 수 있을까? 생각했는데 그것에도 몸은 민감하게 반응하지 않았다. 도로와 닿은 오르막이라 켁켁거리며 올라가는 차들의 엔진소음에 시달렸는데 12시가 넘자 점차 통행이 줄어들어 소음이 낮아졌다.

새벽 3시 30분, 온몸이 축축하고 쌀쌀해서 일어났지만 아직도 날은 깜깜하다. 시간을 보면서 그대로 대기하다가 4시에 짐을 싸기 시작해서 4시 30분에 출발했다. 아직도 주위는 어둡다. 40분쯤 달리니 날이 밝아온다. 그렇게 한참을 더 가다가 노점식당에 들어가 색깔만 팥죽과 닮은 멀건 국물 한 그릇과 기름에 튀겨 낸 밀가루 전병 비슷한 것 두 개를 4위안에 먹었다. 후라탕과 요빙이었다.

다행히 그때부터는 오르막이 없어서 12시 전에 정저우에 닿았다. 온몸은 땀과 흙, 먼지에 자전거 기름까지 범벅이 되어 손이고 옷이고 때에 절었다. 더구나 이 날은 반바지를 입고 탄 관계로 종아리도 더럽기는 마찬가지였다. 빨리 삔관을 찾아 들어가 샤워부터 하고 싶었다. 그러다 정저우 입구에서 삔관을 발견했다, 수수한 삔관이었다.

"얼마요?"

"100위안."

"80위안 하자."

며칠간 도시와는 떨어진 생활에 나는 감각이 떨어져 있었다.

"안 돼."

"그럼 나도 안 돼."

하고 기세 좋게 나오긴 나왔는데 '아차' 하는 마음에 불안감이 밀려왔다. 여기는 대도시다. 100위안보다 돈을 더 주고 자야 하는 상황이 생길지도 모른다. 다시 주뎬 발견. 그러나 200위안이란다. 오늘 그런 돈을 쓸 것 같으면 어제 그 고생을 하지 않았을 것이다. 여긴 허난성의 성도다. 정저우는 인구 430만명이 넘는 대도시인데 유스호스텔이 없다. 그러니까 중국은 서울이나 부산 같은 대도시가 중국 전역에 수백 개가 널려 있는 것이다. 사람이 많으면 물가는 비싸다. 하지만 나도 어제를 생각하면 그렇게 못 한다. 첫 번째 100위안짜리 집이 멀어질수록 불안감이 커져 갔다. 결국 100위안짜리를 감사하게 택했어야 하는 상황이 벌어진다면 꿩 잃고 매 잃는 꼴이 된다. 다음 목적지인 우한으로 바이두를 맞춰놓고 정저우 시내를 가로지른다.

20km쯤 달렸다. 바람이 엄청 불기 시작했다. 흙먼지가 날리는 것이 난장판이다. 대체 이 먼지들은 어디서 오는 건가. 그러다가 어떤 행사장을 만

나 들어갔다. 밥을 먹어야 된다. 저기엔 내가 좋아하는 '심봤다' 식이 있을 거야. 한 아주머니에게 사진을 들이미니 저기 가라며 손으로 가리킨다. 근데 그곳에는 똑같은 스타일의 천막집 수백 개가 있었다. 상점과 식당이 뒤섞여 있었다. 나는 망설임 없이 그곳으로 향했다. 있다는 사실을 알았는데 수천 개인들 못 찾을까? 그리고는 기어이 찾았다. 일금 17위안.

다시 그곳을 나와 달린다. 이제 완전히 시외곽인가. 비포장도로에 바람이 부니 먼지가 엄청 날린다. 마침 가게 옆에 서 있는 두 학생에게 다가갔다. 삔관을 검색해 보던 학생이 "이 근처엔 삔관이 없어요." 이런다.

"그럼 다음 도시까지는 몇 km야?"

"30km요."

밥은 먹었지만 나는 새벽부터 60여km를 달려왔다. 땀과 피로가 온몸 구석구석에 묻어 있다. 자전거를 타면서 졸았다. 깜빡깜빡 졸다가 놀라서 자전거를 세웠다. 이러다가 넘어지면 웃음거리는 고사하고 큰 부상을 입을 수 있다. 나무 밑에 앉아서 잠시 눈을 붙였다. 학생은 뒤로 돌아 다시 정저우로 가란다. 나는 갈 수 없다. 다시 생각해 보자. 이 친구들이 검색한 것이

중국 전역에 있는 동네 입구에 세워 놓은 마을 명판.

전부일까? 아니다. 그의 휴대폰에 나와 있는 삔관들은 크고 오래된 것만 있을 수 있다. 가보자. 그리고 출발해서 채 5분도 되지 않아 내가 찾는 삔관이 나타났다. 일금 50위안. 시간은 정오를 조금 넘겼지만 오늘은 쉰다. 누구도 못 말린다. 말리지 말아줘. 나는 쉬고 싶다. 50위안이지만 와이파이 빵빵 터지고 찔끔거리지만 더운물이 나온다. 지린내는 나지만 화장실도 실내에 있다. 샤워부터 하고 빨래를 한다. 방 안에 빨랫줄을 묶어 놓은 것도 마음에 든다. 근처 공사장에서 일하는 인부들이 합숙을 하다가 매어놓고 간 것일 게다. 이는 나를 위한 방이야. 거기다가 주인은 나의 행색에 대해 몹시 신기해 했고 많은 관심을 나타내며 도움을 주려 애를 썼다. 관심은 곧 사랑이라고 말하지 않았나.

이날 68km를 탔다.

삔관에서 사진 올리기

탈수를 하지 않은 옷들은 아직 마르기를 거부하고 있다. 먼지 때문에 창문도 열 수가 없다. 나는 새벽부터 컴퓨터를 끼고 앉았다. 삔관 주인에게 밥을 파는 곳이 있냐고 물으니 여기는 없단다. 그럼 밥을 해야지. 전기냄비로 밥을 했다. 밥이 되기는 됐는데 맛이 없다.

마개가 터져 국물이 넘친 장조림 캔도 먹어야 한다. 그래도 밥을 고추장에 비벼 놓으니 맛있게 먹을 수 있었다. 인터넷에 글을 올리는 데 무려 열두 시간이 걸렸다. 사진도 인터넷 입맛에 맞는 것을 골라 주어야 한다. 어떤 것은 아예 올라가지 않기 때문이다. 두 장씩도 못 올린다. 올라가다가

삔관에 잘 때마다 펼쳐지는 방안 풍경이다.

정지하면 다시 해야 하고 그걸 수십 번 되풀이하고 나면 진이 빠진다. 중국의 인터넷 현주소가 그런 걸 내가 뭐라 할 수도 없다. 사진을 올리다가 지쳐서 교정이고 뭐고 마무리도 하지 않은 채 동생에게 보내 버렸다. 당장 동생에게서 '카톡왔숑'이 왔다.

"형님 글이 힘 대가리가 없고 길기만 길고 하니 줄이세요. 그렇지만 지금은 너무 신경 쓰지 마시고 나중에 돌아와서 정리를 하면 되니까, 그렇게 생각하세요."

동생은 고등학교와 대학시절 유명대학 백일장의 장원을 휩쓸었다. 뭣 하나 그저 되는 게 없다.

05.21.
목요일

중국의 교통질서

정저우에서 우한(후베이성湖北省의 성도)으로 가면서 가장 달라진 점은 도로가 우수도에 뚜껑이 있다는 것이다. 이는 중국에서는 자전거 여행자에게 커다란 은총이다. 깔대기를 세워 놓은 것 같은 모양으로 된 우수도는 어른 키를 넘긴 깊이에 위쪽의 넓이는 1.5m쯤 되어 보였다. 상황이 위급할 때는 길가로 자전거를 피난시킬 수가 있어야 하는데, 콘크리트가 입을 벌리고 있는 우수도는 가까이 접근조차 할 수 없어 자전거 이용자에겐 공포 그 자체였다. 뚜껑이 덮인 후베이성의 도로는 깨끗하기도 했다. 이곳의 교통질서도 지금까지 지나온 곳과는 달리 조금씩 잡혀가고 있다는 인상을 받았다.

사거리 횡단보도에 파란불이 들어와서 보행자들이 건너고 있는데도 자동차들은 태연하게 그 사이를 뚫고 지나간다든지 그걸 보행자 누구도 제지하거나 간섭하지 않는 것이 대륙적 기질의 본질인가? 역주행도 예사였다. '우리 서로 역주행도 하고 그럽시다' 하고 운전자들끼리 담합을 한 것처럼 역주행하는 사람이나 그걸 바라보는 시민들이나 당연하다는 듯이 말이 없다. 이 불가사의한 의식구조가 나를 혼돈에 빠뜨린다. 이젠 그러한 상황을 만나도 항의도 못하고 말없이 지나가게 된다.

중국 냄새의 주범

새벽에는 어제 남긴 밥을 먹었고 점심은 빵으로 때웠다. 근데 점심 후 얼마 지나지 않아 길거리에서 '심봤다'식 식당을 만났다. 인도 위에다(중국은 인도가 거의 차선 2~3개를 만들 만큼 넓은 곳이 많다) 천막을 치고 식탁을 놓고 장사를 하는 곳이었다. 나는 밥을 시켜 그 밥을 다 먹었다. 되새김질 하는 위라도 있는 것처럼. 그리고 그것은 그날 늦게까지도 위력을 발휘했다.

처음 중국 음식을 먹을 때 가장 고통스러웠던 것이 특유의 향이었다. 이 향 때문에 나는 빵을 많이 먹었다. 하지만 빵에도 화장품에도 음료에도 이 냄새는 따라다녔다. 이 냄새의 주범은 바로 구채韭菜란 잎 때문이었다. 근데 날이 거듭됨에 따라 줏대 없는 내 입맛은 이 잎으로 만든 멀건 탕을 별 거부반응 없이 받아들이고 있는 것이다. 어떡하나, 이젠 먹는 음식마다 맛이 있다. 서서히 나는 중국에 중독되어 가고 있었던 것이다. 물론 아직도 밥은 절대적이다.

*냄새의 주범은 위에 적힌 구채(부추)가 아니라 향차라는 잎이었다. 우리나라에서도 쓰는 고수라는 잎이다.

이날 나는 정저우에서 린잉临颍까지 105km를 탔다. 길이 평원이었기 때문이다. 린잉에 도착해 삔관 앞에 자전거를 멈추고 간판을 올려다보자 좌측 삔관 아저씨가 얼른 뛰어나와 말을 걸며 자기 집에 오란다. 당연히 당신 집에 간다. 셈이 있는 사람이 남의 사정을 살필 줄 아는 것이다. 오른쪽 삔관집 주인은 내가 간판을 살피는 것을 보고도 소 닭 쳐다보듯 했었다. 일금 50위안, 마음에 드는 가격이다.

05.22.
금요일

구홍두군과의 만남

린잉을 출발해 55km 지점에 왔을 때였다. 장거리 여행자 가방을 실은 라이더가 지나가기에

"웨이."

하며 손을 흔들었더니 그는 바로 되돌아왔다. 우리는 악수를 하고 통성명을 했다. 하지만 의사 불통. 그의 영어는 내가 세븐(7) 하면 그는 손가락을 짚으며 원투쓰리포 하며 비로소 '치(7)' 하고 확인하는 정도였다. 나이도 아직 어려서 동행은 어렵겠구나 싶었다. 그러면서 아프리카로 간다고 하니 관심을 표하며 엄지를 치켜올렸다. 다행히 그는 스마트폰 위를 손가락이 날아다니는 녀석이었다. 급하게 번역기가 돌아갔다.

구홍두邱红豆군은 허난성 자오쭤시(河南省 焦作市 苏家作 乡东齐村)에 사는 26세의 청년이었다. 집을 떠난 지 3일이 된, 홍콩으로 여행 가는 녀석이었다. 홍콩까지 여행기간을 한 달쯤 잡는다고 했다.

"오늘 어디서 잘 거야?"

라고 물었더니

"수이빈遂平에서 잘 거야."

라고 했다. 그래, 나도 거기서 잘거야.

동행이 생겼다. 근데 얼마쯤 달렸을까? 비가 오기 시작했다. 우리는 비를 피해 처마를 찾았다. 자동차 수리점이었다. 젊은 주인 아주머니가 나오더니 우리를 컨테이너 박스에 들어가서 쉬란다. 거기에는 침대가 두 개나 놓여 있었다. 비는 그칠 듯 말 듯 오고 있었다. 어떡하나? 의논 끝에 비가 조금 약해지자 우리는 출발했다. 수이빈이 22km 정도 남았기 때문이었다.

길 위에서 만난 구홍두군

드디어 수이빈에 도착했다. 78km를 달렸다. 우리는 수이위안삔관平财苑宾馆이라는 제법 큰 삔관에 들어갔다. 그는 체크인을 하면서 내가 내는 돈을 한사코 거부했다. 일금 90위안. 짐을 4층에 있는 방으로 옮기는 데도 내가 옮기는 것을 허락하지 않았다. 짐을 옮기고 음식점을 찾으러 나서서도 내가 밥을 먹고 싶다고 하자 그는 기어이 밥집을 찾아냈다. 삐주(맥주) 4병을 마시고, 닭고기와 돼지고기 한 접시씩에 밥을 먹었다. 그 돈마저 그는 남몰래 지불하고 나왔다. 그러나 내 마음은 편치 않았다. 참 나, 그는 아직 돈이 한창 고픈 어린 나이지 않은가.

그는 대단히 친화적인 밝은 성격에 세상 이치에 밝은 청년이었다. 가는 곳마다 나를 한국인이라고 소개를 하며 사진을 찍으라고 권했다. 중국인들의 사진 찍기야 익히 당해 봤지만 녀석은 한술 더 떠서 삔관의 수부 아가씨와 음식점에서 통역해 준 대학생, 길거리에서 설탕으로 각종 모형을 만들어 파는 아저씨, 심지어는 체육관에서 탁구를 치고 있는 사람들에게도 가서 내게 탁구채를 쥐어주며 폼을 잡게 하고 그들과 함께 하는 사진을 찍게 했다. 더 이상한 것은 길거리에서 설탕물을 파는 아저씨도 탁구를 치던 아저씨도 사진을 찍으라 하면 두말없이 나와서 진지한 표정으로 카메라 앞에 서는 것이다. 그것도 내 카메라 앞에. 으흐흐 거참 이상하다. 이 친구는 내게 지금 추억거리를 만들어 주는 것일까? 그를 보니 화산에서 만난 강씨 생각이 났다.

이산가족의 만남이라도 이보다 더 좋을까

오늘은 구군과 헤어지는 날이다. 아침에 그에게 '우리는 어디쯤에서 헤어지는 거야?' 하고 물었더니 40km 지점쯤이라고 했다. 그렇다면 다음 도시인 주마뎬驻马店을 지나야 되는 거리였다. 우리는 뻰관에서 5km쯤 떨어진 길거리 음식점에서 후라탕과 러깐미엔을 먹었다. 후라탕을 먹으며 내가 옆자리에서 먹고 있는 음식인 요빙을 먹자고 했더니 그가 일어서 나가더니 한참 후에 요빙 한 봉지를 사 들고 왔다. 여기 요빙은 다 팔린 모양이었다. 남은 요빙을 그는 내 자전거에 매달았다. 가면서 먹으라는 말이다.

근데 그렇게 그가 앞장을 섰는데 아무리 가도 그가 기다리는 모습이 보이지 않았다. 주마뎬으로 들어서자 행여나 했지만 도시를 빠져나오자면 나는 바이두를 켜야 했다. 그와 길이 다를 수 있다는 말이다. 갈림길을 만날 때마다 그를 찾아 보았지만 보이지 않았다. 짜아식, 헤어질 때는 힘 있게 허그를 한번 하려고 했는데 아쉬웠다. 50km 지점을 넘어서자 나는 포기했다. 어차피 오늘 헤어져야 하는 것 조금 일찍 말없이 헤어졌다는 것이지만 할 말인들 뭐가 있으랴? 하지만 가슴 한 구석은 그런 것과는 상관없이 허전했다.

첫 펑크

거기에다 췌산현确山县을 지나는데 뒷바퀴에 닿는 감각이 조금 이상했다. 내려서 보니 뒷 타이어에 바람이 없다. 펌프를 꺼내어 바람을 넣었으나 헛일이었다. 구멍이 크게 났다는 증거다. 자전거에 실린 짐을 전부 내리고 뙤약볕이 내리쬐는 인도에서 작업을 시작했다. 여행을 떠나고 첫 빵구다. 바로 그때 전동 삼륜차 한 대가 미끄러지듯 내 옆으로 오더니 이빨이 다 빠진 할아버지가 뭐라고 하신다. 말인즉

"야, 그것 여기 싣고 수리점 가서 빵구 때우자, 괜히 고생하지 말고."

이런 말일 것이다.

"아니 할아버지, 이 작은 차에 자전거를 어떻게 실어요?"

"실을 수 있다."

"얼만데요?"

"5콰이.(5위안, 우리 돈 1,000원)"

할아버지의 권유도 있고, 중국대륙을 좁다고 누비는 저 삼륜차도 한번 타보고 싶었다. 늙은 말이 콩을 잘 찾는다고 영감님 정도의 연세가 되면 세상 이치를 환하게 꿰게 되는 것이다. 일단 가방부터 싣는데 가방만 실어도 차 안 가득이다. 그럼 자전거는? 영감님이 반대편 문을 열어버리니 자전거 앞뒤 바퀴가 차 밖으로 빠져나와 쉽게 실을 수 있었다.

영감님이 뽈뽈거리며 차를 몰더니 길거리에 있는 냉장고 놓고 차가운 음료를 파는 집으로 들어간다. 옆에는 에어컴프레서 한 대가 놓여 있다. 아하, 저런 집이 빵구 떼우는 집이구나. 음료 6위안(내가 음료로 찬물을 집자 빵구 할아버지의 아내인 냉장고 할머니는 욕을 해댄다. 그리곤 와서 6원짜리 제일 비싼 음료를 맡긴다. 하하, 나는 웃으며 받았다.) 빵구 4위안, 삼륜차 할아버지 운임 5위안. 다시 우한을 향해 달린다.

빵구 때우는
할아버지.

산길로 접어들자 오르막과 내리막의 반복이다. 나는 땀을 식히기 위해 길가에 있는 가수加水집으로 들어갔다. 먹는 물 하나 사고 잠시 앉아 쉬고 있는데 여행자 자전거가 한 대 불쑥 들어왔다. 처음엔 금방 못 알아봤다. 저게 누구야? 아니 저…저… 우리는 서로 깜짝 놀랐다. 구군이었다. 이산가족의 만남인들 이보다 더 반가울까. 우리는 진한 포옹을 하며 괴성을 질렀다.

"도대체 어떻게 된 거야?"

"오늘은 야영을 합시다. 돈도 아끼고."

"오호, 좋은 생각이야. 근데 어디쯤에서 할까?"

폰을 검색해 보곤 구군이 말했다.

"근처에 보산薄山호수라고 있어요."

그는 보산호수로 올라가는 오르막에서 먼저 올라가 자기 자전거는 세워두고 내 자전거를 밀어주고 다시 자기의 자전거를 끌고 올라가기를 반복했다. 그는 매사가 그런 식이었다. 일단 남부터 먼저 살피는 것이었다. 호숫가 댐 옆에 텐트를 쳤다. 물론 주민들의 허락을 받았다.

날이 어두워 오고 호숫가에 달이 뜬다. 저녁은 생략하고 삐주를 마셨다.

따뜻하고 용감한 구군

중국인들의 타인에 대한 무관심을 뉴스에서 본 적이 있다. 길가에서 사고로 죽어가는 사람을 보고도 아무런 조치를 취하지 않고 무심히 지나치는 사람들과 그 이유에 대해 들었다. 그러나 구군은 전혀 그와는 다른 형의 인간이었다. 그는 따뜻하고 용감했으며 지혜로웠다. 거기다가 힘까지 셌다. 구이린과 홍콩으로 갈라지는 지점에서 내가 그를 유혹했다.

"구이린까지 함께 가지 않을래? 너도 어차피 여행자이잖아."

너나 나나 외국인과 함께 여행할 수 있다는 것이 흔히 오는 기회는 아니잖아. 그가 고개를 끄덕였다. 그리고 우린 그때부터 본격적인 동행을 시작했다. 아울러 그가 나의 적극적인 보호자가 됐다. 저녁마다 도시로 들어가 잘 곳을 찾아야 할 때 그는 짐을 내려놓고 나를 기다리라고 한 다음 도시를 돌아보고 가성비 좋은 삔관을 물어왔다. 그리고 삔관에 들어가선 또 나를 현관에서 짐을 지키라 하곤 그 많은 짐과 자전거를 번쩍 들어 혼자 옮겼다. 그러지 말라고 질색을 하며 내가 짐을 옮기는 사이 그는 번개처럼 많은 짐을 2층이나 3층으로 올렸다.

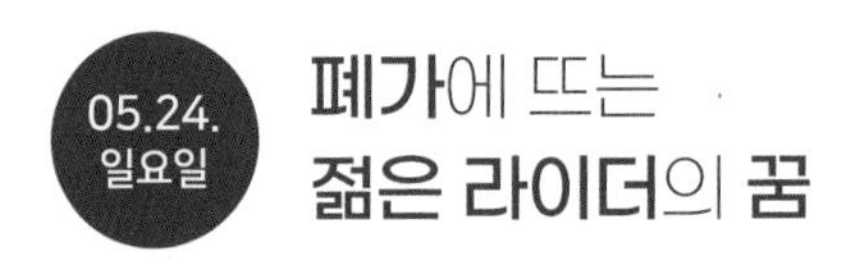

텐트를 걷고 쓰레기를 청소하고 출발, 보산호수를 빠져나와 우한으로 방향을 잡는다. 양떼를 몰고 가는 목동 사이를 빠져나와 우리는 이내 헤어졌다. 구군은 이미 내 눈앞에서 사라진 것이다. 자전거 여행이 여러 사람이

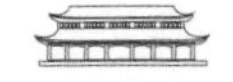

함께할 수 없는 이유 중의 하나다. 속도가 다르면 출발하면 곧 헤어지게 되는 것이다. 그래서 오늘은 나설 때부터 천천히 가자고 구군에게 말했다. 이 말은 나의 속도에 맞추거나 아니면 얼마쯤 앞서가다가 수시로 나를 기다리라는 말이었다. 길고 긴 첫 오르막에서 그는 나를 기다리고 있었다. 점심을 먹고 내가 그에게 제안했다.

"오늘 하루 더 텐트 치자."

"좋아요."

그가 폰을 검색하고 주위의 여러 사람에게 물어보더니 오늘 텐트를 칠 곳을 시엔산贤山으로 정했다. 보산호수에서 75km 지점에 있었다.

시엔산에 도착해 텐트를 칠 마땅한 장소가 없자, 구군은 내가 제안한 폐가를 사양하고 정찰을 하러 나갔다 왔다. 결과를 나는 예측하고 있었다. 그가 고개를 흔든 저 폐가에 우리는 자야 할 것이다. 물론 그는 나를 좀 더 멋진 곳에 재워주고 싶었을 것이다.

말로만 듣던 중국의 문도 없는 화장실을 처음 봤다. 보산(薄山)호수의 위생간(卫生间. 厕所 라고 표기하기도 했다)이 그렇게 지어져 있었다. 중앙에는 물이 흐르도록 설계가 되어 있다.

"저기에 치자."

우리는 일단 폐가의 바닥에 자리를 깔고 앉았다. 그 자리에 털썩하며 누운 구군이 행복해 하며 한마디 했다.

"여기가 천국입니다."

계속되는 라이딩에 몸은 파김치가 되었다. 땀 냄새에, 먼지에 우리는 거지꼴이었다. 폐가 앞에 있는 집에서 숙식을 하며 돼지를 먹이는 막사의 아저씨에게도 양해를 구했다. 그는 흔쾌히 허락했다. 거기다가 아저씨는 집으로 가더니 손수 저녁을 준비해 와서 우리를 초청했다. 아저씨가 만들어 온 음식은 정말 맛있었다. 이날은 일요일이었다. 근처 신양 등 인근에 있는 시민들이 걸어서 혹은 자전거를 타고 이 산을 오르는 행렬이 줄을 이었다. 그 행렬 중에 한 청년이 우리의 짐 자전거를 발견하고는 자신의 자전거를 돌려서 왔다.

진카이秦凯군이었다. 훌쩍한 키에 도시적인 용모를 갖춘 미남 라이더였다. 나이는 24살. 영어를 하는 그와 여러 가지 이야기를 나누다가 말했다.

"나 오늘 여기에다 텐트를 가지고 와서 자고 싶어요. 그렇게 해도 되죠?"

물론 되고 말고.

이미 날은 어두웠다. 모기가 다리를 물어뜯기 시작하는 시간이었다. 그래 저러다가 말겠지 했던 진카이군이 저녁 9시 30분쯤 자전거에 텐트를 싣고 정말로 왔다. 삶은 밤 두 되와 삶은 오리알 10개를 가지고 왔다. 젊음은 이렇게 싱싱한 것을, 내가 잠시 잊고 있었다. 함께 폐가 안에다 텐트를 치고 바깥에 앉아 LED등을 켜놓고 이야기를 나눴다. 그는 라싸와 쿤밍을 배낭여행으로 다녀왔으며 얼마 전에는 프랑스인 자전거 여행자를 만나 즐거웠다는 말도 했다. 그에게 하늘 아래 여행자는 모두 친구인 것이다. 그는 나의 여행 경로를 듣고는 누적된 거리가 나온 속도계의 사진을 찍기도 했다. 자기도 이렇게 떠나고 싶다고 했다. 멀리 저 멀리.

진카이군과
세 개로 늘어난
텐트

스쿠버 다이빙이나 산악자전거 등 익스트림 스포츠를 즐기는 사람들은 그 동지애가 남다르다. 과부 마음, 홀아비가 안다지 않는가. 처음 만난 사람끼리도 묘한 미소를 나눌 수 있으며, 껴안고 풀쩍 뛰더라도 어색하지 않을 수 있다. 물론 이도 그 숫자가 희소할 때의 현상이다. 지나가는 많은 사람이 똑같은 자전거 여행자라면 서로가 소 닭 쳐다보듯이 할 것이다. 아마도 그날 저녁 폐가의 서까래 아래서 메리 설산으로, 샹그릴라로, 아니면 아프리카의 초원으로 진카이군의 꿈은 끝도 없이 펼쳐졌을 것이다. 그리고 그는 어느 날 짐을 챙겨 떠날 것이다. 꿈이 그를 제자리에 놔둘 리가 없기 때문이다.

씨 유 어겐, 진카이군

시엔산을 내려와 달린다. 진카이군이 우리를 식당으로 안내했다. '러깐미엔' 한 그릇으로 아침을 마친 우리는 곧 헤어졌다. 고마워 진카이.

"씨 유 어겐, 썸데이."

그래 그런 날이 있을까?

"메이비."

근데 천천히 자주 쉬며 가자고 했던 구군이 시엔산을 출발하자마자 종적이 없다. 구군의 자전거에 간식들을 다 실어 놓았는데, 쉬지 않고 달린 길이 40km를 지나며 나는 화가 났다. 아니 이 녀석이 그렇게 말했는데도 이게 대체 뭐하는 짓이야? 쉬지 않으면 달리지 못한다. 배도 고프고 몸은 지쳤다. 43km 지점에서 슈퍼에 들어가 빵을 사 먹으며 나는 문자를 날렸다. 번역기로 번역을 해서 녀석의 전화번호로 메시지를 날린 것이다.

"지금 어디야? 나는 43km 지점이야."

"허난성河南省에서 후베이성河北省으로 넘어가려고 합니다. 47km 지점이에요."

"너 거기 기다려라."

그는 허난성에서 후베이성으로 넘어가는 성 경계선 다리 건너 플라타너스 나무 밑에서 오리 다리를 뜯으며 맥주를 마시고 있었다. 내가 도착하자 사 놓은 오리 다리와 맥주 한 병을 건넸다. 점심이었다.

나는 마음먹고 있던 말부터 꺼냈다.

"구군아, 너 나하고 다니기 싫어?"

그렇다면 나는 헤어질 생각이었다.

"오, 노노노."

"그럼 무슨 걱정 있어?"

"경비가 많이 드니 빨리 가려고요."

오늘은 삔관에 들어가기로 약속을 했었다. 휴대폰, 카메라 모두 배터리

아웃 상태였다. 샤워도 절실하고 빨래도 해야 한다. 냇물에 목욕을 하기로 합의를 했으나 냇물은 모두 황토물이거나 녹조가 끼어 있어서 불가능했다.

"경비 걱정은 마라. 같이 있는 동안은 내가 낼 터이니."

난들 돈이 많으냐. 그러나 어차피 내가 갚아야 할 빚이 있다. 우리는 후베이성 다우시엔大悟县에서 자전거를 멈추고 삔관에 들어갔다. 80위안이었다. 샤워부터 하고 빨래를 널었다. 출발한 곳에서 76km 지점이었다.

저녁을 먹고 나자, 비가 쏟아졌다.

연암의 열하일기에선 이런 대목이 나온다.

내가 압록강을 건널 때 강 너비는 한강보다 넓을 것이 없으나 물이 맑기는 한강에 비할 만하다. 북경에 이르기까지 무릇 물을 십여 차례나 건너면서 때로는 배로 건너고 때로는 말을 타고 건넜다. 건넜던 물 이름들은 흔하 混河(요녕성), 요하遼河(지린성), 난하灤河(하북성), 태자하太子河(요녕성) 등 어디고 누런 흙탕물이었다. 대체로 들녘 물은 탁하고 산협 물은 맑다. 압록강 발원지는 장백산으로서 국경의 여러 산 속을 흘러내리므로 언제든지 물은 맑다. 나는 비록 장강을 보지는 못했지마는 그 수원이 민아산珉峨山 등 첩첩산중에서 발원하여 삼협을 뚫고 내려온 것이고 본즉 물이 맑을 것을 짐작할 수 있다.

- '열하일기' 중에서(보리출판사, 연암 박지원 지음, 리상호 엮음)

연암은 창강長江이 맑을 것이라고 생각했지만 내가 본 창강은 며칠 사이

우한 창강대교 위에서

우한 창강대교 위에서 본 창강과 우한강변

에 비가 많이 온 뒤라서 그런지 강물은 흙탕물이었다. 내가 건넌 수많은 하천은 오염으로 인한 악취와 물이 아니라 걸죽한 죽 같은 모습을 하고 흐르지도 않고 있었다. 나는 보기가 끔찍해서 이를 외면하고 지나쳤다. 우리의 60~70년대 도시를 흐르는 강들이 그랬듯이 개발을 위해선 어쩔 수 없이 지나가야 하는 환경오염의 기간인가? 그러나 저렇게 개발에 총력을 기울이다가 주저앉아 버린다면 자연도 함께 주저앉을 것이 아닐까 하는 걱정이 되기도 했다.

비는 내리고

그후 이틀 동안 비가 왔다. 발목이 잡힌 것이다. 그러나 거듭된 라이딩으로 우리는 많이 지쳐 있었다. 어차피 쉬고 싶었으니까, 잘됐어. 알맞게 내려주는 비다. 나는 할 일도 많았다. 은행에서 돈도 찾아야 하고 가방도 수리해야 하며 인간관계에서 오는 섭섭한 마음도 다스려야 했다. 일기도 밀려 있었다. 어제가 오늘 같고 내일이 또 어제와 같다. 하루 이틀이 지나면 나는 지난 일을 새까맣게 잊는다. 이를 살려 놓는 방법은 기록밖에는 없다.

지금 이 여행의 순간에, 기록이란 내가 얻을 수 있는 가장 값진 것 중 하나이다.

다우시엔에서 볼일을 보러 가는 길이었다. 구군은 앞에서 가던 오토바이 신문배달 아주머니가 물구덩이에 넘어져 있자 얼른 내게 우산을 맡기고는 뛰어가 일으키고 뒷수습까지 했다. 그는 그런 심성을 가진 청년이었다.

이발을 하자. 오늘같이 비 오는 날은 이발소 의자에 앉아 창 너머 비 오는 풍경을 거울을 통해 보는 것도 좋을 것 같아.

이발소에 들어가자 스무살 안팎의 청년이 오더니 일단 눕혀서 머리부터 감긴 다음 의자에 앉히고 펠리칸을 들고 온다.

이곳에선 얘(견습생)들이 깎는가? 그래 얘들 손길이 더 날렵하고 감각이 있을지 모른다. 텔레비전에서 봤던, 길거리 늙은 이발사에게 머리를 깎고 싶었는데 아무래도 좋아.

16위안을 지불했다.

슈퍼에 가서 쌀도 좀 사고, 반찬 만들어 놓은 것도 좀 사자. 슬리퍼도 하나 필요하고 방수 가방은 입구가 떨어진 것을 꿰매어야 한다. 약국에 가서 감기약도 사야 하고 돈도 다 떨어져 가니 돈도 찾아야 한다.

여기서 내가 상대하는 곳은 거의 100% 현금을 받는다. 카드는 돈 찾을 때나 필요하지 쓸모가 없었다.(여행을 마치고 난 2년 뒤쯤 중국은 우리돈 500원도 카드로 결제할 수 있다고 했다. 변화가 이처럼 눈부시다. 물론 외국인 카드까지 그렇게 결제가 되는지는 모른다.)

시장 바닥을 일없이 돌다가 상인들이 방금 만든 빵도 샀다. 5콰이에 혼자선 몇 끼를 먹을 만큼 주었다. 맛도 좋았다. 3콰이에 방수가방 입구도 꿰매고 반찬 몇 가지를 16위안어치나 사고 서녁에는 구군과 함께 길거리 꼬치집으로 가서 꼬치와 맥주를 70위안어치나 먹었다. 감기약은 15위안을 줬지? 생각해 보니 돈 1위안에 너무 벌벌 떨었다.

비 오는 네거리에서 신호등을 지나는 사람들을 보며 한참을 놀았다. 여기가 어딘가? 내게는 그냥 한국의 내 집 앞 풍경처럼 보였다. '내일도 비가 왔으면 좋겠군.' 쓸쓸한 마음이 들 때는 비가 오는 것도 좋을 것이다. 빨래도 아직 덜 말랐다. 삔관에 탈수기가 없어서 그냥 손으로 짜서 널어놓았기 때문이다.

다음 날도 아침부터 소나기가 퍼부었다. 우리는 2위안짜리 밥 두 그릇을 사 가지고 와서 삔관의 침대에 걸터앉아 삐주와 함께 먹었다.

"삐주는 배만 부르군. 배만 부르게 하는 술은 아무짝에도 쓸모가 없는데. 다음부터는 빼주를 사서 폭탄주를 만들어 먹어야겠어, 그게 좋겠지 구군!"

구군은 멋도 모르고 고개를 끄덕인다.

샤오간시

비가 그쳤다. 어차피 하루만에 우한으로 들어간다는 건 무리라고 판단해 우리는 G107번 국도를 벗어나 인근 샤오간시孝感市로 향했다. 그가 검색해 찾은 대주점(호텔)에 도착했지만 건물을 쳐다보기만 해도 우리는 우리가 잘 곳이 아님을 알았다.

"여긴 너무 비쌀 것 같다."

다시 삔관 찾아 이동을 한다. 이미 90km를 달렸으니 저나 나나 지쳤다. 구군이 제안했다.

"여기 계세요. 내가 알아보고 오겠습니다."

나는 길거리 자전거를 기대 놓을 수 있는 곳을 찾아 세워 놓고 길바닥에

달리는 구군

주저앉았다. 구군의 가정환경이 어떤지, 어떻게 자랐는지를 나는 모른다. 내가 판단하건대 그리 넉넉한 집안도, 공부를 많이 한 젊은이 같진 않았다. 하지만 그는 심성이 남달랐다.

심성이 남다른 구홍두군

우리가 처음 만난 다음 날, 헤어지기 전에 그는 자기 가방을 뒤져서 파스와 더위 먹었을 때 먹는 약, 그리고 약간의 음식을 내놓았다. 별것 아닌 것 같지만 그도 수천 km를 가야 하는 장거리 여행자다. 더구나 그는 지난밤에 삔관비며 음식비며 술값 등 상당액을 지출한 상태였다. 나도 그에게 주고 싶은 것을 내놓았다. 육포며 통조림과 과자 등이었다. 하지만 그는 한사코 거절했다. 당신은 나보다 더 오래, 더 멀리 가야 하니 이건 당신에게 더 필요하다며. 오늘도 그는 우리가 쉬고 있는 곳에서 멀리 플라스틱 물병 등을 줍는 할아버지와 할머니 부부에게 다가가더니 우리가 먹고 남은 물병을 가져다 드리고, 자기 자전거에 달고 다니던 밀짚모자를 가져가 뙤약볕에 그대로 노출된 할아버지의 민머리에 씌워 드리는 것이었다.

"그 분이 더 필요해요."

나는 아무 말도 않았지만 그의 심성을 안다. 오르막을 수레를 끌고 오르는 사람이 있으면 재빨리 뛰어가서 떠밀어 준다. 길을 건너지 못해 우물쭈물하고 있는 할머니를 발견하면 그는 즉시 자전거를 세워 두고 할머니를 길 건너까지 모셔다 드렸다.

한시도 나에게서 눈을 떼지 않고 있다가 도움이 필요할 때는 즉시 달려오고, 같이 음식을 먹다가 세 개가 남으면 한 개로 나머지 두 개를 내가 먹을 때까지 조금씩 먹는다던가, 내 젓가락이 자주 가는 반찬은 저는 아예 먹지 않고 내게 밀어준다던가… 한번은 저녁에 먹다 남은 미판을 다음 날 아침에 다시 먹는데 밥이 조금 모자랐다. 그는 내게 새 밥을 다 주고 자기는 내가 먹다 남긴 반찬이 벌겋게 묻은 밥을 들고 나서는 게 아닌가. 물론 나는 기겁을 했다.

그는 꼬치집에 앉아서도 결코 자신이 자기 그릇에 먹을 것을 담지 않았다. 내가 돈을 내는 걸 알기 때문이다.

그는 자전거를 타고 길을 가다가 상대가 경우에 어긋나게 길을 막아도 먼저 길을 양보하며 웃는다. 언제나 당당하다. 길을 가다가 길거리에서 머리를 깎는 것을 보고 내가 그 뒤에서 카메라를 들이대고 몰래 찍으려하자 그는 내 카메라를 받아서는 머리 깎는 사람들 앞으로 가서는 엄지를 한 번 치켜 올려주고 나서 허락을 받고 사진을 찍어왔다. 그는 매우 친화적인 성격이어서 아무하고나 잘 어울리고 누구나 그와 말을 섞는 것을 불편해 하지 않는 것 같았다. 힘도 장사다. 우리가 가는 삔관은 대개 2층 이상이다. 자전거를 옮기는 것은 그의 몫이다. 결코 내가 옮기도록 내버려 두지 않았다. 나는 그와 다니면 나날이 미안하고 나날이 꾸중을 듣는 기분이 되는 것이었다.

그런 그에게도 남다른 면이 있었다. 이 녀석이 팬티를 입지 않고 자는 것이었다. 첫날에는 조금 조심하더니 내가 개의치 않자 다음 날부터 아예 발가벗고 돌아다녔다. 아직 고래도 안 잡은 고추를 덜렁거리면서. 하지만 그 부분은 내가 참아야지 그것을 간섭할 수는 없겠다 싶어서 그냥 뒀다. 중국인들은 삔관 안 복도에서도 웃통을 벗고 다니고 길거리에서도 웃통을 벗는 것을 예사로 한다. 술집에 앉아 술을 마시다가도 웃통을 벗어젖히는 것이다. 여자들이 있건 없건 상관없었다.

30분쯤 지나자, 구군이 웃으며 나타났다. 55위안짜리를 구해 온 것이다.

가자 구군. 자네의 앞날이 경제적으론 어떨지 사회적 지위는 어떠할지는 모르지만 성공한 인생이 될 것은 틀림없을 것 같아.

옛날 여행자들은 어떻게 다녔을까

그 옛날 그러니까 현장법사가 천축(인도)으로 구법여행을 하고(629년) 혜초가 그 100여년 뒤인 722년부터 또한 천축을 여행하고 그로부터 다시 600여년이 지나 이븐 바투타가 1325년부터 30년간 3개 대륙을 여행하던 그때 의식주는 어떻게 해결했을까? 그리고 마르코폴로가 여행을 시작했던 1260년 그때 그 분들은 돈을 얼마나 어떻게 가지고 다녔을까? 지금처럼 플라스틱 카드 달랑 한 장 주머니에 넣고 여행하지는 않았을 것이 아닌가. 달러와 같이 어떤 나라에서든 사용할 수 있는 화폐도 없었을 것이다.

나야 지금 일기를 쓰며 자판을 아무리 두드리더라도 중량이 변한다거나 하는 물리적인 변화는 없다. 하지만 그 당시엔 어떻게 했을까? 종이는 중국의 채륜이 서기 105년에 발명을 했고 이후 7세기 무렵 우리를 통해 일본에 전파가 되었다. 동시대에 서쪽으로는 고선지 장군에 의해 중앙아시아와 서아시아, 아프리카 및 유럽에 전파되었다. 그렇다고 현장이나 혜초스님이 일기를 써서 보관할 수 있는 종이와 필기구를 가지고 다녔을 리는 없다. 이븐 바투타도 그가 여행을 마치고 나서 술탄의 명령에 의해 여행기를 저술

했다. 탈고를 한 이후에 또 술탄의 지시대로 당대의 문장가인 이븐 주자이에 의해 손을 봤단다. 그러니까 이븐 바투타는 자신의 수십년 간의 여행을 기억에 의존해 기록을 했다는 말이다. 근데 여행기에는 수많은 술탄과 율법학자, 법관, 샤이흐, 이맘들의 이름이 나온다. 어떻게 저 많은 이름들을 다 욀 수가 있었을까? 이런 이름에 익숙하지 않은 내겐 전부 같은 이름 같아 분간을 할 수 없었다. 그러니 그 이름들에 다소 착오가 있다고 치더라도 이븐 바투타는 뛰어난 기억력의 소유자였음이 틀림없다.

현장법사나 혜초스님, 이븐 바투타, 연암 박지원도 걷는 것이 기본이었다. 물론 이분들은 말이나 당나귀, 낙타 혹은 배를 이용했지만 그 속도는 걷는 것이나 별 차이가 없었을 것이다. 그러니 집과 멀어지면 멀어질수록 다시 걸어서 돌아갈 것을 생각하면 엄청난 중압감을 느꼈을 것이다. 지금처럼 수만리 떨어진 아프리카 대륙의 남단일지라도 돌아가야겠다고 마음먹는다면 하루이틀이 지나면 자신의 집 앞에 설 수 있는 시절은 아니었으니까. 혜초스님이 천축을 여행하고 돌아오다 천축으로 들어가는 중국의 사신(혜초스님은 17세에 계림(신라)에서 중국으로 유학을 떠났다)을 만났을 때의 소회를 시로 남긴 것이 있다. 다음은 그 부분이다.

다시 토화라국에서 동쪽으로 7일을 가면 호밀胡蜜, 와칸왕의 거성에 이른다. 마침 토화라에서 호밀국으로 올 때 이역에 들어가는 중국 사신을 만났다. 이에 간략하게 사운체 오언시를 지었다.

그대는 서쪽 이역이 멀다고 원망하고
나는 동쪽 길이 멀다고 탄식하노라.

길은 험하고 눈 쌓인 산마루 아스라한데
험한 꼴짜기엔 도적떼가 길을 트누나
새도 날다가 가파른 산에 짐짓 놀라고
사람은 기우뚱한 다리 건너기 어렵네
평생 눈물을 훔쳐 본 적 없는 나건만
오늘만은 하염없는 눈물 뿌리는구나

겨울 어느 날 토화라국에서 눈을 만난 소회를 오언시로 읊었다.

차디찬 눈이 얼음까지 끌어 모으고
찬바람 땅이 갈라져라 매섭게 부는구나.
망망대해는 얼어붙어 단을 깔아 놓은 듯
강물은 제멋대로 벼랑을 갉아 먹는구나.
용문엔 폭포수 마저 얼어 끊기고
우물 테두리는 도사린 뱀처럼 얼었구나.
불을 벗 삼아 층층 오르며 노래한다마는
과연 저 파밀 고원을 넘을 수 있을는지.

- '혜초의 왕오천축국전' 중에서(학고재, 정수일 역주)

스님도 불법을 구한다는 일념으로 말로만 듣던 천축(인도, 파키스탄, 방글라데시, 중앙아시아 지역)으로 겁도 없이 여행을 떠났지만 당시만 해도 지구가 둥근지는 고사하고 끝이 있는지조차 몰랐던 시절이 아닌가. 목숨을 담보하지 않으면 떠나지 못할 여행이었다. 시에서 읊은 스님의 절절한 심

정에 가슴이 먹먹해졌다.

당시의 여행자 누구나 끼니를 제대로 때웠을 리는 없다. 수없이 굶었을 것이다. 현장법사님은 사막을 횡단하다가 목이 말라 참을 수 없어 말을 죽여 그 간을 먹었다는 기록이 '대당서역기'에 있다.

그럼 이븐 바투타는 어떻게 의식주를 해결하며 여행을 했을까. 거기에 대한 답을 정수일 교수님은 다음과 같이 해석했다.

특히 모로코의 탄좌(현 탕헤르) 지방의 명문사족 출신에 법관이자 샤이흐(이슬람종교학자)였던 그는 가는 곳마다 그 지방 술탄인 무슬림의 환대를 받았으며 숙식이나 여비, 안내, 호송 등 여행에 필요한 것을 제공받았다. 넓은 영지를 가진 술탄에게선 수십 명의 노예와 수십 마리의 말과 낙타 옷, 음식 등을 제공받기도 했다.

그리고 그는 출발한지 얼마되지 않아 결혼을 했다가 지금의 우리로선 이해할 수 없는 이유로 바로 이혼을 했고 다시 얼마 지나지 않아 또 결혼했다. 그는 여행 기간 중 몇 번이나 결혼을 했으며 아이들도 생산했다. 또한 인도 지방의 한 나라에서는 8년간 머무르기도 했으며 술탄으로부터 하사받은 종비와 잠자리를 해 아이도 낳았으며 필요할 때는 종비를 사들이기도 했다. 하지만 그가 아프리카로 떠나기 전 고향 근처로 돌아와 자신이 낳은 아들을 찾았으나 아들은 이미 몇 년 전에 세상을 떠난 뒤였다. 그는 자신의 인생에 대한 정보는 극히 아꼈지만 간혹 나오는 그의 술회를 듣노라면 여행기보다는 나는 오히려 지금 시대 상황과는 너무나 다른 그때의 그의 여행 이외의 인생이 더 궁금했다.

유럽을 도는 동안 아프리카로 넘어갈 생각을 하자 두려움이 밀려왔다.

이는 여기저기서 귀동냥을 한 아프리카의 치안에 대한 우려 때문이었다. 치안이 형편없다는 말을 들었지만 사람 사는 동네 거기서 거기다라는 믿음이 내게 있었다. '강·절도가 횡행하는 곳이라면 그 동네의 사람들은 어떻게 살 것인가?'라는 물음에 내 나름대로 내린 결론 때문이었다. 자경단이라도 조직해 이를 극복해 나갈 것이다란 생각이 들었다. 그러나 두려움보다 더 큰 호기심은 나를 망설이게 하지 않았다. '들판엔 동물들이 여기저기 뛰어놀고 열대과일이 풍부하고 나라는 찢어지게 가난해서 (풍부하다면 가난할 이유가 없다) 하룻밤 숙박료가 1달러도 안 되는 나라가 아닌가'하는 어림 반푼어치도 없는 생각을 하고 있었던 것이다. 한마디로 무지 그 자체였다. 여행은 무지로부터 시작되는 것인가?

마침내 **창강** 위에 서다

아침 일찍 삔관을 빠져나와 5km쯤 달리다 러깐미엔 국수 한 그릇 먹고 요빙을 사서 출발하려는데 비가 온다. 돌아갈 순 없다, 비가 올 때는 출발을 못 하지만 가는 데 비가 오는 것이야 어쩔 수가 없다. 이날 하루 종일 빗속 라이딩을 했다. 빗방울이 굵어지면 우리는 처마 밑으로 몸을 피했다. 구군이 무언가를 꺼냈다. 콘돔이었다. 간혹 삔관에 묵다가 보면 콘돔을 제공하는 업소가 있었다. 거기서 가져온 것들이었다.

"그걸 뭐하려고?"

그는 그걸 비올 때 신발에 씌우면 좋겠다는 것이었다. 듣고 보니 그럴듯했다. 라이딩할 때 신에 물이 들어가서 질퍽거리는 것보다 싫은 게 없다. 그걸 꺼내더니 신 위에 신으려고 하는 것이었다. 그러나 콘돔은 꽤기도 전에 찢어져 버렸다. 굵기가 다르다 하하. 우리는 헛웃음을 지으며 가져온 것들을 모두 버렸다.

거지꼴로 우한 입성

소나기가 퍼부을 때는 잠시 피해 있다가 빗방울이 약해지면 출발하기를 몇 차례, 옷이고 자전거고 거지꼴을 하고 우한에 입성했다. 다리 위에 도착한 구군은 자전거를 세워놓고 고개를 뒤로 젖히고 특유의 괴성을 질렀다.

"이게 우한창장다취武漢長江大橋입니다. 우~~~우우~~~"

그래, 무협지를 읽으면 항상 나오는 문구가 있다. 창강의 뒷 물결이 앞 물결을 밀어낸다고 말이야. 이게 바로 그 창강이군. 바로 양쯔강이다. 자연도 그렇고, 인생도 그렇고, 사람 또한 그렇지, 흘러가면 다시는 돌아오지 못한다. 우리 또한 그 속 어딘가에서 흘러가고 있는 것이다. 그 사이, 강의 역사가 시작되고 강의 역사는 그렇게 만들어지는 것이겠지.

역사가 흐르듯 거대한 황토물이 다리 아래를 흐르고 있었다.

우한대교 위에서

창강 여객선

우한은 처음으로 외국 선박에도 개방된 내륙의 항구다. 1,000만이라든가 1,300만이라든가가 사는 도시가 우한이다. 우리 영사관도 여기 있단다. 창강 다리 위에서 사진을 찍으며 놀다가 우리는 다시 우한의 유스호스텔을 찾아 출발했다. 유스호스텔을 찾는 가장 큰 이유는 물론 돈 때문이다. 아울러 나는 구군에게 삔관과는 다른 문화를 보여주고 싶었다. 하지만 골목골목을 돌아 유스호스텔을 찾아 들어가자, "예약은 했어요?" 한다.

우리는 자전거 여행자다. 도착 날짜를 못 박을 수 없기 때문에 예약을 할 수 없다. 도미토리룸이 있느냐고 물었다.

"베드 여섯 개가 있는 방이 50위안입니다."

끙~~ 우리는 둘이다. 그럼 100위안(19,000원)이다. 그렇다면 굳이 여기 머무를 필요가 없다. 아침은 국수 한 그릇, 점심은 요빙 몇 개가 오늘 먹은 음식이다. 빗속을 뚫고 75km를 달렸다. 내가 호스텔 입구에 있는 의자에 털썩 걸터앉자 구군이 튕기듯 일어나며 말했다.

"여기 기다리세요. 내가 구해 오겠습니다."

그렇게 나간 구군이 25분 만에 70위안짜리를 물고 왔다. 중국의 삔관은 거의가 트윈베드였다. 둘이 쓰는 방이고 탈수기와 온수, 와이파이도 물론

황학루 3층 망루에서 본 입구. 멀리 우한 창강대교가 보인다.

된다. 조건이 유스호스텔보다 좋은 것이다. 다만 이 집의 침대와 시트는 엉터리였다.

자전거를 씻고 샤워를 하고 빨래를 해서 널어 놓고 우리는 저녁을 먹으러 나섰다.

오늘 저녁은 좀 근사하게 먹자. 돼지고기에 닭고기에 배추 요리도 하나 시키고 말이야. 우리 스스로를 위해 말이야. 삐주는 밥 먹으면서 먹으니까 배만 불러오더군. 오늘은 내가 자네를 위해 코리아 사회 특산인 폭탄주를 제조할 거야. 빼주 5위안짜리 한 병을 사서 맥주에 섞는 거다. 그러면 되는 거야. 섞는 것은 좋은 것이야. 너와 내가, 중국과 한국이, 자연과 인간이 섞이는 것이지. 폭탄주 한 잔이면 아마도 우리의 위장이 그 특별한 어울림에 기쁨의 눈물을 지을지도 모르지.

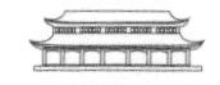

05.30. 토요일

창강을 배로 건너다

창강을 건너는 배를 타기 위해 선착장으로 가서 표를 끊고(2.5위안) 강을 건넌다. 자전거와 전동차와 사람들을 가득 태운 배가 강을 건넌다. 누런 황톳물이 말없이 흘러간다. 한때 창강은 내게 중국 그 자체였다. 특별한 이유는 없다. 아마도 그건 삼국지와 수호지, 그리고 한 시절 나를 사로잡았던 중국의 무협소설 때문이 아닌가 생각해 본다. 아니면 대륙이 은연 중에 내게도 동경의 대상이었을까? 지정학적인 이유로 중국은 한국인에겐 세계로 통하는 문이었고, 세계 그 자체였을 것이다.

창강과 황학루, 마오쩌둥의 시비, 이백의 글씨, 최호의 시

이 강을 젖줄로 삼아 중국인들이 살았고 이 강을 통해 수많은 인간사가 이루어졌다. 삼국지에서 유비는 적벽대전이 끝나고 주유의 초청을 받아 황학루黃鶴樓의 연회에 가게 된다. 하지만 제갈량의 기지로 주유의 손아귀에서 탈출하여 장강을 건너게 된다. 후대의 마오쩌둥은 황학루에 시를 남긴다. 선대의 역대 황제들을 문재가 없다고 나무라면서, 감회를 적는다. 이미 그도 황제였으니까.

많은 시인묵객들이 저기 황학루에 들렀다가 이 강 위에다가 배를 띄웠을 것이다. 시선 이태백도 그 중의 한 사람이었다.

강을 건너 자전거 가게를 찾아가서 체인에 윤활유를 바르고 우한공원에 갔다. 자전거라 간단히 입장을 거절당하고 漢江(한강은 창강과 합류된다)의 청천교晴川橋를 넘어 강변을 다니다가 다시 우한장강대교를 타고 삔관으로 돌아왔다. 시간도 늦고 지쳐서 황학루는 다음날 보기로 하

담배가게에 진열된
100위안짜리 담배

고 그대로 돌아왔다. 지쳐서 돌아왔지만 저녁을 먹으며 반주로 한잔을 시작한 것이 제법 취했던 것 같다.

정정, 중국의 담뱃값

지난번 핑야오의 역에서 80위안짜리 담배를 파는 상인을 보고 사기꾼이라고 비난한 적이 있다. 헌데 샤오간시孝感市의 담배가게에 80위안, 100위안짜리 담배가 있었다. 나는 아직도 담배 맛을 몰라서 연기만 나면 피우는 스타일이라 요즘은 5위안짜리나 6위안짜리를 사서 피운다.

자신이 아는 상식의 범위 안에서 단정을 내리는 것이 얼마나 잘못된 것인가를 알았다. 세상은 넓고 별일은 많은 것이다. 그렇지만 도대체 100위안(19,000원)짜리 담배를 연기로 날려 보내는 중국인들은 얼마나 될까? 여기가 사회주의 나라인가?

수리 중인 황학루

황학루는 입장권이 80위안이었다. '흠, 달랑 정자 하나가 아닌 모양이군.' 값이 비싸면 볼 게 좀 더 많다는 것을 경험상 안다. 하지만 황학루는

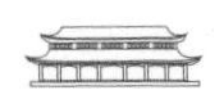

람사(攬蛇) 정자

장강을 건너는 배 선착장. 타는 입구를 등선구(登船口)라 적어 놓았다. 우리와는 다르다.

마오쩌둥의 시비. 구군에게 읽을 수 있느냐고 물었더니 못 읽는다고 했다.

수리 중이었다. 아름다운 몸체가 비계(수리나 신축을 위해 만들어 놓은 작업대)에 둘러쌓여 있어 사진을 찍어도 보기에 흉했다. 거기다가 스모그인지 황사인지, 안개인지 나로선 분간이 안 되는 무엇으로 뒤덮인 하늘은 조금만 멀어도 시야를 제한했다. 하늘 전체가 온종일 뿌옇다. 우한에 도착해 머물고 있는 동안 맑은 하늘을 못 봤다. 천하의 시인 묵객이라도 이런 하늘 아래라면 자연에 대한 아름다움을 노래할 수 있을까?

"근데 왜 이리 비싸?"

"정말 너무 비싸요."

인민들의 세금으로 만들어 그 인민들이 보는데 도대체가 왜 이리 비싸냐고 묻는 말이다. 거기에다 지금은 수리 중이지 않은가. 남의 나라 일에 감 놔라 배 놔라 할 수는 없지만 수리하는 것을 보노라니 분노하지 않을 수 없었다. 하지만 황학루엔 황학루만 있는 것은 아니었다.

황학루黃鶴樓

최호崔顥

昔人已乘黃鶴去(석인이승황학거) 此地空餘黃鶴樓 (차지공여황학루)

黃鶴一去不復返(황학일거불부반) 白雲千載空悠悠 (백운천재공유유)

晴川歷歷漢陽樹 (청천력력한양수) 芳草萋萋鸚鵡洲 (방초처처앵무주)

日暮鄕關何處是(일모향관하처시) 烟波江上使人愁 (연파강상사인수)

옛 사람 황학 타고 이미 가버려 땅에는 쓸쓸히 황학루만 남았네

한번 간 황학은 다시 오지 않고 흰구름 천 년을 유유히 떠 있네

개인 날 강에 뚜렷한 나무 그늘 향내 나는 풀은 앵무주에 무성하구나

해는 저무는데 고향은 어디인가 강의 물안개에 시름만 깊어지네

이태백이 황학루에 올라 시를 지으려다 최호가 지은 이 시를 보고는 붓을 던졌단다. 이후로 황학루에 관한 시가 많지만 이 시를 최고로 친단다. 내 감각엔 별것 아닌 것 같구만.

샹과(참외)를 라이딩하다 쉬면서 구군과 먹을 때 구군이 쪼개서 이빨로 속살만 골라 먹는 걸 보고 "어이, 그렇게 먹으면 반은 버려, 야생에선 이렇게 먹는 거야."하며 껍질 채 먹는 시범을 보여 줬더니 "굿, 굿!"이라며 요즘도 그렇게 먹고 있다. 껍질에는 과육보다 좋은 성분이 5배나 많단다.

최호의 제시벽

2015년
6월

06.01. 월요일

비 소식에 출발을 연기하다

어제 저녁, 밥을 먹고 오는 우리를 발견한 삔관의 아가씨가 우리를 앞지르며 "내일은 비가 온 대요." 하고 날씨 정보를 알려줬다. 방으로 들어온 나는 구군에게 일기예보를 검색해 보라고 했다. 그가 검색한 일기예보에도 비가 온다고 되어 있었다. 우리는 상의 끝에 출발을 하루 미루자고 합의를 봤다. 그러나 이날 낮엔 멀쩡하다가 밤이 늦어서야 비가 왔다. 일기예보가 완전 엉터리는 아닌데 하루를 논 것이었다.

이날 우리는 점심 때쯤 삔관을 빠져 나왔다. 창강을 한 번 더 건너고 배도 타고, 우한의 번화가인 '장한루江漢路'를 가 보자고 내가 제안했다. 점심도 먹고 볼일도 있었다. 아무 것도 안 하고 삔관에 누워 있는 것은 못할 짓

창강 우한대교 밑에서 수영하는 사람

이다. 중국공상은행에 들어가서 직원을 불러 쉽게 돈도 찾았다. 이날 찾은 2,000위안과 지난번 찾고 남은 돈으로 남은 한 달을 버텨 볼 심산이었다.

비가 오는 조짐을 보이기라도 하면 나는 고민에 빠진다. 갈 것이냐 말 것이냐? 구군은 나의 결정을 그대로 따르기 때문에 판단에 문제가 있으면 나 스스로를 꾸짖을 수밖에 없다. 둘 중에 하나다. 이게 쉬울 것 같으면서도 아주 어려운 문제이다. 가다가 비가 오는 것이야 어쩔 수가 없다 해도 비가 올 것 같거나 아침부터 이슬비라도 내리면 망설이지 않을 수 없는 것이다.

비를 맞으면 체온이 떨어진다. 젖은 몸에서 열기는 올라오고… 감기는 따 놓은 당상이다. 물론 자전거를 타는 것도 힘이 더 든다. 지나가는 차들로부터 흙탕물을 뒤집어쓰면서 달린다는 것이 쉬운 일이 아니다. 거기다가 라이딩이 끝난 후 나오는 빨래, 특히 신발은 하루저녁에 말리지 못한다. 자전거 세차와 정비도 그렇다. 그래도 미룰 수가 없다. 나의 본능은 달리는 것이다. 달리고 달리는 것, 그것이 바로 자전거 여행자의 본능이다.

투루판에서 우루무치까지 달린, 시안에서 만난 현석이한테서 문자가 왔다. 바람 때문에 5시간 동안 20km, 하루 종일 30km 달린 날도 있었고 어떤 날은 3시간에 100km를 달렸단다. 물론 바람이 뒤에서 밀어주었기 때문이다. 그렇게 달리고 녹초가 되어 영국인 집에서 이틀을 쉬고 나니 "또 달리고 싶습니다."라고 고백을 했다. 중독은 무서운 것이다.

결국 6월 1일은 중국의 삼대 찜통 중 하나라는 우한의 거리를 왔다갔다 하면서 창강을 건너는 배를 두 번이나 탔다. 젊은이의 거리라는 장한루도 다녀왔다.

구군과 '구이린'에 같이 가기로

저녁을 먹으며 구군에게 "구이린桂林 같이 가자. 구이린을 구경하고 너는 거기서 열차를 타고 샹강香港(구군은 홍콩이라고 하지 않았다)으로 가고 나도 쿤밍으로 가면서 이 여행을 마무리하면 어떻겠니?" 하고 제안했다.

이전에 '홍콩을 꼭 가야 하느냐? 거기 친구가 있느냐'고 물었을 때 그는 없다고 말했었다. 그러나 이날 그는 조금 생각해 보겠다고 말했다. 거기에 여자 친구도 있고 친구도 있다고 말하는 것이었다. '의사소통에 문제가 있었군. 여자 친구가 있다면 내가 한 제안은 먹히지도 않겠구나' 하고 생각했다. 그러던 그가 다음 날 아침 같이 가자고 했다. 우한에서 헤어지기로 한 것이 '구이린'까지 연장된 것이다. 둘이 동행을 시작하고부터는 나는 아무런 고민 없이 달리기만 하면 되었다. 길을 찾는 것도 밥 먹는 것도 자는 것도 발로 뛰는 것은 구군이 해결하고 나는 그가 뛰면서 얻어온 것을 가부간에 결정만 하면 되는 것이다.

그늘 밑에 쉬면서 기다리고 있으면 삔관을 찾으러 갔다가 돌아온 구군이 "70위안인데 어떻게 할까요?" 하고 물으면 "이 동네는 그 정도 줘야 될 거야." 하면서 나는 건방진 전문가 행세를 하였던 것이다. 편한 백성이 된 것이다. 근데 문제는 다른 곳에 있었다. 몸도 마음도 편해졌지만 어째 여행을 하는 것 같지가 않았다. 내가 없다는 느낌을 매 순간 받는 것이었다. 말도 구군이 다 알아서 하니 입도 열 일이 없었다. 고민이 없으니 머리가 멍청해졌다. '이상해, 내가 죽은 것 같아. 이젠 중국생활에도 어느 정도 익숙해졌지만 아직은 더 중국을 느끼고 싶은데, 하지만 이도 한시적이니까. 구이린을 가면 다시 혼자가 될 것이고 앞으로 남은 많은 날들을 나는 고독해야 할 것이다' 하고 편하게 생각하기로 했다.

저녁에 밥을 먹으러 가다가 우한중학에서 고등학교 3학년 학생들의 성

우한중학 성인식

인식이 열리고 있는 것을 구경했다.

그래 나도 저 시절이 있었다. 그때 나는 무얼 했던가. 회한에 젖어본다.

비가 와도 **라이더**는 달린다

어젯밤 늦게부터 온 비가 아침에도 옷이 젖을 만큼 내리고 있었다. 하지만 우리는 서로 눈치 볼 것도 없이 출발하기로 결정을 했다. 멀쩡했던 날은 쉬고 비 내리는 아침에 뻰관을 나섰다. 더 이상 뻰관에 머물 수 없었다. 더 이상 우한에는 가볼 곳도 마땅치 않았고 우리는 달리고 싶었다. 어제 저녁에 사다놓은 밥 두 그릇(3위안)에 컵라면(4위안) 한 개를 끓여 말아서 먹었다.

그릇을 주는 곳도 있다. 좁은 식당 안에서 먹는 것을 내가 싫어하는 것을 아는 구군은 길거리에 밥상을 차린다. 우육면과 러깐미엔.

소를 타고 가는 목동. 흔치 않은 풍경이다.

중국의 식당

우리가 가는 중국의 식당에선 일회용 그릇을 쓰는 곳이 거의 전부다. 밥도 반찬도 플라스틱 그릇에 담아 먹고 버린다. 사람들이 일회용 그릇에 밥과 반찬을 함께 담아 젓가락 하나로 집 앞 길거리에서 먹는 것을 흔하게 보았다. 숟가락도 손잡이가 아주 짧은, 우리가 사용하기에는 불편한 일회용이었다. 맥주 잔도, 빼주 잔도 흐늘흐늘한 일회용 컵을 주는 곳이 있었다. 유리컵으로 찬 맥주를 벌컥벌컥 마시고 나서 식탁 위에 '탁' 하고 놓으며 '카아~' 하는 것은 여기선 언감생심이다. 말랑말랑해서 꼭 쥐지도 못하는 컵을 맥주가 넘칠까 신경을 쓰며 조심조심 마셔야 한다.

물론 내가 가는 곳은 전부 서민들이 이용하는 곳이다. 한 접시라도 요리를 시키면 그때서야 자기에 담아 나온다.

달리다 보면 밥(혹은 국수) 한 그릇 손에 쥐고 길거리에 의자 놓고 앉아 지나가는 사람들을 벗 삼아 밥을 먹는 노인들을 흔히 볼 수 있다. 사람들은 점점 더 외로워지고 있는 것이다. 왜?

우리는 몇 번이나 소나기를 피했다가 비가 잦아들면 달리기를 계속해서 77km를 달려 젖은 생쥐 꼴로 셴닝시咸寧市에 도착했다. 삔관을 찾다가 온 구군이 70위안짜린데 어떡하냐고 물었다.

어쩌긴 들어가야지, 비부터 피해야 할 것 아니야.

저녁에는 폭죽이 터졌다. 펑펑펑펑, 밤하늘에 불꽃이 수를 놓았다.

폭음이 마른 가슴에 짙게 울린다. 누가 무엇을 축하하고 있는가?

중국의 폭죽 문화

중국에 도착해 제일 처음 들은 큰소리는 자동차 경적(정말 귀가 멍멍할 정도로 크고 지독히도 눌러댄다)이었다. 다음으로 수시로 터지는 폭발음을 들어야 했다. 병마용갱을 다녀올 때는 길거리에 폭죽을 수도 없이 늘어 놓고 터트리는 것을 봤다. 마치 전쟁이 난 것 같았다. 대체 왜 저럴까? 차를 타고 가다가도 폭죽을 던진다. 길거리에 수시로 폭음이 들리는 것이다. 하루도 조용히 지나가는 날이 없다. 그러다 폭발음이 심한 현장을 지나가게 되었는데 결혼식이었다. 생일날도 터트리고 개업일도 터트린다. 거기다가 장례식에도 터트린다. 그러니까 폭음이 들리는 것은 즐거운 일이나 슬픈 일이 있다는 것이다.

얼마 전 신문기사에서 장례식에 스트립쇼를 하는 풍습을 없애려고 한다는 기사를 읽었다. 장례식에 스트립쇼? 고인의 마지막 가는 길에 많은 사람을 모이게 하는 것이 좋다는 이유에서 비싼 돈을 주고 스트립 걸을 초청

폭죽,
전쟁터 같다.

장례식 행렬

한다는 것이다.

날마다 어디선가 터지는 폭죽. 어디선가 날마다 누구는 즐겁고 누구는 슬프다는 것이다. '슬프다고 폭죽을 터트리지 않는 것은 간 사람에 대한 예의가 아니다'라고 생각하는 것일까? 아니면 일생 동안 들었던 소리를 마지막 가는 길에도 들려주는 것일까? 불꽃은 없이 폭음만 내는 차가 장례식 행렬을 따라가는 것도 봤다. 불꽃이 위험하니까 소리만 내는 것이다. 폭음은 중국인들에게 행사에 없어서는 안 되는 중국의 '소리', 고향의 '소리'인 것이다.

06.03.
수요일

행복은 지속 가능한 **감정**이 아니다

새벽에 일어나 짐을 챙기는데 비 오는 소리가 들렸다. 창문을 여니 소나기가 쏟아지고 있었다. 비가 온다고 얼씨구나 하고 쉴 수도 없다. 일기를 정리하고 사진을 올리는 일에 몰두해야 한다. 오늘은 종일 컴퓨터에 매달려야 하겠구나.

사람이 어떨 때 행복하냐고? 도시를 빠져나와 시골길을 달릴 때 들리는 새소리, 시골풍경, 물기를 머금은 푸른 잎들을 보면 나는 나도 모르게 콧노래가 나온다. 그 순간 나는 행복을 느낀다. 글을 쓰다가 문득 마음에 드는 문구가 나도 모르게 떠오를 때 나는 행복해진다. 라이딩이 끝나고 저녁은 무엇을 먹어야지 하고 결정을 하면서 그 음식의 맛을 생각하면 나는 또 행복해지는 것이다. 가족과 떨어져 있는 것을 생각하면 마음이 어두워지다가도 아이들의 어릴 적 재롱을 떠올리면 행복해진다. 그러나 그런 행복한 마음이 오래가지는 않는다. 잠깐이다. 누가 말했지? 행복은 선처럼 길게 이어지는 게 아니고 점처럼 뜨문뜨문 찍히는 것이라고.

그래 그렇지. 그러나 고통은 그렇지 않더군. 마치 찰거머리처럼 달라붙어 떨어지지 않고 무지 오래가더군. 누가 그렇게 만들어 놨을까? 아마도 행복이란 놈이 그렇게 만들어 놓았을 것이야. 하지만 오래 살다보면 행복도 고통도 한 몸이라는 것을 알게 되는 것 같아.

하루의 일을 끝내고 잠자리에 눕는다. 내일은 또 달려야 한다. 오늘 하루를 달리지 않았으니 내일은 어지간하면 달려야 하는 것이다.

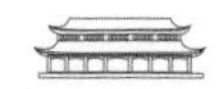

휴대폰 불통 **대소동**과 **셴닝시** 출발

뻰관을 나와 아침으로 국수 한 그릇 먹는데 또 비가 시작이다. 그렇다고 뻰관으로 돌아갈 수는 없다. 비를 피하기만 하다가는 중국에서 살아야 할지도 모른다.

가자, 구군아. 마음이 있다면 불치병인들 무슨 걸림이 되겠느냐.

12km를 비를 맞고 달리다가 휴대폰을 켜니 먹통이다. 예감이 이상해서 전화를 걸어보니 돈을 넣으란다. 벌써? 한 달 전쯤 시안에서 동방항공의 스튜어디스 아가씨와 악전고투 끝에 150위안이란 거금을 넣고 중국에서 벗어날 때까지는 괜찮으리라 하던 것이 '벌써'다. 오래 갈 것이라는 말을 지금까지의 경험으로 봐서 믿지는 않았지만 돈을 넣은 것이 2개월 조금 넘었는데 이번이 네 번째다. 60위안, 200위안, 150위안 이렇게 세 번을 넣었다. 넣고 나서도 말대로 된 적은 한 번도 없었다. 세 번째는 골병이 들었다. 그러나 가장 답답한 것이 휴대폰이 먹통이 되는 것이다. 정보도 소통도 꽉꽉 막히는 것이다.

일단 구군에게 돈을 넣을 수 있는 데로 가자고 했다. 그리하여 들어간 곳이 셴닝시구다. 아직 셴닝시를 벗어나지 못한 상태였다. 구군이 이끄는 대로 차오스(슈퍼)로 가서 돈 100위안을 넣었다. 그런데도 불통. 왜 그런지는 슈퍼 주인도 모르고 자기 전화로 통신회사에 이리저리 전화를 걸어 본 구군도 모르고 차이나 모바일 여러 군데의 전화 받는 직원도 모른단다.

그럼 대체 누가 아는 거야? 병을 알아야 약을 쓸 것 아니냐.

슬슬 머리에 연기가 피어오르기 시작했다. 스마트폰을 파는 상점이 몰려 있는 번화가 거리로 가서 즐비하게 늘어선 가게 중에서 첫 번째 상점부터 들어가서 구군이 묻기 시작했다. 한 군데, 두 군데, 세 군데를 거쳐 나온 구군이 조심스레 내게 물었다.

"빚 있나?"

빚이라는 말을 들으니 가슴이 덜컹한다.

빚 있다 이놈아, 그것도 은행 빚이 아니고 전부 사채다. 이놈아. 그러나 휴대폰에는 빚이 있을까?

가만히 생각해 보니 한국에서 나올 때 휴대폰을 정지시키고 계좌이체 해 놓고 나왔다. 기기 할부금과 기본요금이 나간다.

그 통장에 내 생각으로는 10개월쯤 나갈 돈은 넣어 놓고 왔는데 그게 뭔가 잘못 됐나? 은행으로 가자. 가서 그 통장으로 돈을 보내 놓고 휴대폰을 개통시키고 난 다음에 알아보자.

내가 애용하는 중국공상은행으로 갔다. 어렵게 영어를 하는 아가씨가 나왔다. 아가씨도 오랜만에 쓰는 영어니 입이 쉽게 떨어지지 않았다. 구군과 다니다 보니 나 역시 그렇다. 아가씨 입은 열렸지만 그러나 지금 자기들이 있는 이 은행에선 안 된단다. 대도시로 가란다. 은행을 나와 비 오는 거리를 보며 은행 처마 밑에 앉아 이 궁리 저 궁리 해본다. 이런 때는 구군과는 전혀 의사소통이 안 된다.

도대체가 왜 안 되는 거야?

돈 넣으라고 해서 돈 넣었는데 '휴대폰이 정지가 되었다는데요?'라고 구군이 말했다.

이 녀석이 의심의 눈초리를 보내는 걸까? 당연하지 한국에서 나올 때 정지시켰으니까. 근데 중국통신회사의 유심 칩을 사서 끼웠는데 그게 한국의 통신회사와 무슨 상관이 있나? 이놈아, 그리고 지금까지 그걸로 잘 썼는데 지금 무슨 소리야.

어쩔 수 없다. 전화는 안 되니 은행 와이파이 비밀번호를 알아 와서 딸아이에게 카톡을 날렸다. 일이 해결되고 나서 부쳐 줄 테니까 지금 당장 내 통장으로 돈을 넣으라 하니 5분도 안 돼서 시킨 대로 해 놨다고 카톡이 왔다.

구군아, 자 이제 돈 넣었다, 돈을 입금시켰단 말이다. 일 년쯤 휴대폰을 쓸 수 있는 돈을 넣었단 말이다, 어쩔래? 내가 돈은 없어도 이놈아, 어쩌고 저쩌고….

나는 불통 범인이 구군인 것처럼 열을 올렸다.

아니 중국은 대체 일을 어떻게 하는 거야? 자기들 회사의 고객 전화가 왜 안 되는지를 모르는 놈들이 무슨 통신회사를 한다고? 그런 회사 개나 줘 버려. 이건 필시 중국 쪽에서 뭔가 잘못하고 있다는 말이다. 말이야, 말이야. 어허 열불 터져.

내 목소리가 높아지면서 그간 참았던 불만을 터트리면서 방방 뛰자, 구군이 나를 달랜다.

"진정하시고 우선 열부터 식히세요."

도무지 왜? 왜 안 된다는 거야.

그러다 시안에서 돈을 넣을 때 받은 계약서를 간직해 놓은 것이 생각나서 그걸 구군에게 보여주었다. 그러나 구군은 내게 그걸 설명할 길이 없다. 도저히 소통이 안 되어서 중국 다롄의 대학에서 선생 노릇을 하는 생질녀에게 전화를 걸었다. 생질녀는 중국어에 능통하다. 구군과 생질녀가 통화를 했다. 비는 철철 내리고 수시로 은행 아가씨는 내가 안타까워서 밖으로 나와 진행 상황을 알아본다. 그렇게 처마 밑에 쭈그리고 앉은 지 세 시간 만에 생질녀에게서 내 휴대폰으로 전화가 왔다.

어라!!! 전화가 되네.

"외삼촌 다 됐어요. 전화가 되잖아요."

다렌에 있는 생질녀가 처리를 했단다. 이유인즉 그때 내가 가입한 상품이 한 달 166위안짜리 무제한 상품인데(이건 무슨 소리야 나는 150위안밖엔 안 줬는데) 그게 달이 바뀌어 더 쓰려면 또 166위안을 넣어야 되는데 100위안을 넣어서 안 됐다는 것이었다. 그럼 그때 중국동방항공의 그 아가씨가 나머지 16위안을 나 모르게 넣었다는 말이다.

그렇다고 그걸 아무도 몰라? 그러면서 생질녀는 나머지 돈은 자기가 넣었다면서 다른 상품으로 하실래요? 한다.

아니, 나는 한 달 안에 중국을 빠져 나가야 돼, 비자기간이 끝난단다.

마음이 진정되자, 나는 일단 구군에게 미안하다는 말부터 했다.

"뚜에부치(미안해)."

그냥 나 혼자 떠든 거야. 배고프지? 벌써 몇 시야! 식당을 찾아 밥부터 먹자. 오늘 라이딩은 이것으로 끝이다. 비도 오고 뻰관부터 얻어놓고 배부터

피난민 같다. 구군이 찍었다.

채우자. 그리고 어디 가서 빼주 한잔 먹고 싶다. 그렇지, 구군아.

구군이 크게 웃으며 삔관을 구해 올 테니 여기서 기다리라면서 자전거를 타고 재빠르게 길로 나섰다.

그러나 구군아, 누구라도 한 사람 방방 뛰는 사람은 필요하단다. 웃기는 소리로 들리지? 모두가 침착하다면 그 분위기에 눌려 죽을 쑬 수도 있는 거야. 앞뒤 없이 설쳐댔지만 거기서 나오는 에너지가 서로에게 전염이 되어서 일을 하는 사람들이 정신없이 움직이게 되고 그게 제대로 풀리는 쪽으로 가면 모두가 웃게 되는 거란다. 예의를 너무 차리고 감정을 죽이고 주저하다 보면 아무 것도 되는 일이 없어. 왜냐하면 세상은 상대적이기 때문이지. 절대적인 건 아무것도 없어, 내 말 무슨 말인지 알지?

제갈량과 적벽대전

날이 활짝 개었다. 오랜만에 만나는 맑은 날씨다. 삔관을 나서서 페달을 밟는다. 어제의 전화 불통 소동은 벌써 까마득한 옛일이 되었다. 셴닝시 외곽에서 잤더니 시내를 금방 빠져나온 것도 아침부터 기분 좋은 일이었다. 도시를 통과하는 것은 지겨운 일이다. 쯔비赤壁 시를 통과했다. 제갈량의 동남풍과 천하절색이었다던 주유의 아내들, 그걸로 주유의 심기를 건드려 유비와 손을 잡게 했던 일, 유비와 조조, 화살 십 만개. 한 시절 나를 감동케 했던 것들이다. 지금은 그게 상식적으로 있을 수 없는 일이라는 것을 알지만 여전히 내게 제갈량은 동남풍을 부르는 전지전능의 도사님이다. 예전에 나의 어머니도 제갈량에게 존경의 뜻을 나타내면서도 "그런 사실이 정말 있었을까?" 하면서 동남풍 사건을 믿지 않으셨던 것 같았다.

적벽대전의 적벽도 양쯔강 어디쯤이지, '콕 찍어 어디'라고는 모른다고 한다. 그것이야 지금 내게는 별 상관이 없다. 화염에 불타던 전함에서 불빛이 비쳐서 강벽이 벌겋게 보여 적벽이 되었다는 것이 중요할 뿐이다. 그 쯔비시를 통과하면서 우리는 식당에 들어가 점심을 먹었다. 잉어 매운탕을 먹었다. 구군은 물고기 요리를 아주 좋아했다. 식당에 들어가서 메뉴를 보고 말했다.

"히어 지러우 주로우 노노노, 핏쉬 핏쉬."

물론 이렇게 말하면 나는 알아듣는다. 닭고기도 돼지고기도 없고 물고기밖에 없다는 말이다.

부언하지만 한국에선 무엇을 시키든 기본 반찬이라는 것이 따라 나오는데 여긴 그런 것이 아예 없다. 내가 가장 헷갈렸던 부분이고 가장 섭섭했던 부분이었다. 처음 중국에 왔을 때는 국과 밥 한 가지만 시켜 먹었다. 그러면서 불평을 한 것이다. 물론 돈 때문이기도 했지만 비빔밥과 돼지국밥을

반찬이다. 1개에 얼마 하는 식으로 정해 놓고 손님이 밥과 함께 먹는 개수에 따라 가격이 결정된다. 보통 3위안, 고기는 7위안 하는 식이다. 한국인에겐 그나마 친숙한 방식이다. 반찬을 플라스틱 그릇에 자기가 먹을 만큼 담아가면 그걸 저울에 달아서 파는 곳도 있었다. 과일도 저울에 달아서 판다.

한꺼번에 시켜먹지 않은 나라에서 온 사람이 당연하게 하는 행동이다. 이제는 배추도 시키고 닭도 시키고 해서 먹지만 여전히 반찬은 아쉬운 부분이다. 주인 아주머니가 구군이 떠들어댄 나의 여행 경로에 대하여 감동을 받았는지(?) 자두를 한 소쿠리나 주었다. 중국의 식당에선 밥에 대하여 관대하다. 인심이 좋다. 시키지 않는 것은 콩 한 쪽도 나오지 않지만 미판을 먹을 때는 밥솥을 열어준다. 마음껏 퍼다 먹으라는 말이다. 물론 이것도 대도시의 도심 식당에 가면 어림도 없다. 그러나 대부분의 식당에선 먹다 남은 반찬을 사 가지고 가면서 밥을 더 달라고 하면 두 그릇쯤은 공짜로 주는 집도 있다.

*이날부터 사흘간의 기록이 휴대폰에서 사라져 버렸다. 요즘은 돌아서면 잊어먹는 비상한 머리를 가지고 있는 나로서는 이날 몇 km를 탔는지 얼마를 썼는지 물건값이 얼만지 등의 기록을 할 수가 없다.

웨양시

웨양岳陽의 삔관 아주머니의 전송을 받으며 삔관을 나섰다. 매일 삔관을 다니면서 주인들을 상대하다 보면 한국이나 여기나 매한가지라는 인상을 받았다. 주인이 직접 손님을 받는 곳에선 들어갈 때부터 주인의 도움을 받는다. 이는 종업원들의 서비스와는 다르다. 주인의식 때문이다. 인간적으로 이런저런 것들을 부탁할 수도 있다.

출발해서 십 분쯤 지나면 구군은 뒷꼭지도 보이지 않는다. 출발할 때 “만만디 만만디"라는 말을 내가 내뱉는다. 이 말은 어릴 적 만화책에서 배운 것인데 '천천히'라고 나는 알고 있다. 맞는 말인지 틀린 말인지도 모르지만 어쨌든 구군은 알아듣는 것 같았다. 그러나 행동은 그게 아니다. 나도 그걸 탓하지 않는다. 같은 속도는 없다. 이 세상에서는 말이다. 비슷한 인생은 있어도 같은 인생은 없다는 말이다. 오전을 달리면 50km쯤은 거뜬한데 나와는 대개 4km쯤 차이가 났다. 차이가 나기나 말기나 나는 나의 페이스를 유지한다. 나는 구군이 기다리거나 말거나 가다가 사진을 찍을 것이 있으면 찍는다. 그 차이가 별 게 아님을 알기 때문이다. 대개는 그가 나를 기다리지만 뒤에서 나타날 때도 있다.

"W.C, W.C." 하면서 화장실에 갔다 왔다면서 나타나거나 시장에서 과일을 사 가지고 오거나이다. 이 친구는 나와 식성이 비슷하다. 맥주를 무지 좋아한다거나 과일도 좋아해서 라이딩 중에 과일을 빠뜨리지 않았다. 밥은 대개 하루 한 끼로 끝이다. 나머지는 빵이나 요빙을 사서 먹거나 했다. 가다가 쉬면서 샹과(참외) 하나를 둘로 쪼개어 껍질째 먹는 맛은 기가 막힌다. 수박은 먹고 싶어도 보관이 어려워 가지고 다니지는 못했다.

이날은 달리다가 일단의 라이더들을 만났다. 인근에서 가볍게 라이딩 나온 사람들이었다.

웃통 벗어놓고
먹는 사람들.
행동거지로
봐서 막돼 먹은
사람들이 아니었다.

이 날 후베이성湖北省에서 후난성湖南省으로 넘어왔다. 길가에 어느 시점부터인가 공포의 하수구가 나타나기 시작했다. 다행히 교통량은 그리 많지 않았다. 웨양에 도착해 삔관을 얻었다. 이즈음 저녁에는 밥을 먹으며 맥주 몇 병을 마시는 것이 일과처럼 되었다. '취하지도 않을 술을 왜 마시나?'하는 마음이 늘 있는데도 밥이 나오는 동안 갈증을 이기지 못해 찬 맥주 한잔을 먹는 것이다. 이게 하루이틀 계속되니 구군은 으레 맥주부터 시킨다. 초심을 잃었나?

이날 저녁에도 밥이 있고 반찬을 파는 식당을 찾아 들어가서 밥을 먹고 난 뒤에 밤중에 다음날 먹을 과일을 사러 나왔다가 맥주의 유혹을 이기지 못하고 몇 병을 마셨다. 맥주는 대개 3~5콰이 정도다. 한국의 물가와 비교하면 싸지만 한국과 비교하는 순간부터 돈을 많이 쓰게 되는 것 같아서 그 순간마다 '여긴 중국이고 나는 여행자다.'라는 생각을 하려고 한다.

근데 중국 남자들은 웃통 벗는 것을 아무렇지도 않게 생각하는 것 같았다. 시내 한복판의 개방된 포장마차에서, 아니면 식당에서, 아니면 집 앞에서 중국인들은 아무렇지도 않게 웃통을 벗고 앉아 있다. 보는 사람도 개의치 않는 것 같았다. 이날도 이를 확인했다.

미뤄시汨罗市 최악의 삔관

산악지형에 들어서다 보니 까마득한 오르막을 올라가면 다시 눈앞에 오르막이 펼쳐진다. 그걸 오르고 나면 또 오르막이 '나 여기도 있어!' 하는 식으로 나타나는 것이다. 물론 우리는 꾸준히 그 산들을 넘는다. 불평할 곳도, 해봐야 될 일도 아니라는 것을 알기 때문이다. 오후에는 몹시 지쳤다. 거듭되는 산악지형으로 구군도 어지간히 고통스러운 것 같았다. 오르막은 거의 99% 자전거를 타고 넘는다. 내려서 끌어봐야 별로 나은 게 없다는 것을 알기 때문이다. 그러나 작은 오르막도 내리고 싶을 때가 있다. 이는 이미 몹시 지쳐서 더 이상 가지마라는 신호다. 근육에 통증이 오는 것이다. 그럴 때는 자전거를 끌고 걷는 것이 조금 낫다. 타는 것과 걷는 것이 쓰는 근육이 다른 모양이다.

지치면 일단 입이 닫힌다. 둘이 다니지만 자전거는 혼자 타는 것이다. 쉬면서 잠깐 만나는 것이다. 그때 말도 하기 싫어진다. 이날 우리가 든 삔관은 최악이었다. 나도 그리 까다롭지 않는 무딘 사람인데 삔관에 우리가 배정된 방에 들어가자 저절로 욕이 나오는 것이다. 곰팡이에 습기에 더러움까지, '야 이 녀석아 이걸 방이라고 얻었나? 아니 이걸 방이라고 파는 거야? 이것은 타인의 궁색한 처지를 이용해서 썩은 음식을 파는 것이나 무엇이 다르냐?' 멀뚱히 내가 열을 내는 것을 듣고 있던 구군이 번역기를 돌렸다.

"우리는 내일 떠납니다."

아니 누군 그걸 몰라, 그러나 이건 인간에 대한 예의가 아니다. 나는 적은 돈으로 좋은 방을 달라는 것이 아니다. 도무지 청소를 하는 거야? 어떻

이렇게 자전거를 메고
3층까지 올라갔다.

게 방이 이럴 수가 있냐는 말이다. 그렇지만 우짜노?

어쩔 수 없이 투덜거리면서 꼭다리도 없는 샤워기를 들고 샤워를 하는데 구군은 이미 스마트폰에 코를 박고 히히덕거리고 있었다. 인간에 대한 예의고 개뿔이고 그런 건 관심 없다는 말이다. 지친 몸을 침대에 누이니 그보다 더 좋을 수가 없다는 말이다.

'60위안 받는다고 이런 방을 준다는 말이냐. 돼지우리도 이보다는 낫겠다 이놈아, 너는 보지도 않고 들어왔지?'

그러나 오늘 그는 한 시간 가까이 걸려서 이 집을 찾았다. 오늘은 오르막 내리막 80km를 탔다. 나는 구군이 삔관을 구하러 간 사이에 길가에 쉬면서 장례식 행렬을 보았다. 물론 그때는 그게 장례식 행렬인지 몰랐었다. 폭음을 터뜨리는 차가 뒤를 따르니 장례식이라고는 생각을 할 수 없었던 것이다.

우리가 고르는 삔관의 방은 대개가 50위안에서 70위안 사이다. 이제 척 보면 아는 것이다. 물론 이런 방들은 대개가 창고라고 생각하면 된다. 창고 같은 방, 벽엔 페인트칠 대충 해놓고, 어거지로 만든 목침대에 때가 꼬질꼬질한 화장실, 남쪽으로 내려올수록 양변기는 없고 쪼그려 앉는 변기다.

그래 나가자, 밥이나 먹자.

밥도 오늘 처음이니 근사하게 먹자. 밥값과 맥주 4병, 합이 45위안이다. 남은 반찬을 포장하고 밥을 조금 더 담으면 내일 아침 한 끼는 거뜬한데 이 집은 반찬의 양이 적다. 그래서 반찬 한 가지를 더 시켰다. 내일 아침에 먹을 것이다.

빗속의 행군

구군은 아무래도 나보다 잠이 많다. 당연한 현상이다. 그 나이엔 자도 자도 모자라는 것이 잠이다. 나는 새벽에 일어난다. 눈이 저절로 떠지는 것을 어떡해? 일어나 구군이 자는 것에 방해가 되지 않게 발소리를 죽이며 짐을 싸거나 일기를 쓴다.

구군이 늦게 일어나다 보니 자연히 출발시간이 나 혼자 다닐 때보다 늦어졌다. 아침에 조금 일찍 나와서 출발하면 오전 중에 좀 더 멀리 갈 수 있다. 오후에 느긋한 마음으로 달릴 수 있다는 말이다. 하지만 어떡하나? 구군을 깨워 출발을 서두른다.

지난 저녁에 사다 놓은 반찬이 맛이 없다. 눈 비비며 먹는 아침밥이 맛이 있으면 이상한 거지. 나도 이날 처음으로 밥과 반찬을 조금 남겼다. 나물 반찬 한 가지가 니 맛도 내 맛도 없었다. 더는 먹을 수 없었다.

짐을 꾸려 계단을 내려오는데 비가 쏟아졌다. 한 시간을 사무실에 앉아 비가 잦아들기를 기다리다 빗줄기가 약해지는 것을 보고 출발을 했다. 하지만 소나기가 쏟아지면 어쩔 수 없이 비를 피해야 한다. 길은 출발하는 순간부터 오르막이었다. 오전 내내 달려 겨우 29km를 왔을 때 식당이 나타났다. 비도 피할 겸 밥이나 먹자. 볶음밥 두 그릇(14위안)을 시켜 먹고 비가 그치기를 기다리는 데 몸이 슬슬 추워진다. 의자에 앉아 떨면서 꾸벅꾸벅

이즘은 탔다 하면 비였다.

식당 처마 밑에 텐트를 쳤다.

졸고 있으니 구군이 제안했다.

“우리 여기 텐트 치고 자고 갑시다.”

구군도 지친 모양이다. 그래 그러자. 아직 창사長沙는 60km 이상 남았다. 빗속을 뚫고 저녁 때까지 들어가기에는 먼 거리였다. 식당 주인에게 처마 밑에 텐트를 치고 싶다고 허락을 구하니 흔쾌히 그러라고 한다. 하지만 아직 날이 어둡기 전이라 텐트는 끄집어내지도 못하고, 그냥 앉아 있기에는 시간이 아까워 의자에 앉아 노트북을 꺼내 글을 쓴다. 누구도 한글을 모르니 옆에 누가 서 있어도 부담이 없는 것이다.

중국인의 담배 인심

이날 식당의 주인아저씨는 내게 담배를 다섯 번이나 권했다. 나 혼자에게만 권하는 것도 아니다. 구군에게도 권했다. 담배 반갑이다. 나는 그걸 안 받을 수가 없었다. 성의를 뿌리치는 것은 신사가 할 짓이 아니다. 그런데 특징은 담배 권하는 것이 시도 때도 없다는 것이다. 밥을 먹고 있는 중인데 옆에 와서 권한다. 대체 어쩌라는 거야? 식당에 들어와서 밥을 시킨 손님도 주인아저씨가 하는 나에 대한 말을 듣고는 내 옆으로 와서 ‘한궈런’

어쩌고 하며 담배를 권한다. 식당에 물건을 대어주러 온 맥주차 운전기사도 담배를 권한다. 조금 있다 그 옆에 타고 다니는 조수도 권한다. 화장실 가는 데도 권하고 나오면 권하고.

아아… 신사는 정말 아무나 하는 것이 아니다. 담배를 권하는 것은 존경한다는 뜻이라나.

06.09.
화요일

창사공안국에서 비자 연장을 신청하다

텐트를 걷고 식당 주인아저씨가 만들어 준 챠오판(아침엔 12위안) 한 그릇씩을 먹고 일찌감치 출발, 더위에 지쳐서 헉헉거리며 오후 1시에 목표로 삼은 창사국제유스호스텔에 도착했다. 4인실이 일인당 40위안, 합이 80위안이다. 하지만 일단 여기는 깨끗하고 분위기가 젊다.

계단을 올라가며 구군이 "우와 마음에 든다. 좋다."고 말했다. 호스텔의 내부는 지금까지의 삔관과는 다르게 젊은이들의 취향에 맞는 내부 장식에 벽에는 낙서를 할 수 있게끔 해 놓았다. 물론 내가 여기에 든 것은 다른 계산이 있었다. 일단 말이 통할 수 있다. 복사도 할 수 있고 여권 연장에 관한 서류가 있다면 여기서 도움도 받을 수 있지 않을까라는 기대와 구군에게 삔관과는 다른 문화를 보여 주고 싶었기 때문이었다. 하지만 아가씨와 비자 연장에 대해 몇 마디 나눠보니 자기는 그런 것을 모른단다. 그럼 내가 알아서 하는 수밖에 없다. 어쨌든 짐을 방으로 옮겨 놓은 뒤 구군을 앞세워 자전거를 타고 호스텔을 나섰다. 공안국에 가서 비자 연장을 신청하는 것이 가장 바쁘게 해야 할 일이었기 때문이었다.

여행을 계획하며 세웠던 중국의 최종목적지는 리장麗江의 호도협虎跳峽이

었다. 거길 트레킹 하기로 마음먹었었다. 하지만 중국에 들어와서 여러 가지 정보를 취합해 보니 티베트의 라싸를 너무 가고 싶었다. '중국에 들어와 서역을 가보지 않고 과연 중국을 봤다고 할 수 있는가?' 하는 생각까지 드는 것이었다. 나는 라싸가 가고 싶어 몸살이 날 지경이었다. 하지만 라싸는 외국인 단독여행이 안 되는 지역이었다. 혼자서도 여행사를 대동하면 가능하지만 사전에 허가를 받아야 하며 거기다가 돈까지 엄청 들어간다고 사람들이 겁을 주는 것이었다.

왜 안 될까? 중국은 티베트를 세계의 눈들로부터 감추고 싶어 하는 것이다. 어쩔 수 없이 라싸는 포기해야만 했다.

거기다가 구이린을 갔다가 기차로 쿤밍을 가서 다시 버스로 리장을 간다 하더라도 지금 남은 기간으론 불가능했다. 그렇다고 '구이린'마저 자전거를 버리고 대중교통을 이용하고 싶은 생각은 털끝만큼도 없었다. 갈수 있다면 쿤밍에서 리장은 자전거로 들어가고 싶었다. 그러려면 비자기간을 연장해야 한다. 구이린에서 쿤밍까지 1,200km, 쿤밍에서 리장까지 570km다. 이 거리를 한 달 안에 주파할 수 있을까? 구이린에서 쿤밍까지는 기차를 이용한다 하더라도 비자기간이 연장되면 쿤밍에서 리장까지는 자전거로 들어가고 싶은 것이다. 나는 그걸 구군에게 간단하게 설명했고 지금 공안국에 가야 한다고 말했다.

구군은 곧 바이두를 앞세워 앞장을 섰다. 호스텔에서 공안국까지는 7km, 잠깐이면 다녀올수 있는 길이었다. 나는 그간 블친인 별님에게 전화와 문자로 여러 가지 자문을 받았다. 내가 원하는 바를 구군에게 통역해 달라고도 부탁했다.

창사長沙는 엄청 큰 도시였다. 샹강을 사이에 두고 옆으로 들어선 빌딩군을 보면 서울이 아주 작게 생각될 정도였다. 도시를 짐 없는 자전거로 매끄럽게 빠지는 것은 큰 즐거움이다. 넓은 도로와 가로수, 공원… 후난성湖南省으로 넘어와 국도변을 달리다 보면 주위 농촌 풍경은 겉모습만 보면 여기가 유럽이 아닌가 하는 생각이 들 정도였다. 주택들도 큼직큼직한 이층집이 주류를 이루고 있었다.

도대체 누가 중국을 깔보는가? 중국을 아는가? 그들의 외환보유고는 현재 우리의 7배에 달한다. 세계 2위다. 내 기억을 더듬어 보면 불과 이십여 년 전만 하더라도 수출액이 우리보다 적었던 것 같다. 앞으로 다시 십여 년이 지나면 그들은 어떻게 변해 있을까? 그들의 눈엔 이미 세계가 눈 아래가 아닌가 하는 두려움이 밀려온다. 이웃이 부자이거나 힘이 세면 꼭 그 값을 하려 한다. 역사를 뒤돌아보라. 근래에 와서 어제를 잊은 채 우리가 못사는 다른 나라 사람들을 깔보는 것을 보라. 백인에겐 헤픈 웃음을 날리고, 이웃인 동남아 사람들에겐 갑질을 하려 한다. 오로지 GDP로 모든 것을 파악하려 하는 것이다. GDP는 수많은 평가종목 중 하나일 뿐이다.

공안국에 도착해 구군은 자전거를 지키고 있고 나는 4층으로 올라갔다. 안내에 들러 비자 연장을 하려면 어디로 가면 되냐니까 3번 창구로 가란다. 3번으로 가니 5번으로, 5번으로 가니 7번으로, 7번으로 가니 10번으로 가란다. 명패를 보니 10번이 맞다. 내 앞 손님이 경찰관과 인터뷰를 하며 서류를 제출하고 있었다. 지루한 시간이 지나고 내 차례가 되었다. 여권을 내밀며 말했다.

"아이드 라이크 투 ~~~ 어쩌고 저쩌고…….(비자기간을 연장하려고 하는데요.)"

근데 경찰관이 당혹한 표정을 짓는다. 뭐야? 가슴이 쿵하고 떨어진다. 경찰관이 입술에 침을 바르더니 입을 열었다.

창사공안국

"어떻게?"

한국말이다. 엥? 이건 또 뭐야?

처음엔 어눌하더니 입이 열리자 한국말을 아주 잘한다. 영어에 대한 스트레스가 한 방에 날아간다. 만세. 그는 내 여행계획을 듣고 나서 말했다. '지금 신청하면 오늘부터 적용이 된다. 당신은 오는 30일이 기간만료일이니 그전에 맞춰서 하라. 약 7일간 소요되니 그 전에 해당 기관에 들러라. 그러니 당신은 쿤밍에 가서 하는 것이 낫지 않겠느냐, 갈 때는 외국인거주확인서라는 서류가 필요하다'면서 그것도 보여준다.

"때, 때, 땡큐 아니 고마워요, 셰셰, 감사합니다."

말이 나왔으니 말인데 중국을 여행하면서 기분이 아주 좋았던 일은 우한의 황학루에도, 창사의 열사공원과 귤자주공원長沙橘子洲公园에도 중국어와 한국어 그리고 영어만 병기되어 있는 점이었다. 여기서 내가 기분이 좋다는 것은 한국어는 쓰여 있고 일본어가 쓰여 있지 않아서 좋았다는 말이다. 우리도 잊을 걸 잊어야지, 어떻게 왜놈들을 잊을 수 있나. 잊지 못할 일들을 잊어서는 안 된다. 되놈들도 마찬가지다. 그들이 우리를 얼마나 괴롭혔나.

신호등은 필요없다

자전거 가게에 들러 반 장갑 하나를 샀다. 지금까지 끼고 있었던 것은 7년 가까이 끼었던 장갑이라 정이 듬뿍 든 것이었지만 너무 낡았고 아무리 빨아도 냄새가 났다.

아침 겸 점심으로 유루면牛肉面 하나(7위안) 먹고 자전거가게를 찾아가는 길에 소나기를 세 번이나 만났다. 여기 사람들은 하늘을 보면 비가 어느 정도 올지 예감하는 모양이었다. 빗방울이 한 방울 떨어지면 오토바이나 전동차를 타고 가던 사람들이 지체 없이 차를 세우고 그 자리에서 우의를 입는 것이다. 네거리 신호를 받으면서 그사이에 안장에 앉은 채로 핸들에 있는 우의를 당겨 머리와 팔만 끼우면 되는 것이다. 구군은 허난성 사람이라 그런지 긴 여행에 우의도 하나 준비하지 않았다.

"우리 동네는 비가 많이 안 와요. 여기는 6월이 장마철이에요."

요즘은 매일 비가 온다.

중국은 자전거 비옷이 몹시 발달해 있다는 인상을 받았다. 몸과 팔만 쏙 끼워서 가다가 벗으면 그게 오토바이의 덮개가 된다.

자전거가게에 가는 중에 횡단보도를 건너려 하는데 차들이 너무 많이 지나가는 바람에 결국 그 신호를 놓치고 말았다. 아무리 중국이지만 이런 일은 흔치 않다. 횡단보도의 파란불을 무시하고 지나는 운전자들의 표정을 보면 무심하다. 구군도 자기 나라의 이런 현실이 마음에 들지 않는 모양이었다. 그래서 그는 그걸 부끄럽게 느끼며 솔선수범하려는 자세를 갖고 있었다.

같이 다니다 보면 황당한 일이 한두 번 벌어지는 것이 아니다. 창사의 도심에서 횡단보도 신호를 기다리고 있다가 파란 신호가 들어와 건너려는데 도무지 건널 수가 없는 것이다. 차들이 신호에 아랑곳하지 않고 경적까지 울려대면서 지나가니 결국 그때는 신호 하나를 그냥 보내야 했었다. 나도 처음에는 몹시 흥분했었다. 도대체 왜 신호등을 만들어 놓은 거야?

남녀노소를 불문하고 운전자들은 신호를 무시하고 횡단보도를 지나는 것이다. 역주행을 하는 사람들의 표정도 아주 당당하다. 아무도 그걸 건드리려 하지 않는다. 보행자들도 마찬가지다. 구군은 때로 내가 신호를 무시하려는 것을 제지한다. 그럼 나도 기다려준다. 하지만 같이 기다리던 중국인들이 신호를 무시하고 썰물처럼 빠져나가면 둘만이 남아 처신이 곤란해진다. '가야 하나 말아야 하나?' 나는 가는 쪽을 택한다. 구군은 남는 쪽을 택하지만 우리는 마주보기가 민망해진다.

유명 관광지 매표구 앞에는 한 사람만 씩만 들어갈 수 있는 철책을 만들어 놓았고 버스정류장에도 이런 철책을 만들어 놓았다. 강제로 줄을 세우려는 것이다. 한 사람의 깨달음에 여러 사람이 동참하고 드디어는 모든 사람이 따르게 되는 날이 올까?

돌아오면서는 느긋하게 도심을 구경하며 즐길 수 있었다. 도심을 흐르는 다리위에서 자전거를 세우고 구군에게 물었다.

"이 강 이름은 뭐야?"

"샹강湘江."

다리 아래는 황토물이 흘러가고 있었다. 강변을 따라 여유롭게 늘어 선 빌딩들, 창사는 또 어떤 얼굴을 감추고 있을까?

열사공원과 귤자주공원

창사국제유스호스텔에서 열사공원은 1km 정도 떨어져 있었다. 우리는 호스텔의 옆에 있는 심봤다와 닮은 집에서 늦은 아침밥(28위안)을 먹고 서둘러 공원으로 향했다. 나는 몇 번이나 이 공원 앞을 지나 다녔지만 별 흥미를 느끼지 못했다. 입구가 너무 작아서 한국 도심의 조그만 그렇고 그런 공원인 줄 알았기 때문이었다. 거기다가 유명한, 좋은 곳을 가보자고 구군에게 몇 번 말을 했는데도 구군은 지나치기만 했지 이 공원에 대한 말은 꺼내지도 않았다.

우거진 숲이 매력적인 열사공원

구군이 어떻게 생각하든 이날 아침 나는 구군에게 열사공원과 주은래가 살던 곳을 가보자며 구군을 앞세웠다. 중국의 공원은 자전거 입장불가다. 근처에 있는 공원이니 자전거를 두고 걸어서 갔다. 입장료는 없었다. 정문에서 바로 보이는 열사기념관으로 들어가서 후난성을 빛낸 열사들의 사진을 둘러보고 나올 때만 하더라도 그게 모두인 줄로만 알았다.

공원은 엄청 컸다. 그러나 이는 나의 기준이다. 우한에서 우한공원을 들어가려다 자전거 때문에 못 들어가고 다음날 다시 한 번 가보자고 했을 때

도심에 이렇게 숲이 우거진 공원이 있다니.

구군이 말했다.

"우한공원은 너무 커서 하루에 다 못 봐요."

나는 속으로 '뭐 도심에 그렇게 큰 공원이 다 있어?'라고 생각했다. 그러니 그의 기준에선 열사공원은 그저 그렇고 그런 공원이었던 것이다. 공원을 둘러보며 나는 한숨이 나왔다. 원시림을 닮은 우거진 숲에다가 수성못(대구의 저수지, 지금은 공원 역할) 정도면 크다고 생각하며 자랐던 내게 공원 안 호수(인공호)는 너무 컸다.

사람이 경치가 좋다고 말하는 것의 기준은 무엇일까? 그건 숲이 아닌가 하는 생각을 해 본다. 나무 몇 그루 심어져 있는 우리와는 달라도 너무 달랐다. 나무가 많아야 숲이라 부르고 숲이 짙어야 곤충이 모여들며 곤충이 있어야 새들이 모여든다. 그런 숲이라야 사람도 모여들고, 그런 숲이 있어야 사람이 숲에 안길 수 있는 것이다.

목요일이라 그런지 사람들도 별로 없었다. 그런 숲이 우거진 공원 속을 중국인들은 아주 여유롭게 산책을 하고 있었다. 이 사람들이 바로 신호를 무시하고 길 복판에 차를 대 놓고 뒤에서 죽어라고 빵빵거려도 거들떠보지도 않는, 바로 그 십사억 중국인의 한 사람들이란 말인가.

인간은 너무 복잡한 동물이다. 도심의 도로도 한산했다. 물론 이건 좁은 우리들의 도로에서 넘치는 차들과 사람들을 보아 온 기준에서 말한다 하더라도 그렇다. 넓은 도로마다 가로수는 울창하다고 표현할 수 있을 만큼 많았고 오래된 것들이었다. 그들이 건설해 놓은 도시도 함부로 말할 수 있는 것이 아니었다. 나무도 사람들이 가꾼 것이기 때문이다. 두 시간쯤 공원을 둘러보고 나왔다. 우리는 버스를 타고 귤자주공원으로 향했다.

마오쩌둥 조상과 주은래가 다녀간 곳(?)

버스는 에어컨이 빵빵하게 돌아가고 있었다. 요금은 2위안, 버스는 만원이었다. 한국인인 나는 그래도 튼튼한 하체 때문에 버스 안의 집중적인 시선을 받아낼 수 있었다. 제발 좀 그만 봐.

창사에 들어오던 날, 샹강湘江(싱안현新安县 둥팅호洞庭湖에서 흘러드는 강) 다리를 건너며 강 한복판에 있는 삼각주에 오층 누각을 보며 '저게 뭐야?' 하며 구군에게 물었다. 그가 번역기를 돌려서 내게 내어 놓은 답은 '주은래가 살던 곳'이었다. 이는 나중에 알아본 바로는 아니었다. 주은래가 다녔던 곳이어서 성분이 안 좋은 그의 자취마저 없애 버렸단다. 번역기는 이차 삼차 번역을 해야 하고 아주 엉뚱한 해석을 내어놓는 것이 다반사다. 주은래라는 한 마디를 듣고 나는 저기를 꼭 보아야겠다고 결정을 했다.

허지만 구군은 나에게 겁을 줬다.

거기에 가려면 입장료만 해도 150위안이 든다. 거기다가 자전거도 못 가고 배를 타고 섬을 한 바퀴 도는데 3시간이 걸리고 또 다른 돈도 많이 든다. 그래도 갈래?

마오쩌둥 조상 앞의 시민들

그럼 나는 입장료만 해도 구군것까지 300위안을 내어 놓아야 한다. 그래도 한국에서는 나름 씩씩했던 나는 중국대륙에 발을 들여놓는 순간부터 쫌생이로 변해버렸다.

언제 끝날지도 모르는 장기여행을 해봐라. 구군아 너는 이미 손을 털었지만 이 친구야, 나는 많이 남았다.

그러나 150위안이 더욱 나를 끌었다. 물건을 모르면 돈을 많이 주랬다고 입장료가 비싸면 좋은 게 있다는 말이라는 것을 알기 때문이었다. 돈 때문에 아무것도 보지 않고 지나간다면 나는 무엇으로 글을 쓰며 뭐 할라꼬 댕기겠노? 가자 구군아.

평소에 내가 하는 꼴을 알고 있는 구군이 놀란다. 버스에서 내려 샹강 다리를 건너 다리와 이어진 계단을 타고 귤자주공원으로 내려갔다. 공원 입구에서 구군이 말했다.

"저기 마오쩌둥 조상이 있는 곳까지가 4km입니다."

근데 입장료 받는 곳은 없었다. 이놈이 오기 싫어서 내게 기술을 넣었나? 구군은 그런 사람이 아니다. 그럼? 걸으면서 생각해보니 소통의 문제였다. 그의 한 바퀴 돈다는 뜻의 몸짓은 배로 도는 것을 표현했을 것이다. 어쨌든 공원은 깨끗했다. 잘 정돈된 잔디, 깔끔한 도로 포장, 질서정연한 수목들. 걸으면서 구군은 중국말로 나는 한국말로 지껄여댔다. 서로 통할 때도 있지만 조금 시간이 지나다 보면 서로가 입을 닫게 된다. 그때는 또 구군이 나선다. 여자들에게 말을 거는 것이다.

"두 유 스피크 잉글리시?"

그래서 반응이 오면 그게 끝이다. 영어를 하는지 알아보는 것이다. 이는 내게 말동무를 만들어주기 위해서이다. 그리고 나야 그가 하는 중국어를 알아들을 수가 없지만 그가 말을 붙이면 누구라도 금방 경계를 풀고 그의 말에 끌리게 하는 재주를 그는 가지고 있었다. 한궈런 어쩌고 지생춰(자전거) 어쩌고 샹강(홍콩)이니 구이린이니 어쩌고 하면 사람들이 당장에 관심을 가지는 것이다. 그 다음엔 그들이 내게 다가온다. 걷기에는 너무 시간이 걸려서 중간에 돌아가려던 학생들이 마오쩌둥 조상이 있는 공원 끝나는 지점까지 같이 간 것은 물론이다.

마오쩌둥은 당태종 이세민과 함께 중국인들이 가장 존경하는 사람 중의 한 사람이다. 마오의 조상을 보며 내가 감탄했다.

"아주 잘 생겼는데."

나는 마오의 앞머리가 벗겨진, 늙었을 때 찍은 사진밖에 본 적이 없다. 중국의 지폐는 1위안짜리부터 100위안짜리까지 전부 마오의 사진이 들어 있다. 앞머리가 벗겨진.

"마오의 이십대 때의 모습이에요."

그렇군.

"나는 어릴 때 '마오'가 아주 나쁜 사람인 줄 알았다."

"왜요?"

여학생들이 물었다.

"그는 공산주의자였으니까. 우리는 그렇게 배웠어."

"지금은요?"

나는 마오를 모른다. 그의 권력투쟁사만 읽었지 그의 나머지는 깜깜하다.

"그래도 그는 좋은 사람인 것 같아."

여학생들과 헤어져 너무 덥고 목이 말라 상점에 갔지만 구군은 맥주가 너무 비싸다면서 아이스케키 하나씩을 사왔다. 그것도 1위안짜리를 5위안이나 받는단다. 아이스케키 하나씩 물고 터덜터덜 걸어서 전기기차 정류장에 오니 요금이 20위안이다. 이미 열사공원을 나와서도 3시간이나 돌아다녔고 다시 주은래와 연관된 곳까지 가려면 5km를 더 걸어야 했다. 그래도 우리는 걷는 것을 택했다.

"너무 비싸다."

"구이 구이.(비싸다)"

20위안(4,000원)이 뭐야? 20위안이면 맛있는 한 끼 식사를 할 수 있고, 빙삐주(찬 맥주)를 4~6병을 마실 수 있는 돈이다.

인민의 돈으로 세운 공원에서 인민의 피를…, 구시렁구시렁.

하지만 그 인민의 한 사람인 아까의 여학생들과 시민들이 만원 기차를 타고 가며 우리를 보고 손을 흔들었다.

우짜노, 욕이라도 하면서 걸어야지, 하하.

다리가 너무 아팠다. 하지만 우리는 키득거리며 즐겁게 걸었다.

구군아 알겠지, 우리가 왜 즐거운지를.

마음속으로는 500위안(100,000원)까지 각오했던 돈이, 돌아가는 버스비까지 합해서 일인당 9위안으로 해결됐다. 쓰는 것도 재미고 아끼는 것도 재미다. 우리는 주은래와 연관이 있다는 공원과 붙어 있는 사찰이 있는 동네에 왔다. 사찰 앞에는 수많은 상점들이 영업을 하고 있었다.

"마을의 옛날 모습이 없어졌어요."

그가 어린 나이에 여기에 와 봤을까? 주은래와 관계가 있는 것은 지웠단다.

"왜?"

"그는 성분이 좋지 않아요."

쿵! 하는 울림이 가슴에 왔다. 나는 번역기를 돌려서 그에게 말했다.

"주은래는 마오와 권력투쟁에서 진 거야."

돌아오는 버스 안, 이날은 9시간을 걷고 녹초가 되었다.

창녀는 인류의 가장 오래된 직업

비자 만료기간(6월 30일)이 얼마 남지 않았다는 걸 인지하는 순간, 나는 멍청해졌다. 다음은 어느 나라로 가야 하나를 아직 결정은커녕 생각해보지도 않았기 때문이었다. 거기다가 나는 육로로 국경을 넘어본 경험도 없다.

다음에 들를 나라를 결정한다 하더라도 도대체 어디로 가서 국경을 넘어야 하나? 아무것도 모르는 상태였다. 그간 천하태평이었군, 마음이 바빠졌다.

한국에서 받아 온 구글 지도 앱은 여기선 쓰지도 못한다. 지도가 있어야 된다. 종이 지도라도 하나 사자. 그래서 구군을 깨워 지도를 사러 나섰다. 구군이 몇 군데나 다니면서 지도의 행방을 물었으나 모두가 '팅부동(모른다)'이었다. 땡볕 아래 두어 시간 정도 돌아다니다가 포기했다.

호스텔에서 신고 나온 슬리퍼 때문인지 그간 허리 숙여 열심히 페달을 밟은 덕분인지 몰라도 허리가 발걸음을 옮길 때마다 몹시 아픈 것이었다. 이럴 때의 나의 대처 방법은 앓는 소리 내지 않고 아무말 없이 아픔을 참으며 더욱 열심히 걷는 것이다. 그렇게 계속 걷고 나자 허리가 편안해졌다. 역시 우는 놈은 매로 다스려야 해. ㅎㅎ

은행에 가서 돈도 찾았다. 길을 걷다가 구군은 재봉틀 집에도 들어가고 전자제품 파는 곳도 들어갔다. 나는 저 녀석이 왜 저럴까 궁금했지만 참고 있었더니 사진관으로 들어가서 작은 드라이버를 하나 빌렸다. 그러고는 그 집에 앉아서 내 DSLR을 내 놓으라더니 그걸 고치는 것이다. 그간 광각으로 찍을 때마다 화면 모퉁이에 검은 그림자가 생겨서 필터 때문에 그런가 하고 짐작했었는데 필터가 통째로 조금 밀려난 것이다. 내가 상태를 보여주고 이걸 수리해야 된다고 수리점이 어디 있냐고 물었더니, "중국에서는 안돼요." 한다.

칫 그런 게 어디 있어, 이 녀석아, 중국에 일제 카메라 대리점이 얼마나 많은데, 수리점이라고 없을까?

그러면서 나는 어떡할까 궁리하고 있는데 그는 드라이버를 빌려 그걸 고쳤다. 반대 방향으로 붙여서 다시 바꿔야 하지만 드라이버만 있으면 된다.

근데 걷다가 보니 가게에 앉아 있는 여자들이 아무래도 범상치가 않았

호스텔 근처의 요빙 가게, 이른 아침에만 만들어 팔았다. 노인들은 요빙 1개(1콰이)로 아침을 때운다.

다. 구군에게 물었다.

“여기가 사창가 같은데.”

그가 고개를 끄덕이며 웃었다. 근데 사창가가 좀 이상하다. 자전거 수리점 옆에, 슈퍼 옆에, 그런 가게가 하나씩 박혀 있는 것이다. 생활 속으로 파고든 건가. 중국은 사회주의 국가가 아닌가? 참 나도 멍청하군, 사회주의 국가도 사람이 살아가는 곳이다.

결국 호스텔로 돌아와 돌고 돌아서 인터넷에서 맞춤한 세계지도를 하나 다운 받았다. ‘지도가 필요해’라고 생각하는 순간 나는 종이지도를 머리에 떠올린 구닥다리인 것이다.

13일도 우리는 짐을 챙겨놓고 종일 침대에서 뒹굴었다.

후난성의 농가 주택들

호스텔을 나와 요빙 9위안어치와 물 3병(9위안)을 샀다. 하늘은 어둡게 가라앉아 있었다. 비가 올 것이 틀림없다. 하지만 더 이상 지체할 수는 없

었다. 그간 낯익은 요빙집 아저씨가 우리가 떠나는 것을 보고 축복을 해준다.

"이로핑안一路平安"

이른 아침, 아직은 덜 분주한 창사시를 가로 지른다. '짱짱 떡볶이'라는 한글 간판을 단 집을 그냥 지나쳤다. 아쉽다. 이른 아침이라 문이 닫혀 있었기 때문이다. 창사시를 다 빠져 나오기도 전에 비가 쏟아졌다.

이날 우리는 몇 번이나 남의 집 처마 밑으로, 주유소로 소나기를 피해 들어갔다. 혼자 다닐 때 나는 소나기를 피할 곳을 찾지 못해 나무 밑으로 들어가곤 했는데 구군은 가리는 데 없이 자전거를 밀어 넣었다. 주유소건 자동차 수리점 가게 안이든 상관없었다. 가게 주인들도 모두 비를 피해가라고 자리를 내어주었다.

중국의 주택, 특히 후난성의 국도변 농촌 주택을 멀리서 보면 그림으로 보던 유럽 부국들의 주택과 별로 차이가 나지 않아 보였다. 집의 덩치도 크다. 우리와 바닥 평수가 같더라도 중국의 주택은 훨씬 크게 보인다. 왜냐하면 천장이 우리보다 1미터 이상 높았기 때문이었다.

개인적으로는 나도 집을 지으면 층고를 높게 지을 것이다. 이는 오래 전부터 가지고 있던 생각이다. 키 큰 서장훈이 집으로 들어와도 안심하고 다닐 수 있도록 말이다. 천장이 높으면 난방에 다소 불리하다. 하지만 다른 장점도 많다. 중국의 주택이 겉으로 좋아 보인다고 해서 그 내부가 그런 것은 아니었다. 그간 화산에서 만난 강씨 집으로, 링바오에서 자신의 집으로 초청해 준 자스민 선생님 집으로 가봤지만 그건 아파트였다. 구군과 같이 다니고 난 후로는 그런 것이 없어져 버렸다. 아무래도 두 사람은 초청을 하려해도 부담일 것이고 둘이라면 서로 협력해서 다니면 별 어려움이 없으리라고 생각하기 때문이라고 나는 짐작했다. 그래서 늘 가정을 방문할 기회에 목말라 있었다.

후난성의 국도를 끼고 있는 농가 주택은 전통주택을 제외하곤 단층이 거의 없었다. 이층, 삼층, 사층. 일가구 일자녀인데 저렇게 큰집이 왜 필요할까? 우리와는 쓰는 용도가 다른 것이 있을 것이다. 외부 앞면만 대개 타일을 붙여놓았다. 신축 중인 건물을 지나칠 때마다 관심을 가지고 살폈다. 가장 놀란 것은 철근의 사용량이었다. 기둥에는 손가락 굵기만한, 철사를 갓 벗어난 철근을 단 네 가닥을 사용했다. 벽은 0.5B(벽돌 한 장 길이)로 벽돌을 쌓는 것이다. 창호는 단출한 알루미늄 새시에 유리 한 장이었다.

"여기는 난방을 어떻게 해?" 하고 구군에게 물었더니

"에어컨이 겨울에는 더운 바람을 내어준다."고 하는 것이었다.

후난성의 겨울의 평균기온이 4~8℃ 정도니 그런가? 그럼 에어컨이 없는 집은 난방을 어떻게 해?

중국의 주택은 우리가 생각하는 집의 개념과는 좀 다른 것 같았다. 물론 그들은 신발을 신은 채로 집으로 들어간다. 그런데 중국의 농가를 잘 살펴보면 우리와 확연히 다른 것이 있다. 마당이 없는 것이다. 물론 대주택엔 마당도 정원도 어마어마하게 크지만 중국은 우리가 마당에 두는 모든 것들을 건물 안으로 넣어 놓았다. 일단 대문을 열고 들어서면 우리의 거실에 해당하는 곳이 마당쯤으로 쓰인다. 오토바이, 농기구를 비롯해 방에는 넣지 못하는 각종 살림살이들이 있다. 치안이 불안한 것이다. 우리 개념에서 생각하고 들어가 보면 '이게 집이야?'라는 생각이 저절로 든다. 시멘트로 마감한 벽(물론 이는 돈 때문일 것이다), 벽돌 칸막이에다 사람이 자는 방일 경우 침대 하나 놓고 밖으로 향한 창문에다 커튼을 친 것이 모두였다. 일단 살아가면서 끊임없이 완성을 시켜 나가는 것 같았다.

물론 주인의 경제적 형편에 따라 실내장식을 화려하게 한 집도 있었다.

후난성의 농가 풍경.
골라서 찍은 사진이 아니다.
일반적인 모습이다.

철근이 너무 가늘고
적어서 몇 가닥 남은 대머리
아저씨의 머리카락처럼
애달프기까지 하다.

내가 말하는 것은 보편적이고 일반적인 가정이다. 최근에 시진핑 주석은 농촌의 빈곤을 5년 안에 해결하겠다고 선언했다. 그의 말대로 되었으면 좋겠다.

형산衡山 아래 난웨젼南岳鎭에 도착하다

새벽에 일어나 짐을 꾸리는데 소나기가 쏟아진다. 쏟아지거나 말거나 우리는 짐을 꾸린다. 비도 하루 종일 오려면 대단한 에너지가 필요할 것이다. 어제 먹다 남은 수박으로 위장을 속여 놓고 삔관을 나섰다. 동네 사람들이 모여 우리의 모습을 신기해하며 지켜보고 있는 것을 뒤로하고 출발했다.

이날은 또 한 차례 소나기가 쏟아졌으나 마침 해가 내려쬐기 시작했다.

그즈음 쉴 때 수박 한 덩이를 먹는 것이 우리에겐 커다란 기쁨이었다. 아픈 다리도 쉬게 하고 땀도 말리면서 먹는 붉은 과육의 맛은 기가 막혔다. 우리는 수박을 먹으면서 서로 엄지를 치켜들면서 한 마디씩 외친다. 서로에게 힘을 주고 분위기도 살리기 위해서다.

"하오츠.(맛있다)"

내가 이러면 구군이 말을 받는다.

"베리 굿."

근데 이날은 녀석의 표정이 그리 밝지 않았다. 우리는 주유소로 들어가서 공터에 앉아 수박을 나눠먹고 있는 중이었다. 내가 아무래도 이상해서 '왜 그래?' 하고 물었더니 녀석이 번역기를 돌려 내 앞에 폰을 내 보인다.

"할머니에게서 전화 왔는데 빨리 결혼하래요."

그래, 임마, 결혼해야지. 결혼하면 되지 무슨 걱정이야?

할머니가 여자 친구를 싫어해요.

크 그래? 그래서 딴 여자와 결혼하래?

네.

흠, 그렇군. 하지만 자식 이기는 부모 없다.

나야 당사자가 아니니 이렇게 속 편하게 지껄였지만 구군을 지금까지 봐온 나로서도 녀석이 할머니의 말을 거역하지는 않을 거란 생각이 들면서, 거 참 입장 곤란하게 되었구나, 어쩌지? 뭔가 속이 시원하게 터지는 말을 한마디 해주고 싶었는데 그런 말이 생각이 나지 않았다.

우리는 일어서서 하이파이브를 한 번 하고 나서 다시 페달을 밟았다.

다음에 우리가 갈 곳은 어디야?

근처에 '난위에 헝산'이 있어요.

헝산? 헝산?

아무래도 어디에서 듣던 지명이다.

그게 형산 아니야? 중국의 오악 중 하나라는 그 형산 말이야? 태산, 숭산, 화산, 또 하나는 뭐야? 그거 아냐?

네 맞아요, 그런 걸 어떻게 아세요?

내가 임마, 이래 보여도 모르는 것 빼고는 다 알아.

오오 굿굿, 베리 굿.

녀석이 엄지를 쳐든다.

거기로 가자. 그냥 지나 갈 수 없다. 페달을 밟는 다리에 힘이 솟는다.

그래 나는 복 받은 사람이다. 중국 여행 중에 뜻하지 않게 두 군데의 명산을 볼 기회가 있다니… 오늘은 길에서 돈도 이십위안짜리를 한 장 주웠고, 어려울 때마다 어디선가 의인들이 나타나 도와주니 수호지 속의 사람들의 친교가 부러울 게 있나. 너는 그중에서도 최고다.

난웨젠에 들어가 삔관을 찾아 헤매는데 헝산 아래이다 보니 동네길이 오르막 내리막이다. 우리는 지쳐서 다리 위에 자전거를 세우고 햇볕을 피해 상점 처마 밑에서 쭈그려 앉았다. 여기는 관광지고 물가가 엄청 비쌀 것이라는 생각에 별로 유쾌한 기분은 아니었다. 구군이 일어서더니 말했다.

"유 히어, 아이 고."

물론 나는 '유 히어'라는 말이 나오면 벌써 알아듣는다. '당신은 여기 쉬고 있으세요. 내가 가서 삔관을 알아보고 오겠습니다.'라는 말이다. 그는 부리나케 자전거를 타고 떠난다.

"유 히어, 아이 고."

당신은 여기서 짐을 지키고 있으세요. 내가 짐을 모두 삼층으로 옮기겠

난웨젠의 동네다리. 이런 경사진 곳을 아이 세 명씩 태운 아줌마들은 여유롭게 오르내렸다.

난웨젠 OP 유스호스텔

습니다.

"유 히어, 아이 고."

당신은 여기서 가만히 있으세요. 내가 비거 사오츠(큰 슈퍼)에 가서 먹을 걸 사오겠습니다.

세상에 이처럼 간단한 말로 저렇게 복잡한 뜻이 담긴 경제적인 영어를 쓰는 사람이 있나? 있음 말해 봐.

'유 히어 아이 고'가 돌아왔다. 땀을 뻘뻘 흘리면서 말했다.

'사층인데 일인당 45위안 달라는데요? 구이(비싸다)지요?' 하면서 내 눈치를 살핀다.

4층은 너무 높잖아. 아무리 자전거와 짐을 니가 옮긴다 해도 그 꼴은 내가 못 보지. 3층은?

3층은 50위안이래요.

그럼 3층으로 하자. 근데 무슨 삔관이 일인당이 있냐? 유스호스텔이야?

노 노 노 노. 녀석이 강하게 부정한다.

노오? 그럼, 무슨 삔관인데 4인실이 있어?

지금까지 다닌 삔관은 도미토리 룸이 없었다. 내가 잡히는 게 있어서 다시 물었다.

청년여사야?

예스, 예스.

녀석은 우한에서 5일이나 잔 유스호스텔을 청년여사란 중국말로만 알고 있다. 그는 이미 난웨젠에 들어오기 전에 청년여사를 검색해 놓고 있었던 것이다. 유스호스텔의 분위기가 마음에 들었던 모양이었다.

청년여사의 아가씨는 영어가 먹통이었다. 외국인 출입이 많지 않다는 말이다. 유스호스텔이라고 다 같을 수는 없지. 그러나 그녀는 항상 웃는 얼굴의 명랑하고 사근사근한 아가씨였다.

"일인당 50위안인데 당신은 외국인이니까 10% 할인해서 이틀분 190위안 해 드릴게요."

그런 법도 있었나? 그간에 그런 말을 들어 본 기억은 없다. 어쨌든 나야 좋다. 아침식사비가 6위안이고(바오즈 두 개에 두유 한 컵) 사전에 예약을 하라고 쓰여 있기에 그것도 주문해 놓았다. 4인실이었지만 우리가 묵은 이틀 동안 다른 손님이 들지 않아서 독방처럼 썼다. 이날 65km를 탔다.

형산, 돈을 도로 받아내다

'형산을 올라가려면 산바이위안(300위안) 이상 들어갈 거에요. 그래도 갈래요?' 하며 구군이 걱정스런 눈빛을 하며 물었다.

그놈의 산바이위안이 나오면 나는 이빨을 깨물고 다시 한 번 각오를 해야한다. 녀석이 보는 나의 한계는 산바이위안일까?

"그래도 가야지, 그냥 지나쳐? 가야 해."

형산에 오른 구군.

호스텔을 나서는데 카운터의 아가씨가 바오즈와 두유를 챙겨준다. 타박타박 걸어서 형산을 올라가는 입구에 도착하자 호객꾼이 말을 걸어온다. 운전기사다. 그의 말을 종합해 보면 여기서 형산의 코스를 선택해야 하는데 차가 올라갈 수 있는 곳은 한 군데뿐이다. 거기까지는 20km고 요금은 350위안이다.

구군의 얼굴이 일그러지며 팩하며 돌아선다. 그는 이미 각오를 한듯 걸어가자면서 '렛츠 고'를 외쳐대며 발은 벌써 앞으로 내딛고 있었다. 나는 구군을 불러 세웠다. 나까지 흥분할 수는 없었다. 산길 20km면 10시간 이상을 걸어야 된다. 그럼 내일은 아무도 못 일어난다.

구이린桂林으로 가는 걸 하루 더 포기해야 한다는 말이다. 아직도 구이린은 400km 이상 남았다. 길 상황으로 봐서 예정보다 더 많은 시일이 소요될 수 있다. 그러면 숙박비에 밥값에, 그것보다 구이린 도착이 늦어지면 비자 연장이 안 될지 모른다. 그럼 모든 것이 헝클어진다.

"구군아 산은 그렇게 못 탄다. 나도 걸어가고 싶지만 그렇게는 안 되겠어."

280위안에 합의를 보고 그의 승용차에 올라탔다.

일단 바오즈부터 먹자. 산에 가는 사람이 밥도 먹지 않고 간다는 것은 말이 안 돼.

차 안에서 우리는 바오즈를 먹어뒀다. 산길 주위의 풍경은 우리나라 산 어디서나 볼 수 있는 그런 풍경이었다. 차는 50분도 안 걸려 방광사 주차장에 도착했다. 잠깐 걸어가니 방광사 절이 나온다. 절 앞마당엔 비닐 천막이 몇 개 쳐져 있고 분위기는 한산했다. 방광사는 지금까지 봐온 그런 절이 아니었다. 산 전체를 조망할 곳도 없었다.

"뭐야, 이게 다야?"

구군도 얼굴색이 변한다. 운전기사는 거기서 산길을 안내했다. 20분 정도 올라가서 자물쇠가 채워진 조그마한 절을 밖에서 구경만 하고 다시 왔던 길을 되짚어 방광사로 내려왔다. 내 표정이 별로 좋지 않자 구군도 말이 없어진다. 그 녀석, 산을 제가 만들었나? 나는 웃으며 분위기를 띄웠다. 우리의 기대가 너무 컸다. 기대가 크면 실망도 큰 법이다. 기대가 큰 사람의 마음을 다 채워줄 수 있는 곳은 이 세상 아무 곳에도 없다.

구군아, 화를 가라앉히고 무심한 눈으로 산을 보자. 오악 중 하나로 치는 것이 헛되게 얻은 이름은 아닐 것이다.

내려오는 차 안에서 구군과 운전기사가 나누는 이야기를 짐작해 보니 돈에 대한 것이다. 세 시간도 안 걸려 내려와 식당에 마주앉았다.

"한 시간에 100위안이라면 너무 센 것 아냐?"

허나 돈은 이미 지불했고 눈빛이 반들거리던 운전기사는 웃으며 떠나갔다. 밥이 나올 동안 맥주 한 병을 시키라고 했더니 구군이 돌아와서 "8위안(1,500원)"이라면서 비싸다며 그냥 왔다.

'야 그래도 먹자, 한 시간에 이바이위안을 지불했는데 돈 3위안도 더 못 쓴다 말이냐?' 하며 한 병을 가져왔지만 아무래도 아까워 결국 한 병으로 끝내고 슈퍼로 갔다. 아깝다는 것은 불안하다는 것이다.

호스텔로 돌아와 쉬는데 구군의 '유 히어…'가 나왔다. 그러나 나는 이번에는 못 알아들었다. '아래층에 내려가 잠깐 놀다오겠지'라고 생각했다. 그런 구군이 두 시간 가까이 걸려서 돌아왔다. 돈 40위안을 들고 왔다. 우리를 헝산으로 태워준 운전기사에게 가서 경찰에 신고하겠다고 하고 40위안을 받아냈다고 했다. 하하하 그 녀석 재주도 좋다.

구군이 그 자리에서 팩하며 화를 내며 돌아서는 것도 봤다. 츠비시에서 삔관에 들어가 짐을 부려놓고 저녁을 먹으러 빤관 옆집 식당으로 갔는데 러깐미엔국수 한 그릇이 얼마냐며 물었더니 주인이 나를 보고는 '한궈런'(한국인) 어쩌고 하며 5위안 짜리를 10위안을 달라 했던 모양이었다. 아마도 내게 10위안을 받아 둘이 나누자는 말이었을 것이다. 식당 주인 남자가 삔관비를 내가 내는 것을 봤던 모양이었다. 그는 팩하며 한 마디 큰소리를 지르더니 나를 끌고 바로 식당에서 나가자는 것이었다. 식당 주인은 머쓱해져서 서 있고 앉아 있던 나는 구군에 이끌려 밖으로 나왔다.

나는 아무 말도 묻지 않았다. 그래 이 녀석도 마냥 좋기만 해서 참기만 하는 사람이 아니라 자전거 끌고 혼자서 먼 길을 나선 '뿔따구' 있는 청년인 것이다. 그러나 다음날 아침 그는 그 식당으로 나를 데리고 가서 아침식사를 하며 주인과 마음을 풀었다. 그래 어린 나이에 그대도 하나씩 세상의 이치를 깨달아 이렇게 실행해 가는가?

후기 그땐 구군이 돈을 다시 받아왔다고 생각했지만 사실 나는 아직까지도 의문이다. 그가 혹시 돈을 받았다면서 자신의 돈을 낸 것이 아닌가 하는 생각이 들어서 하는 말이다.

휴식이야말로
꿀맛이다.

불볕더위로 **형양**에서 쉬다

OP청년여사의 아가씨 선물로 싸 준 바오즈와 두유를 자전거에 달아매고 난웨젠을 기세 좋게 출발했으나 계속되는 오르막과 더위에 헝양衡陽에 도착했을 때는 초주검이 되었다. 헝양에 들어가는 다리 밑 그늘에 자전거를 세워 놓고 이 궁리 저 궁리 해 봤으나 쉬는 것밖에는 답이 없었다. 시간은 아직 오후 1시였다. 52km를 달렸다. 오후 시간이 아깝지만 어쩔 수가 없다. 불볕더위에 도로에는 자동차도 사람도 없었다. 에너지를 축적하려면 쉬어야 한다.

"배부터 채우자."

헝양 시내에 들어와 밥을 먹었다. 이즈음은 다행히 중국음식 무엇을 먹어도 맛있었다. 처음 도착해 음식을 먹을 때는 그 샹차이 향내에 질렸었는데 두 달이 넘자 내 입맛은 간단히 조국을 배반해 버렸다. 이젠 '된장찌개와 김치의 맛을 내가 기억하고 있을까?'라는 걱정이 들 정도였다. 밥을 먹고 구군이 예의 그 말을 남기고 가서 70위안짜리 삔관을 물어왔다. 여장을 풀고 빨래를 해 놓고 내일 먹을 음식을 준비하기 위해 큰 슈퍼를 찾았다.

06.18. 목요일 치동현 도착

종일 비가 내렸다. 내리다가 그쳤다 다시 내렸다. 소나기를 잠시 피해 있으면 빗발이 약해지고, 그러면 그 사이를 우리가 달리는 것이다. 74km를 달려 치동현祈東縣에 도착했다.

06.19. 금요일 이어지는 소나기

9위안짜리 수박 한 덩이를 사서 달리다가 소나기에 갇혀 버렸다. 마침 나무 밑에 앉아서 쉬고 있다가 소나기가 시작되자 가게 처마 밑으로 자전거와 함께 몸을 피했다. 가게 바깥 처마 밑에는 돈내기 카드가 한창이었다. 동네의 남녀노소를 가리지 않고 모여서 카드를 하거나 마작을 했다. 지금까지 중국 어디를 가나 손쉽게 만날 수 있는 풍경이었다.

그러나 곧 그치기를 기다려도 소나기의 기세는 꺽일 줄 몰랐다. 한 시간, 두 시간, 세 시간… 의자에 앉아 있는 것이 고통스럽다. 구군이 '여기 텐트 치고 잘까요?' 하며 웃었지만 그렇게 해서 될 문제가 아니었다.

"구군아, 너 가게에 비옷 있는가 알아 봐."

구군은 비옷이 없었다. 자기는 괜찮다고 가자고 하지만 그것도 잠깐이지, 젊음이 모든 것을 해결해 주지는 않는다. 25위안짜리 비옷을 입혀서 약해진 빗속으로 나와 달린다. 허나 다시 소나기. 더 이상 대책이 없었다.

31km를 달려 치양현祈陽縣에 도착했다. 더 이상 달릴 수가 없었다. 뻰관

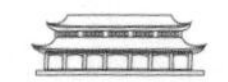

에 들어와 빨래를 하다가 장갑 한 짝이 중국식 변기 속으로 아차 하는 사이에 흘러들어가 버렸다. 내가 중국식 변기의 구조를 보고는 이런 일이 있을 줄 예상을 했었다. 40위안 주고 산 지 며칠밖에 안 됐는데… 비는 그쳤다. 구군과 함께 장갑을 사러 자이언트 자전거 대리점을 찾아 뻰관을 나섰다.

기와 이름이 **와당?**

54km를 달려 링링구零陵區에 도착했다. 구이린은 아직 200km 정도 남았다. 길이 이런 상태라면 비자 연장을 신청할 수 있는 날까지 도착 못할 건 뻔했다. 계속된 라이딩에 피로가 쌓여 오전을 달리고 나면 지쳐서 더 이상 갈수 없을 정도가 되었다. 오르막 내리막이 반복되면서 몸은 점점 지쳐가고 있었다.

달리면서 그나마 내게 기쁨을 주는 것은 이 지방의 전통가옥에 덮인 기와였다. 기와를 한 장씩 그냥 무심히 얹어 놓은 것 같은 지붕이었다. 그게 이상하게 내 마음에 들어서 셔터를 누르곤 했다.

농촌 길가에는 그 지방 농산물을 농민이 직접 팔고 있는 곳이 많다. 수박 한 개에 샹과 4개를 12위안을 줬다. 너무 싸서 한 상자를 다 사고 싶었다.

옅은 황토색 벽돌 위에 서까래가 보이고 용마루도 직선이 아니라 손으로 그은 것처럼 비뚤비뚤하다. 이는 일부러 곡선을 준 것이 아니라 재료에서 오는 현상인 것 같았다. 어쨌거나 나는 그 아름다움에 팔려서 사진을 찍고 나서 한참 동안 서서 구경을 했다. 그러다보니 구군은 더 오랜 시간 나를 기다려야 했다. 그런 구군에게 물었다.

"저 기와 이름이 뭐여?"

"와당이에요."

와당? 와당이라 그건 아무래도 기와집을 이야기하는 것 같은데. 나는 기와의 종류와 이름을 알고 싶었던 것이다. 더 이상 물어 보아야 구군에게는 나올 수 있는 대답이 없을 것 같았다.

드디어 **구이린**에 **도착**하다

링링구를 출발, 45km를 달려 아침을 먹으러 식당으로 들어갔다. 말이 아침이지 시간은 12시를 넘기고 있었다. 밥을 시켜 놓고 앉아 있는 데 소나기가 쏟아진다. 라이딩 의지가 확 꺾인다.

"구군아, 버스 타고 가자."

내일을 비자를 신청할 수 있는 마지막날로 나는 계산해 놓고 있었다. 길은 160km 정도 남았지만 이 상태라면 내일 아침까지 들어갈 방법이 없다. 한국의 누나에게 부탁한 물건이 구이린의 '노지방유스호스텔'에 전화를 해 보니 이미 도착해 있었다. '지난 월요일에 보냈습니다.' 하고 생질에게서 문자가 왔더니 내가 가기도 전에 물건이 먼저 도착한 셈이다. 감기가 떨어지지 않아서 여기서 몇 번 약을 사 먹었으나 효과가 신통치가 않았다. 그래

영릉으로 가면서 지난 도시인데 한 개업집에서 폭죽을 터트린다. 화약 연기가 자욱하고 그 소리는 전쟁이 터진 것 같았다.

구이린 버스정류장에서 도착.

서 의사인 생질에게 부탁을 하면서 다른 것들도 몇 가지 보내라 했었다. 그게 온 것이다.

밥을 먹고 버스정류장으로 다시 2km쯤 달렸다. 구이린까지 요금은 일인당 40위안에 자전거 운임 20위안을 더 달란다. 합이 120위안이다. 구이린까지는 3시간 정도 걸린단다. 160km에 세 시간이라!! 산길이다 보니 그럴 것이다. 그 차를 타자고 했더니 구군이 "구이구이" 하면서 자신을 따라 오란다.

응, 그래 아무래도 자기 나라니 무슨 수가 있겠지.

녀석이 간 곳은 정류장을 나와서 대로변이었다. 거기 서서 구이린 가는 차를 세우는 것이었다. 첫번째 차도 헛방, 두 번째 차도 헛방, 날은 덥다. 땀은 삐질삐질, 세 번째 차가 오자 차장과 무어라 이야기 하더니 내게로 쫓아왔다.

"120위안 달라는데요 어쩔까요?"

땀만 흘리고 힘만 빼다가 결국 120위안을 주기로 하고 차에 올랐다. 자전거 짐 다 풀고 그걸 좁은 버스 아래 화물칸에다 여자 차장이 일일이 넣고 구군과 남자 차장은 자전거 두 대를 눕혀서 싣느라고 땀깨나 흘렸다. 차가

도로 복판에 떡하니 서 있지만, 지나는 차도, 차 안의 승객도 누구 하나 불평하는 사람이 없다. 중국은 말이 없다. 멋있다, 중국아.

버스에 자리가 두 개 있어서 우리는 떨어져서 앉았다. 차는 완행이어서 가다가 손님을 태우고 내려 주고 했는데 통로에다 작은 의자를 놓고 사람들이 타면 앉히고는 했다. 구군이 그래도 분한지 차비를 줄 때 차장과 약간 트러블이 있었다. 중국으로 넘어올 때에 톈진행 배 안에서 만난 조선생에게 버스에 자전거 싣는 값도 줘야 하는 거냐니까 "안 줘요." 했는데 북경과 여기는 3,500km 떨어져 있는 곳이다.

중간 정류장에 들렀을 때 화장실을 다녀오니 구군 옆자리가 비었다. 그래서 '사람이 내렸나?' 하니 내 자리를 자기 옆으로 옮기란다. 옮기고 앉아 있으니 원래 있던 사람이 다시 탔다. 구군의 자리가 없어진 것이다. 내 자리에 앉아 있던 사람이 자리를 비키려 하니 구군이 '그대로 앉아 있으세요.' 하면서 자기가 통로에 앉았다.

구이린이 가까워질수록 특유의 산세가 나타나기 시작한다. 구이린 버스 정류장은 시골 버스정류장처럼 작고 허술했다. 우리는 자전거 짐을 꾸려 놓고 크게 웃으며 하이파이브를 했다. 구이린은 우리가 목표한 지점이고 우리가 헤어져야 하는 지점이다. 나의 중국 자전거여행이 이별의 모퉁이를 돌아서는 지점이기도 하다. 우리는 노지방유스호스텔을 찾아 구이린 시내를 가로질렀다.

06.22.
월요일

구이린의 야경

오전 10시 구이린시 공안국에 도착했으나 문이 닫혀 있었다. 아무리 살펴봐도 왜 문이 닫혀 있는지에 대한 설명이 없다. 마침 옆에 우리와 같은 목적인 듯한 사람들이 보이기에 물었더니 중국어를 한다. 그럼 아니잖아? 중국인이 여권 연장을 신청할 리는 없으니까. 비자 신청? 부부인가? 여자가 내게 말을 걸더니 토요일부터 오늘까지 '할러데이'란다.

우리는 잠시 머물다 김이 새서 돌아왔다. 밥부터 먹자. 그리하여 찾아간 것이 호스텔 뒷길에 있는 식당이었다. 나의 밥 타령에 구군이 몇 군데를 뒤져서 찾아낸 곳이었다. 근데 이 집이 맛도 좋았을 뿐만 아니라 값도 구이린의 물가에 비교해서 싼 집이었다. '심봤다'와 하는 방식이 달라서 반찬 종류는 많지 않았으나 음식이 더 다양한 집이었다. 물론 그때부터 나는 단골이 되었다. 구군도 매우 흡족해 했다. 우리는 눈빛을 맞추고 웃음을 띠며 하이파이브를 했다.

"노 구이 하오츠. 히히히.(안 비싸다. 맛있다.)"

그날부터 우리는 이 집을 매일 한두 번씩은 들락거렸다. 자연히 주인과 종업원들과도 친해져서 우리가 밥이 먹고 싶다면 밥이 없어서 국수만 팔다가도 새로이 밥을 해 주기도 했다. 장사도 잘 되는 집이었다. 이 집에 들어가 밥을 먹으며 우리는 옆 슈퍼에서 찬 맥주를 사다가 마시기도 했다. 옆집은 슈퍼로 냉장고에 든 시원한 맥주를 파는 집이었다. 내가 얼음처럼 시원한 맥주가 맛있다는 것을 구군에게 몇 번이나 주입시켰기 때문이었다. 그가 맥주를 사오면 나는 품평을 했다.

"노 빙(안 시원하다)" 혹은 "빙"하면서 엄지를 내리거나 쳐들었다.

이런 모습에 처음에는 구군이 당혹해 하더니 얼음처럼 찬 맥주를 몇 번 먹어보더니 그 맛을 알아서 냉장고에 가서 제일 안쪽의 것을 꺼내는 수고를 아끼지 않았다. 라이딩이 끝나고 땀에 전 몸으로 들어와서 시원한 맥주 한 잔을 마셔 본 사람은 그 맛에 곧 중독되기 마련이다.

그간 나는 몇 번이나 찬물이라고 돈을 1원씩 더 주고 '빙氷수웨이'를 샀지만 거의가 차다는 것과는 기준이 먼 그런 것이었다. 시골에는 냉장고가 없는 상점도 있었다. 며칠째 이 집 동래관에서 밥을 먹으며 옆집에 가서 맥주를 사와서 한두 병씩 마시고는 했는데 내가 이상해서 물었다.

"이 집은 맥주를 못 팔아?"

왜냐하면 이 집 냉장고에도 각종 음료수와 맥주가 있는 것 같았기 때문이었다.

"아니요. 팔아요."

"그럼 왜 이 집 것을 안 먹어?"

"슈퍼가 더 싸고 여기는 시원하지 않아서요."

그때부터 주인 눈치가 슬슬 보이는 것이다. 근데 주인은 그런 것엔 관심 없는 것처럼 보였다.

정말로 사람이 저럴 수 있을까? 사람을 만나면 만날수록 인종이 어떻든 국적이 어떻든 사람은 다 같구나 하는 결론을 내렸는데 어떻게 저럴 수가 있을까?

물론 나는 다음날부터 돈 1위안을 더 아끼기 위해 구군을 슈퍼에 보내지 않았다. 우리가 이 집에서 맥주를 먹어봐야 끽해야 일인당 한두 병이었기 때문이다. 슈퍼는 4위안 이 집은 5위안이었다.

"아주머니 냉장고에 맥주를 좀 넣어 놓으세요."

도대체 이런 문화가 생긴 배경은 무엇일까? 물론 예전에 시안에서 만난

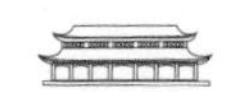

최군이 '중국에선 워낙 술집 술을 믿을 수가 없어서'라고 했지만 그것만일까? 여러 사람에게 어렵게 물어 봤지만 아는 사람이 없었다.

아침 겸 점심을 먹고 나서 구군이 말했다.

"짐 정리를 좀 하고 낮엔 쉬다가 저녁에 야경을 보러 가요."

그래 그렇게 하자. 자전거를 타지 않는다 뿐이지 시간이 아까워 그냥 쉴 수는 없었다.

저녁이 되어 어둠이 짙게 내리자 우리는 호스텔과 이어져 있는 리강공원으로 갔다. 리강공원은 리강漓江을 따라 누각을 만들고 다리를 놓고 광장을 만들어 시민들이 쉴 수 있도록 만들어 놓은 곳이다. 입장료는 없었다. 그 길을 따라가면서 구군은 외국인이면 아무에게나 말을 걸었다. 그는 모든 사람에게 친구가 될 준비가 되어 있는 사람인 것이다.

"할로우."

상대가 인사만 나누고 지나가면 그뿐이고 상대가 관심이 가는 여자이거나 대답을 하면 다음 말이 나온다.

"두 유 스피크 잉글리시?"

상대의 대답이 나오면 나에게로 데려온다.

야, 이 녀석아 내가 대체 어쩌라는 말이야?

그때부터 녀석은 흐뭇한 미소를 지으며 나를 바라보는 것이다. 그 모습을 보면 저절로 웃음이 나왔다. 구군이 여자에게 치근덕거리느냐고? 절대 아니다.

그리고 나면 분위기가 저절로 어울리게 된다. 그렇게 해서 데려온 여자가 캐서린이었다. 캐서린도 마침 리강공원을 돌고 있던 중이었다. 우리는 세 시간 정도 같이 어울려 다니며 사진도 찍고 맥주도 마셨다. 물론 길거리 벤치에서 슈퍼에서 사 온 맥주를 마셨다. 캐서린도 나홀로 배낭 여행자이

공원에서 음악에 맞춰
율동을 하는 사람들

캐서린과 함께

다 보니 물가에는 민감해서 호스텔은 맥주가 너무 비싸다며(작은 병이 10위안) 흉을 봤다. 캐서린과 이야기를 나누다 보니 그녀가 묵는 곳이 우리가 자는 호스텔 방의 바로 앞방이었다. 캐서린은 23살, 몬트리올대학에 다니는 캐나다인이었다.

시간이 조금 흘러서 혹시나, 딸 같은 아이도 여자이니 어떻게 생각할까 싶어서 "너 들어가서 자야지?" 했더니, 아니라면서 같이 들어가잔다. 이야기도 더 나누고 싶단다. 우리 셋은 서로 딴 말을 하면서도 한참 동안이나 히히덕거렸다.

구이린의 밤은 깊어가고 리강의 물결은 소리 없이 흐른다. 새들도 노래를 그쳤다. 상점의 불빛들도 꺼졌다. 오랜만에 내일이 비어 있는 여유로운 시간이었다. 누가 있어 이 시간을 어둠이라고 할 것인가.

06.23.
화요일

공안국에서 비자 연장 신청

오전 9시 30분에 공안국에 도착해 자전거를 세웠다. 구군은 장시간을 각오한 듯 자전거 옆에 자리를 잡고 앉으며 날 보고 '만만디만만디' 하면서 천천히 갔다 오란다. 공안국은 사람들로 만원이었다. 비자와 여권을 신청하는 중국인들이었다. 나는 팻말을 보고 줄을 섰다. 내 차례가 되어 여권을 내밀며 용건을 이야기하자, 서류를 주며 적어오란다. 준비한 사진을 붙이고 칸을 메우고 미심쩍은 몇 군데는 메꾸지 않고 안내에 가서 물었더니 그걸 적어주며 길 건너 여행사(?)를 가리키며 저기 가서 복사를 해서 오란다. 여행사에 갔으나 소통불능, 서로 제 말 하며 떠들다 보니 알아들었는지 복사를 해준다. 복사비는 2위안이었다. 돌아와 서류를 받은 곳에 접수를 시키니 접수번호를 내주며 인터뷰하는 곳으로 가라며 접수증을 내어줬다. 내 번호가 전광판에 들어오길 기다리면서 다시 한 번 인터뷰를 점검해 보려고 하는데 휴대폰이 없다. 헉, 이게 어떻게 된 일이야. 만인의 주시 속에 다 뒤져도 없다. 인터뷰고 나발이고 나는 서류를 들고 밖으로 뛰쳐나왔다. 내 이럴 줄 알았어, 서두르면 이렇게 된다고. 오~~젠장.

"야 추, 추~~~(그는 우리 말로는 구이지만 중국발음으로는 추이다) 야 이리와 봐. 큰났다."

내가 허둥대며 휴대폰이 잃어버렸다고 하자, 자전거를 지키며 내가 나오기를 기다리던 구군의 얼굴색이 확 바뀐다. 물론 나의 동선은 뻔하다. 하지만 내가 여행사에 가서 휴대폰 어쩌고 해서 그 사람들이 모르겠다고 하면 끝이다. 말도 안 통한다. 그래서 구군에게 먼저 간 것이다. 구군이 내 번호로 전화를 했다. 바로 전화를 받는 목소리가 들린다. 구군이 여행사로 뛰어가더니 휴대폰을 찾아왔다. 상황 끝. 지옥이 뭐 별건가? 이런 순간이 지옥이다.

다시 공안국으로 들어가서 한 시간쯤 기다려 내 차례가 왔다. 여자경찰관이 물었다.

중국어를 아세요?

팅부동(몰라요).

영어는?

이때의 나는 '네 조금'이라는 말을 쓰지 않는다. 정직하게 말하지 않는다는 말이다. 왜냐하면 그간의 경험에 의하면 저 말을 쓰고 난 다음에는 상대가 상대를 얕봄으로써 상대조차 헷갈려 하는 것을 경험했기 때문이다. 불신은 그래서 무섭다. 그녀의 영어는 속사포였다.

"나는 자전거 여행자다."

나는 버튼만 누르면 나오도록 해놓은 휴대폰을 눌러서 바이두가 기록한 나의 중국 이동경로를 보여주며 말했다. 이것이 효과가 있을지 없을지 나

공안국 풍경

는 모른다. 다만 나는 내 할 일을 할 뿐이다. 비자 연장이 처음이다 보니 나는 지나치게 긴장하고 있었다.

"나는 쿤밍으로 해서 리장으로 자전거를 타고 가고 싶다. 하지만 시간이 없다."

사실 한 달을 연장해 봐야 2,000km를 한 달 안에 쉽게 주파할 수는 없다. 하지만 그녀가 그것까진 알지 못할 것이다.

"당신 돈은 얼마나 있어요?"

칫, 어디가나 돈이다. 돈에 대한 말이 나오면 기가 살짝 죽지만 주머니를 까 보이지 않을 수가 없다. 오늘도 돈 2,000위안을 찾았다. 요즘은 돈이 그냥 술술 빠져나가는 느낌이다. 여기 있다. 카드다. 경찰관이 은행 카드 두 장을 받아 복사하곤 임시 비자증을 내어주며 여권은 7월 2일에 돈 160위안을 준비해서 찾으러 오란다.

공안국을 나와서 구군에게 가서 담배를 한 대 피우고 나서 이제 가자고 했더니 저기 여행사에 가서 휴대폰을 찾아줘서 고맙다고 인사하고 오란다. 그걸 번역기를 통해 보여준다.

그래 맞아 그걸 잊었군, 니 말이 맞다. 녀석 그럴 때는 니가 귀엽다. 나는 부리나케 쫓아가서 고맙다며 몇 번이나 머리를 조아렸다. 인사를 받는 여행사 사장과 직원이 환하게 웃었다.

인생 그런 거지 뭐, 웃다가 울었다가 울다가 다시 웃는 것 그것이 인생이 아닌가. 내일은 양숴로 간다. 거기가 지금까지 내가 못 본 이 구이린의 산수의 진수를 보여주겠지. 그러기를 나는 희망한다.

06.24.
수요일

양숴,
그리고 우룡강의 뗏목

블친님에게 구이린에 도착했다고 문자를 보냈더니 축하한다면서 '구이린을 갔으면 양숴陽朔는 반드시 돌아보셔요.'라는 문자가 왔다. 배낭 여행자이자 한때는 중국에서 사시기도 한 분의 말씀이니 양숴의 비중이 느껴졌다.

어제 잠깐 리강으로 해서 이곳저곳을 기웃거려 봤지만 나는 아직 저 산수화 속 어디에나 숨어 있던 구이린의 모습을 보지 못했다. 양숴는 책을 통해서도 그 명성을 여러 차례 들었다. 나는 그 양숴를 자전거를 타고 가는 길에, 바로 사람들이 그토록 환호하는 구이린의 산수가 있을 것이라고 속으로 계산하고 있었다. 봉우리가 3만6,000개라는데 나는 아직까지 손으로 꼽을 만큼도 보지 못했다. 그 많은 봉우리가 어디로 가지는 않았을 것이다. 그래서 굳이 자전거를 타고 가자고 한 것이다. 그 거리가 얼마이든 그 길이 자전거 여행자가 아니면 볼 수 없는 풍경들을 제공할 것이란 기대에 나는 들떠 있었다.

새벽 4시에 일어나 이것저것 정리를 하다가 5시에 구군을 깨웠다. 그냥 두면 9시, 10시까지도 세상 모르고 잔다. 어제 저녁 나는 구군에게 일찍 출발해야 하는 당위성을 설명했다. '리강 유람선을 타면 좋은 걸 누가 모르나? 구이린에서 타고 양숴까지 가도 된다. 구이린에서 양숴까지는 65km라고 바이두에 찍혔다. 배로 가면 더 빠를라나? 하지만 그놈의 산바이위안이 사람을 구속하는 것이다. '리강유람선도 우리가 타는 자전거로 도로에서 보는 산수와 크게 다르지는 않을 것이다.' 했더니 구군은 단박에 동의했다.

양쉬 입구

양쉬의 서가거리

6시 15분, 자전거가 출발했다. 얼마나 상쾌한 아침인가. 나는 지금 세상에서 사람이 가질 수 없는 보물 중에서도 아주 기막힌 한 놈을 가지러 가는 것이다. 조금 가다가 새벽 거리에 아침을 파는 가게에 들어가 바오즈와 두유를 사먹었다. 바오즈도 맛있었다. 처음 바오즈와 만터우를 먹었을 때 나는 중국 음식에 실망을 했었다.

“맛이 뭐 이래? 밀가루 냄새뿐이잖아.”

그렇게 실망했던 바오즈 앞에서도 내 입맛은 무릎을 꿇은 것이다. 세상에 믿을 놈 없다. 바오즈 4개를 더 사서 자전거에 매달았다. 바오즈 10개에 두유 2잔, 총 15위안을 지불했다.

구이린에서 양쉬로 가는 G321번 국도는 군데군데 공사 중이어서 도로 바깥쪽으로 가림막을 설치해 놓았다. 가림막 너머로 보이는 산봉우리나 가림막이나 어느 것 하나가 하나를 압도하지는 않았다. 산만한 풍경이었지만 우리는 괴성을 지르며 즐거워했다. 12시에 양숴에 도착했다. 일단 호스텔부터 잡아야 한다. 호스텔은 값이 싼 숙소를 의미한다. 그러나 그간에 다녀본 경험에 의하면 질적으로도 뻰관보다 나았고 도미토리 룸의 숙박비는 뻰관으로서는 흉내낼 수 없는 가격이었다. 다만 호스텔이 그리 많지 않다는 것이 자전거 여행자를 슬프게 하는 것이다.

양숴는 이미 번화한 도시였다. 그 옛날은 맑은 물이 흐르는 한가한 농촌이었다는 데 그 모습은 찾을 수가 없었다. 이미 양숴는 세계적인 관광지가 되어 버렸다. 거리에는 명품가게들이 들어섰고 물가도 구이린에 비해 더 높았다. 양숴 시내 어디서 둘러봐도 저 카르스트 지형이라는 독특한 산봉우리가 눈에 들어왔다.

구군이 호스텔의 현황을 내게 보여주며 어디로 갈 것인가 물었다. 나는 리강 근처를 점찍었다. 양숴 입구를 벗어나 리강 근처의 숙소로 갔다. 호스텔이었다. 허나 도미토리룸은 이미 없었다. 다른 방은 200~300위안이다. 나가려 하니 호스텔 주인이 '양숴가 처음이지요?' 하더니 오층에 한 번 올라가 보란다. 오층까지 올라갔다. 양숴가 한눈에 보였다. 호스텔 주인의 얼굴에 자부심이 가득했다. 한바탕 사진을 찍고 내려와서 다음에 와서 사진

리강 강변

을 찍어도 되겠느냐니까 그렇게 하란다. 탱큐.

우리는 다른 호스텔을 찾아 리강 강변을 달렸다. 호스텔에 들어갔다. 가격은 합이 80위안, 헌데 구군이 밖에 잠시 나갔다 오더니 다른 데로 가잔다. 이미 흥정도 다 해 놓았고 어디에 가든 그 가격 이하로는 힘들다. 그건 구군도 잘 알 것이다. 근데 이 녀석이 왜이래? 어쨌거나 그를 따라 간 곳은 삔관이었다. 70위안이란다. 호스텔 흉내를 낸 삔관이었지만 흉내뿐이다.

"왜 그랬어?"

"거기는 방이 막혔어요."

창문이 없다는 말이다. 그는 어떤 곳을 가든지 마음에 들지 않으면 그 자리에서 돌아서곤 했다. 나처럼 스스로의 기준을 감정에 무너뜨리지 않았다. 75km를 타고 마침표를 찍고 삔관에 여장을 풀어놓고 자전거를 끌고 밖으로 나섰다. 밥도 먹고 거리를 일단 한번 둘러보기 위해서였다.

구멍 뚫린 바위, 그리고 웨량산의 개구멍

'웨량산月亮山도 한번 가보세요. 구멍 뚫린 바위가 있는 산입니다. 예전에는 그 산아래 냇가에서 동네 꼬마들이 수영을 즐기던 한적한 농촌이었어요.'

블친님이 내게 말했지만 양숴 입구에 들어선 순간 그런 동네는 이미 사라지고 없다는 예감이 들었다. 웨량산에 도착해 얼음과자 하나를 먹으며 땀을 식히는데 어떤 아주머니가 구군에게 제안을 했다. 웨량산을 정문으로 가지 않고 통과하는 법을 알려주겠다는 것이다. 개구멍을 알려주겠다는 말이다. 입장료가 일인당 15위안인데 자기는 5위안만 받겠단다.

아주머니가 행상을 하는 아저씨에게 우리 자전거를 맡겨 놓고 앞장을 서서 산길을 오른다. 납치된 아군을 구출하러 적진으로 들어가는 용사처럼 우린 잔뜩 긴장해서 아주머니의 뒤를 따랐다. '그래 이것도 재미있군.' 아주머니는 우리를 갈림길까지 데려다주고 돌아갔다. 시간이 일러서 그런지 우리밖에 없었다. 계단을 설치해 놓은 산길은 가팔랐다. 가다가 우리 앞에 가던 한 팀과 합류를 했는데 계단을 오르다 보니 얼마를 가지 않아 사람들 사이가 벌어졌다. 구군도 처지고 우리 앞에 가던 팀은 더 처지고 내가 앞장을 서서 정상까지 올랐다. 산에는 칠십대의 할머니가 빙冰 콜라를 팔고 있었다. 콜라 한 캔에 10위안, 나는 말없이 샀는데 구군이 딴지를 건다. '너무 비싸서 나는 안 먹겠어요.' 구군이 7위안까지 건네다가 '나는 안 먹겠어요.' 라며 돈을 달라고 하니 할머니가 재빨리 콜라 한 캔을 내어줬다. 하하하. 할머니 귀여워요.

웨량산 구멍 뚫린 산 위에서 본 경치는 잊을 수가 없을 것 같다.

개구멍 맛을 보고 내려온 우리에게 아주머니가 또 제안했다. 금수암을 반값에 들어가도록 해주겠다는 것이었다. 입장료에 원한이 맺혀 있던 우리

웨량산의 구멍 뚫린 바위산

웨량산에서 내려 다 본 양숴

가 그 제안을 물리칠 리가 없다.

OK. 갑시다. 그대의 부정부패에 나도 참여를 하겠습니다.

우리는 아주머니가 구해온 정식 입장권을 들고 당당하게 금수암으로 입장했다. 120위안이었다. 270위안이 들 것이 130위안으로 마무리가 된 것이다.

금수암은 석회암 동굴이다. 가다보면 뜨거운 물이 나오는 온천이 있고 진흙탕이 있었다. 본전을 생각해 우리가 그 모든 것을 한 번씩 체험한 것은 물론이다. 동굴 안에도 곳곳에 함정을 만들어 놓고 사람들을 유혹했다. '이걸 사세요, 저걸 사세요.' 하지만 우리는 자전거 여행자이고 갈 길이 까마득하다. 우리는 중국 관광산업에 별 도움이 안 된다.

거길 나와서 다시 대용수大榕樹(벵골 보리수)로 갔다. 수천년 된 나무 반얀트리를 구경하라는 것이다. 다시 60위안을 갈취당했다. 돈이 리강에 꽃잎이 날리는 것처럼 날아간다.

나무도 산도 원래 주인은 하느님이었다. 헨리 조지(미국의 경제학자) 의 이론에 따르면 원래 하느님의 것이었으니 하느님과의 계약서가 있는가?

금수암 동굴. 조명이 본래 동굴의 모습을 바래게 하는 것 같았다.

위룽허의 뗏목 뚝딱이. 수중카메라를 들고 물 속에서 찍었다.

리강 강변. 맥주 한 잔이 없을 수가 없다.

위룽허에서 수영하다.

그게 없으면 누구에게 샀던 불법이다. 원천이 불법이었으니 너희들도 무효가 아닌가.

대용수에서 나오자 온몸이 땀으로 젖었다. 대용수 건너편엔 동굴이 있고 강이 사이에 흘러서 무척 시원해 보여 거기로 가려니 또 돈을 내라는 것이다. 안 그래도 더운데 정말 머리에 연기가 살살 피어오르는 것 같았다. 내 이놈의 곳에 다시 와서 군데군데 개구멍을 만들었으면 분이 풀릴 것이다.

구군아, 강으로 가자. 이제 우리가 할 일은 한적한 강변을 찾아서 푸른 리강 강물에 땀 젖은 몸을 씻고 잠시 휴식을 취하는 것뿐이다. 우룡강의 대나무 뗏목을 부러워할 것도 없다. 그들이 흘러가는 것을 우리는 산수의 한 점으로 생각하며 오늘의 일정을 마무리하자.

하지만 위룽허遇龍河 강물에는 나 혼자 들어갔다. 왜냐하면 구군은 맥주병이었기 때문이다. 위룽허 상류에서 대나무 뗏목을 타고 내려오던 많은 관광객들이 수영하는 나를 부러워했다. 스쿠버 장비가 있었으면 잉어나 한 마리 찔러 빼주나 한 병 맛볼 수 있었을 것을.

돌아오는 길엔 대나무 뗏목을 실은 삼륜차들이 상류로 올라가는 모습이 보인다. 무동력선이니 물길 따라 하류로 내려와선 사람들을 내려놓고 뗏목을 트럭에 싣고 상류로 올라가서 다시 관광객을 싣고 물결을 따라 내려오는 것이다.

그래 위룽허의 뒷 물결은 앞 물결을 밀어내며 더불어 대나무 뗏목을 아래로 밀어주는구나.

신핑진과 상공산

양숴를 떠난다. 삔관 문을 닫아 걸고 잠에 취해 있던 아가씨를 깨웠다. 야진을 돌려받고 국수 한 그릇 말아 먹고 리강을 뒤로 하고 신핑진興坪鎮으로 간다. 구이린에서 양숴로 내려올 때는 리강을 사이에 두고 오른쪽인 동쪽 길로 내려왔는데 이제 올라갈 때는 서쪽 길로 가는 것이다.

이 길을 택한 것은 구군이 노심초사 검색한 결과였다. 양숴에서 신핑진은 27km다. 페달 세 번만 밟으면 지나칠 수도 있는 거리다. 그 길도 낑낑거리며 가다가 신핑진 못 미쳐서 수박 한 덩이 부수어 먹고(8위안) 신핑진으로 들어갔다. 신핑진 선착장에는 수많은 배들이 손님을 기다리고 있었다. 큰 배, 작은 배… 작은 배 한 척당 일인당 200위안을 달란다. 첫 단위가 점점 커지는군, 그럼 자리가 4개이니 사람을 모아서 돈을 나누면 되겠구나 했더니 그건 안 된단다. 그럼 나도 안 된다. 중국식 측소(화장실)에 가서 다시 궁리한다.

구군아, 여기를 피해 강 가장자리를 따라 가보자. 가다가 헤엄도 한 번 치고. 내 자랑 같지만 구군아, 나는 마음만 먹으면 사진을 잘 찍는단다. 그러니 강가에서도 얼마든지 좋은 사진을 만들 수 있다. 너 알지? 내 수중사진을 봤잖아. 그리하여 강변을 달린다. 배는 안 타.

절경의 강변을 따라가다 보니 인민폐 20위안짜리의 배경이 된 장소가 있었다. 사진기사가 사람을 한 사람씩 그 배경 속으로 들어가게 하여 사진을 찍었다. 나는 그 사이 사이에 도둑처럼 셔터를 눌렀다. 헌데 DSLR을 가져와 본격적으로 찍으려 하니 안 된단다. 돈을 내란다. 아니 국가에서 이 지점을 팔아먹었나? 내가 궁시렁거리며 화를 내자, 구군이 달랜다.

하하하. 그래도 그 사이 나는 다른 카메라로 다 찍었다. 이놈들아. 아쉬

전망대에서 바라본 리강. 물길이 돌아서 나간다.

울 것 없어.

절경의 산수 속을 자전거를 타고 걷는 것처럼 달린다. 리강 강변에 오니 도강을 해주는 배들과 관광객을 실은 배들이 분주하게 움직이고 있었다. 강을 건너면 구이린으로 가는 길을 질러가는 길이다. 돈 10원씩을 주고 배 위에 자전거를 싣고 강을 건넜다. 강 건너 리강 물에 다시 한 번 몸을 담그고 구이린을 향해 출발했다. 근데 길이 비포장 산길이다. 어떻게 해? 올라가야지.

한참을 땀을 뻘뻘 흘리며 가다 보니 덩치 큰 서양 여자 둘이서 자전거를 타고 가다 길을 비켜준다. 몇 마디 말을 걸었더니 대꾸조차 없다. 근데 조금 올라오다 땀을 식힐 겸 쉬고 있으니 여자들이 자전거를 끌고 올라온다. 구군이 가만히 있을 사람이 아니다. 당장에 달려가더니 쫄쫄거리며 내려가는 시냇물에 얼굴을 씻으라고 몸짓을 한다. 그러더니 한 여자와 말을 나눈다. 밤새 저 녀석이 영어를 통달했나? 내려가서 들어 보니 중국어다. 다른 한 여자도 말을 하는 데 이는 프랑스어다. 아하, 그랬었구나.

그 산길을 뒤에 따라오는 여자들을 의식하여 겁나게 밟아 올렸더니 얼마 오르지도 못하고 퍼져버렸다. 여자들은 포기하고 돌아간 모양이었다. 얼마나 올라가야 되는지도 모르는 산길을 자전거를 끌고 오르는 것은 답답했다. 햇빛은 이글거리고 땀은 비 오듯 쏟아진다.

그렇게 오르다가 산 위에 동네를 만났다. 대평大坪이라는 마을이었다. 가구 수는 얼마 되지 않았지만 아이들도 뛰어 놀고 있었다. 우리는 상점으로 들어가 물 2병과 요빙 모양처럼 만든 딱딱한 빵을 구입해(12위안) 허겁지겁 먹었다. 아직도 구이린 가는 길로 접어들려면 4km가 남았다고 했다. 그러나 그때부터 우리는 20km를 넘어 달려서야 숙박지를 찾을 수 있었다. 아마도 다른 길로 온 모양이었다. 근데 도대체 이 산마루에서 뭘 해 먹고

상공산에서 내려오다 만난 면전산 절경

사는 거야? 약초?

동네를 벗어나는데 입구에 이정표가 있다. 상공산相公山이 1km가 남았다고 쓰여 있다. 가만 있자, 상공산!!! 어디서 보고 들은 이름이다. 그래, 관광 카탈로그에 그 일출을 바라보는 사진이 바로 여기군.

"구군아, 여기 갔다 가자."

근데 이 친구가 그냥 가잔다. 그리곤 예의 원쑤의 산바이위안(300위안) 카드를 꺼내든다.

"베리 베리 구이. 산바이위안."

산바이위안? 산바이위안이 아니라 산센위안(3,000위안)이라도 볼 건 봐야 되지 않겠어. 그리고 내 예상은 '입장료가 그렇게 많지 않을 것이다.'였다. 이 친구야, 그동안 아무 말도 안 하니 내가 바보인 줄 안건 아니겠지. 일단 구군의 반대에 부딪히기는 처음이어서 무슨 다른 일이 있나 해서 얼떨결에 내리막을 내려가는 구군의 뒤를 따라 내려갔다. 그의 뒤를 따라 500m쯤 내려가다가 아무리 생각해도 이건 아니다 싶어서 구군을 불러 세웠다.

면전산을 배경으로 한 컷

"상공산이 불과 여기서 1km다. 가자."

물론 저도 나도 지쳤다. 그러나 이대로 갈 수는 없다. 근데 얼라리오?!!! 이 친구가 여전히 반기를 든다.

"노노노. 유 고 아이 히어."

그러면서 그는 나무 그늘 아래로 들어가서 자는 시늉을 한다. 그래? 그렇다면 나 혼자 갔다 온다. 내가 언제 다시 이 길을 올 것인가는 약속할 수 없다. 나는 오던 길 다시 올라갔다. 상공산 매표소 앞에 자전거를 세워 놓고 50위안을 주고 표를 끊었다. 그리고는 직원들에게 물었다.

"정상까지 몇 분 걸려요?"

"십분."

예상한 대답이 돌아왔다. 나 외에는 아무도 없었는데 버스가 한 대 오더니 일군의 사람들을 토해냈다. 한국인 단체 관광객들이었다. 중국에 와서 한국인 단체 관광객을 만나기는 처음이었다. 역시 구이린의 산수가 한국인의 정서와 맞아떨어지는 것인가. 흐린 날씨라 하늘은 낮게 내려앉아 있었지만 과연 발 아래 펼쳐지는 경치는 절경이었다. 사람들은 너도나도 상공산에 왔다는 증거를 남기기 위해 사진을 찍기가 바쁘다.

근데 천하의 절경인 이곳 양쉬의 경치도 어디에서 보느냐에 따라 절경도 되고 잡경도 되는 경험을 했다. 그 절경을 만드는 포인트가 바로 신핑진과 상공산 등의 뷰 포인트인것이다. 상공산을 내려가 평지에서 카르스트 지형의 산을 보라. 절경은 간데없고 눈을 어지럽히는 풍경만이 가득했다. 이는 나무를 보느냐 숲을 보느냐 와는 전혀 다른 문제였다. 마지막 사진 한 장 더 찍고 나는 돌아섰다. 구군은 물가로 자리를 옮겨 앉아 있다가 반색을 했다.

"좋았어요?"

"좋았지. 최고였다. 입장료는 산바이위안이었어."

"아닐걸요?"

"산바이위안이야. 하하하."

돌아오는 길은 괴로웠다. 마지막 남은 힘까지 상공산을 오르며 다 짜냈던 때문일까? 숙소를 찾으러 가며 오르막이 나올 때마다 한숨이 절로 나왔다. 짐 없는 빈 자전거를 오르막을 끌고 오르기는 처음이었다. 수박 한덩이 부셔서 먹는데 너무 더워서 무슨 맛인지도 모르고 먹었다. 과육이 뜨거워.

2015년 6월 26일 구이린 면전산

중국은 관광지마다 A의 갯수로
그 관광지의 등급을 표시한다.
A 다섯 개가 가장 높은 등급이다.

종일 먹은 음식이 아침 국수 한 그릇에 요빙 닮은 딱딱한 빵이 전부였다. 배도 고팠다.

양쉬 출발 54km 지점인 푸타오마을葡萄鎮의 숙소에 들어갔다. 삔관은 70 위안이었다.

"구군아, 밥부터 먹자."

우리는 밥집을 찾아서 태양이 훤하게 비치는 오후의 거리로 나섰다.

만남이 있으면 이별을 준비한다

푸타오마을 삔관을 나와서 국수 한 그릇을 먹는데 아무래도 양이 적어서 한 그릇 더 말아 먹었다. 배가 고프면 힘을 못 쓴다.

"구군아, 너도 한 그릇 더 먹어." 했더니 사양했다. 국수를 먹기 싫었을까? 나와 만난 지 얼마 되지 않았을 때 구군은 식당에 들어가면 너무 신중하고 느려서 내가 난감할 지경이었다. 이건 어떠냐? 저건 어떠냐? 어차피 말해봐야 모르는 것을 녀석은 어쩜 그리 끈질기게 묻든지 그래서 나는 녀석이 내 의견을 듣기 위해 오는 기색이 보이면 무서워서 말도 꺼내기 전에 내가 먼저 결론을 내렸다.

"니가 알아서 해라."

음식은 무엇을 가져와도 좋았다. 안 먹어본 음식이면 그래서 좋고 먹어본 음식이면 전에 먹었던 것과 비교해 볼 수 있어 좋으니 나쁠 게 없었다. 국수를 먹고 우리는 수박 한 덩이(7위안)와 요빙 5개(5위안)를 자전거에 묶고 푸타오마을을 출발했다.

이제 구이린까지는 40km 남짓 남았다. 오늘은 바쁠 것도 없고 기다리는 사람도 없다. 이리 기웃, 저리 기웃하면서 어느 새 원박원공원까지 왔다. 이 공원의 입구에서 보는 구이린의 산수가 너무 아름다워서 양쉬로 내려가면서 들렀다 가자 했더니 "돌아올 때 보셔요." 해서 그냥 지나쳤던 곳이다. 근데 입장료를 보니 120위안이다. 구이린 시민은 20위안에 입장이 된단다.

원박원공원

구군을 앞서 보내고
구이린으로 들어오다
리강공원에서

그러니 우리 둘은 해당 사항이 없는 것이다. 결론이야 간단하게 났다.

"꾸이.(비싸다) 안 들어가."

공원은 대개 무료입장이었는데 이건 사설 공원인가? 어쨌든 순전히 자연이 만들어 놓은 것도 아니니 별로 아쉬울 것도 없었다.

공원을 지나 나는 동네로 방향을 잡았다. 하지만 그렇게 아름답게 보이던 산세가 더 가까이 갔는데 카메라를 들이대고 싶은 생각이 전혀 들지 않을 만큼 그림이 변하는 것이었다. 이런 경험이 이날이 처음이 아니었다. 면전산의 절경에 감탄했다가 그 장소에서 내려와 다른 곳에서 그 산을 봤을 때도 같은 느낌이었다. '그렇군, 절경도 보는 위치에 따라서 잡경이 될 수도 있구나.' 아마 이 세상 모든 사물이 그러할 것이다. 사람도 거기에서 벗어날 수 없다. 누구에게는 사랑하는 사람이고 누구에게는 역겨운 사람이 되는 것도 바로 그러한 이치일 것이다.

구이린 가까이 와서 잠시 쉬는데 구군이 갑자기 생각이 났는지 걱정을 한다.

"오늘이 토요일이라 방이 있을지 모르겠어요."

헐, 그렇다. 전화해서 예약해라.

전화번호 모르는데요.

바이두 검색해 봐. 그래서 짐을 맡겨 놓은 노지방유스호스텔에 전화를 했더니 두 시간 안에 들어오란다. 나는 구군을 선발대로 먼저 보내고 뒤따라갔다. 바쁠 것 없이 이곳저곳 살피며 가는 한가한 길이 오늘따라 더 귀중하다는 생각이 들었다. 이제 구군과도 헤어질 시간이 다가왔다.

쿤밍행 기차표와 중국의 화장실 문화

"일요일에도 기차표 매표는 하지?"

"합니다."

구군과 같이 구이린역을 찾았다. 구이린역은 삼중으로 철책을 둘러놨다. 몸 검사, 표 검사, 다시 엑스레이 검사. 검사. 검사. 검사. 그 문을 통과하지 않고는 아무도 역 대합실로 들어갈 수 없다. 표를 끊는 것도 마찬가지다. 출구와 입구가 다른 것도 물론이다. 출구를 찾아 들어가서 물어 물어 줄을 서서 기다리다가 내 차례가 되어 가니 예매는 3일 전부터 한단다. 그것도 직원 한 명을 불러와서야 소통이 되었다. 기다리던 구군의 얼굴이 찡그려진다. 그는 역 주변에 있던 사람들에게 묻기 시작했다. 병은 자꾸 나발을 불어야 한다. 그래야 제대로 된 처방이 나올 수 있는 것이다.

사람들이 알려준 매표 대행사로 가니 여기선 전국철도가 60일 전부터 예매를 할 수 있다고 쓰여 있다. 279.5위안(53,000원). 쿤밍까지의 침대칸 요금이다. 거리는 1,200km 시간은 20시간이 걸린단다. 자전거를 보내는 가격도 저 정도가 될 것이다. 지난번 시안까지 앉아서 10시간을 오면서 한

복파산에서 내려다 본 구이린 시. 500만이 넘는 인구가 사는 대도시이다.

고생을 생각하고 일찍 침대칸을 예약했다.

표를 끊고는 리강으로 나갔다. 이 리강이란 강 이름은 내가 중국의 최종 목적지로 삼은 리장과 글자도 발음도 같다.(중국 발음으로 강은 장이다) 복파伏波 공원(일인당 30위안)으로 가서 전망대 정상으로 올랐다. 구이린 시내가 한 눈에 들어왔다. 역시 경치는 높은 곳으로 가야 한다. 동굴도 있었다. 석회암이 녹아내려 기묘한 무늬를 만들어내고 있는 공원, 수목들… 아아, 중국엔 한 도시에 이런 공원이 몇 개씩이나 널려 있으니.

우리가 매일 들리는 식당인 동래관에서 처음으로 화장실을 찾았더니 주인 아주머니가 안내를 하겠단다. 안내를 하겠다면서 전동오토바이를 타란다. 식당에서 화장실을 가며 오토바이 타기는 처음이다. 200m쯤 가서 볼일을 봤다.

중국의 식당에는 화장실이 없다. 심지어 쿤밍의 옥박물관에도 화장실이 없었다. 몇백 명을 수용할 수 있는 식당에서도 화장실을 찾으면 식당과 십리나 떨어진 곳에 있는 공용화장실로 안내를 한다. 한번은 그런 화장실을 갔다가 돌아오면서 식당을 찾지 못해 헤맨 적도 있었다. 쿤밍 시내에서 화장실을 갔다가 중국의 전통 화장실을 만났다. 칸막이도 없는 화장실에서 사람들이 볼일을 보고 있었다. 소변기와 대변기는 최신의 도기이고 수세식이었다. 요금은 3각. 이해가 되지 않는 부분이었다. 별로 좋아 보이지 않는 문화다. 그 광경을 보면 내가 인간의 영역에서 추락하는 느낌이 드는 것이다.

이별은 아직도 익숙해지지 않는다

그동안 지나다니며 공원이 있는 줄 알았지만 시간날 때 보려고 남겨뒀던 치싱七星공원을 가기로 했다. 입장료가 75위안. 합이 150위안이었다. 아마 구이린에서 돈을 내고 보는 마지막 경치가 될 것이다. 입장권을 끊으며 자전거를 어찌할까 물으니 자기들이 알아서 자리를 하나 마련해 준다. 관광객들이 많이 몰리는 곳이면 니가 알아서 해라 하고 돌아보지도 않지만 손님이 적은 곳은 자기들이 답답해서 자리를 마련해 주는 것이다.

찬바람이 확실하게 나오는 동굴 앞에는 주민들이 모여서 한담을 나누고 있었다. 석회암 동굴, 우거진 숲, 구이린 시내가 한 눈에 내려다보이는 산정상, 리강과 동굴도 이어져 있고 산속의 오목한 분지는 무협지에 나오던 기암괴석이 즐비한 심산유곡을 시내 한복판으로 옮겨 놓은 듯하다. 나는 이 모든 곳을 다니면서도 착잡한 마음을 숨길 수 없었다.

리강에 들어간 나의 모습

리강의 해방다리 아래 시민들이 쉬고 있다.

나는 사람을 만나 정이 들기 시작하면 이별을 떠올리고 이별을 준비한다. 순순히 상처를 입지 않겠다는 보호본능이다. 부모님, 형제, 친구, 애인, 그렇게 수많은 이별을 했음에도 불구하고 이별은 아직 익숙하지 않다.

구이린유스호스텔에서 만난 캐서린이 리강공원에서 나에게 물었다.
"당신은 구군과 헤어지는 게 슬프냐?"
"그럼 슬프지."

캐서린이 다시 구군에게 같은 말을 물었다. 그랬더니 이 녀석이 미소를 띄우며 대답을 유보하는 것이었다. 헐, 이 녀석이, 하하하. 그래 그게 내 마음이 편하다.

장비 점검

컴퓨터의 메모리 용량이 걱정이 되어서 한국서 가져온 500기가짜리 이동저장장치로 사진을 옮기려고 노트북에 꽂으니 노트북이 인식을 못한다. 그렇다면 1테라바이트짜리 저장 공간을 임대해서 쓰고 있는 네이버의 N 드라이브에 올려보자. 하지만 이내 포기했다. 올라가는 속도가 너무 느려서 지금까지 찍은 사진을 올리려면 아마도 나는 한 달 동안을 컴에 붙어 있어야 할지 모른다. 500기가짜리는 7년 전에 사서 한참 동안 쓰다가 쳐박아둔 것이었다. 이 장치의 코드를 안 가져와서 한국에 부탁해서 몇 번이나 발걸음을 하게 만들었는데 그것도 도로아미타불이 되었다.

구군과 저장장치를 사기 위해 전자상가를 찾았다. 500기가짜리가 350위안, 400위안을 부르다가 결국 300위안에 낙찰이 되었다. 한국과 가격 차이가 없다. 다행히 컴에 걸어 그간 찍은 사진을 옮기자 한 시간 정도 걸려서 완료가 되었다. 다음은 찢어진 여름 쫄바지 구멍을 메우기 위해 동네 수선집을 찾아서 누벼달라고 했지만 재봉틀에 오버로크 기능이 없어서 그냥 일직선으로 왔다갔다 박고 5위안을 지불했다.

저녁에는 컴을 켜니 충전등이 들어왔다가 나갔다가를 반복한다. 차라리

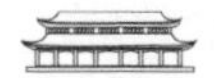

여기서 고장이 나는 것이 내게는 좋다. 중국에선 그나마 고칠 수가 있지만 라오스나 네팔에선 그마저 힘들 것이란 예감이 들었기 때문이다.

5위안을 주고 쫄바지 구멍 난 곳을 메웠다.

2015년 7월

구이린 · 쿤밍 · 스린 · 다리 · 리장

호도협 · 쿤밍 · 라오스 루앙 프라방

07.01. 수요일 이별주를 마시다

동래관에 들러 아침밥을 먹고 전자 상가로 갔다. 장치를 산 집으로 가서 충전이 안 된다고 이야기했지만 주인은 딴청만 부린다. 구군이 조금 기다리다가 컴을 들고 나와선 딴 집으로 갔다. 이 컴은 한국제이기 때문에 부품이 없단다. 그렇게 몇 집을 건너간 곳에서 선뜻 뒷 뚜껑을 열고 주물럭거리더니 고쳤단다.

충전기 코드를 한쪽 방향으로 고정을 해야 충전이 되는데 다 되었다고? 그런데 구군이 되었다고 나가잔다. 그래? 20위안 지불하고 나왔다. 호스텔로 돌아오니 역시 안 된다. 코드가 맞는 게 없어서 충전기가 고장인지 받아들이는 컴쪽이 고장인지도 모르는 판국이다. 한국에 있는 친구한테 전화해도 답은 마찬가지였다.

오후에 구군에게 한국식당을 검색하라고 해서 한국인이 운영하는 가게를 예약을 해 놓았다. 오후 4시 구군과 나는 식당으로 향했다. 구군에게 특별한 추억이 될 수 있지 않을까 해서였다.

삼겹살(1인분 40위안)에 냉면을 시키고 김치도 시켰다. 소주(30위안)도

밥을 먹고 남은 밥과 반찬을 들고
삔관으로 간다. 다음날 한 끼는 거뜬하다.

세 병을 마셨다. 처음 들어갈 때는 손님이 우리뿐이더니 얼마 지나지 않아 한국인 관광객들이 하나둘 모여 가게가 가득 찼다. 식당 이름은 경상도집. 구이린에 들어와 장사를 한 지가 십년이 넘었단다.

그렇군요. 백인백색, 사람들마다 온갖 사연을 간직하면서 살아가고 있지요. 술값 밥값해서 240위안을 지불했다. 여행 중 먹는 데 처음 쓴 거금이었다. 2차가 없을 수 있나. 돌아오다 동래관에서 맥주 세병을 마셨다.

구이린 **컴퓨터 상가**의 **작태**

다시 충전이 안 되는 노트북을 들고 거리로 나섰다. 어쨌든 여기서 어떻게 해야 할지를 결정해야 하기 때문이었다. 백화점 전자상가를 찾았다. 가는 곳마다 부품 타령이다. 한국에 있는 친구와 여러 가지 상황을 점검해 보다가 노트북을 한 대 사야 한다는 결론이 났다.

고장은 대수롭지 않을 것이나 컴을 한국에 보내 수리를 해서 다시 보내는 것은 너무 시일이 걸리기 때문이었다. 여행경비를 걱정할 상황이 아니었다. 하루도 거를 수 없는 여행일기는 내게는 중요한 일인데, 한 달 두 달을 일기 없이 지낸다면 여행의 의미마저 퇴색돼 버리고 말 것이다. 어제 일도 겨우 기억해내는 데 며칠이 지나면 말 그대로 까마득한 옛날 일이 되기 때문이다. 그렇다면 사는 수밖에 없다. 이런저런 사정을 알고 있는 친구가 결론을 내렸다.

"노트북 한 대 사야 된다. 그 수밖에 없다."

백화점 내의 삼성전자를 찾아가 맞춤한 노트북 가격을 물으니 6,000위안 가까이 된다. 우리와 차이가 없다. 근데 자판이 영문이다. 중국인용이

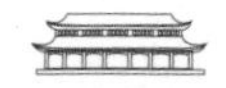

다.

"한글 자판을 구할 수 없어요?"

없단다. 그렇다면 한국에서 사서 부치는 수밖에 없다. 근데 돈을 내가 보낼 수 없다. 계좌이체를 시키려면 한국 전화번호를 그대로 가지고 있어야 하는데 내 번호는 정지를 시켰고 나는 중국번호를 쓰고 있어서 번호가 다르다면서 기계가 거절을 하는 것이다. 그런 사정을 말했다.

"돈이 문제가 아니잖아. 그건 내가 사서 보내면 된다."

친구가 말을 끊고는 어디로 어떻게 보내야 되느냐면서 상의를 하고 있는데 구군이 삼성전자의 컴을 취급하는 대리점 사람들과 이야기를 해보고 노트북을 들고 이리저리 뛰더니 내게 왔다.

"고칠 수 있답니다. 그런데 430위안을 달라는 데요."

"그러면 고칠 수 있대?"

쓰바이든 오바이든 고치면 그게 가장 좋은 수다. 얼마의 시간이 지난 후 컴퓨터가 왔다. 충전이 이상 없이 된다. 흠, 기술이 없으면 부품 타령을 하는구나. 우리는 땡땡하게 충전이 되는 컴을 들고 삼성전자 숍을 빠져나왔다.

후기 여행이 끝나고 노트북을 손보려 친구에게 갔더니 뒷뚜껑을 열어놓고 내게 물었다.

"SSD 메모리 8기가를 넣어 놨는데 없다."

중국에서 수리하던 기사가 4기가 짜리 한 개를 슬쩍한 것이다. 새로 샀던 500기가 짜리 외장하드도 몇 번 쓰고 나자 고장이 나서 그대로 가져와 이 친구에게 복원을 부탁했더니 이것도 짝퉁이란다. 나는 웃고 말았다. 그때 내가 지불한 430위안도 터무니없는 값이었을 것이다.

나는 구군을 데리고 백화점 내의 선글라스 파는 집으로 갔다. 내가 쓰던 선글라스를 양숴에서 잊어버린 것을 알고 있는 구군이 내 것을 사는 줄 알고 따라 들어왔다.

"니 마음에 드는 것을 하나 골라라."

녀석이 펄쩍 뛴다. 녀석은 라이딩 중에 다리가 부러진 고글에 흰 반창고를 붙여서 다녔다. 근데 며칠이 안 가서 다른 부분이 또 부러져버렸다.

"이제 버려라." 해도 녀석은 또 흰 반창고로 붙이고는 급할 때 한 번씩 쓰다가 이번에는 내가 들어간 은행에서 은행원 아가씨와 대화 중에 알이 빠져 버렸다. 여행원이 웃음을 참는 것이 보였다. 그래도 그는 버리지 않고 본드로 붙이려고 노력하는 중이었다. 라이딩에 고글은 필수다. 다행히 나는 고글은 아니지만 다른 것이 하나 있어 그걸로 버티기로 했다. 백화점의 것은 마음에 들지 않았는지, 가격이 비싸다고 느꼈는지 그는 나를 밖으로 불러내었다.

"딴 데 갑시다."

"가격은 신경 쓰지 말고 니 맘에 드는 걸 골라라."

거기서 나와 두 군데 자전거 숍을 들렀다가 선글라스를 하나 골랐다. 50위안이었다. 그는 그 이상 가격의 선글라스는 사치라고 여기는 것이 분명했다.

동래관 식당으로 가는 길에 나는 그를 벤치에 불러 앉히고는 경비에 보태 쓰라면서 돈 500위안을 주머니에 넣어주었다. 우린 이제 이별을 해야 하니까. 그러면 그가 호스텔을 나갈 때 받는 야진 100위안과 합쳐 600위안이 된다. 그는 거절을 했지만 그때 그 돈밖에 못 준 것이 생각할수록 부끄럽다. 아이고, 이놈아, 내가 어쩌다가 이런 쫄때기가 되었나.

동래관에서 밥 먹고 시장가서 샹과 3개(10위안)와 시과(7위안) 1개를 샀다. 샹과 2개는 내가 가져가서 기차에서 먹을 것이고 나머지는 구군과 먹을 것이다. 우리는 아무 말 없이 돌아와 침대에 누웠다. 뭔가 말을 해야 했

지만 아무말도 못했다. 구이린의 밤은 깊어가고 비 오는 소리가 귓가를 때린다.

이별 그리고 쿤밍행 기차

아침에 일어나 우리는 눈도 한번 마주치지 않고 침대에 누워서 멀뚱하게 시간을 보내다가 밥을 먹으러 동래관을 찾았다. 아침밥을 먹고 차오판(14위안) 두 개, 도너츠를 닮은 빵 다섯 개와 물 1.8L짜리 한 병을 샀다. 기차에서 먹을 음식이다. 쿤밍은 구이린에서 기차로 스무 시간이 걸리는 길이다. 기차에서 파는 음식은 비쌀 게 뻔하고 먹을만 한 게 있을지도 불안했기에 샀다. 동래관 주인아주머니가 몇 가지 다른 먹거리를 가면서 먹으라고 같이 넣어주며 말했다.

"이로핑안一路平安."

밖에는 추적추적 비가 내리고 있었다. 이별은 언제나 적막한 산길의 모퉁이를 돌아가는 것처럼 쓸쓸하고 인생이 무엇인가라는 성찰을 하게 한다.

호스텔로 돌아와 묵묵히 짐을 싸고 밖으로 나섰다. 오후 1시, 자전거에 짐을 장착하고 있는데 중년 아저씨 한 분과 여학생, 호스텔의 직원이 나와서 이것저것 물었다. 답은 구군이 알아서 했다. 모두 나를 보고 엄지손가락을 치켜들더니 같이 사진을 찍잔다. 사람들이 옆에 와서 어깨동무를 하고 자신들의 휴대폰에 나와 함께한 모습을 담는다. 오늘은 나도 그냥 헤픈 웃음을 흘리며 찍힐 수만은 없다. 구군아 우리도 함께한 사진을 한 장 남기자.

구이린역의 철책. 중국은 역마다 이런 식이다.

"렛츠 고."

구군이 한마디를 남기고는 앞서서 나간다. 나는 그 뒤를 따른다. 뒤에 남은 사람들은 그 모습을 찍으려고 분주하다. 젠장 이별은 우리가 하는데 바쁜 사람은 따로 있군. 비오는 구이린의 거리를 달려서 구이린역에 도착했다. 근데 구군이 먼저 화물접수처부터 들린 후 내게 왔다.

"오늘 부치면 6일이나 8일쯤 받을 수 있대요."

헉, 이건 또 무슨 말이야? 시안에선 같은 기차로 와서 바로 받았다. 나는 구군을 불러서 "거기는 화물로 보내니까 당연히 2~3일 걸리겠지. 나와 함께 기차를 타면 같이 가지 않겠어?"라면서 아는 체를 했다. 시안은 같은 기차로 갔지만 구이린은 시안과 달랐다. 결국 화물접수처로 가서 264위안을 주고 접수를 시켰다. 기차표와 비슷한 금액이다. 요즘 내가 아주 통이 커졌다. 뭔가 했다하면 몇백 위안은 기본이다. 하지 않을 수 없는 일이지만 몇백원에 대한 공포도 누그러졌다. 화물접수처 직원이 말했다.

"이삼일 뒤에나 받아 볼 수 있어요."

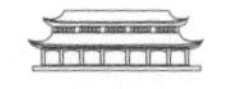

자전거가 없으면 나는 어떻게 해야 할까? 자전거는 내가 의지할 수 있는 유일한 것이다.

구군이 내게 오더니 역 대합실로 들어가 있으란다.

너는? 여기서 헤어지나?

아니오. 나도 따라 들어갈게요.

그래 임마, 우리 남자끼리지만 한 번 가슴이라도 뜨겁게 맞대고 헤어져야 할 것 아냐.

대합실에 들어가 앉아 있으니 구군이 삼중의 철책을 뚫고 들어왔다. 세 번의 검사를 합격한 구군이 들어왔다. 그는 북구이린역으로 가는, 가지 않을 기차표를 사서 들어 온 것이다.

그는 '잘 가요.' 하고 몇 번 부둥켜안고 나갔다가 다시 돌아왔다. 그리곤 내 옆에 앉은 사람들에게 콜라를 뇌물로 바치고는 나를 한 번 더 특별히 부탁했다. 한궈런이고 중국말을 모르니 잘 좀 해 달라고 자식을 먼 길 떠나보

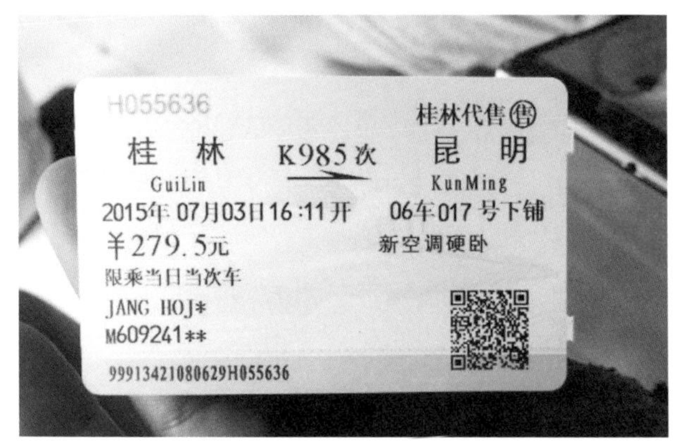

쿤밍행 기차표. 타는 사람의 이름까지 적혀 있다.

내는 어머니처럼 행동했다. 내가 잘 먹는 중국장아찌도 두 병을 사 와서 가방에 넣어 주었다.

나는 수많은 이별을 했다. 다시는 볼 수 없는 영원한 이별에서부터 때로는 이별 통고를 받았고, 때로는 내가 이별 통고도 했다. 그렇게 살아오며 받은 상처와 내가 주었던 상처가 고스란히 내 것이 된다는 것을 나는 또 알았다. 그러니 내 상처를 누군가는 자신의 상처로서 공유하고 있을지도 모른다. 하지만 우리의 이별은 그런 이별이 아니다. 내일이 있는 이별인 것이다.

"유 히어, 아이 고."

너는 남고 나는 간다. 추봉도우야.

쿤밍행
기차 안 **풍경**

오후 4시 11분, 구이린발 쿤밍행 열차가 출발했다. 나의 좌석은 6호차 17호 하단이었다. 칸마다 좌우로 세 개씩 여섯 개의 침대가 있었다. 맞은편 침대는 사십대로 보이는 아주머니의 자리였고 그 위층은 구이린대학교에 다니는 인상 좋은 남학생의 자리였다. 그는 고향에 가는 길이라고 했다. 내가 고향까진 얼마나 걸리느냐고 묻자 16시간이 걸린다면서 말했다.

"내년에는 고속열차가 생겨서 쿤밍까지 4시간이면 갈 수 있어요."

그러면서 그는 내가 스무 시간이 걸리는 것을 자기의 잘못인 양 미안해했다.

"그래? 그러나 나는 고속열차가 필요 없어. 나는 이 기차가 좋아."

기차는 달리고 곧 아주머니와 대학생이 아래층 침대에 나란히 앉아서 대

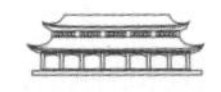

화를 시작했다. 무슨 말인지는 모르지만 그들의 진지한 대화는 세 시간이나 이루어졌다.

오누이인가? 아니면 고향 사람? 아니면 다른 어떤 관계가 있을 거야. 그렇지 않다면 저렇게 오랜 시간 진지한 대화를 나누지 못할 것이니까.

내 위층에 자는 두 사람은 친구로 같이 여행을 가는 모양이었다. 그들은 타자마자 통로 쪽에 있는 좌석에 앉아서 술판을 벌였다. 큰소리를 지르면서 빼주를 마시는 것이었다. 마시든 말든 여기는 너희 나라니까.

열차검표가 있었다. 내가 끊은 차표를 받고 카드로 바꿔 주었다. 그리곤 쿤밍이 가까워오자 다시 카드를 차표로 바꿔주었다. 열차는 3시간을 연착해서 오후 3시에 쿤밍에 도착했다. 23시간이 걸린 것이다.

남학생은 노핑老坪에서 내렸다. 그는 내리기 전인 오전에도 아주머니와 서너 시간 대화를 나눴다. 그가 내리기 전에 궁금하던 것을 물었다.

"아주머니와는 어떤 사이야?"

"처음 만난 모르는 사람인데요."

한국인들은 외국에서 내국인을 만나면 경계부터 한다. 중국인들은 남의 일엔 상관하진 않지만 어디서든 만나면 오랜 친구처럼 대화를 나누었다.

쿤밍은 해발 1,900m에 있는 인구 700만이 사는 윈난성云南省의 성도다. 거기에 나는 첫발을 디뎠다. 자전거도 없다. 쿤밍역의 인파는 어마어마했다, 14억 중국인이 다 모인 것처럼. 나는 인파에 떠밀려 역을 벗어났다.

바이두가 훔프(HUMP)유스호스텔이 2.3km의 거리에 있다고 알려준다. 바이두를 켜고 걷기 시작했다. 30분 걸으면 갈 수 있겠지. 그러나 오늘은 토요일, 호스텔은 예약을 하지 않았다. 빈방이 없으면 낙동강 오리알 신세가 될지 모른다. 마음이 바빠졌다. 택시를 타고 호스텔 근처에 내렸다. 요금은 10위안이었다. 호스텔엔 다행히 빈 방이 있었다. 10인실이었다.

"10인실인데 괜찮아요?"

4인실에서 이제 10인실로 떨어졌다.

"메이퐌시."

10인실이 주말이라고 60위안이란다. 멤버십 카드를 내서 10% 할인을 받고 이틀 분 110위안을 지불했다.

쿤밍역 대합실을 나오자마자 만난 인파

자전거 **도착**

11시쯤 메시지가 중국철도에서 왔다. 중국어와 영어다. 읽어보니 화물이 도착했으니 3일 안에 신분증을 들고 쿤밍역에 가서 찾아가란다. 금마金馬광장으로 내려가 오토바이들이 모여 있는 곳으로 갔다. 택시보다 오토바이를 이용하기 위해서였다. 오토바이도 타 봐야지.

"쿤밍역까지 얼마야?"

"스바이오위안.(15위안)"

"뭔 말이야. 어제 택시를 10위안주고 타고 왔다. 갈려면 가고 말라면 말아."

10위안에 낙찰을 보고 오토바이 뒤에 타고 쿤밍역 화물 찾는 곳에 내려 달랬더니 비행기표 끊는 곳에 내려준다. 화물 찾는 곳을 찾기 위해 이리 뛰고 저리 뛰다가 결국 차렷 자세로 근무를 서고 있는 무장경관에게 물어 화물 찾는 곳을 찾아서 자전거를 찾아 숙소로 돌아왔다. 건물 3층까지 짐과 자전거를 다 옮기고 나니 온몸이 땀범벅이 되었다.

이곳 훔프유스호스텔은 제법 규모가 크다. 거기다가 나는 10인실에 들었다. 4인실에 있을 때는 사람들이 서로 인사도 하고 말도 건넸지만 10인실에선 서로 소 닭 쳐다보듯 한다. 호스텔의 직원들도 투숙객들이 많아서 그런지 고객들을 봐도 인사가 없다. 이곳 호스텔의 고객은 대부분 서양인들이었다. 지금까지 숙박한 호스텔에선 외국인 투숙객들과 동양인들이 만나면 서로 인사를 했었는데 이곳에 자는 동·서양인들은 그런 것도 없었다. 사람이 많으면 오히려 소통이 줄어든다. 잔인한 개인이 되어버리는 것이다. 호스텔에 비치된 팸플릿을 가져와 어떤 곳이 있는지를 살펴보고 난 다음 내일의 일정을 잡아본다.

쿤밍역

호스텔 3층 라운지에서 내려다 본 금마광장

07.06.
월요일

쿤밍은 탈북민이 가장 많이 오는 도시

내가 묵는 홈프유스호스텔駝峰國際青年旅舍은 쿤밍시의 중심가 난핑지에南屛街 건너편의 금마광장을 끼고 있다. 쿤밍역과도 2km 정도 거리여서 그런지 많은 외국인 배낭 여행객들이 중국의 다른 지역이나 인근 국가에서 쿤밍으로 와서 이 호스텔을 거쳐서 리장이나 다리大理, 샹그릴라로 간다.

또한 탈북민들은 두만강이나 압록강을 건너 중국을 가로질러 쿤밍으로 와서 라오스나 태국을 거쳐 대한민국으로 들어가는 길을 가장 많이 이용한다. 중국에선 이들을 신고하면 공안에 붙잡혀서 북송이 된다. 탈북민들이 가장 두려워하는 일이다. 그러나 태국에선 일부러 경찰을 찾아가서 잡혀 재판을 받고 한국으로 오는 것이다. 대한민국에 도착하면 국정원 조사를 거쳐 하나원에서 한국 사회에 대한 적응 교육을 받고 한국에 정착한다. 공안에게 잡히지 않고 쿤밍을 넘으면 다행이지만 잡혀서 북송이 되면 쿤밍은 한 서린 깔딱고개가 되는 것이다. 쿤밍은 미얀마, 태국, 라오스, 베트남 국경이 가까운 곳이다. 새터민의 수는 현재 35,000명쯤 된다. 나는 통일된 한국을 보고 싶다. 신의주로, 중강진으로 자전거 타고 여행을 가고 싶다는 말이다.

쿤밍을 둘러보기 위해 호스텔을 나와 원통사圓通寺로 길을 잡았다. 호스텔에선 3km 내외의 거리이고 그 옆에는 취호공원이 있다. 오늘의 일정은 이 두 곳을 갔다가 다시 운남민족관을 가는 것이다. 원통사의 입장권은 6위안이었다. 그간 다녀본 곳 중에서 가장 싼 입장권이었다.

자전거를 길 건너에 맡기고(1위안) 원통사에 들렀다가 취호공원으로 갔다. 하지만 내 눈은 그 사이에 한없이 높아져 있었다. 그간에 본 곳들이 모

원통사와 운남민족관

두 중국이 자랑하는 자연환경, 문화유산들이었기 때문이다. 흠~~ 그렇군. 한꺼번에 많은 곳을 보면 이렇게 되는구나. 산해진미를 대하다가 갑자기 보리밥상을 받는 것 같았다. 아직 내 눈에는 양숴의 풍경들이 가득하니 도대체 이 일을 어찌하면 좋단 말인가.

운남민족관도 둘러보며 한두 군데 소수민족의 공연도 봤으나 중국어를 모르는 나로서는 내용을 알 길이 없었다. 하지만 도심에 그런 공원과 자연을 가지고 있는 중국이었다. 약 36km 정도를 달렸는데 그 길 전부가 가로수가 우거진 넓은 자전거 길이었다. 운남민족관은 북문에서 시작해 남문으로 들어갔는데 다시 자전거를 세워 놓은 북문으로 가려니 지나온 남문 개찰구에서 표를 보잔다. 표를 찾으니 없다. 아마도 자전거에 달려 있는 포켓 속에 넣어두고 온 것 같았다.

"없다. 자전거에 두고 왔다."

"그럼 못 들어간다."

실랑이가 시작됐다. 워낙 큰 곳이기 때문에 돌아서 가는 것은 엄두도 못

낸다. 무엇보다 나는 돈을 주고 들어왔다. 목소리가 높아지자 소통이 되는 사람을 데려왔다. 그는 내가 찍은 북문 안쪽 사진을 보고는 통과시켜줬다. 중국에선 입장권이나 기차표 등을 잘 간직하고 있어야 한다. 언제 보자고 할지 모르기 때문이다. 검표, 또 검표, 돈, 또 돈이다. 들어갈 때 한 번 준다고 끝이 아니다.

저녁에 호스텔로 돌아오니 한국인 여학생 둘이서 인사를 한다. 교환학생으로 왔다가 돌아가는 길에 여러 곳을 둘러보고 가려는 길이라고 했다. 글쎄, 중국에 와서 한국인과 대화를 나눈 것이 몇 마디가 되나? 이들과 헤어져 방으로 들어와 있으니 옆 침대로 여학생 둘이 짐을 가지고 들어왔다. 중국 아이들인가 싶어서 한국말로 소리 내어 중얼거렸다.

"너거들 어디서 오는 길이고?"

'중국 아이들이야?' 하고 물어 보려는데 먼저 "한국 분이세요?" 한다.

하이고 반가버라.

그래 너거들 어디서 왔노?

광저우요.

광저우?

네, 거기서 교환학생으로 있다가 돌아가는 길에 리장과 다리를 구경하려고요.

그래? 나도 거기 간다. 마침 해도 지고 목도 마르다.

"너거 맥주 한 잔 할래?"

"넵, 좋아요."

그러면서 자기들은 내일 아침에 간다고 휴지와 신라면을 꺼내 내게 준다. 받고 가만있을 수는 없다 육포 두 개 꺼내 주고 호스텔의 라운지로 나와서 자리를 잡고 맥주를 사러 호스텔 내에 있는 레스토랑으로 갔다.

맥주 3병 줘.

병맥주 작은 것 3개가 나왔다.

45위안입니다.

엥? 어제 10위안에 한 병 먹었잖아?

그때는 해피타임이라고 맥주가 싼 시간이고 지금은 골든타임이에요.

별 거지 같은 시간도 다 만들어 놓았군. 가난한 여행자는 이럴 때 서럽다. 췟, 사러갈 수도 없다. 여기는 바깥 음식들을 반입할 수 없다. 여학생들은 기다린다. 맥주 한 병이야 금방 바닥이다. 다 마시고 나니 한 여학생이 쪼르르 달려가더니 맥주 세 병을 사왔다. 그것도 금방 바닥이 나고 내가 갈 차례다.

"맥주 3병 줘."

"이젠 작은 건 없는데요."

"큰 병은 얼만데?"

"20위안이요."

점입가경이다. 그렇다고 아직 어린 여학생들에게 여기는 비싸니 바깥으로 나가자 할 수도 없었다. 해외여행이 나의 돈에 대한 개념을 확 바꾸어 놓았다.

고국의 여학생들

아침에 또 한 여학생을 만났다. 이 여학생은 혼자 배낭여행을 왔다가 나를 보고는 반색을 했다.

"한국분이세요?"

동포를 보고 외면하는 사람도 있는데 먼저 인사를 한다.

“앗 반가워. 언제 왔어?”

삼개월 비자를 받아 왔는데 연장 신청을 해 놓고 기다리고 있는 중이란다. 만만찮은 학생이었다. 서로 간에 이야기를 하다 보니 궁금하다.

“맥주 한 병 할까?” 했더니 “넵.” 한다. 맥주 한 병씩만 마시고 어제 저녁을 떠올리며 밖으로 나왔다. 슈퍼에 가서 빙삐주 캔을 4개 사서 금마광장 화단 울타리 경계석에 앉아서 이런저런 이야기를 나눴다.

“나는 명승지가 싫어요, 입장료도 비싸고. 그래서 촌으로 다녀요.”

“그래? ”

스물여섯 청춘이 이런 말을 한다. 이 여학생은 남달랐다. 핫팬츠에 탱크탑이 아니라 긴 바지에 수수한 옷차림이었다. 이름이 순규란다. 맥주 4캔이 바닥 나고 다시 내가 맥주를 사러 슈퍼에 들렀다가 과일을 흥정하고 있는데 옆에서 “한국분이세요?” 하는데 돌아보니 또 한 여학생이 활짝 웃는다. 솔이였다.

솔이와 순규

"그래 니도 혼자가?"

"아니요. 여기에 한 친구가 오려 했는데 비행기가 연착이 되어서 기다리고 있는 중이에요." 한다. 솔이는 중국말도 잘 했다.

"그래, 그럼 같이 가자. 여기 광장에서 배낭여행 온 여학생과 맥주 한 캔 하고 있다."

"그럼 내 맥주는 내가 사 갈게요."

"마, 여기 있다. 이거 같이 묵자."

"그럼 그래요."

솔이와 같이 순규가 기다리는 곳으로 가서 즐거운 시간을 가졌지. 하하하.

이 홈프유스호스텔에서 나는 10명의 한국 여학생들을 만났다. 방학을 맞아 여행을 왔거나 이제 돌아가려는 여학생들이었다. 중국에 들어와 여기까지 오는 동안 나는 한국인들을 거의 만나지 못했다. 더구나 여학생이 혼자서 여행하는 것을 본 것은 처음이었다.

엄밀히 말하면 순규는 여학생이 아니다. 졸업을 하고 취직을 했다가 자기와 맞지 않아 장사를 시작했는데 그도 시원치 않아 세계를 둘러보러 나왔단다. 순규는 스물여섯, 솔이는 스물셋. 솔이는 활달한 성격에 시원시원한 학생이었다. 꽃다운 나이의 젊은 청춘의 고민과 열정이 가득했다. 이들은 모두 서울의 소위 명문 사학 출신들이었다.

07.08.
수요일

휴대폰 **침수**

어제 휴대폰을 변기에 빠뜨렸는데 바짝 말렸다고 생각해서 스위치를 켰더니 디바이스의 온도가 높아 디바이스를 보호한다면서 스스로 끈단다. 고장 났다는 말이다. 이걸 어떡하나? 순규도 중국어를 할 줄 아니까 이야기해서 좀 도와달라고 해야 하나? 하지만 순규는 어제 하루 출발을 늦추었다. 다시 일정에 부담을 주고 싶지 않았다.

그러다 생각난 것이 한국인 남자였다. 그와 나는 서로 지나치며 가벼운 목례를 했을 뿐이다. 이 친구는 이 호스텔의 유일한 한국인 남학생이었다. 내가 그에게 말을 걸지 않은 것은 그가 어떤 여학생과 같이 온 것이 아닌가 하는 오해를 했기 때문이었다. 둘이서 노는데 눈치 없이 끼어들지 않는 장점을 나는 가지고 있다. 하지만 이제 어쩔 수 없다. 그는 여기 유학생으로 중국어도 잘했다. 여기서 살고 있으니 지리도 잘 알 것이다. 나는 그를 찾았다. 마침 그는 발코니의 의자에 앉아 있었다.

"나 좀 봅시다."

나는 그에게 사정을 설명하고 도움을 요청했다. 그러자 그는 망설임 없이 "알겠습니다. 제가 안내하겠습니다." 하고 시원하게 말했다. 순규가 자는 방으로 가서 이층 침대에 자는 순규에게 "몸조심해서 잘 다녀라. 밥도 잘 찾아 묵고, 나는 사정이 이래서 지금 나가야겠다." 하며 악수를 하고 자전거를 끌고 나왔다. 그도 자전거를 끌고 왔기 때문이었다. 그는 쿤밍에 살고 있었다. 삼성서비스 앞에 두 사람의 자전거를 묶어 놓고 들어가 휴대폰을 맡기니 오후 1시쯤 찾으러 오란다(수리비 100위안). 어디 가서 시간을 보내야 했다. 우리는 아침으로 쌀국수 한 그릇씩 먹고 그의 집으로 갔다.

그는 같은 학교에 다니는 오십대의 학생과 중의학을 공부하며 같이 살고 있었다. 나이는 서른아홉이었다. 그 집에서 룸메이트가 해준 점심을 먹고 다시 삼성전자로 갔다.

이렇게 만난 그와 내가 또 인연을 이어나가게 될 줄이야. 그날 저녁 그와 시장 바닥에서 술을 한 잔 하는데 마침 솔이도 친구를 만나 근처에 있어서 합석을 했다. 밤이 깊어가는 쿤밍의 시장에서 우리는 떠들고 웃으며 맘껏 한국말을 지껄였다. 내가 그러니까 장영창씨에게 제안했다.

"어차피 한국에 들어가기 전에 한 달여 간 여행을 계획해서 다리와 리장으로 가기로 했다면 스린石林도 함께 갑시다. 자전거 타고 말입니다."

나는 사람을 좋아한다. 여자에게나 남자에게나 하는 짓이 똑같다. 이건 물론 나의 분별없는 성격 탓이다. 누구를 좋아하면 나는 금방 속을 다 털어놓는다. 그런데 이게 여자들에게는 다른 뜻으로 비칠 수도 있다. 분별이 없는 것이다. 오해를 받을 수도 있다. 그러지 않기를 바라지만.

중의학도 **장영창**

호스텔을 찾아 온 장영창씨와 아침으로 국수 한 그릇 말아 먹고 난핑지에를 거쳐 재래시장으로 다시 까르푸로 해서 쌍탑거리 옥박물관을 둘러보고 그를 따라 그가 다니는 학교의 부속병원을 구경하고 호스텔로 돌아왔다. 내일은 그와 함께 스린을 가기로 약속을 했다. 그도 한국으로 돌아가기 전에 쿤밍 주위를 돌고 싶다기에 자전거 여행을 제안한 것이다.

07.10.
금요일

스린으로 가는 길

오전 7시 자전거를 끌고 금마광장으로 내려와 장영창씨가 오는 방향에서 기다리는데 길이 엇갈려 그는 훔프 3층까지 올라갔다가 다시 내려왔다.

"밥을 먹고 출발하는 것이 좋지 않겠습니까? 어떡하시겠습니까?"

장영창씨의 언어 습관이다. 나지막한 톤으로 깍듯한 존댓말로 언제나 상대방의 의사를 묻는다. 급해도 목소리 톤이 변하지 않는다. 비속어나 욕은 전혀 쓰지 않았다. 망나니처럼 성질 꽤나 부리며 살아온 나에겐 신선하게 느껴지는 부분이지만 그만큼 응대하기가 쉽지 않은 사람이다. 그는 항시 웃음 띤 얼굴에 남을 배려하는 것이 지나칠 정도다. 쌀국수 한 그릇 먹고 금마벽계광장을 출발했다.

그의 자전거는 200위안(38,000원)을 주고 인터넷에서 구입한 것이라고 했다. 기어도 없는 자전거였다. 은근히 걱정이 되는 부분이었다. 과연 저 자전거로 오르막을 칠 수 있을까? 앞장은 내가 섰다. 바이두가 있기 때문이었다. 쿤밍은 700만이나 사는 대도시다. 그 도시의 길을 장영창씨가 다 알 수는 없다. 도시를 빠져 나올 때는 나의 바이두에 의지해 장영창씨가 내 뒤를 따랐지만 시외로 접어들자 곧 그의 본색이 드러났다. 오르막을 오르는 그의 종아리는 이만기의 그것과 흡사했다. 나는 헉헉거리며 그의 뒤를 따랐다. 나는 그를 불러 세웠다.

자기 스피드를 유지하지 않으면 오르막을 오를 때는 더 힘이 든다. 20km쯤 달렸는데 장영창씨가 뒤로 처지더니 부르는 소리가 들린다. 빵구가 났단다. 허나 그의 자전거는 튜브의 공기 주입구가 나와는 다른 방식이었다. 동네 사람들에게 물어서 2km쯤 다시 터덜터덜 돌아가서 5위안을 주고 빵구를 때웠다. 수박 한 덩이(15위안)와 바나나를 사서 자전거 뒤에 싣고 다시 출발.

그리고 5km쯤 갔는데 뒤에서 또 부르는 소리, 이번엔 체인이 벗겨졌다. 농기구 수리 가게에 들어가서 공구를 빌려서 뚱땅뚱땅. 그래도 4번이나 더 벗겨졌다. 다시 페달을 고정하는 나사가 풀어져 삐걱삐걱, 그렇지만 그는 용케도 기어도 없는 자전거로 오르막을 지그재그로 잘도 오른다.

스린으로 가는 길은 산악지형이었다. 오르막 내리막, 처음 출발하고 시외로 나와 10km쯤 달렸을 때 나는 오늘이 쉽지 않은 날이 될 것이라고 예감했다.

"저는 괜찮을 것 같은데요."

그는 물론 장거리 라이딩이 처음이다. 아직은 라이딩을 만만하게 볼 것이다. 하지만 만만의 콩떡이다. 하루이틀, 한 달, 두 달을 계속해 보라. 하하, 세상에 쉬운 건 없다.

길은 갈수록 험악해져서 고개를 넘을 때는 자전거를 끌어야 했다. 80km쯤 지나자 나는 거의 이를 악물었다. 바이두에는 스린까지의 거리가 86.7km로 나왔지만 내 경험상 100km 정도는 가야 스린에 도착할 것이다.

이날 95km를 달려 스린에 도착해 삔관을 잡았다. 50위안짜리였지만 새

농기구 가게에서
공구를 빌려 자전거
수리를 했다.

스린 직전

건물이었고 방도 깨끗했다. 밥을 먹으러 식당에 들러서 맥주 한 병을 시켰지만 그것도 다 못 먹을 만큼 나는 지쳐 있었다. 그러나 장영창씨는 아직도 100km는 더 달릴 수 있을 것 같은 분위기였다.

스린 풍경

아침에 일어나 타이어에 바람을 넣으려고 자전거를 살피니 공기 주입구의 마개가 없었다. 어제 같이 들어 온 중국인 라이더 세 명의 짓인가? 아니면 호스텔에 자는 사람들이 빼갔나? 아무래도 정황상 훔프유스호스텔에서 빠진 것 같았다. 자전거를 타는 학생들이 빼갔을 것이다. 괘씸한 넘들. 거기다가 공기 주입구가 삐뚤어져서 바람이 들어가지 않았다. 자전거를 끌고 시장 안 빵구 가게를 찾아 준비해 온 튜브를 바꿨다. 5위안 지불. 바오즈(8위안)와 자두(5위안)를 사서 자전거에 싣고 쌀국수 한 그릇 말아 먹고 스린으로 간다.

망정에서 본 스린

망정

스린의 입장료는 무려 175위안(34,000원 가량). 이놈의 입장권에 일위안, 이위안 아낀 돈이 다 녹는다. 자전거를 세워 놓고 물 한 병 들고 들어갔다. 중국에서 돈이 뭉텅이로 들어가는 곳이 이 입장료이다. 입장료가 들어갈 때 한 번으로 끝나는 것이 아닌 곳도 많다. 들어가면 또 단위별로 나눠 놓고 손을 벌리는 것이다. 그걸 중국 인민들은 잘도 견딘다. 스린은 자연유산이다. 외국인들이 많이 입장하는 것도 아니었다. 대부분이 중국인이었다. 우리 입장에서는 이해할 수 없는 일이었다. 이른 시간인데도 스린은 사람들로 넘쳐나고 있었다. 스린의 전체를 조망할 수 있는 망정의 좁은 공간은 사람들이 너무 많아 떠밀려가는 형편이었다. 3시간 가량 머무르면서 우리는 스린을 둘러봤다. 스린은 자연이 만든 것이라기보다 자연이 만들어 놓은 것을 인간의 손이 가서 다듬은 것이 아닌가 싶을 정도로 정교해서 오히려 돌의 맛이 떨어지는 느낌이었다.

스린을 둘러보고 삔관으로 돌아왔을 때 몸은 이미 녹초가 되었다.

스린

"어떡하시겠습니까?"

오늘 출발할 것인가를 묻는 말이다. 당장 출발하더라도 오늘 쿤밍으로는 돌아가지 못한다. 나의 결정에 따르겠다는 말이다. 나에 대한 배려이기도 하다.

"내일 출발합시다."

"그러죠."

점심을 먹고 샤워를 하고 우리는 잠시 잠을 잤다. 저녁 무렵 삔관 건너편의 차오스(슈퍼)로 가서 빙삐주 두 병을 샀다. 그 집에서 담가 놓은 빼주를 한 컵 얻어서 과자 부스러기 조금 놓고 의자 두 개를 얻어서는 폭탄주를 만들어 마셨다. 길거리와 접한 계단에 앉아 먹는 것을 그도 개의치 않았다. 우리는 많은 이야기를 나눴다. 물론 서로의 정치적 성향도 확인했다. 중의학도인 그에게 이것저것 물었다.

"아직 여기 한의학시험에 통과한다고 해도 한국에선 인정을 해주지 않아요."

그가 다니는 학교와 병원은 쿤밍에선 제일이란다. 그런데 왜 다녀?

"조금 더 먼 미래를 보는 거죠. 아버지도 너무 강한 분이셔서 도무지 나를 이해하시지 못합니다."

그는 서른 아홉의 미혼이었다. 그는 학업을 계속하기 위해서는 한국으로 나가서 돈을 벌어야 해서 나가기 전에 한 달의 여행을 계획한 것이란다.

스린에 어둠이 내리기 직전 한 소년이 내게 다가오더니 불쑥 담배를 내민다. 얼떨결에 고맙다며 받았는데 쳐다보니 낯이 익은 소년이 담배를 뻐끔거리며 물고 있다.

"야, 임마, 너 몇 살이야?"

물론 한국말이다. 장영창씨가 다시 물었다.

"열여섯이야."

소년은 푸르디푸른 젊은 얼굴로 하늘을 쳐다보면서 담배 연기를 내뿜으며 대답했다. 소년은 오늘 아침 들른 쌀국수 식당의 주인 아들이었다. 자전거를 타고 온 우리들이 한국인인 것을 알고는 몹시 굳은 얼굴로 우리를 자꾸 힐끗거리기에 내가 한번 씨익 웃어 주었던 것이 전부였다. 소년은 그게 몹시 고마웠던 것이다.

가만 더듬어보니 나도 그 즈음에 담배를 배웠던 것 같다. 그런데도 나는 깜짝 놀란 것이다. 마치 그 옛날 나를 새까맣게 잊은 것처럼.

훔프로 돌아오다

아침을 먹기 위해 나는 장영창씨에게 그 소년의 집으로 가자고 했다. 소년의 집은 우리가 가야 하는 반대 방향 1km 지점에 있었다. 굳이 거기를 택한 것은 소년이 내게 준 담배 한 가치 때문이었다. 소년은 아직 가게에 나오지 않았다. 이른 아침이니 소년이 일어나지는 않았을 것이다. 우리는 미센 한 그릇씩 먹었다. 나는 우리 돈 천 원짜리에다가 우리말 한 마디를 적어서 소년의 어머니에게 소년에게 주라 부탁하고 그 집을 나섰다. 돌아갈 길이 은근히 겁이 나지만 또한 돌아가지 않을 수 없는 길이다. 돌아오는 길도 그저께와 다름없었다. 다른 것이 있다면 이제는 눈에 익은 곳들이 많아서 함부로 헛심을 쓰지 않았다는 것이다.

칠채공원을 지나며 그래도 들어가보자고 했지만 표를 끊는 아가씨들이 이미 폐장 시간(5시 30분)이 다 되어가니 그냥 겉만 보고 가시는 게 좋을

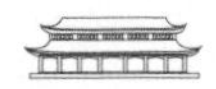

거라고 해서 그렇게 했다. 이제 정말 명승지는 가보고 싶은 생각이 없다. 하지만 조국을 떠날 때 리장의 호도협을 중국의 마지막 목적지로 삼았었다. 거기의 자연은 꼭 확인하기로 장영창씨와도 이미 약속을 해 두었다.

이날 쉬거니 닫거니 하면서 결국 93km를 찍고 훔프에 도착했다.

"우째 지난 4,000km보다 이번 200km가 더 힘든 것 같아요."

이제 내 중국의 마지막 목적지 리장의 호도협으로 가는 일만 남았다.

휴대폰을 소매치기 당하다

쿤밍에서 묵는 유스호스텔의 주인은 집 이름을 타봉이라 지었다. 허나 인터넷은 정상이 아닌 최악이었다. 방에서도, 로비에서도, 라운지에서도 인터넷은 홈 화면만 보여줄 뿐 다음 장으로 넘어가는 데 십년, 그리고 다음 장은 아예 갔다 하면 함흥차사였다. 날은 자꾸 가고 블로그에 올릴 글은 써 놓았는데 사진을 올리려고 하면 웹 포토매니저가 아예 뜨지를 않는 것이었다. 올려야 하는 것이 밀려 있으니 마음도 지저분해지고 일기도 밀려갔다. 그런 사실이 나를 초조하게 했다. 방값도 비쌌다. 그간 다녀 본 유스호스텔 중에서 가장 비쌌다. 직원들도 불친절했다. 도무지 인사를 할 줄 몰랐다. 삐주 값도 가장 비쌌다.

"아니 개뿔도 좋은 게 없는데 왜 한국인들이 이렇게 많이 모이는 거야?"

지금까지 오는 동안 한국인들을 이렇게 많이 만난 건 처음이었다. 민경이가 내 말을 받았다.

"여기가 한국 텔레비전에 소개되었어요."

그러니까 방송이 주범이란다.

구군은 연락도 되지 않았다. 벌써 몇 번이나 카톡을 날렸지만 아무런 소식이 없다. 아니 이 녀석이 삐쳤나? 내가 돈을 적게 줘서, 아니면 헤어지면 다시는 만나지 않겠다고 속으로는 음흉한 계획을 가지고 있었던 것일까? 내가 녀석을 그렇게 섭섭하게 했나? 아니면 휴대폰이 정지된 것일까? 생각하기도 싫지만 무슨 사고가 났나? 그럴지도 모른다. 그는 3일에 나를 보내고 4일 구이린을 출발했을 것이다. 구이린에서 샹강(홍콩)까지는 650km, 녀석은 자신 있게 8일을 잡았다. 구군의 계획대로라면 10일이나 11일에 도착해야겠지만 인생이 그렇게 호락하게 넘어가는 것도 아니고 그렇게 넘어가면 무슨 재미가 있을까? 그렇더라도 지금쯤은 도착하지 않았을까? 도착해서 친구들을 만나서 노느라 얼이 빠졌나?

만일에 휴대폰에 문제가 있었다면 휴대폰도 정상화시키고 지금쯤은 전화나 문자를 날렸어도 날려야 될 것이 아닌가? 도대체 무슨 일이 벌어졌다는 말인가.

구군아 내 성질 급한 것 알지? 너는 다음에 만나면, 두고 보자.

그러다가 내가 휴대폰을 잃어버렸다. 이날 아침에 장영창씨를 만나서 다음날 리장으로 가기로 약속하고 훔프로 들어와 다시 컴을 끼고 앉았다. 역시나 인터넷은 조금의 성의도 보이지 않았다. 나는 로비로 나와서 인터넷 선에다 연결을 했지만 그게 그거였다. 한국에 있는 친구와 통화를 해 봤지만 다른 곳으로 옮기는 것 외에는 약이 없단다. 전화를 끊고는 수박이 먹고 싶어졌다. 참아 왔던 수박 먹기다.

장영창씨는 과일은 있으면 맛 보고 없으면 그만인 사람이다. 그와 함께 스린을 갈때 수박 한 덩이를 사서 반은 먹고 반은 내 자전거 뒤에 싣고 달렸는데 수박이 떨어져 깨어져 버렸다. 물론 비닐 봉지 안에서다. 나는 그걸 주워서 다시 싣고 가다가 또 한 번 떨어졌는데 그 순간 장선생이 수박을 쓰레기 통속에 처박아버리는 것이었다. 살점이 떨어져나가는 아픔을 그 순간에 느꼈다. 물론 말을 하지는 않았다. 다음부터 나는 수박을 사지 않았다. 나만 좋아한다는 것을 알았기 때문이다.

그 수박이 먹고 싶어 훔프를 빠져나와 오분쯤 가면 되는 거리에 있는 솔이와 만난 과일가게로 갔다. 근데 가는 도중에 무슨 생각을 했던지 라이딩옷 뒤 주머니가 썰렁해지는 기분을 느꼈다(자전거의 윗옷은 주머니가 뒤에 있다). 그때 마침 나는 휴대폰 생각을 하고 있었다. 그게 그냥 내 기분인줄 알았다. 허나 과일가게를 나와 금마광장을 따라 중간쯤 오다가 뒤 포켓을 확인해 보고는 발걸음을 빨리 했다. 계단을 타다다다다 번개같이 뛰어올라 컴퓨터 앞을 확인하고 다시 헐레벌떡 룸으로 와서 확인해 봤을 때는 이미 찾을 수 없다는 것을 알았다. 내가 방심을 했다. 발등을 찍고 싶었다. 처음 중국에 왔을 때는 휴대폰을 대중들 앞에서는 꺼내지도 않았다. 놈은 틀림없이 금마광장을 무대로 노는 쫄때기 소매치기다. 그는 내가 이 광장을 가로지르며 가끔 휴대폰을 어디에 넣고 다니는가를 봤을 것이다. 나는 이 사실을 훔프의 매니저에게 알렸다. 컴퓨터를 할 때 옆 컴퓨터에 앉아 있던 떠꺼머리 총각도 있었고 혹시나 내가 컴퓨터 옆에 두고 간 것일 수도 있다고 생각했기 때문이었다. 내가 흥분을 해서 한국말로 떠들어대자 매니저가 이를 악물며 결연히 말했다.

"오케이, 내가 CCTV를 체크해 보겠어요."

그녀는 자그마한 몸집에 항상 웃는 얼굴로 손님들을 대하는 훔프에선 가장 높은 직급을 가지고 있는 사람이었다. 그녀는 또 유일하게 손님들에게 인사를 하며 배려를 해주는 사람이었다. 얼마 후 나는 그녀가 이끄는 대로 CCTV실로 들어가 화면을 체크했다. 금마광장에서 빼인 것이 확실해졌다. 돌아올 수 없다는 것이 확실해졌다는 말이기도 하다. 이제 내가 해야 할 일이 무엇인가? 나는 일단 장영창씨를 기다리기로 했다. 그가 왔다. 나는 사

쿤밍의 인도

광장에 모여 손가락 만한 금붕어를 낚고 있는 시민들

정을 설명하고 리장으로 가는 일정을 하루 미루기로 했다. 그리고 내가 해야 할 일을 설명했다. 휴대폰을 사는 수밖에는 방법이 없다. 산다고 끝나는 일도 아니었다. 다리고 리장이고 둘째 문제였다. 나를 아는 가까운 사람들 모두가 바빠진 것이다. 거기엔 돈으로는 환산이 안 되는 중요한 것들이 있다. 사진이며 글들. 나는 언제나 이중의 방책을 둘러쳤는데 왜 이번 일은 이렇게 허술하게 당했을까? 중국에서 가장 크게 욕을 본 것이 통신 문제였다. 드디어 오늘 그 대미를 장식한 것이다. 사진은 포기할 수밖에 없고 자료라도 살려야 한다.

휴대폰을 잃어버리는 그 순간부터 나와 가까이 있는 사람들, 그러니까 장영창씨와 박군(훔프에서 만난 배낭 여행객), 그리고 한국의 친구들, 가족들, 훔프의 직원들이 나에게 들들 볶였다. 한 사람의 부주의가 국가 간을 넘나들며 알고 있는 사람들을 괴롭힌 것이다.

"장선생, 어차피 사야 될 것 같은데 삼성대리점으로 함 가봅시다."

쿤밍의 밤은 흘러간다. 나는 시린 마음으로 잠들지 못하고 몸을 뒤척이고 있었다.

07.14.
화요일

새로 **휴대폰**을 사다

삼성전자대리점에 들러 삼성 J7이라는 기종으로 골라서 1,800위안을 지불했다. 라오스 한달 체류비로 작정했던 것이 날아갔다. 예전 것과 비교해 보면 여러 가지 기능이 빠져 있고 화질도 별로였다. 하지만 그건 문제가 아니었다. 어느 것도 예전처럼 복구가 되지 않았다. 카톡부터 열자, 카톡도 다 열리지 않았다. 한국에서 늦게 만난 사람들과 중국에서 만난 사람들은 다 날아가고 다시 불러올 수가 없었다. 이게 대체 왜 이런 거야? 장영창씨와 박군이 노심초사 이것저것 시도를 했지만 날아간 것은 어쩔 수 없었다. 나는 휴대폰을 들고 쩔쩔매고 있었다.

휴대폰 분실증명 받아 보험회사에서 기기를 보상받기 위해 매니저가 알려준 대로 훔프의 직원 한 사람을 대동하고 장영창씨와 함께 쿤밍경찰서로 가서 휴대폰 분실증명을 받았다. 보험회사 제출용이었지만 뒤에 딸에게 전화하니 "아빠 보험은 지난 11월에 끝났대요."라는 대답이 돌아왔다. 흠 그렇군 그때, '외국에 나가서 잃어버리면 어떻게 증명을 해?' 하고는 똑똑한 체하며 보험에 들지 않았었나 보구나. 결국 나는 삼성 휴대폰 한 대를 샀다. 정말 휴대폰에 이렇게 의지하는 것이 온당한 일인가? 라는 것에 대한 의문을 가지게 된 사건이었다.

*1780년 7월 13일 연암 박지원은 열하일기에서 참외 장수에게 깜빡 속은 일화를 털어놓으며 몹시 분해 했다.

해는 저물고 먼 바탕으로 연기는 자욱하게 땅을 덮었기에 다음 숙참을 위해 말을 재게 몰던 중에…… 마침 참외 밭에서 웬 늙은이가 쫓아 나와 바로 말머리에 무릎을 꿇고 앉아 서너 칸짜리 낡은 외딴집을 가리키면서

"이 늙은 놈이 단신으로 길가에서 참외 몇푼어치 씩을 팔아 호구를 하는 터인데 조금 전에 당신네 조선사람 사오십 명이 여기를 지나면서 잠시 쉬던 차에 처음에는 값을 내고 참외를 사들 자시더니만 일어들 서는 막참에는 뿔뿔이 참외 한 개씩을 가지고는 몽땅 도망질을 쳤답니다"

이러면서 눈물을 지었다. 그래서 지원이 왜 어른들에게 이르지 않았느냐니까 일렀는데도 말을 듣지 않고 오히려 참외를 얼굴에 던지고 갔다나. 그러니 참외를 좀 사주고 청심환도 한 개 주고 가라는 것이었다. 참외 도합 아홉 개를 팔십 푼을 달라해서 하인 장복의 주머니를 탈탈 털어 일흔한푼을 뜯겼단다. 숙참에 도달해서 먼저 도착한 일행에게 이 이야기를 했더니 일행은 펄쩍뛰면서

"외딴집 참외 장수 늙다리 놈은 원래가 흉물스럽기 짝이 없는 놈입니다. 서방님께서 뒤에 떨어져 혼자 오시는 걸 보고 빨간 거짓말을 꾸며대고는 건성으로 엄살을 떨어 필경은 청심환을 짜내려는 것입니다."

참외 아홉 개를 터무니없는 가격에 뜯기고 그 눈물에 속은 것을 생각하면서 대체 그놈의 눈물은 어데서 그렇게 터져나왔던고 하며 분해하니 마두(마부중의 두목) '시대'가 있다가

"분명코 그는 한인漢人입니다. 만인滿人은 그런 간악한 짓을 할 줄 모릅니다" 했단다.

- '열하일기' 중에서(보리출판사, 연암 박지원 지음, 리상호 옮김)

열하일기를 읽다가 빵 터지는 부분이었다. 미소가 슬그머니 지어지는 대목이다. 연암이야 생애 처음 당하는 일이다 보니 사람이 어떻게 그럴 수 있느냐고 분해 했겠지만 이 복잡한 시대를 살면서 알게 모르게 온갖 것에 속아 살며 이런일 저런일 몇 번 당해본 사람들에게는 뭐 그리 큰일도 아니다. 그 시대 가난한 사람들의 천진한 도둑 짓거리들이 오히려 사람을 웃게 만드는 것이다. 물론 연암도 아마 글을 써놓고 나중에 읽어 보시며 크게 웃으셨을 것이라고 나는 생각한다. 연암은 이어서 다음과 같은 일을 당한 것을 소상히 적어 놓았다.

자연에서 농사나 짓고 가축이나 키우는 사람과, 사람들 사이에서 닳고 닳은 사람의 차이다. 양반은 그 시절에도 이미 망한 명나라를 떠받드는 사대에 젖어 있었지만 민중들에게 중국인들은 모두가 되놈일 뿐이었던 것이다. 다음은 이로부터 며칠 거슬러 올라간 6월 17일 책문을 들어서서 예단을 두고 청인들과 싸움을 벌이는 장면이다.

봉성의 간악한 청인들은 언제나 품목과 수량을 더 청한다. 이것을 잘 처리하고 못하는 책임은 전부가 상판사 마두에게 달려 있다. 그이가 중국말에 능숙하지 못하여 싸움을 해 가면서라도 사리를 따지지 못하고 달라는대로 주고 보면 올해 잘못 준 것이 내년에는 전례가 되는 것이다. 그러므로 반드시 싸움을 해 가면서라도 이것을 바로 잡아야 한다. 사신들은 언제나 이런 사리를 모르고 책에 들기가 바빠서 무턱대고 일 맡은 역관들에게 재촉을 하고 역관은 마두를 재촉하게 되어 이 폐단인즉 실로 오래된 폐단이 되었다.

상판사 마두 상삼象三이가 방금 예단을 나누고 있는데 청인들이 백여명이나 둘러서 있었다. 그 가운데 한 청인이 갑자기 상삼이를 보고 고함을 쳐 욕을 퍼부었다. 득룡이는 이것을 보고는 눈을 부라리고 수염을 거슬러 가지고 앞으로 뛰어나가 그놈의 멱살을 걷어잡고 주먹을 내두르면서 모여 선 청인들 앞에서

"이 버릇없는 망나니는 지지난해는 대담하게도 어른의 털휘항(방한모의 일종)을 도적질했고 지난해에는 어른이 주무시는데 허리에 찬 칼을 뽑아서 어른의 칼집 끈을 끊어갔고, 또 내 주머니 끈을 끊다가는 나에게 들켜 내 주먹맛을 봤다. 그러고서 이놈이 나를 재생한 부모나 다름없다고 손이야 발이야 빌었는데, 이놈이 해가 바뀌고 오래되고 보니 어른이 제놈 얼굴을 못 알아볼 줄 알고 대담하고도 뻔뻔스럽게 이렇게 큰소리를 치니, 이런 쥐새끼 같은 놈은 용서없이 잡아다가 봉성장군에게 압송하여야겠다"

이렇게 외치니 주위의 청인들이 나와서 용서를 빌고 상삼이는 짐짓 참는 척 했단다.

-중략-

청인들이 끽소리 한 마디 못 하고 술술이 받아 가고 난 다음 조군이 지원에게 말하기를

"득룡이가 참 용하긴 용하단 말입니다 연전에 휘향이니 칼주머니를 잃었단 말은 다 헛소리입니다. 공연히 탈을 잡아 한 놈을 욕질로 쥐어질러 놓으면, 여럿이 무슨 영문인지도 모르고 멍멍하여 서로 얼굴을 쳐다보다가 수그러지는 법입니다. 이런 수라도 안 쓴다면 사흘이 지나도록 낙찰을 못 지을 것이요, 언제 입책을 할지 모릅니다."고 했다.

- 같은 책 1780년 6월 17일 부분

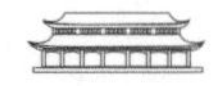

득룡이라는 상판사는 스스로 언론이 되어 대중을 선동할 줄도 뒤집어 씌울 줄도 알았던 것이다. 국내의 정치판에서도 이런 언론을 이용한 거짓 선동질은 우리가 많이 봐온 짓인 것이다. 득룡이는 하층계급이지만 양반들도 잘 못하는 중국말을 익힌 관계로 해마다 사신 일행에 끼일 수 있었을 것이다. 물론 역관들은 따로 있었다. 연암의 열하일기는 열하를 다녀 온 기행문이지만 동시에 기행을 핑계삼아 당시의 조선 사대부들과 조선의 민중들을 깨우고 싶었던 연암의 실학을 담은 계몽서이고 문학이 아닌가 하는 생각이다.

자주 가던 홈프 뒷골목의 길거리 식당에서 옆에 앉은 중국인 가족들과 합석

07.15. 수요일

다리, 리장으로 출발

다리를 가기 위해 훔프를 나섰다. 기차역으로 갔으나 박군이 패스포트가 없어서 표를 사지 못해 버스정류장으로 갔다. 박군은 훔프에서 만난 배낭 여행자였다. 그는 태권도 사범이었다. 허나 거기도 우리가 가는 방향의 버스는 없었다. 다시 밥 한 그릇 먹고 이동, 8시 50분 버스표를 구해서 다리로 출발했다. 5시간이 걸려서 도착했다. 오락가락하던 비가 다리에 도착하니 제법 내린다. 다리大理의 한자는 대리석의 대리다. 대리석이란 말이 여기서 나온 것이다. 일단 잘 방부터 구하자. 호스텔로 가봤으나 인테리어가 맘에 안 든다고 장영창씨가 퇴짜. 내가 제안했다.

"모르는 중국인들과 한 방에서 조심하느니 차라리 삔관을 갑시다."

그리하여 얻은 곳이 침대 3개짜리 호스텔, 120위안에 들었다. 일인당 40위안이다.

다리로 가는 버스

07.16. 목요일 다리고성

다리고성을 둘러보기 위해 호스텔을 나섰다. 비가 오는데도 불구하고 엄청난 인파였다. 그냥 사람들에 떠밀려서 좁은 골목길을 돌았다. 우산의 물결, 고성을 보는지 마는지 떠밀려 다니느라 눈에 들어오는 것도 없었다. 낮에는 고성을 보기 위해 이리저리 휩쓸려 다니다가 저녁에 우리는 빼주를 탄 맥주를 마셨다.

여기도 인터넷이 시원치 않아 호스텔 카운터를 빌려서 새 휴대폰에 주소록 불러오기를 시도하고 카톡도 다시 깔며 애를 먹었다. 하지만 어제 저녁에는 카톡이 사용 중지가 되었다는 문자가 왔다.

"이건 대체 무슨 일이야?"

나는 정말 방방 뛰었다. 장영창씨와 박군이 불안한 얼굴로 나를 쳐다보고 있었다. 카톡은 나와 친구, 가족들을 연결하는 단 하나의 끈이다. 장영창씨의 전화를 빌려서 한국에 전화해서 사정을 설명하고 카톡 회복을 위해 다시 뛰어줄 것을 부탁했다. 카톡이 끊기면 그야말로 나는 고립무원이 되는 것이다.

오후엔 자전거를 빌려서 얼하이호수가 주변에서 탔다. 숭성사 삼탑은 볼거야? 가난한 여행자인 우리 3인 모두 숭성사崇聖寺 삼탑은 안 보기로 결정했다.

숭성사 삼탑

"중국 곳곳에 저런 탑이에요.

얼하이호수에서 기념촬영

건축양식도 특별한 것도 없고."

장영창씨가 우리와 자신을 위로하려고 한 말일 것이다. 말은 그리하고도 모두 아쉬운지 자전거로 근처를 배회하며 사진을 몇장씩 박았다.

자전거 렌트 요금은 40위안이었지만 아마도 이번 리장여행에서 자전거를 빌린 것이 가장 신나는 일이 아니었던가 생각한다. 비는 계속 추적추적 내렸다. 자전거를 타고 가다가 만난 많은 사람들 하나같이 한국인이라면 좋은 감정을 가지고 대해 주던 것에 이상한 기분이 들었다.

얼하이호수를 돌 때 베이징에서 출발해 남지나해 해안선을 따라 여기까지 온 중국인 라이더를 만났다. 그는 쿤밍에서 애인과 함께 얼하이까지 8일이 걸려 왔단다. 우리는 얼하이호수를 배경으로 사진을 찍었다. 그의 직업은 바텐더라고 했다. 여행을 위해 일을 일단 집어치우고 라싸를 가기로 마음먹고 떠나왔다고 했다. 우리는 사진 찍기를 마치고 식당을 찾아 맥주 몇 병을 나눴다. 그는 후리후리한 키에 아주 잘생긴 멋있는 총각이었다. 그러던 그가 내 자전거 사진을 보더니 깜짝 놀라는 것이다. 왜냐하면 자전거 앞바퀴에 가방이 달려 있었기 때문이었다. 여행용 자전거를 처음 본 것 같았다. 거기다가 여행용 자전거의 가격을 장영창씨에게 물어보고는 더욱 놀라며 미심쩍어했다. 우리는 리장에서 다시 만나기로 하고 헤어졌다.

리장에서 봅시다.

그래요, 리장에서 만나요. 여기 얼하이호수에서 만난 것처럼 말이요.

모두가 자신없는 목소리로 말했다.

이날 늦게 카톡이 복구되었다며 친구에게 문자가 왔다. 한숨을 돌렸다.

07.17. 금요일 리장 도착

비는 줄기차게 내렸다. 우리는 비를 피하다가는 리장으로 갈 수 없다는 결론을 내리고 장영창씨의 결정에 따라 이날 비를 맞으며 리장으로 가기로 했다. 다리의 호스텔을 나와 시내버스로 버스정류장에 도착했다. 오후 3시, 버스 요금은 58위안, 미니버스였다. 내 자리는 운전석 옆자리. 겨우 끼어 앉아 젖은 신을 벗고 맨발로 앉아 있었다. 비 오는 도로를 달려 버스가 리장에 도착했을 때는 오후 7시 무렵이었다.

고성으로 들어가는 남측 입구에서 한국인이 운영하는 게스트하우스를 만났으나 예상대로 우리가 묵기에는 부담스런 가격이어서(시작가 200위안) 우리는 몇 군데를 거쳐 다른 곳을 숙소로 정했다. DELAMU. 우리가 묵은 중국인의 게스트하우스였다. 부자가 운영하는 집이었다. 리장고성의 게스트하우스나 상점들은 전통옛집의 형태를 유지한 채 최소한으로 개조해서 쓰고 있었다. 3인실이 없어서 2인실 한 곳(120위안)과 따로 떨어진 1인실 한 곳(40위안)을 얻었다. 주인이 손님들에게 각별히 신경을 쓰는 집이었다. 바닥은 삐걱삐걱, 문도 제대로 안 닫히는 집이었지만 안온하고 아늑했다.

다리 시내버스 안에서

다리고성

한국인들은 여행을 끝내고 떠나갈 때 여행용품을 뒷사람에게 남긴다. 대개 남는 물건을 주는 호의에서 출발을 하지만 받는 사람도 가만 있을 수 없어서 서로 주고받는다. 기분 좋은 일이다. 나 역시 장영창씨에게서 많은 물건을 받았다. 링바오에서 자스민 선생님이 구해 주려고 애를 썼던 배낭의 방수포도 그가 쓰고 있던 배낭에서 일부러 떼낸거고 자전거 자물쇠도 받았다. 내게 매우 유용한 물건들이었다.

07.18. 토요일 석청 봉변

이날도 우리는 비 오는 고성거리를 특정 방향을 정하지 않고 돌아다녔다. 낮이건 저녁이건 대개는 사람들에 떠밀려 다녔다. 중국의 14억 인구가 실감이 났다. 주말은 물론 평일도 예외가 아니었다. 기차역마다 버스정류소마다 사람들은 흘러넘쳤다. 역이나 버스정류소를 나오면 표를 못 구한 사람들을 향해 손님 끌이를 하는 사람들로 북적거렸다. 중국은 버스정류소에도 예외 없이 짐은 X-ray 검사대를 통과해야 하고 신분증을 요구했다.

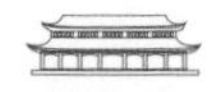

화장실도 들쭉날쭉이었다. 어떤 화장실은 정말 칸막이 하나 없는 중국 스타일인데도 불구하고 도기나 환경은 깨끗이 정리되어 있는가 하면 쿤밍남부역은 대도시의 화장실인데도 불구하고 칸막이는 다 떨어져 나가고 불결하기 짝이 없는 환경이었다. 거기다 중국 스타일이었다.

이날 장영창씨와 나는 석청 8위안어치를 사먹었는데 한 시간 후쯤 나는 배가 아파 거의 기다시피 하며 삔관으로 돌아와 끙끙 앓았다. 온몸이 땀으로 흠뻑 젖어 몸부림쳤지만 다행히 오래가지는 않았다. 삼십분 후쯤 나는 멀쩡해졌다. 끙끙 앓을 때는 이 꿀이 혹시 무협지에 나오는 무공을 몇 단계 높이는 명약이 아닐까 하는 기대를 걸었지만 그런 일은 일어나지 않았다.

물맛의 다리맥주

여기 리장에서도 나는 식당 안으로 들어가지 않고 길거리에 탁자를 펴고 앉아 밥을 먹고 술을 마셨다. 술은 언제나 빼주를 섞은 맥주를 마셨다. 여기 윈난성에서 파는 맥주 중 하나인 다리맥주의 도수가 2.5도였다. 마셔보니 내겐 물 같았다. 거기다가 주로 밥을 먹을 때 마시기 때문에 맥주만으로는 취기를 느낄 수가 없었다. 그래서 슈퍼에 가서 빼주 한 병을 사와 맥주에 타서 마셨다. 다리도 그랬지만 리장도 쿵쾅거리는 집에 들어가면 맥주 한 병이 30위안이었다. 우리는 이 물가를 피하려고 길거리 식당을 들어갈 때도 맥주값을 흥정해서 마셨다.

"8위안은 세다, 비싸다. 5위안? 6위안? 됐어요?"

물론 빼주 한 병을 들고 들어갔다.

리장고성 바닥에 깔린 돌

장쩌민 국가 주석의 글씨

비 내리는 리장고성 거리를 사흘째 돌아다니다가 호도협으로 가기로 하고, 리장고성 전체를 조망할 수 있는 만고루에 오르기로 했다. 물론 입장료는 피할 수 없다. 리장도 인구가 백만인 도시이다. 중국의 어떤 도시를 지나도 만만한 도시가 없었다. 어떤 곳을 가더라도 사람들이 모이는 곳이면 일부 공원을 제외하고 입장료라는 괴물이 기다렸다. 적은 돈도 아니었다. 차비도 비쌌다. 시내버스를 제외하고 나머지는 한국보다도 더 비쌌다. 일본인 다이버 한 명이 나와 함께 대구에서 경주로 가는 시외버스를 타보고는 싼 요금(5,000원)에 감탄해서 놀라워하던 기억이 새롭다. 만고루의 입장료는 60위안이었다.

만고루 누각 5층에 올라 사방을 내려다본다. 산들은 구름을 허리에 휘감고 있고 리장고성은 사람들을 잔뜩 품고서는 조용하다. 이제 중국의 자전거 여행 종점이 멀지 않는 곳에 있다.

07.20.
월요일

호도협과 사기꾼

호도협虎跳狹은 중국여행의 최종 목적지였다. 톈진을 출발해 어디로 가든지 나는 호도협을 가기로 마음먹었다. 충칭으로 가든, 우한으로 가서 구이린으로 가든 호도협을 가겠다는 생각을 바꾼 적이 없었다. 별다른 이유가 있는 것이 아니고 중국여행을 계획할 때 본 한 장의 사진 때문이었다. 협곡 사이를 흐르는 강물이 다른 유적지의 사진을 볼 때와는 확실히 다른 감동을 내 마음에 남겼기 때문이었다.

이제 그 중국에서의 마지막 목적지를 향해 간다. 리장 서부버스정류장에서 미니버스를 탔다. 박군은 태블릿 칩을 떨어뜨린 것을 찾아야 한다는 핑계로 남고 장영창씨와 둘이 출발했다. 좌석은 뒤쪽에서 두 번째 자리였던가? 호도협은 리장에서 버스로 두 시간이 걸리는 지점에 있었다. 이날은 다행히 비가 오지 않았다. 버스비는 45위안, 올 때 55위안이었다. 하지만 호도협에서 다시 중도협까지 몇 km를 더 가는 데 20위안을 또 냈다. 입

호도협 전경

장권은 60위안 ,15위안. 10위안. 어리둥절하시겠지만 중국은 들어갈 때 한 번 돈을 낸다고 다 낸 것이 아니다. 중호도협을 들어올 때 입장료를 내었는데도 불구하고 산 아래로 내려가는데 또 입장료라고 받았다. 불만이 없을 수가 없다. 그게 또 모두가 아니었다. 같은 곳을 내려갈 때 25위안. 올라올 때보다 10위안을 더 받는 것이다. 아무리 생각해도 이는 엉터리인 것 같았다. 그냥 좋다 하고 웃으며 지나가기엔 분통이 터지는 일이었다.

입장권도 없었다. 그냥 말로만이다. 왜 돈을 받느냐니까 올라올 때 타고 온 철제 직각계단이 바로 자기들이 설치한 것이라면서 돈을 받는다고 했다. 리장의 관계공무원에게 전화 걸어서 가부를 확인해 보곤 돈을 주겠다고 하면 혹시나 꽁무니를 뺄지 몰라도, 주지 않고 싸울 수는 없었다. 한국말로 중국어로 우리들은 고함이야 몇 번 질렀지만 그렇다고 달라질건 없었다. 기분만 더러워지는 거다.

도대체 산은 누가 만든 거야? 소유주는 누구야?

호도협에 도착한 시간은 오후 1시쯤. 우선 밥부터 먹어야 했다. 금강산도 식후경인데 호도협이라고 다를 건 없다. 우리는 출발 때부터 혼자 떠들어 차 안 사람들에게 눈총 깨나 받은 웅서熊瑞라는 중국인 친구와 밥을 같이 먹기로 했다. 왜냐하면 처음에는 혼자서 너무 떠들어 한 마디 간섭을 할

오른쪽 안경 쓴
사람이 웅서다.

까고 생각하고 있는데 그게 계속 이어지자 장영창씨가 "아무래도 머리에 문제가 있는 것 같아요."라고 했다.

물론 나중에 알고 보니 이 말은 틀림없는 말이었지만 그 말로 인해 그를 이해하고 동정하는 걸로 바뀌게 됐다. 나도 그가 조용해질 때 과자 한 봉지를 건넸다. 복도 건너 그는 내 옆자리였기 때문이었다.

그의 이야기는 끝이 없었다. 미국에 갈 때 한국을 거쳐 갔다면서 자기는 한국을 아주 좋아한다고 나발을 불면서 한국말도 몇 마디 지껄였다. '안녕하세요. 감사합니다.' 아주 정확한 발음이었다. 거기다가 차가 잠시 쉴 때 내린 그는 중국인들의 특기인 존경하는 사람에게 담배 권하기를 시작하는 것이었다. 우리는 식당에 들어가서 같은 테이블에 앉았다. 잠시도 입을 쉬지 않는 그에 비해서 그와 같이 온 친구는 아주 얌전하고 말수가 적었다. 그게 또 우리에겐 신뢰할 수 있는 무엇을 줬다.

"니 동생이야?"

나는 더스틴 호프만과 탐 크루즈가 나온 형제간의 이야기를 담은 〈레인맨〉이라는 영화를 생각해 내곤 물었다.

"아니야, 친구야."

"그래?"

밥값도 기어이 떠들던 그 친구가 냈다. 자기는 돈이 많다면서 이런 돈은 신경을 쓰지 않는다고 장영창씨가 그의 말을 통역해 줬다.

소호도협에 내려서 일단 강물 가까이까지 내려갔다. 여기도 역시 사람들이 발길에 차였다. 위룽쉐산玉龍雪山와 하바쉐산哈巴雪山의 사이를 흐르는 창강(금사강)이 호도협의 양 설산과 어울려서 장대한 풍경을 만들어 내는 곳이다.

남자라면 이 장대한 풍경에 또한 호연지기를 생각하지 않을 수 없다. 그래서 터져 나오는 무엇을 장영창씨는 고함을 질러 산을 깨웠고 나는 그걸 셔터 누르는 걸로 대신했다. 약 세 시간에 걸친 트레킹을 끝내고 내려가며 생각한 것을 제안했다.

"버스가 가는 방향으로 걸어가는 데까지 걸어가다가 탑시다."

아직 버스에 타고 있던 사람들이 다 모이려면 시간이 제법 남아 있을 것이라고 계산했기 때문이었다.

우리 넷은 운전기사에게 그리 말하고 바로 버스가 오던 길을 되돌아가기 시작했다. 마음 같아서는 며칠 묵으면서 다른 곳도 가보고 싶었지만 장영창씨의 학교 관계로 시간이 그리 많지 않았다. 우리는 사진을 찍으며 내려오다 버스에 올랐다.

호도협에서 리장으로 돌아온 사람은 우리 네 명뿐이었다. 나머지 사람들은 샹그릴라에 간다고 갈림길에서 모두 내려서 다른 차를 탔기 때문이었다. 버스기사가 투덜댔다.

"리장까지 간다고 해서 그만큼 기다렸구먼."

샹그릴라의 호수가 왜 보고 싶지 않을까마는 나는 거기서 만족했다. 리

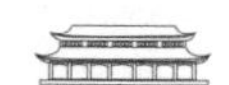

장에 내려 호스텔로 돌아가다가 우리는 식당에 들렀다. 웅서라는 중국인 친구는 그사이 떠벌린 거짓말로 인해 대단한 귀공자로 변해 있었다. 그 웅서가 모자를 비스듬히 쓰고 입을 쉴 사이 없이 놀리며 음식을 주문했다. 신선로를 닮은 큰 그릇에 돼지고기가 잔뜩 담겨 나오고 거기에 들어갈 채소들이 정갈하게 씻겨져서 나왔다. 육수가 부어지고 불이 붙여졌다.

"역시 우리하곤 노는 게 달라. 스케일이 크군."

호스텔에 있다가 전화로 불려 나온 박군이 감격하며 말했다. 장영창씨가 소개한 웅서의 내력을 대충 듣고는 뽕 간 눈치다. 왜냐하면 웅서는 자신의 아버지가 중국 공산당 윈난성지역 내에서 서열이 네 번째라나? 별이 2개이며 리장 군 간부들 중에 네 번째라나? 아무튼 어마무지한 권력을 쥔 간부란다. 한국인에겐 중국의 부패 단위는 몇 조가 기본으로 각인되어 있다. 그러니 그가 얼마나 부자일까.

웅서가 또 말했다. 최근엔 어릴 적에 정략 결혼한 아내에게 두 달에 걸쳐서 우리 돈으로 1,800만원 정도 되는 돈을 받아 썼기에 지금 자신의 주머니가 말라 있다는 것. 그래서 마누라 눈치를 안 볼 수가 없다면서 우리의 양해를 구했다. 그러면서 그는 자신의 집이 어마하다는 사실을 우리에게 거품을 물어가며 설명했다. 박군은 천재일우의 기회를 만났다고 생각한 모양이었다. 왜냐하면 그는 라싸를 가고 싶어 하는 데 거기는 허가를 받아야 한다. 그 허가를 받아 줄 수 있느냐고 웅서에게 물으니 일언지하에 걱정 말라고 말했기 때문이었다. 그런 권력이라면 그까짓 것은 새발에 피지, 암 그렇고 말고.

"그 정도야 누워서 떡먹기다."

그러면서 그는 자신이 카드가 든 지갑을 잃어버렸는데 지금 저녁 술을 자신이 사고 싶다며 같이 온 친구를 시켜 돈을 찾아오게 하여 술값을 계산하고 다음 코스는 K-TV 라는 노래방으로 가서 짜지게 한 번 놀자고 했다.

호도협은
내 중국여행에서
구이린과 함께 최고였다.

이는 내가 하도 돈 자랑을 하기에 'K-TV라는 데는 뭐하는 곳이요?' 하고 불을 질렀기 때문이었다.

하지만 우리의 장영창씨가 그 모든 것을 스톱시켰다. 장영창씨가 웅서의 친구가 돈을 찾으러 간 사이 내게 '우리가 냅시다'고 제안했고 나는 섭섭했지만 승낙했다. 그리고 우리가 거둔 회비를 내어 술값을 줘 버렸다. 그러고는 웅서의 친구가 돈을 찾아오자 계산을 했다면서 웅서의 친구에게 '이제 그만 끝내고 들어갑시다.' 하고 점잖게 운을 띄웠다. 그리하여 결국 우리는 숙소를 아직 정하지 않은 그들을 호스텔로 붙여서 들어왔다. 호스텔 주인이 좋아라 한 것은 물론이었다.

07.21. 화요일

애송이 **사기꾼**은 달아나고

다음날 아침을 건너뛰고 점심 때쯤 되자 2층에서 잔 그들이 내려왔다. 점심을 자기들이 사겠단다. 우리는 식당을 찾아가서 술부터 돌렸다. 어제 남은 빼주에 맥주를 붓고 강장제도 타고 해서 거나하게 먹고 쿤밍으로 돌아가는 버스를 타기 위해 호스텔을 나와 헤어졌다.

헤어질 때 그렇게 알짱대던 웅서가 손 한 번 마지못해 흔들고 재빨리 가는 것이 아무래도 이상하다 했더니 그는 그길로 중국인 친구의 아이패드와 돈을 들고 사라져 버렸다. 웅서의 친구는 웅서를 기다리느라 숙소에서 하루를 더 머물렀다. 물론 이는 우리가 쿤밍으로 돌아오고 나서 웅서의 친구에게 문자가 와서 알았다. 웅서의 친구는 웅서와 예전부터 아는 사이가 아니라 길에서 만난 친구였단다. 한 번만 의심했다면 단번에 알 수가 있었을 것이다. 웅서는 일상이 거짓인 친구였다. 본인은 자신의 거짓말과 참말을 구분할까?

그날 우리가 만약 웅서의 말대로 K-TV라는 집으로 가서 웅서가 돈을 낼것이다 하고 그의 농간에 따라 맘껏 놀고 나서 말마따나 수백만원이 나왔다 치자. 그 이전에 웅서는 물론 사라지고 없었을 것이다. 나의 자전거 세계여행은 개뿔이 되었을 것이고 장영창씨도, 박군도 여행을 즉시 중단하고 귀국선을 타야 했을 것이다. 그것만일까? 아마 중국 건달들에게 무지하게 얻어터지고 나서 어디에 항의도 못하는 개망신을 당했을 것이 틀림없다. 그러게, 친구를 사귀어도 사람을 잘 보고 사귀라고 했다. 이를 피할 수 있었던 것은 순전히 장영창씨의 공것을 바라지 않는 자제심 덕분이었다.

위룽쉐산과 하바쉐산 사이에는 창강의 황토물이 흐르고 인간의 내면에는 욕망이라는 찐득한 강물이 흐른다. 그 강물은 치장을 하면 자세히 보지 않는 이상 알 수가 없다. 하지만 자신을 알고 한 번 더 지혜롭게 생각해서 행동한다면 그런 욕망의 흐름에 휩쓸리지 않는 것이다. 옆을 돌아보지 않고 제 갈 길을 가는 사람이 그래서 무서운 것이다. 나는 연장자로서 한 순간 잘못된 흐름을 타고 팀을 위기에 빠뜨릴 뻔한 것이다.

라싸와 티베트는 중국 여행자 모두가 한 번씩 가보기를 원하는 곳이다. 그곳은 중국의 일반적인 풍경과는 다른 지형과 풍습과 사람들이 살고 있는 곳이라고 했다. 라싸와 티베트, 신장 위구르는 리장의 서북쪽 방향에 있다. 마르코 폴로와 이븐 바투타의 여행기에도 이곳의 풍습에 대한 짧은 기술이 있다.

침대버스의 공포

21일 저녁 8시발 쿤밍행 침대칸 버스는 11시간만인 다음날 아침 7시 조금 넘어서 쿤밍 서부버스정류장에 우리를 토해 내었다. 나는 밤새 '폐쇄공포증'을 생각해야 했다. 내 좌석은 제일 뒷좌석인 31번이었고 제일 뒷좌석

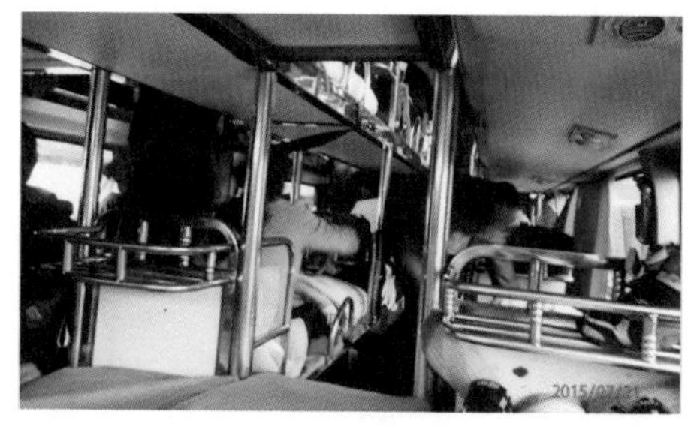

침대버스는 복도가 너무 좁아서 지나다니기에 힘들었다.

쿤밍 서부버스정류장, 그들은 기차라고 표기한다.

남부 지하철역과 버스정류장

은 몸을 조금 접은 채 다섯 명이 누워서 칼잠을 자야 했다.

거기다가 복도에는 두 사람이 교행을 하지 못할 협소한 공간만을 두고 침대를 이단으로 늘여 놓고 있었다. 말이 좋아 침대차였다. 발도 뻗을 수 없었다. 불이 나거나 전복사고라도 나면 옴짝달싹도 못하는 처지라는 것이 불을 보듯 명확했다. 나는 밤새 뒤척이다 새벽에 일어났다. 침대차를 타고 오는 11시간 중 몇 시간은 그냥 차를 세워 놓고 자거나 휴게실에 들러 생리현상을 해결하는 데에 썼다. 한밤에 차를 세워 놓고 비좁은 공간에 갇혀 자는 것은 더 끔찍했다. 훔프에 도착해 아침으로 쌀국수를 한 그릇 먹고 나는 서둘러 은행으로 갔다. 혼자 여행을 온 부산의 대안학교 교사인 윤군과 태권도 사범인 박군과 같이 갔다. 표도 사고 떠나기 전까지 여기서 써야 할 돈이 있어야 하기 때문이었다.

"대안학교는 봉급을 얼마나 주는 거야?"

내가 주제넘은 질문을 했다. 그는 곱상한 외모와는 달리 시원하게 대답했다.

"140만원 받습니다."

거의 새벽에 퇴근한단다. 그러게 뜻이 있는 사람이 아니면 하기 힘든 일일 것이다. 대안학교는 선생님들에게 일 년에 삼 개월의 휴가를 준단다.

나는 서둘러 쿤밍을 떠나기로 했다. 고국에서 내 여행일기를 따라오며 불만을 터뜨리는 친구들도 있었다.

"4개월이 다 됐다. 언제까지 중국에만 있을 거냐?"

빨리 다른 나라로 넘어가라는 말이었다. 그 말을 듣고 보니 다른 나라가 그리워졌다.

라오스 루앙 푸라방행
차표 구입

구군 전화번호를 알 수 있을까 싶어서 중국에 사는 블친인 별님이 알려 준 대로 이통을 방문했으나 시안에서 번호를 받은 것은 시안으로 가야만 통화내역을 알 수 있단다. 나라가 크니 불편한 점이 하나둘이 아니다.

두남꽃시장을 보고 싶다는 박군의 요청에 따라 장영창씨가 박군과 가는 길에 쿤밍 남부버스정류장에 들러서 버스표를 사면 된다고 해서 따라가 표를 예매했다. 25일에 떠나고 싶었는데 매진이었다. 하루에 한 대뿐인 버스였다.

26일 오후 6시 30분발 루앙 푸라방행을 끊었다. 동양의 진주라나 뭐라나. 거기를 간다니까 39시간이 걸린다는 사람도 있었고 29시간이 걸린다는 사람도 있었지만 매표원이 24시간이 걸린단다. 온갖 엉터리 정보가 돌고 있는 것이다. 나는 애초에 누구의 말도 믿지 않고 참고를 했을 뿐이다.

표를 끊는 장영창씨에게 자전거를 실을 수 있느냐고 물어보라 했더니 여직원이 잘 모르겠다고 하는 것 같았다. 내가 괜한 것을 물어보라 했구나 하

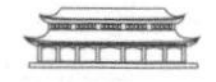

김정래군과 민경이

고 후회하고 있는데 옆에 서 있던 어떤 아저씨가 자전거는 못 싣는단다. 내가 아는 상식과 배치되는 이야기였지만 나는 아무 말도 하지 않았다. 그날 가 보면 알 것이기 때문이다. 만일 버스에 못 실으면? 딴길이 있을 것이다. 뭔 걱정. 그는 자전거는 못 실을 거라고 아주 확정적으로 말했다. 나는 그날 다른 화물이 적재되기 전에 올 것이다.

일행들과 두남꽃시장에 들러 나는 누구에게 줄 데도 없는 꽃 한 다발을 샀다. 그냥 꽃구경을 하다가 꽃이 좋아서 값을 물었더니 5콰이(900원)라기에 그냥 산 것이다.

그렇군, 이제 이런 꽃도 줄 사람이 없어. 인생이 이제 이렇게 건조하게 되어 버렸어.

그걸 들고 다니다가 훔프로 돌아와 매니저에게 주었다. 그나마 그녀는 친절했기 때문이다.

저녁엔 공무원시험에 붙어서 발령을 기다리다 여행을 온 김정래군과 민경이와 어울려 삐주를 한잔 먹었다. 김군이 다음 날 한국으로 돌아간다고 침대에 앉아 있고 마침 나도 인터넷이 되지 않아 포기하고 멍 때리고 있던 순간이었다. 그러고 있다 사람을 보니 술 생각이 났다. 그와는 훔프의 같은 방에 있었다.

"김군, 술 한잔 할까?"

그가 기다렸다는 듯 대답했다.

"넵, 좋습니다."

나중에 박군과 민경이가 우리를 찾아 합세해 먹다가 옆자리에 앉은 중국인이 만취가 되어서 한국인이 좋다고 고래고래 소리를 지르며 껴안고 하는 바람에 해롭다 싶어서 나는 사람들을 데리고 나왔다. 김군도 이미 취해서 중국인 자리에 앉아 버티고 있는 것을 손목을 잡아끌고 나왔다.

삼겹살 파티

아침에 민경이와 명희가 리장으로 떠나는 걸 전송하고 나서 박군을 깨워 가자고 했더니 '어디요?' 한다.

"며칠 전부터 초대 받았잖아, 오늘 장선생 집에서 삼겹살을 준비한댔잖아."

"아! 그래요, 깜빡 잊었네."

어제 저녁에도 한 약속이었다. 버스 타고 장영창선생 집으로 갔다. 평소 내 돈으로 고기를 사 먹으러 가 본 적이 없는 나이지만 이날은 고기가 먹고 싶었다.

"고기 얼마 줬어요?"

40위안(7,600원)이라고 했던가? 고기는 네 사람이 먹고도 남았다. 술이 빠질 수가 없다. 빼주 한 병에 삐주를 타서 홀짝거리며 먹었다. 장선생과

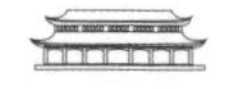

같이 있는 송선생도 아직 미혼인 50대다. 장선생의 집은 방 2개에 거실과 화장실 그리고 주방이 있는 20여평대의 아파트였다.

"여기는 얼마예요?"

"보증금 3,000위안에 월 2,000위안입니다만 여긴 싼 거예요. 베이징은 이 정도면 여기 배는 줘야 할걸요."

삐주와 빼주가 모자라 송선생이 가서 몇 병 더 사오고 그것도 모자라 인삼에다 빼주를 부은 것을 마시다 밖으로 나왔다. 빙삐주를 한 병 더 하기 위해서였다. 빙삐주 몇 병 더 마시고 버스를 타기 위해 비 내리는 쿤밍의 거리를 이동하다가 훔프 근처까지 와 버려서 다시 한 잔 더. 하지만 나는 갈수록 의식이 또렸해졌다. 여행을 시작하곤 만취를 경험하지 못했다. 시간이 가면 술을 그만 마시고 싶어지는 것이다. 그게 싫다. 취할 땐 취해야 되는데.

박군은 취해서 길게 기른 자신의 머리가 사랑스러운지 리본을 묶었다 풀었다, 머리를 뒤로 올렸다가 내렸다가를 반복하고 있었다. 장선생이 보다 못해 소리를 질렀다.

"이제 제발 머리 그만 풀어."

중국여행의 끝이 다가오고

종일 침대에 누워 지냈다. 잠도 오지 않았다. 무엇인가 끝나긴 끝났는데 공허하다는 생각이 들어서다. 밥도 먹기 싫어서 늦게서야 자주 가던 식당에 내려가 13위안짜리 밥 한 그릇을 시켰다가 밥도 남기고 올라왔다. 컴도 손에 잡히지 않아 글도 쓰지 못했다. 장선생도 이날은 훔프에 오지 않았다.

내일이면 이제 중국을 떠난다. 언제 올 수 있을지와 같은 감상에 젖어서가 아니었다. 피곤했기 때문이었다. 나는 또 가야 하니까.

굿바이 차이나, 라오스 화폐로 환전

짐을 다 챙기고 체크아웃을 하고 라운지에 앉아 있는데 장선생이 일찍 찾아왔다.

"환전을 해야 하는데 중국은행이 안 보이던데요."

"제가 알고 있으니 저하고 같이 가시지요."

아침에 나는 차이나뱅크를 찾아 동네를 헤매다가 그냥 들어왔다. 금마광장을 가로질러 난핑지에南屏街를 지나 충애忠愛광장에서 얼마 떨어지지 않은 중국은행에 가니 라오스 낍이 없단다. 은행 직원이 낍을 파는 곳을 알려주어 그곳으로 가려고 나오니 환전상들이 달려들었다. 나는 휴대폰을 잃어버리고 환율 앱을 새 휴대폰에 받지 못해서 아무것도 모르는 상태였다. 그

쿤밍 금마광장에서

훔프를 나서며

들이 제시한 금액은 175만낍. 1위안, 2위안짜리 금액을 취급하다 갑자기 백만 단위로 뛰니 기분이 이상했다. 환전상이 제시한 금액이 맞는지 확인해 볼 수도 없었다. 일단 길 건너 은행 직원이 알려주는 곳으로 가 보자. 거기는 공신력이 있을 것이 아닌가. 길 건너가니 바로 금액을 제시한다. 160만낍. 15만낍이 차이가 난다. 공신력이고 뭐고 바로 되돌아와 175만낍으로 환전했다. 남은 중국돈 1,400위안(267,000원)을 바꿨다.

훔프로 돌아오니 박군도 와 있었다. 그는 내가 오후 3시에 출발하는 것을 알고 쿤밍에 있는 한인교회에 갔다가 출발 시간 전에 돌아온 것이다. 중국은 교회는 허용해도 전도는 금지하고 있다.

오후 3시 20분, 셋이서 자전거와 짐을 3층에서 1층으로 들고 내려왔다. 묵묵히 짐을 자전거에 장착하고 사진이나 한 방 박자며 금마광장으로 나오는데 리장에서 웅서라는 피라미 사기꾼에게 아이패드와 돈을 털린 친구가 지금 금마광장에 왔다면서 만나자고 장선생에게 문자가 왔단다. 자전거를 타고 금마광장으로 나오자마자 그를 바로 만났다. 동족에게 사기를 당하고 우리에게 하소연하기 위해 찾아온 것이다.

나는 그와 사진 한 장을 찍고는 바로 출발했다. 남부버스정류장까지는 17km, 한가하게 굴 수 있는 여유가 없었다. 갑작스럽게 나타난 그 친구 때문에 분위기가 어수선해지는 바람에 다른 사람들과 인사도 제대로 못 나누고 나는 돌아섰다.

쿤밍발 루앙 푸라방행 버스

쿤밍발 루앙푸라방행 버스를 모는 기사는 첫인상이 온화함이나 지적인 면을 전혀 찾아볼 수 없는 민머리의 건달기를 푹푹 풍기는 사나이였다. 그의 파트너도 마찬가지였다. 그는 내 자전거를 보더니 돈을 받아야 한다면서 눈알을 굴리더니 100위안을 불렀다. 나는 기사의 험악한 인상에 쫄아서 돈을 깎지도 못했다. 출발 시간은 아직 한 시간이나 남아서 그런지 화물칸은 텅 비어 있었다. 자전거를 넣고 짐을 싣고 돈 100위안을 주고 나는 내 자리에 누웠다. 내 자리는 1번이었다. 두 사람이 눕는 칸이었지만 리장에서 쿤밍으로 내려올 때 탄 침대차보다는 차내 공용공간이 훨씬 넓었다. 복도를 조금만 넓혀놔도 이리 좋은 것을. 이미 24시간이 걸린다는 것을 알고 온 나는 그렇게 마음먹고 있었기 때문에 지겹지도 않았다. 내일 이 시간이 되면 나는 루앙 푸라방에 도착할 것인데 무슨 걱정이 있을까.

가는 도중에 세 번의 검문이 있었다. 애송이 군인들이 올라와 신분증을 보자는 정도였다. 히지만 탈북자에게는 지옥의 수색일 것이다. 비는 계속 내리고 차는 빗속을 천천히 어둠을 뚫으며 달렸다. 두 시간마다, 혹은 운전사 마음대로 차가 섰고 사람들은 우르르 생리현상을 해결하러 차에서 내렸다. 꼬불꼬불한 비포장 산악 도로는 뒤에서 쳐다봐도 아찔할 정도였다. 버스는 가다 서다를 반복하면서 징홍景洪(윈난성 최남단의 도시)을 지나고 멍라猛臘를 지나 모한의 중국과 라오스 국경검문소에 다음 날 아침에 도착했다. 먼저 중국 측 국경을 통과하고 다음은 라오스 입국사무소다.

한국은 라오스와 무비자 15일의 비자협정이 맺어져 있다. 침대차 안에서 유일하게 말이 통하는 스코틀랜드인 청년이 이를 몹시 부러워했다. 나는 또 염장을 질렀다.

"한국인은 태국이 3개월 무비자야."

모한의 국경 검문소. 화물을 검사하는 곳이다.

라오스 루앙 푸라방으로 가는 침대차

그는 한국의 어디에 있었냐니까 전라남도에 있었다면서 김치도 잘 먹는다고 내게 자랑을 했다.

"전라남도는 주 이름이야."

국경검문소에 도착 전 차가 휴게소에 들렀을 때 이 스코틀랜드인은 중국인들을 붙잡고 토일렛이 어디 있느냐고 몇 번이나 외쳤지만 아무도 알아듣지를 못해 고의춤을 잡고 쩔쩔매기에 내가 알려주었다.

"토일렛으로 물으면 몰라. 여긴 W.C 라고 해야 해."

그때부터 그는 나를 보는 눈이 친밀로 변했다. 중국을 3주간 돌고 라오스의 집으로 가는 길이라고 했다. 여기 휴게소(우돔사이)에서 점심을 먹으려고 식당에 들어갔다. 스코틀랜드 청년이 국수를 시킨다. 나는 그냥 같은 것을 시키기가 싫어서 남이 먹고 있는 다른 것을 가리키며 그걸 달라고 했다. 국수 값을 내가 주려고 생각하고 있다가 국수를 다 먹은 그가 콜라 한 캔만을 사서 목축임을 한다. 너야 먹든 말든이다. 이 친구는 한국에서 영어 선생을 2년이나 했다고 했잖아. 그 사이에 아무것도 못 느꼈어? 그걸 보니 그게 당연한 것임에도 국수값이고 뭐고 정이 뚝 떨어진다. 나도 가방에서 버스에서 먹으려고 산 오렌지 한 알을 꺼내 껍질을 까고 보란 듯이 혼자 먹었다. 더치페이는 아무래도 정나미 떨어지는 짓이다. 이게 요즘 보편화가 되었다는 것을 알고 있다. 나의 오지랖도 팔자다.

내 형편상 보름짜리로는 안 된다. 왜냐하면 라오스 내에서 내 일정을 잡아보니 15일로선 도저히 감당이 안 되는 것이었다. 그래서 나는 30일 비자를 사기로 마음먹었다. 일정에 쫓기면 아무것도 보이지 않는다. 15일 무비자를 덥석 받으면 비자 연장이 안 된다는 정보를 들었기 때문이었다. 정말 그럴까? 왜 비자 연장이 안 되나? 왜? 헛소문 같은데… 하지만 불안했다.

라오스 입국검문소에서 입국카드, 출국카드를 작성하느라고 시간이 많이 흘렀다. 미리 카드를 좀 주든지 이게 뭐여? 내 패스포트를 내밀며 한 달간의 비자를 원한다고 하자, 알았다면서 도장을 찍어준다. 그러면서 가란다. 이게 아닌데? 나는 30유에스달러를 준비하고 있는데 그걸 달라는 말도 없다. 운전수는 빨리 가자며 재촉을 한다. 나도 얼떨결에 운전수의 뒤를 따라 달려가며 패스포트에 찍힌 기간을 확인하니 역시 15일짜리다. 아무리 재촉을 해도 따라갈 상황이 아니다. 나는 돌아섰다. 다시 사무실로 들어가서 직원에게로 갔다.

"30일짜리로 주세요, 이건 15일짜리잖아요."

직원이 뭐라 하는데 무슨 말인지 못 알아 듣겠다. 그때부터 상당한 시간이 흘렀다. 물론 기다리는 사람들을 생각하다 보니 실제보다 더 많은 시간이 걸렸다고 생각했을 것이다. 비자 비용을 물으니 32불을 달란다. 엄연히 30불이라고 쓰여 있는데 2불은 뭐야 하고 따지니 직원이 실실 웃는다. 말도 안 통한다. 차에서 기다리는 사람들을 생각하면 더 이상 시간을 끌 수는 없다. 32불을 주고 비자를 받아 나오니 얼라리오!! 버스가 없다.

"차 어디 갔어?"

침대차 운전기사 두 명 중 한 명이 바깥의자에 미간을 잔뜩 구기고 앉아 있어 물었더니 갔단다. 그러면서 내게 손가락질을 하며 고함을 질러댄다. 욕설이다. 아니 뭐 이런 놈이 있어? 나도 화가 났다. 나도 눈을 부라리며 맞고함을 질러댔다.

"아니 내가 늦고 싶어 늦었나? 너희들이 빨리 받을 수 있도록 순서를 조절하든가 해야지 그렇다고 차가 떠나? 이 썩을 놈들아, 뭘 잘했다고 큰소리야!"

티격태격 하다 보니 녀석의 손이 올라오려 하고 치고받기 직전까지 갔다. 그렇다고 소릴 질러봐야 서로 고함소리 밖에 못 듣는다. 말이 통하지 않기에 드잡이질까진 발전하지 않는 것이다. 화가 날 땐 제 나라말로 하는 것이 좋다. 운전기사는 이럴 때를 대비해 대기하고 있던 많은 차들 중에 한 대를 가리키며 타고 가잔다. 처음부터 타고 가자 하면 될 것을 왜 고함을 질러, 망할 놈아.

라오스 국경 통과

버스는 거기서 얼마 떨어지지 않는 차량검문소에 사람들을 내려놓고 차량에 실린 짐을 검사 받기 위해 기다리고 있는 중이었다. 바쁘지도 않으면서 바쁜 척 엑셀을 밟아 기껏해야 2~3km 정도 와서 30위안을 내란다. 그것도 우리를 태워 주는 차량 기사가 가격을 결정한 게 아니라 버스기사가 결정한 것이다. 가만, 이는 아무래도 이상하다. 늦은 승객들을 위해 기다리고 있는 차들도 많았고 거리는 불과 몇 km다. 거기다 돈은 30위안이나 달란다. 이는 순전히 돈을 더 받으려고 장난을 치는 것이다. 이런 썩을 놈이, 30위안 중 절반쯤은 버스기사의 주머니로 들어갈 것이다. 니가 줘라, 이놈아.

기다리던 버스에 올라타니 나의 행방을 궁금해 하고 있던 승객들이 박수

국경 근처 라오스의 거리

를 쳤다. 사람이 없어진 내 자리를 승객들은 불안하게 지켜보고 있었던 것이다. 나는 승객들에게 미안하다고 말하며 고개를 숙였다.

이곳은 라오스의 루앙 푸라방

27일 저녁 7시, 쿤밍을 떠난 버스는 25시간 만에 루앙 푸라방에 도착했다. 자전거를 내려 짐을 장착하려는데 스코틀랜드 청년이 그때야 버스에서 내려왔다.

"어이, 이 근처 어디에 유스호스텔이 있냐?"

그가 이쪽으로 가서 다시 저쪽으로 가서 어쩌고 하며 늘어놓기에 나는 건성으로 들었다. 어차피 한국말이라도 적어 놓지 않으면 금방 까먹는다. 저리로 가면 천지삐까리로 많다는 말만으로 만족한다. 넓지도 않은 이곳에서 잘 곳을 못 찾아 잘 걱정을 할까? 스코틀랜드 청년은 6달러면 어디 가서

든 잔다고, 아주 라오스를 깔보는 듯한 이야기를 했다. 이 친구야 그렇지는 않을 것이다. 정류소를 나와 그가 말한 대로 가다가 동네 사람들에게 물어서 나는 잘 곳을 찾았다. 10불이었다. 중국의 시골 삔관보다는 환경이 좋았다. 거기다가 저 쿤밍 훔프의 인터넷보다는 백배쯤 빠른 인터넷에 만족해서 일단 다른 곳에 아무리 싼 숙소가 있더라도 여기서 밀린 숙제를 마치기로 마음먹었다. 그러고 나서 옮기든 출발을 하든 하리라.

중국을 한마디로 말하면 '중화인민공화국'이다. 다른 어떤 이름보다도 현재 중국의 성격을 대변하는 이름이다. 국가를 움직이는 방법은 민주주의와는 다르다. 그렇다고 중국은 온전한 공산주의 혹은 사회주의인가? 공산주의에서 나타나는 오류를 수정하기 위해 자본주의의 좋은 점을 수혈해야 했다. 지금의 자본주의 또한 사회주의를 내팽개치지는 못한다. 그렇게 짬뽕이 되어가는 것이다.

라오스도 사회주의 국가다. 민주주의 국가에서 사는 시민들의 시점에서는 '저기서 어떻게 살까?' 싶지만 독재도 익숙해지면 그런가 하고 지내게 되는 모양이다. 대한민국의 과거, 우리가 언제부터 민주주의를 누리는 시민으로서 살았는가. 돌이켜보시라. 라오스의 인구는 2022년을 기준으로 750만이다. 인구가 중국의 쿤밍시와 비슷하다. 라오스는 우리의 남북한보다 땅덩이가 약간 크다. 나라의 크기에 비해 인구는 적다. 루앙 프라방엔 곳곳에 ATM기가 널려 있었다. 내가 자는 게스트 하우스를 나가면 사방 50m 내에 ATM기가 4대나 있었다. 관광객이 많다는 반증이다. 중국과 확연히 다른 점은 버스정류장에서 신분증 검사와 짐 수색이 없다는 점이었다. 그것만 없는데 그렇게 편할 수가 없었다. 마치 독재에 시달리다가 방금 자유를 만난 것처럼 신선했다.

에필로그

이 여행기를 끝낼 수 있었던 것은 수많은 사람들의 도움이 있었기 때문이다. 여행 중 나와 마주친 낯모르던 사람들, 내게 물 한 모금 건네고 밥 한 끼 같이 해 주었던 사람들, 나의 가족들과 내 오랜 친구들의 모임인 라일락 친구들에게도 무한한 감사와 사랑을 보낸다. 이 친구들이 없었다면 아마도 여행을 계획대로 끝내지 못했을 것이다. 거기다가 평생을 물심양면으로 도움을 준 강재현 선생님과 거금을 선뜻 후원해 준 주식회사동성중공업의 박종대 총괄 C.E.O님께도 말할 수 없는 사랑과 감사를 전한다. 아울러 여행 동안 나의 원고를 블로그에 대신 올려준 동생 호철이에게도 고마움을 전하며 경애하는 후배 자수만커텐의 정병무 사장, 사랑하는 여동생 현주와 그 친구들, 스킨스쿠버 수중사진 동아리 '물빛'의 이석근 고문님과 오랜 '물빛' 동지인 윤정탁·김병일, 나를 먹여 주고 입혀 준 네덜란드의 Hans 강님과 박사장, 불가리아 한국 여행객의 대모 Helenne Gang님과 그 부군에게도 무한한 사랑과 존경을 보낸다.

각기 다른 나라에서 무려 5번이나 만나 여행을 풍요롭게 만들었던 자전거 여행자 조강섭군. 시안에서 만난 자전거 여행자 최현석군과 김민혁군, 쿤밍에서 만난 나 홀로 배낭 여행자인 순규양과 솔이, 중국 청년 구봉두군,

링바오고교의 영어선생님 중국인 자스민양, 쿤밍에서 여러 가지 도움을 줬던 장영창군과 태권도 사범 박군, 화산의 중국인 강씨, 라오스의 김기철 씨, 터키의 사랑하는 친구 Cem Enez·Ezgin·Engin 형제와 Pasa, 보츠와나의 lizzy Moepi, 남아프리카의 Broom Prinsloo와 그의 가족, 부산의 헌이와 여행 내내 나와 함께했던 수많은 독자들, 돈은 한 푼도 보태주지 않고 입으로만 "돈 떨어지거등 전화 하소, 보태줄텡게"라면서 뻥을 쳤던 다음블로그 왕글빨 전상순님과 내 오랜 친구인 시인 주자천님, 가져가지도 못할 일회용 라이터 200개를 선물하고 마음 졸이며 지켜봤던 고향의 선배 조귀석·조완희님, 멕시코의 Alfredo와 스위스의 Nino. 독일의 Hiller와 그 가족, 네팔의 민속촌 사장님, 이탈리아인인 Luca Greco 커플, 네팔의 포터 사그리아, 히말라야의 오스트레일리안 캠프에서 만난 범린스님, 일면식도 없으면서 후원해 주신 한스 이우영님과 다른 많은 분들, 김기승 사장님, 슬로바키아 브라티스라바에서 만난 대만인 謝鈺鋆양, 그 외 많은 사람들의 도움이 있었다.

나의 휴대폰을 허락 없이 가져가 나를 멘붕에 빠뜨리고 나의 카메라를 슬쩍해 버린 우간다의 소매치기에게도, 중국의 소매치기와 라오스의 사기꾼, 다시 나의 휴대폰을 슬쩍해 버린 중국 오토바이 여자 여행객 카이신에게도 마찬가지로 고마움을 표한다. 왜냐하면 이들은 나의 여행을 재미있게 만들어 준 사람들이기 때문이다.

이 모든 분들이 나의 여행을 끝나게 하고 이 책을 나올 수 있게 한 분들이고 다음 여행을 있게 한 분들이다. 한 세상 같이 산다는 것에 즐거움을 준 이외의 많은 친구들에게도 고마움을 전한다.

여행은 결국 타지에서 타인들을 만나는 것이다. 그 타인들은 그들의 세상 속에서 나의 존재를 확인하고 나를 돌아보게 하며 여행을 풍성하게 해준다. 여행은 인생을 풍요롭게 만든다.

중국 톈진에서 남아공 케이프타운까지 여행경로

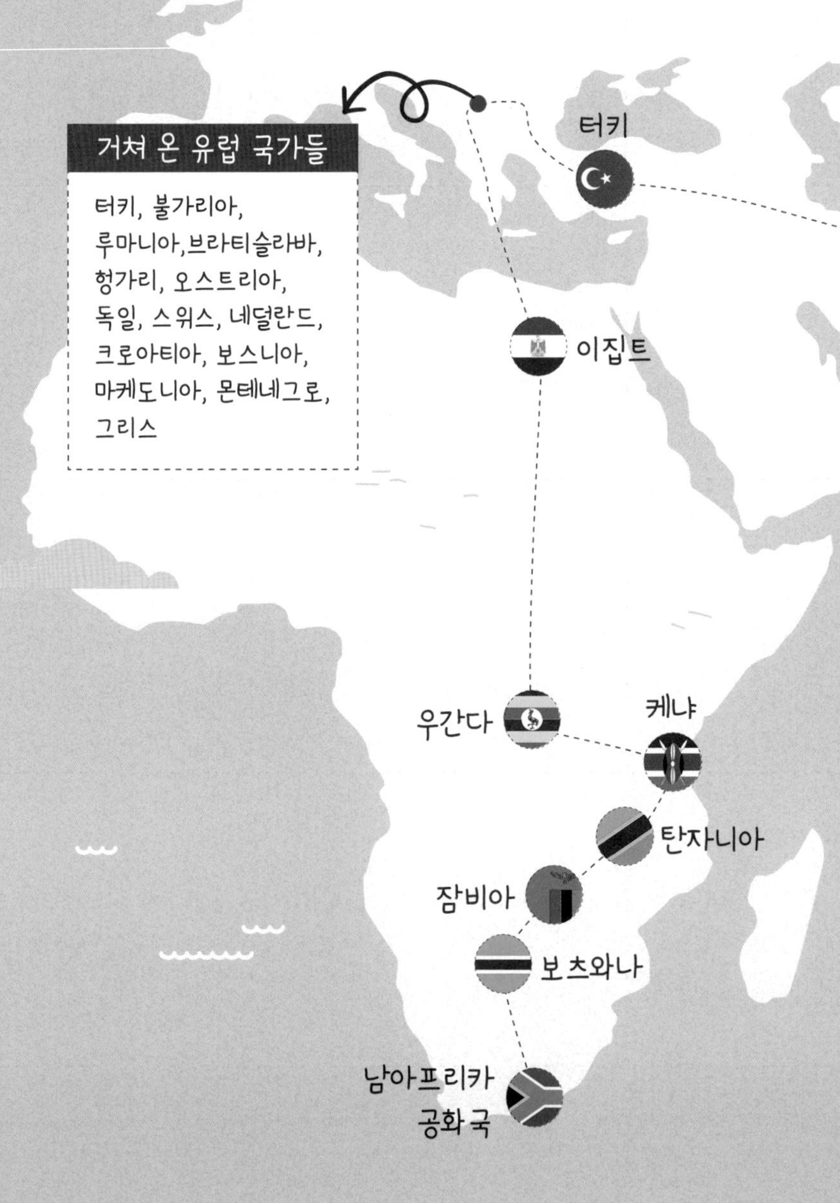

중국
출발
대한민국
네팔
라오스
태국

자전거로도 지구는 좁다

중국편

발행일 2022년 12월 15일
지은이 장호준
펴낸곳 매일신문사
대구광역시 중구 서성로 20
053-251-1421~3

값 22,000원
ISBN 979-11-90740-21-0